KB196270

누군가의 사연

누군가의 사연

장두영 평론

도화

차례

평론가 김윤식 선생님께서는 문학 월평을 쓸 때 한 작품당 세 번씩은 읽는다고 하셨다. 글을 쓸 때는 우선 많이 읽으라는 주문이다. 그렇게 많이 읽으면 작품에서 무언가를 배울 수 있다는 조언이기도 하다. 작품 월평을 쓰려고 할 때면 늘 머릿속에 떠오르는 말씀이다.

소설 작품을 여러 번 읽으면 무언가 저절로 떠오르는 것이 있다. 거듭해서 읽다 보면 작품이 말을 걸어오는 느낌마저 들기도 한다. 처음에는 흐릿하고 모호하기만 했던 대목이 다시 읽을 때 비교적 또렷한 형체를 지닌 무언가처럼 느껴진 적이 한두 번이 아니다. 이럴 때면 작품에서 건져 올린 그 반짝임, 서늘함, 따뜻함을 작품 평론에서 꼭 다루고 싶다는 생각이 들곤 한다. 그것은 작품이 지닌 장점을 온전히 글로 담아내고 싶다는 강렬한 욕망이다.

한국소설가협회『한국소설』의 월평을 쓰는 시간은 곧 작품의 장점을 읽는 시간이었다. 여러 번 읽다가 문득 떠오른 감상과 해석을 급한 대로 글로 옮긴 것이라 앞뒤가 맞지 않고 엉성한 부분이 많다. 하지만 부족한 대로 그 작품이 지닌 의미와 가치를 짚어냈다는 데에 작은 만족감을 느낀다. 이 책은 그렇게 작품을 읽으면서 배우게 된 여러 장점에 관한 기록이다.

다산관에서
장두영

감정의 궤적을 그리는 몇 가지 방법

시간은 어떻게 기억되는가—박찬호「악취」

박찬호의 단편 「악취」는 무척이나 난해한 소설이다. 이 소설에서 난해함은 독특하게 설정된 소설적 상황에서 비롯한다. 어느 날 문득 집 안에서 지독한 냄새가 나기 시작했다는 것, 아무리 냄새를 없애려 노력해도 소용이 없었다는 것, 계속되는 냄새로 인해 급기야 주인공의 생활에 적지 않은 변화가 발생한다는 것이 소설 속에서 주어지는 상황이다. 왜 이러한 일이 발생했는지, 냄새의 원인이 무엇인지, 어떠한 배경에서 이와 같은 일들이 벌어지게 되었는지 등에 관해서는 명확한 설명은 물론 사소한 암시조차 주어지지 않는다. 해석을 위한 단서가 주어지지 않는다는 것이다. 오직 지독한 냄새가 전면화 된 소설적 상황만이 강조되어 있을 뿐이다.

어찌 보면 이 소설의 상황은 인간의 실존적 상황에 관한 존재론의 의미에 근접하는 듯하다. 주어진 상황의 발생 동기에 대해서는 아무것도 힌트를 얻지 못한 채, 그저 주어진 상황 속에서 살아가야 하는 것이 소설 속의 존재적 상황이다. 악취의 원인이 무엇인지 알지 못하기에, 아무리 청소를 하고 목욕을 해도 악취를 벗어날 수 없다. 냄새를 제거하기 위해 냄새를 유발할 만한 물건들을 내다버려도 냄새는 쉽게 없어지지 않는다. 아마도 냄새는 특정한 물건에서 비롯하는 것이 아니라 주인공의 존재와 밀착되어 있는 것 같다. 냄새는 음습한 죽음의 그림자처럼 인간을 집요하게 따라다니고 있다. 그러므로 냄새는 근원적인 불안을 유발하기 때문에 그것은 인간 존재에 관한 비유로 읽힐 수도 있고, 현대인의 불안정한 일상에 관한 고발로 읽힐 수도 있으며, 한 인간의 트라우마에 관한 보고로 읽힐 수도 있을 것이다.

그러나 한 가지, 소설 속에서 냄새는 기억과 연결되어 있다는 것만은 분명하다. 이 점은 여러 차례 강조되고 있다. 가령 냄새를 없애기 위해 주인공이 집착하는 행동인 청소를 살펴보자. 무언가를 닦고 문지르는 동안 주인공은 "어느 샌가 잊어버리고 있었던 기억을 조각조각 주워 담았다"라고 밝힌다. 몇날며칠동안 집안을 쓸고 닦는 일에 집중하면서 과거의 기억이 하나씩 되살아난다. 청소하는 일은 기억을 주워 담는 일, 과거로 향하는 일이며, 동시에 현재의 현실로부터는 서서히 멀어지는 결과로 이어진다. 그 결과 소설은 점차 현실에서 비현실로 옮겨가고 있으며, 현재에서 과거로 접근하고 있다. 그동안 잊고 있었던 과거 어린 시절의 부정적인 감정들과 대면하게 만드는 것이 냄새의 역할인 셈이다.

문득 나는 지금의 시간이 궁금했다. 내가 욕실에 들어온 지 얼마나 지났을까? 그러나 나는 지금의 시간을 가늠할 수 없었다. 욕실에는 바깥을 내다볼 작은 창 하나 마땅히 없었고, 욕실 전등의 누런 불빛만이 내려다보듯 사물을 비추고 있었다. 이 백열등 아래에 설 때면 나는 항상 불안감을 느꼈다. 알 수 없는 불안감이 발끝에서부터 슬며시 고개를 쳐들었다. 이럴 때면 두통이 정수리에서부터 내려오듯 머리를 휘감는다. 묵직한 둔탁함이 맥박에 맞춰 머리를 죄어 온다. 변기와 세면대, 거울 따위의 것들이 노란 백열등의 빛에 반사되어 어슴푸레 제 윤곽을 드러낸다. 불현듯 낡아버린 것들에 대한 연민과 치욕스러움이 뒤섞여 머리를 가득 채운다.

모든 것은 왜 낡아가는 걸까. 흘러가는 '시간'은 어떻게 해야 가늠

할 수 있는 걸까. 눈이 멀어 시곗바늘을 볼 수 없고, 바깥의 하늘의 색
도 보이지 않는다면 시간 또한 영영 보이지 않는 것일까. 나는 그저
이 눈으로만 확인할 뿐, 소리로도 촉각으로도 시간을 간파할 재주가
없다. 시간은 가끔 아주 빠르게, 또 가끔은 아주 더디게 제멋대로 흘러
갔다.

　주인공은 자신이 시간을 파악하기 위해 시각에 의존해왔다는 것을 말하
고 있다. 욕실 속에서 시간의 경과를 확인할 수 없는 것은 밖으로 난 창이
없기 때문이다. 시간의 흐름이 정지되는 것은 시각이 제 기능을 발휘하지
못하는 것과 겹쳐진다. 돌이켜 생각해보니 우리는 대체로 소설 속 주인공
과 비슷한 인식 구조를 가지고 있다. 고대인은 태양의 고도라든가 빛의 강
약을 보면서 시간의 흐름을 판단하였고, 근대인은 그것을 기계적으로 측정
하는 도구인 시계를 보면서 시간을 확인한다. 모두 본다는 것이 시간의 흐
름을 이해하는 첫 단계의 작업으로 설정되고 있다.
　이런 점에서 욕실 속에서 틀어박혀 외부의 시각성과 스스로 절연을 선
언하는 주인공은 '무시간성'으로 들어서는 것, 곧 시간의 순행적인 흐름을
거스르기 위한 준비운동을 하고 있는 것이라 볼 수 있을 것이다. 이 대목
에서 소설은 크로노스적인 시간에서 카이로스적인 시간으로의 비약을 감
행하는 시간성에 관한 하나의 실험이 된다. 시간의 흐름은 정지되고, 급기
야 역행하기 시작한다. 이에 이 소설은 시간의 흐름을 거슬러 오래된 불안
과 죄악의 근원을 되짚어보는 정신분석학적인 한 편의 보고서가 되기도 한
다.

　엄마는 식탁 밑에서 작은 동물처럼 천천히 기어 나왔다. 엄마의 얼
굴은 아직도 벌겋게 달아올라 있었다. 그녀는 보이지 않는 눈으로 주
위를 두리번거렸다. 나는 겁먹은 그녀의 얼굴을 보며, 내가 그녀를 보
고 있다는 사실을 하나의 죄악처럼 느꼈다. 엄마는 눈이 먼 이후로 지

금껏 누군가의 것인지도 알 수 없는 수천 개의 시선을 받아왔을 것이다. 엄마를 괴롭혔던 시선 중 하나가 나의 것이라는 사실이 부끄러웠다. 내가 이상하다고 생각했던 엄마의 행동들이 납득이 가기 시작했다. 엄마는 언제나 누군가의 시선을 느끼듯이 의식적으로 연기를 하고 있었다. 매일 아침 자신의 얼굴이 비치지 않는 거울 앞에서 화장을 하고, 맹인이 아닌 것 마냥 집 안의 불을 켠 엄마.

눈을 감고, 시간의 거슬러 올라간 결과 마주치게 되는 것이 맹인인 엄마였다. 앞을 볼 수 없다는 엄마의 장애에서 시각성의 문제가 이 소설이 지닌 난해함에서 적지 않은 비중을 차지하고 있다는 사실을 다시금 확인할 수 있다. 보는 것이 어떠한 의미를 지닌 것인지 명확히 제시되지는 않지만, 과거의 시간 속에서 작지 않은 심리적 상처와 깊이 연결되어 있다는 사실은 익히 짐작할 수 있다. 엄마의 성적 행위를 목격하게 된 것에서 비롯한 수치심, 자신의 은밀한 행동을 지켜보는 타인의 시선이 있었음에 당황할 때 엄마가 느끼는 수치심, 그러한 앞이 보이지 않는다는 사실을 숨기기 위한 일체의 노력, 아마 여기에는 앞을 못 보는 엄마를 향한 부끄러움과 부끄러움을 느끼는 자신을 향한 죄책감도 얽혀 있는지 모른다. 어쩌면 원인을 알 수 없는 지독한 냄새란 결국 과거의 심리적, 정신적 상처와의 대면을 위한 주인공의 의식 내부로부터 비롯한 부패의 결과인지도 모른다. 치유가 되지 않았기에 계속해서 진물을 흘리고 있는 과거의 상처인지도 모른다.

냄새로 인해 과거의 기억이 되살아난 주인공은 이제 완전한 비현실적인 상태로 진입한다. 내성적인 심리소설의 형태를 보이고 있는 소설의 후반부에서 모호함의 정도는 더욱 강화된다. 소설의 후반부는 모호한 의식 속을 방황하는 주인공의 심리를 따라서 서술이 이루어진다. 정신적 방황과 혼란 속에서 자신과 엄마를 둘러싼 수많은 타인의 시선들을 감지하고, 그 속에서 느끼는 수치심과 죄책감, 그 외에도 미처 파악하지 못한 여러 트라우마들이 복잡하게 뒤얽힌다. 빗방울이 튀기고, 창밖의 풍경이 흐려져 가고, 그 속에서 극도의 혼란을 느끼는 주인공의 심리가 과거의 기억에 대한 모호한 입장을 단적으로 보여주고 있는 듯하다.

이 소설은 이외에도 거울에 비친 자신의 얼굴, 창밖을 바라보는 시선, 엄마나 주인공을 바라보는 타인들의 시선 등등을 통해 누가 시선을 장악하고 있는가에 대한 반복적인 관심을 보여준다. 결국 주인공은 유리창에 비친 자신의 얼굴을 바라보는 주체가 되었을 때, 곧 시선의 주인이 되었을 때 그간 지속되던 심리적 방황은 끝이 나고 "어느새 아무 냄새두 나지 않는다는 걸 깨달았다."라고 말할 수 있게 된다. 일단은 시각성을 회복한 것이다. 냄새로 인해 과거로 퇴행했던 시간은 다시 현재로 복귀하게 된 것이다. 그 것이 어떠한 의미를 지니고 있는지는 모호하게만 처리되어 있다. 다만 기억, 시간, 냄새, 시선은 서로 얽히고설키면서 죄책감, 수치심, 불안 등에 관한 인간의 내면의 복잡한 모습을 거침없이 표현하고 있다. 모호하면서도 강렬한 인상이 오랫동안 눈길을 끌어당기는 작품이다.

행운의 느낌, 감정에의 동참 — 박종규 「잭팟 터트리기」

만약 당신이 라스베이거스 카지노에서 돈벼락을 맞는다면? 박종규의 소설 「잭팟 터트리기」는 누구라도 한 번쯤 해보았음직한 공상에 관한 이야기다. 라스베이거스 카지노의 풍경, 흥분 속에서 슬롯머신 손잡이를 잡아당기는 모습, 곧이어 잭팟이 터져 그야말로 돈 벼락을 맞는 장면, 대박을 터트린 주인공을 향해 축하하며 동시에 부러워하는 시선들 등등이 세밀하게 그려지고 있다. 이러한 돈벼락 맞는 공상이란 누구나 해볼 수 있음직한 것이라면 슬롯머신 손잡이를 당기는 주인공의 흥분과 기대에 소설의 독자는 은밀히 동참할 수도 있을 것이다. 상세한 묘사와 서술로 인한 대리체험의 제공만으로도 적지 않은 흥미를 끄는 소설이다.

나는 벼락을 맞는 중이다. 돈벼락을 맞아본 적이 있는가? 섬광과 함께 슬롯머신이 들썩거리고, 사이렌이 카지노장에 울려 퍼진다. 카지노 전체가 일시에 게임을 멈추더니 내 앞의 기계를 제외한 모든 전등이 동시에 꺼졌다 켜지면서 사람들이 나에게 박수와 환호성을 보낸다. 팡파르를 울리는 나팔은 어디에 숨어 있었을까? 댄싱 걸을 비추던 조명까지 동원하여, 라스베이거스 시가지가 온통 내게로 조명을 쏘아대는 것 같다. 몇 군데서 섬광이 일었고 카메라맨이 포즈를 잡아달란다.

　반면 점성술에 관한 내용은 독자로 하여금 다소 거리감 혹은 이질감을 느끼게 한다. 점성술에 관한 언급은 '지나'라는 인물로부터 온 이메일을 중심으로 하고 있는데, 점성술 자체도 낯설거니와 낯선 점성술의 개략적인 원리를 알려주느라 짧지 않은 설명이 이어짐으로써 잭팟을 터트리는 흥분과 박진감이 상당히 감소되었다. 간간이 삽입된 영어 이메일 내용은 소설의 주인공이 과연 서울에서 출발하여 미국의 도시를 여행하는 인물인가 의구심이 들게 한다. 'an incredible event!' 아무리보아도 낯설고 이질적인 느낌을 자아내는 표현이다. 마치 미국이라는 공간이 더 익숙한 것 같고, 미국인의 문화 속에서 살아가고 있는 인물이라는 느낌이 강하게 든다. 과연 서울에 사는 주인공이 잃어버린 카메라의 가치를 따지면서 몇 천 달러짜리 카메라였다라고 달러로 환산해서 따져보겠는가.

　따지고 보면 라스베이거스의 카지노라는 소재도 지극히 이질적일 수밖에 없다. 그럼에도 이 소설에서 슬롯머신의 손잡이를 잡아당기고 연이어 소소한 잭팟이 터지는 일련의 사건들은 무척 흥미를 끈다. 1달러 코인을 집어넣고 200배 200달러가 터지는 일, 또 다시 얼마 지나지 않아 50불이 터지는 일…. 점성술의 예언, 작은 행운, 연이은 작은 행운이 반복해서 발생하면서 굉장한 잭팟이 터질 것 같은 기대가 서서히 고조된다. 주변 사람들이 자신들도 모르게 감탄사를 내뱉는 것처럼 주인공이 얻는 행운을 따라 읽다보면 어느새 주인공에게 강하게 감정 이입된다. 주인공이 도박에서 돈을 딸 때는 같이 흥분하고, 나중에 별것도 아닌 것이 되어버릴 때 같이 허무함을 느낀다. 주인공의 감정 상태에 자연스럽게 동참한다는 것이다. 그래서 카지노라는 소재에서 비롯하는 이질감보다는 백일몽 속에서 기대와 좌절을 번갈아 경험하는 보편적인 인간의 심리가 제공하는 묘한 공감대가 더욱 눈길이 간다. 롤러코스터처럼 높이 올라갔다가 낮게 떨어지는 낙차 심한 감정 변화에 동참하는 것이야말로 소설의 서술이 이루어낸 효과일 것이다.

지나가 말한 4월 둘째 주는 서울에서 지나갔다. 금전적인 행운? 전혀 없었다. 다른 좋은 일도 물론 없었다. 대망의 달 7월에도 없었다. (…) 그러나 지나는 여전히 내게 메일을 보내오고 있다. 더 디테일하게 하루하루 코치를 받아 행성의 기운이 나에게로 향하는 운을 꼭 잡으라고. 2013년을 절대로 놓치지 말라고. 이제 보름도 안 남은 2013년이다. 나는 그 250불마저 로또에 날려버렸는데 오늘도 메일이 도착했다. 나의 목마름을 간파한 것일까? 지나는 지금도 나를 도울 수 있다고 한다.

행운은 없다는 것이 이 소설의 결말이다. 일찌감치 소설의 중간 중간에는 '공짜 운을 기대하지 말라'는 아내의 교훈적인 발언이 반복적으로 삽입되어 있었다. 그러나 이 소설이 그러한 교훈으로 마무리되었더라면 많이 아쉬울 뻔 했다. 오히려 점성술사 지나가 아직도 행운의 가능성이 남아 있다고 한 말에 일말의 유혹을 느끼는 주인공의 '인간적인' 모습이 소설의 마지막을 장식하고 있기에 이 소설은 매력적일 수 있다. 감정 이입을 거친 잭팟의 짜릿함에 관한 공감, 기대를 완전히 벗어나버린 허탈함에 관한 공감에 어울리는 것은 세상을 성실히 살아야 한다는 도덕적인 교훈이 아니라 조금만 더 해 보면 잭팟이 터질지도 모른다는 야릇한 믿음, 그러한 헛된 믿음에 유혹을 느끼는 모습이다. 지나가 보내온 메일을 보고 속았다고 분통을 터트리는 것이 아니라 긴가민가 망설이고 있는 주인공의 마지막 모습이야말로 소설 속 감정에의 동참을 이끄는 중요한 요인인 것이다.

애처로움을 더욱 애처롭게 말하는 법 — 이목연 「꽃기린」

이목연의 「꽃기린」에서는 단연 애처로움을 자아내는 손녀 수진이의 모습이 두드러진다. 부모는 이혼했고, 수진이는 동생과 함께 조부모에 맡겨진 상태다. 제 어미와 살 때는 당당함을 넘어서 당돌하기까지 하던 아이였지만, 조부모에게 맡겨진 이후 예전의 모습은 잃어버린 채 '헛웃음'을 치는 습관이 생겼다는 것이다. 수진이는 아이답지 않게 말을 하고 헛웃음으로 얼버무리지만 아직은 속이 환히 들여다보이는 어린아이를 벗어나지 못했다. 자신의 속을 숨기고 어른들에게 아무렇지도 않은 표정과 몸짓을 보일수록 부족하고, 결핍된 빈자리는 더욱 두드러지는 구도이다. 어디까지나 소설의 기법적인 측면에서 보자면 '어린아이답지 않은 어린아이'라는 독특한 설정이 수진이를 둘러싼 가정환경을 부각시키고, 애처로움을 더욱 애처롭게 만드는 하나의 수단이 되고 있다.

> 제 어미랑 살 때는 그렇게 당당하던 수진이였다. 그때 이후 속이 빤한 어린 것 앞에서 말을 가려 하려 애썼다. 지청구를 들은 아이는 제 동생과 함께 거실의 장난감을 다 치우더니 쪼르륵 달려와 다시 헛웃음을 쳤다.
> "허허, 할머니 다 치웠어요. 그러니까 우리 만두 만들어도 되죠? 허

허허."

　저것도 살기 위한 몸부림일까. 아이는 언제부턴가 무안하거나 어색한 상황이 되면 일부러 목소리를 굵게 만들어 헛웃음을 쳤다. 그러지 말라고 주의를 줘도 그때뿐, 아이의 헛웃음은 이제 습관처럼 되었다. (…) 나이에 비해 속이 빠르게 들어차는 애를 보면 속이 짠하다 못해 아려온다.

　반복적으로 삽입된 수진이의 헛웃음 소리는 수진이 부모의 불화는 물론 화자인 '나'의 노후 생활에 관한 불만족스럽고 불안한 상태를 떠올리게 하는 일종의 신호음이 되고 있다. 아들 내외가 사이좋게 지냈더라면, 그래서 평온한 가정을 유지했더라면 수진이는 천덕꾸러기 신세가 되지 않았을 것이고 지금과 같은 이상한 헛웃음도 꾸며낼 필요가 없었을 것이다. '나' 역시 애초에 계획했던 대로 노년 생활이 이루어졌더라면 자식이나 손주에게 든든한 보호막이 되어줄 수도 있었을 것이다. 수진이의 헛웃음은 어딘가에 문제가 있음을, 어딘가에 빈틈이 있음을 알리는 증상과 같은 역할을 하고 있는 것이다.

　"할머니, 근데 그 노래를 부르면 왜 친구들이 보고 싶을까요. 노래가 슬프니까 이상하게 자꾸 친구들이 보고 싶어요, 허허."
　엄마가 섬 그늘에 굴 따러 가면… 흥얼거리던 아이의 눈에서 눈물이 주루룩 흘러내렸다. 아이의 마음이 보였다. 정작 보고 싶은 것은 친구가 아니라 제 어미일 것이다. 꾸무룩하게 가라앉은 바깥 날씨는 한바탕 눈이라도 퍼부을 기세였다. 묵지근한 몸은 여기저기 쑤셔대고 아이를 기다리며 창밖을 내다보는 마음이 공연히 허랑하던 참이었다. 어린 것의 마음도 이럴 거였다. 그 슬픈 곡조에 애틋한 가사가 여린 마음을 후벼 팠을 것이다. 그런데 이 어린 것은 그 마음을 감춘다고 감추고 있는 것이다. 왜 이렇게 어린 나이에 세상을 살피는 아이가 되어버린 걸까. 가슴이 미어졌다.

속마음이 훤히 들여다보이는 어린아이, 그런 아이가 어른의 시선에는 거짓말하는 것이 훤하게 보이는 것도 모른 체, 아무렇지도 않다고 거짓말을 하며 '허허' 헛웃음을 내보이고 있다. 만약 이 소설에서 수진이의 헛웃음이 없었더라면 어떻게 되었을까? 아마도 아들 부부의 불화, '나'의 부부의 불안정한 경제 상황에 관한 이야기는 신문이나 방송에서 흔히 접하는 그런 류의 평범한 이야기가 되고 말았을 것이다. 어쩌면 우리의 주변에 너무도 흔하게 펼쳐져 다소 식상하게 느껴지는 그런 이야기들 말이다. 이 소설은 수진이라는 어린아이의 정서적 반응을 통해 식상해질 수도 있는 이야기를 사뭇 애처로움의 감정으로 녹여내고 있다. 직설적으로 애처롭다고 보여주는 것이 아니라 한 번 꼬아서 수진의 입으로 거짓말을 내뱉게 만듦으로써 애처로움을 한층 더 애처롭게 전달하는 데 이르고 있다.

다만 소설의 제목이기도 한 '꽃기린'이라는 소재와 수진이의 인물성격화 간의 결합이 자연스럽지 못하다는 점이 아쉬움으로 지적될 수 있다. 아니, '허허'하고 헛웃음을 터트리는 수진의 성격화는 앞서 언급한 것처럼 성공적이라 평가할 수 있다. 그러나 그러한 거짓말을 하면서 헛웃음을 웃는 수진이와 상당히 낯선 소재인 꽃기린을 연결시키는 방식에서는 몇 가지 어색함이 발견된다. 첫째 꽃기린이 최초로 언급되는 것이 지나치게 작품 후반부에 치우쳐있다는 것, 둘째 꽃기린 자체가 생소한 나머지 '꽃잎이 아니라 실은 잎사귀가 변한 포'라는 식의 부연 설명이 요구되고, 설명을 붙여도 여전히 생소함이 사라지지 못한다는 것, 셋째 꽃기린의 붉은 포와 수진의 헛웃음을 단편적으로 등치시켜 서사적 긴장으로 이어지지 못하고 있다는 것이다.

그럼에도 불구하고 이 소설은 애처로움을 더욱 애처롭게 표현하는 방법을 제대로 잡았다고 말할 수 있다. 수진이의 헛웃음이 진심에서 속마음을 숨기기 위한 애처로운 노력이라는 것, 그와 같은 아이답지 않은 행동을 하게 만든 것이 어른들이라는 것, 무엇보다 수진이의 헛웃음이 가시처럼 어른들의 마음을 찌른다는 것이 작품 속에서 설득력 있게 제시되고 있기 때문이다.

감격 혹은 상처—박경희 「칼라 꽃」

　박경희의 「칼라 꽃」은 탈북 소녀와 남한 소녀가 서로의 아픔을 헤아리면서 친구가 되는 감격스러운 결말을 펼쳐 보이는 작품이다. 더욱이 북에서 온 소녀와 남한의 소녀가 남북한의 격차 내지 장벽을 넘어서 통일의 가능성을 엿본다는 점에서 감격스러움은 더 강조되고 있다. 특히 전국에 있는 탈북학교 대표로 온 학생들이 남한 학생들과 캠프 활동을 한다는 설정은 그러한 교류 프로그램이 실제로 있는 듯 생생히 다루어지고 있고, 남북한의 학생들이 주고받는 대화나 서로를 향한 격의 없는 태도 역시 충분히 그럴 법하게 그려지고 있어 관심의 대상이 될 만한 작품이다.
　특히 일인칭 화자로 설정된 탈북소녀 오설화가 남한 소녀 미희를 바라볼 때 가지게 되는 감정의 변화는 제법 흥미롭다. 청소년 캠프에 처음 도착하였을 때 가진 기대감과 흥분, 도도한 여학생 미희를 발견하였을 때 약간의 선망과 질투, 미희도 자신과 비슷한 상처를 가진 것을 알게 되었을 때 위로해주고 싶은 마음 등 여러 감정이 차례로 변하면서 극적인 장면을 연출하고 있다. 이와 같은 감정 표현의 선명함은 미묘한 심리 묘사의 과정을 거치지 않은 것이라는 점에서 약간은 거칠다는 느낌이 들기도 하지만 다른 한편으로는 탈북 소녀의 순수한 심성을 화자의 목소리에 연결시킨 결과로 설명될 여지도 없지 않다.

　　미희와 나는 한동안 말을 잇지 못했다. 우리는 눈빛만으로도 서로
의 아픔을 감지했다. 거짓말 같지만 사실이다. 경험해보지 않은 사람
은 절대 모를 미묘한 감정이자 아픔이었다. 미희와 나는 조심스럽게
자기 안에 숨겨놓은 비밀서랍을 열기 시작했다. (…) 말을 하다말고
미희는 짐승처럼 꺼억꺼억 울었다. 나도 따라 울었다. 난 미희가 불쌍
해서 울기 시작했지만 결국은 내 아픔 때문에 더 흐느꼈다. 우리는 희
붐하게 동이 터올 때까지 많은 이야기를 나누었다. 서로가 너무도 비
슷한 처지에 동질감도 느꼈지만 아팠다.

　하지만 몇 가지 설정이 소설의 자연스러운 전개를 저해한다는 점은 쉽
게 지나칠 수 없다. 가령 남북문학청소년캠프에서 하필이면 순결서약식이
거행되어야 하는 이유가 무엇인지 납득하기 어렵다. 결과적으로 보았을
때 남한과 북한의 소녀가 성폭행으로 순결을 잃은 상처를 공유하고 있음을
서사 속에 끌어들이기 위해 순결서약식이 활용된 것인데, 상처를 언급하는
방식 치고는 너무 직설적인 방법이 아닌가 싶다. 또한 강을 건너는 도중 엄
마가 총에 맞아 죽는 모습을 보았다는 탈북 과정에 관한 일화가 언급되는
것도 상처의 충격이나 깊이에 비해 서술에서 지나치게 가볍게 다루어지는
것이 아닌가 싶다. 부모의 죽음을 직접 목격했던 끔찍한 경험을 캠프에서
소개한다는 것이 마음 여린 소녀의 성격과는 어딘가 어울리지 않아 보인
다. 그들의 인생에 깊이 아로새겨진 상처라면 소설 속에서 조금은 더 서서
히 그 상처가 다루어져도 되지 않을까, 조금은 더 에둘러서 표현되는 것도
좋겠다는 생각이다.
　캠프파이어에서 남한 학생과 탈북 학생이 서로 친구가 되고, 정이 들어
가슴 뜨거워지는 것은 분명 감격스러운 일일 것이다. 달빛과 별빛 아래에
서 아이들이 정겹게 어울리는 소설의 마지막 장면은 전반적으로 이 소설이

극적인 장면의 연출에 많은 노력을 기울이고 있음을 보여준다. 이러한 감격스러운 극적 장면의 제시만으로도 이 소설은 신선함을 제공하기에 충분하다. 그러나 상대적으로 인물이 가진 심리적 상처를 그려내고 미묘한 감정의 선을 짚어내는 데는 아쉬움이 있다. 감격스러움이 극적으로 선명히 제시되지만 캠프파이어의 밤이 끝나고 나서도 지속적으로 이어지는 감동이 되기 위해서는 좀 더 섬세한 감정을 건드리는 작업이 뒤따라야 할 것이다. 상처의 깊이를 가늠하기 위해서는 조금은 더 처연해지고, 비통해지고, 집요해질 필요가 있을지도 모른다. 감정을 좀 더 섬세하게 다룸으로써 인물의 내면에 더 많은 관심을 기울일 필요가 있다는 것이다.

너그러움에 관하여 — 김지연 「봄날은 간다」

　김지연의 단편 「봄날은 간다」는 독특한 서정적 분위기의 창출이 돋보이는 작품이다. 소설은 시종일관 잔잔하게 유지되는 서술자의 목소리를 따라 펼쳐진다. 서술자는 급하거나 넘침 없이 소설의 공간적 배경이 되는 지리산 산판의 한적한 전원 속으로 독자를 이끌고 간다. 주인공 선우여사의 전원생활을 그려내는 대목에서는 여유로움이 한껏 묻어난다. 그리고 이러한 전원생활의 여유로운 분위기는 정확한 어휘와 표현, 풍성하고 섬세한 문장력에 의해 소설 속에 담겨진다. 작품 속에서 서술된 지리산 전원생활은 한 폭의 풍경화가 된다.

　뒤란의 화단에는 연초록 부추가 소복이 솟구쳐있고 작년 가을에 심었던 빨간 상추가 겨울을 살아남아 봄 햇살을 받아 윤기를 머금고 있다. 겨울 지나 첫 번째 솟구친 부추는 유난히 힘과 향이 좋아 장모가 사위에게 딸 괴롭힐까 절대로 먹이지 않는다던가, 선우여사는 빙긋 웃음을 비죽이며 옳거니 무릎을 친다. 노동으로 골골대는 늙은 몸뚱이에 힘을 실어주려니 화단께로 다가간다. 손끝으로 연초록의 부드러운 부추를 따고 어린 애쑥도 뿌리째 뽑는다. 화단 둘레의 돌 틈새로 동전만큼 자란 여린 머위도 꺾고 빨간 상추도 잎을 딴다. 그리고 땀에

절은 장화와 밀짚모자를 벗어 바람과 햇살 가득한 마당으로 환기시키려 내던지고 흙집 속으로 들어간다. 정오에 가까운 시간이지만 조반 겸 점심 요기를 위해 뜯어 온 새싹들을 씻어 쌀가루와 밀가루를 묻혀 전을 지진다. 쌉싸름한 상추를 한 움큼 손바닥에 펼쳐 그것들을 싸서 허기지듯 우적우적 씹는다. 차가운 매실주도 반주로 곁들인다.

이 소설의 여유로움은 비단 소설의 공간적 배경이 선사하는 푸근함에서만 비롯하는 것은 아니다. 그보다는 농사일마저 전원생활의 일부로 포용하는 선우여사의 너그러운 삶의 자세가 소설 전반을 관통하는 여유로운 분위기를 빚어내고 있다. 육체적 노동으로 인한 고단함보다는 생명을 길러내는 일에 대한 경이와 기쁨이 그러한 여유로움의 원천이다. 같은 대상이나 현상을 바라보더라도 그것을 관찰하는 주체의 관심이나 관점에 따라 파악되는 의미는 판이하게 다를 수 있다는 것은 너무도 당연한 이치일 터이다. 이 소설이 선사하는 한 가지 묘미는 독자들이 주인공 선우여사의 시선을 잠시 빌려 번잡한 일상에서 벗어나 평화로운 사색의 시간을 맛볼 수 있다는 것이다.

외적 형상이 어떠하든 이제부터 왕성한 삶을 살 거란 말이지. 즐길 거란 말이지. 이렇듯 건강하게 살아있음 자체가 얼마나 행복한데, 할 일은 산더미처럼 쌓여 있고, 성취 때마다 벅차오르는 희열은 육체적 변화에 비할 바가 아니라구, 일의 과정도 고통도 즐거움의 하나이거늘, 지극히 어리석고 피부적인 감성은 이제 털어내는 거야, 만고에 쓸모없는 소모성 감정일 뿐이니까. 젊음으로 윤기 흐르던 외형적 아름다움의 세월은 이미 비껴갔거늘, 섭리인 것을. 생각의 틀을 바꾸는 것이지. 육체의 쇠락함을, 전신의 기능이 노쇠하여 역동적이지 못한다 해도 기우는 그 모습 또한 아름답게 생각하는 것이지. 그래, 아직은 퍼렇게 살아있는 내면으로 추락의 모습을 훈장이듯 당당하게 과시하는 거야, 위축될 하등의 이유가 없는 것이지, 대자연의 섭리는 가장 위대

하고 절대적이며 가장 아름다운 과정의 작품이니까… 바로 진정한 자유의 상태가 되는 길일 터이니….

이 소설을 관통하는 너그러움이라는 정서는 소설이 중점적으로 다루는 소재인 늙음에도 동일하게 적용된다. 욕심이나 집착에서 벗어나 늙음의 과정을 대자연의 섭리로 여기려는 자세, 그러한 자세에서 늙음은 곧 삶의 일부이며 그 자체로 아름다운 과정의 작품일 수 있다는 발상의 전환은 늙음마저 너그럽게 받아들이려는 삶의 태도에서 기인한다. 이와 같은 선우여사의 사색은 논리와 설명의 차원을 넘어선다. 만약 선우여사의 사색이 내용만 덩그러니 제시되었더라면 독자의 공감은 불가능하였을지 모른다. 그러나 그녀의 사색은 농사일의 고단함마저 너그러운 생활의 자세 속에 포용해버리는 지리산 전원생활의 넉넉함 속에서 같이 길어 올린 수확물이다. 풍경화처럼 그려지는 전원생활의 면면이야말로 소설 전체를 감싸고 있는 너그러움의 근거이며 소설적 설득력의 배경이 된다.

문향회 참석을 꺼리던 선우여사가 소설의 후반부에서 모임에 참석할 수 있던 것도 넓게 보면 삶에 대한 너그러운 자세가 있기에 가능한 것이다. 모임 참석은 늙음을 아름다운 대자연의 섭리 중 일부로 인식하고 나서 내린 결정이었다. 그럼에도 그녀는 그곳에서 낭독되는 시 「봄날은 간다」를 들으며 약간의 심적 동요를 경험한다. 조금은 눈물도 흘리고, 민망스런 미소도 함께 머금게 되는 상황. 늙음을 너그럽게 받아들이겠노라 자신 있게 다짐했어도 어쩔 수 없이 눈물을 흘리고 마는 것이 선우여사의 인간적인 솔직함의 모습이며, 이러한 솔직함이야말로 이 소설이 선사하는 또 하나의 묘미임에 틀림없다. 이와 같은 작은 머뭇거림이나 망설임을 통해 더 깊은 공감의 차원에 다가설 수 있기 때문이다.

영원한 모성성의 갈망 — 강병석 「미륵을 부르는 봄」

　강병석의 「미륵을 부르는 봄」은 내용과 형식 양 면에서 높은 품격을 갖춘 작품이다. 작품의 각 부분들이 다양하고 풍성한 의미를 생성하는 동시에 하나의 통합적인 정서를 창출하는 데 집중하고 있다. 또한 이 작품은 6.25라는 특수한 역사적 상황을 다루면서도 보편적인 인간의 정서에 대한 깊이 있는 성찰을 보여준다. 대개 좋은 작품의 경우 분석이나 해석이 가해진다고 하더라도 의미의 여분이 많이 남을 수밖에 없는 법이지만, 그럼에도 불구하고 굳이 이 작품에 대해 몇 가지 언급한다면 다음과 같은 것들을 말할 수 있다.

　우선 일인칭 서술자의 효과적인 활용이다. 이때 일인칭 서술자는 과거 자신의 유년시절을 회상하는 것으로 설정되어 있다. 이러한 설정으로 인해 이 작품은 시점을 순진한 어린 아이의 시선으로 제한함으로써 여러 서술적 효과를 노리는 교과서적인 시점 운용 방식에 가까운 것처럼 보이기도 한다. 실제로 작품의 결말에서 일인칭 서술자인 '나'가 방화를 저지르게 되는 다소 엉뚱한 사고 과정에서 순수하고 순진한 아이의 시선은 효과적으로 활용된다.

　그러나 이 작품에서는 일인칭 서술자의 활용이 이외에도 몇 가지 부수적인 효과를 발생시킨다. 그 중 하나가 '풍문'의 적극적인 활용이다. '그 많던 세간은 동네방네 돌아가며 빼돌리고 감추고 파묻고 나눠줬단다.', '삼동네에 제대로 된 사내의 씨가 말랐다고 했다.'처럼 전쟁 직후 어수선해진 시골 마을의 분위기와 급작스러운 변화에 대해 어린 아이의 귀에 들린 풍문을 통해 인상적으로 압축하여 제시할 수 있게 된다. 어린 아이의 부족한 관찰력과 판단력에도 불구하고 어렴풋이 들려오는 어른들의 풍문을 통해 전쟁의 충격이 전장에서 멀리 떨어진 시골 마을에도 깊숙이 침투하고 있음을 보여준다.

또한 어린 아이로 설정된 일인칭 서술자는 소설 내용의 진실함을 강조한다. 이것은 소설의 시작 대목에서도 두드러지게 강조된 것이기도 하다. '나'는 이근배의 「겨울행」에서 어린 시절 봄을 기다리던 자신의 '간절함'을 읽는다고 밝힌다. 이어지는 회상의 내용, 곧 이 소설의 대부분을 채우고 있는 수십 년 전의 과거 이야기는 곧 간절함으로 가득찬 무엇이 되는 셈이다. 간절함 속에서 무언가를 소망하던 순수의 시절에 관한 이야기는 정결하고 진실함이 생명일 것이다. 그러한 정결함과 진실함의 절정에 '어머니'가 위치하고 있음은 이 소설이 궁극적으로 추구하는 바가 무엇인지 짐작하게 한다.

전란의 와중에 남편이 어디론가 끌려가버리고 어린 아들과 함께 남겨진 어머니는 종교에 의지한다. 때로는 여승들이 찾아와 설법을 들려주며 위로하기도 하고, 때로는 어머니가 부처님 앞에서 지극정성으로 남편의 무사 귀환을 빌기도 한다. 어린 아이의 시선을 통해 다루어지는 것이라 신앙의 고차원적 의미가 제시되는 것은 아니지만, 어머니가 간절하게 기도를 올리는 미륵부처의 존재는 어린 주인공의 마음속에 선명하게 각인되기에 충분하다. 세상의 온갖 혼란과 고통을 종식시킬 수 있는 구원자의 이미지란 어린 아들을 보살피듯 어머니의 이미지와 크게 다르지 않을 것이다. 미륵부처는 어머니의 다른 이름이 되는 셈이다.

궁극적인 모성성의 이미지에 중첩되고 있는 미륵사상은 인간의 역사와 문명에 대한 비판적 입장을 대변하는 기능을 하고 있다. 이념이나 정치의 대립, 그로 인한 충돌과 파괴가 폭력적인 남성의 영역에 속한다면, 그것으로부터 벗어나 구원의 가능성을 모색하는 것은 모성성을 지닌 여성의 영역, 곧 어머니의 품에서 가능하다. 전쟁으로 인해 마을에 사내라곤 찾아볼 수 없게 된 상황에서, 설법을 들려주는 스님들도 모두 여승을 설정되어 있고, 외할머니가 찾아와 어머니를 위로해주는 것도 어떤 면에서는 이 소설이 모계적인 상상력에 가까이 있음을 보여주는 것이라 할 수 있다.

> 그날부터 나는 고민에 빠져들었다. 엄마의 소원을 들어줄 미륵부처님이 세상에 내려오자면, 견성암 젊은 여승이 말하기를, 석가모니부처님이 입멸을 한 다음이어야 한다고 했다. 그런데 미륵부처님의 옆에 석가모니부처님이 버티고 앉아버리면 어찌 되겠는가. 엄마로서야 십 리나 되는 수덕사까지 발걸음하기 어렵던 판에 가까이 다가온 석가모니 부처님께 아버지의 무사귀환만 빌면 그만이겠으나, 내 소견으론 아버지만 돌아오면 그만이 아니었다. 지난여름부터 동네사람들이 마구, 죽어 나가고 끌려가고 숨어 살고 도망치는 세상을 뿌리부터 바로잡는 게 옳지 않으랴싶었다. 그러자면 하루라도 빨리 미륵부처님의 세상이 와야만 했다. 엄마의 소원이야 저절로 해결되지 않겠는가 말이다.

소설의 후반부에 나오는 방화사건은 간절함의 절정에서 비롯하였다. 미륵부처가 세상을 구원해주리라는 간절한 소망. 그것은 단순히 아버지의 무사귀환에 그치는 것이 아니라, 아버지가 어디론가 끌려가게 된 근본적인 원인인 전쟁의 해결을 위한 소망으로 확장된다. 세상에 봄이 오기를, 미륵부처가 강림하기를, 아버지가 돌아오기를, 어머니의 소원이 이루어지기를 바라는 순수하고 간절한 마음의 결과가 방화 사건으로 돌출된 것임을 고려

할 때 용봉산 중턱에 타오르는 불길은 어린 아이의 어처구니없는 불장난이 아니라 인간의 이념, 역사, 문명에 대한 반성을 촉구하고 평화를 기원하는 웅숭깊은 주제의식으로 이어진다.

소설을 다 읽고 나니 소설의 도입부에 삽입되었던 이근배의 「겨울행」이 새롭게 읽힌다. '아궁이 앞에서 생솔을 때시는 어머니'라는 구절이 소설 속 어머니의 모습과 겹쳐지면서, 소설의 내용과 시의 표현이 활발한 상승작용을 벌인다. 타고르의 「오너라 나의 봄아」 역시 새롭게 느껴지기는 마찬가지다. 인도의 시인이 갈망하던 봄이 한결 더 간절하게 그리워진다. 세상의 고통을 위로하고 치유하는 영원한 모성성을 갈망하는 그 간절함이 쉽게 사그라지지 않는 긴 여운을 남기는 작품이다.

아버지의 공간—최문경「햇볕 드는 집」

한 인간을 향한 그리움이라는 감정은 수십 년의 시간을 초월하여 지속될 만큼 강력하다는 것이 이 소설의 주제다. 실로 이 소설이 보여주는 아버지를 향한 그리움의 폭과 깊이는 대단하다. 이미 오래전 고향 진제 마을은 수몰되었으나, 진제 마을을 통째로 옮겨 놓은 듯한 노대실에서 사라진 과거의 시공간이 온전히 되살아난다. 60년이 넘는 시간은 보리피리 연주에 관한 추억 하나로 인해 순식간에 극복된다. 그곳 잡목 숲에서 불어오는 바람결에 섞여오는 아버지의 냄새도 시간의 장벽을 가뿐히 초월하게 한다. 누군가의 눈에는 한몫 잡으려는 부동산 투기꾼으로 비칠 지도 모르지만, 주인공에게 경매로 나온 카페, 곧 햇볕 드는 집을 낙찰 받는 일은 수십 년 전 사라진 아버지에 대한 기억을 되살려내기 위한 애잔한 노력이다.

마당가의 감나무와 장독대의 봉숭아, 뒤란의 아름드리 느티나무에서 풍겨오는 냄새가 향기로웠다. 그 향기가 강하게 콧속으로 파고들어 정신을 흔들고 그리 긴 세월의 두께를 뚫고 저 먼 어둠 속에서 아버지의 음성이 들리는 듯했다. 가을이면 마당 가득 빨간 고추나 벼 같은 작물을 늘어놓기도 하고 노란 병아리들이 떼 지어 몰려다니는 모습은 한 폭의 그림이었다. 나에겐 놀이터지만 마당은 단순한 흙바닥이 아니라 가족의 흔적이 묻어있던 곳이었다. 모깃불을 지핀 마당에 멍석을 깔아놓고 아버지의 팔을 베고 누워있으면 반짝이는 별이 보리피리 소리와 하모니를 이루며 가슴 속에 쏟아졌다. 나는 아버지의 보리피리 소리를 들으며 자랐다. 일곱 살까지…. 아버지의 보리피리는 우주에서 최고의 음악이었다.

    많은 소설 작품이 각자 고유한 방식으로 본래적인 고향의 이미지를 그려낸다. 「햇볕 드는 집」에서는 아버지가 들려준 '보리피리' 소리라는 독특한 소재를 붙잡고 있다. 수십 년이 지나서도 주인공의 귓가에는 간혹 보리피리 소리가 들리는 듯한 생각이 들고, 그럴 때마다 아버지에 대한 그리움이 생생히 살아난다. 주인공은 어린 시절 아버지가 들려준 보리피리 소리의 영향으로 음악을 전공했고, 음악가의 길을 걸어왔으며, 현재에도 카페를 낙찰 받은 후 아버지가 돌아오기를 기원하며 음악회를 열겠다고 다짐한다. 어떻게 보면 주인공으로서는 보리피리로 인해 삶의 방향이 결정되었고, 인생 전반에 걸쳐 보리피리 혹은 음악이 지속적인 영향력을 행사하고 있음이 강조된다. 곧 아버지의 대체물이기도 한 보리피리가 주인공의 삶을 아직까지도 좌우하고 있다는 점은 그만큼 아버지를 향한 주인공의 그리움이 얼마나 강력한지 알게 한다.

    보리피리는 직접적으로 주인공의 심경을 자극하는 역할도 한다. 언덕에 올라 눈앞에 펼쳐진 보리밭에서 어린 시절 아버지가 들려주던 보리피리 소리를 상기할 때, 형언할 수 없는 슬픔이 차오르는 것을 확인한다. 기억이 가물거릴 만큼 오랜 시간이 흘렀어도, 보리피리 소리를 연상하기만 하면 슬픔과 그리움은 생생히 되살아난다. 유년시절의 안온했던 그 시공간에 대한 추억은 조금도 퇴색되지 않았고, 또 퇴색될 수도 없음을, 생생히 되살아나는 슬픔과 그리움의 감정들이 보증하고 있는 셈이다. 이와 같은 본래적인 고향에 대한 향수는 주인공이 감당하고 있는 특수한 사정이나 상황을 넘어 보편적인 정서로의 공감을 불러일으키는 차원으로 확장되고 있다.

소설은 남북이산가족상봉 위원회로부터 온 희망적인 소식으로 끝이 난다. 햇볕 드는 집을 낙찰 받는 일과 아버지와의 상봉 성사가 동시적으로 이루어지고 있어 약간은 작위적인 느낌이 드는 것도 사실이고, 후반부 마을에서 벌어지는 굿판에 관한 의미부여가 다소 부족한 것이 사실이다. 그러나 수십 년간 지속되었던 슬픔과 그리움을 감안한다면 오랫동안 간절히 바라던 것이 이루어지는 달콤한 결말도 그리 나쁘지는 않은 것 같다. 그러한 결말은 소설 속에서 그동안 공감을 얻어 온 아버지와 고향을 향한 보편적인 그리움에 관한 위로와 응원의 표현이라는 점에서 납득이 갈 수 있기 때문이다.

한계령 오르는 길—류담 「나르키소스를 위하여」

　　류담의 중편소설 「나르키소스를 위하여」는 기억과 서사에 관한 흥미로운 기법적 실험을 벌이고 있다. 현재의 서술과 과거 기억의 서술이 반복적으로 교차하고 있어, 정돈된 시간적 질서나 흐름을 파악하기 무척 어렵게 배치되어 있다. 무엇이 현재에 속하는 내용이고, 또 무엇이 과거의 기억 속에서 회상된 것인지 세밀히 분간하지 않으면 현재와 과거가 중첩되는 서사의 복잡한 미궁에서 길을 잃어버릴지도 모른다. 소설 속에서 언급되는 바처럼 아리아드네의 실을 놓치지 않고 잘 따라가야 한계령을 뒤덮은 안개를 헤치고 나올 수 있다.

　　그러나 미궁에서 길 찾기가 소설의 모든 전부는 아니다. 안개가 씻은 듯 사라진 한계령 고갯마루를 속도를 내며 빠져나오는 작품의 결말에 이르기까지, 주인공은 과거와 현재가 교차하는 복잡한 미궁 속에서 과거의 상처들과 만나 이야기를 나누고, 그것들을 하나씩 어루만지는 과정을 거쳐야만 했다. 이렇게 보면 우발적으로 시작된 주인공의 강원도행은 과거의 상처들과 맞서기 위한 일종의 결단이자 모험이며, 주인공은 과거의 상처라는 미노타우로스와 싸움을 벌이는 테세우스가 되는 셈이다.

　　소설의 기법적 실험은 두 가지 과거의 상처들이 무질서하게 산발적으로 주인공의 앞에 튀어나오는 식으로 펼쳐진다. 기억의 조각들이 두서없이 튀어나온다. 시간적인 순서는 무시되고, 현재의 상황에 따른 과감하고 자유로운 연상을 통해 기억은 호출된다. 이 소설의 서사 전개가 마치 미궁처럼 된 원인은 과거의 기억이 무작위적으로 호출되어 현재의 서술에 병치되기 때문이다. 소설 속에서 제이는 "기억은 사실의 저장이 아니라 편집"이라고 말한다. 이 말은 복잡하게 보이는 이 소설의 서사 구성 원리에 대한 힌트가 되기도 한다. 이 소설은 과거의 상처들을 시간적인 순서에 따라 복원하거나 재연하는 것이 아니라, 현재 주인공의 상황과 관점에서 선택된 상처들을 툭툭 끄집어내어 던져놓는 듯한 방식을 취하고 있다.

과거의 상처는 크게 두 가지다. 하나는 연인이었던 제이가 자신을 떠난 것에서 나온다. 제이는 떠났지만 그의 목소리는 계속 남아서, 현재의 주인공에게 계속해서 말을 걸어온다. 어찌 보면 연인은 떠났지만 주인공은 그것을 인정하지 않는 상태에 머물고 있는 듯하다. 현실을 부정하고, 계속해서 과거의 기억 속에서만 위안을 받으려는 퇴행의 상태. 미래로 이어지는 길을 걸어가기 위해서는 퇴행의 상태에서 벗어나야만 한다. 작품의 결말에서 안개를 떨쳐버리고 한계령을 빠져나오는 주인공의 모습은 과거의 기억에 얽매어 있던 상태에서 벗어났음을 확인해주는 것이 아닐까 싶다.

또 다른 상처 역시 버림받은 기억에서 비롯하는 상처다. 주인공의 부모는 주인공을 낳고 사라졌다. 주인공은 백모의 손에 길러졌고, 현재의 시점에서 주인공은 과거 백모에게서 받은 상처들을 하나씩 떠올린다. 떠나간 연인 제이의 기억이 계속해서 말을 걸어왔던 것과는 달리 백모의 기억은 의식의 저편에서 서서히 다가오는 안개의 이미지를 닮아 있다. 엄연히 존재하고 있었으며, 상처의 근원으로 지금도 작용하고 있었음에도 불구하고, 마치 없는 것처럼 침묵하고 있던 것이 어린 시절 생성된 주인공의 트라우마다. 한계령 오르는 길은 곧 무의식적으로 외면하고 있던 과거의 상처와 마주하는 모험의 과정이다.

에코는 아름다운 나르키소스를 사랑해. 스스로의 모습에 빠진 소년은 자기만 바라보는 소녀를 거들떠보지 않아. 그리움에 애가 탄 에코는 살이 마르고 뼈가 삭아서 목소리만 남았대.

과거의 상처 속에 함몰되지 않기 위해 주인공은 에코가 아닌 나르키소스가 되어야 한다. 외면해왔던 과거의 상처를 직시하고 극복할 가능성을 찾는 것, 퇴행의 유혹에서 벗어나 새로운 미래를 향해 발걸음을 내딛는 것을 가능하게 하기 위해서는 최소한의 자기애를 가져야 한다. "스스로 아껴. 억지 부리지 말고."라는 제이의 말은 과거에 얽매이지 않고 미래로 나아가기를 촉구하는 의미일 것이다. 결말에서 잔잔하게 울려 퍼지는 양희은의 「한계령」역시 과거의 상처를 잊고, 산을 내려가라 권하고 있으니 말이다. 물론 결말에서 암시되는 주인공의 행보가 그다지 희망적이지는 않은 듯하다. 여전히 불안정하고 불투명한 미래가 주인공의 앞에 펼쳐져 있는 듯하다. 선뜻 긍정이나 부정, 어느 한쪽으로 기울어지지 않는 절묘한 평행 상태가 지속되는, 불안하면서도 애처롭고 때로는 처연한 느낌까지 주는 결말이기에 이 소설은 더욱 이채로운 인상으로 남을 듯하다.

반성으로의 권유

정상과 비정상의 경계에서 — 신중선 「집으로 가는 길」

　　신중선의 단편 「집으로 가는 길」은 한 여자의 불행한 운명을 스산한 분위기 속에서 인상적으로 스케치하고 있는 작품이다. 그녀의 비루한 현재의 생활과 막막해 보이기만 하는 미래의 절망, 그리고 어쩔 수 없이 삶의 밑바닥으로 내동댕이쳐지게 된 과거의 상처가 짧은 단편 형식 속에서 절묘하게 균형을 이루고 있다는 점에서 특히 눈길이 가는 작품이다. 매춘, 영아유기 등 도시 뒷골목의 어둠 속에서 구원을 갈망하는 한 여자의 운명이 대조적으로 그려지고 있기에 때로는 스산함을 넘어 처연하고 애처로운 감정을 불러일으킨다. 그러한 감정의 경험은 나아가 우리 사회의 어두움에 대한 관심과 반성을 환기하고 있기도 하다.

　　여자는 이파리를 툭 놔버린 후 문득 제 손을 뒤집어 손바닥을 내려다본다. 특별한 이유도 없이 오래도록 본다. 이처럼 유심하게 내 손바닥을 관찰한 적이 있었는가? 한 번도 없었어. 여잔 하릴없이 자문자답한다. 그런데 나는 왜 손바닥을 보는 걸까? 여자가 한 번 더 자신에게 묻는다. 여자는 제 손바닥이 광장의 낙엽만큼이나 칙칙하게 여겨졌다. 그 칙칙함이 왠지 신경에 거슬렸다. 그 손은 자신을 행복하게 만들어줄 것 같지 않았다. 그렇다면 다른 누군가를 행복하게 해줄 수는 있는 손일까. 여자는, 자신의 불운이 손바닥 탓인 양 제 손바닥이 싫었다. 여자는 손바닥이 보이지 않도록 주먹을 꽉 움켜쥐었다.

　불행한 운명은 유심히 자신의 손바닥을 들여다보는 주인공의 모습을 통해 압축적으로 제시된다. 흔히 손바닥에 새겨진 손금을 살펴보면 운명을 읽어낼 수 있다고 믿는다. 자신의 손바닥을 오래도록 관찰하는 주인공은 지금 운명을 읽어내려 애쓰고 있는 것이 아닐까. 물론 그녀는 손금에서 운명을 읽어내는 수상학을 배운 것도 아니니, 재물운이 어떠하고, 출세운이 어떠한지 따지지 않는다. 그저 자신의 손바닥이 거리의 낙엽처럼 칙칙하다는 절망감의 확인, 그러한 칙칙한 자신의 손바닥과 행복은 결코 쉽사리 어울리지 못하리라는 불길하고 불안한 현재의 상태의 재확인이다.
　그러한 불길하고 불행한 손바닥 혹은 운명에 대처하는 주인공의 자세는 어떠한가. 그저 '손바닥이 보이지 않도록' 주먹을 쥐는 것뿐이다. 운명과의 대결이라든가 운명을 바꾸기 위한 노력 따위는 전혀 없다. 그저 주먹을 쥐어 불길한 기운이 눈앞에서 일시적으로 사라지게 만드는 것이 그녀가 할 수 있는 유일한 몸부림이다. 불행과 불길, 불안 앞에서 눈을 감아버리는 것, 스스로의 주체성을 외면해버리는 것이 그녀가 취한 불가피한 선택이다. 노래방에 들어선 그녀는 '결코 보고 싶지 않은 광경' 앞에서 "자신을 단순 기계로 여기기로 했다. 그러지 않고는 견딜 수 없었다." 견딜 수 없기에 현실을 외면하는 그녀의 모습, 눈을 감고서 노래방 도우미가 아니라 진짜 가수가 된 상상의 나래를 펼치는 그녀이기에 인형을 진짜 아기라 상상하며 키우는 충격적이고 엽기적인 사건으로 이어지는 것도 자연스러운 일이 된다.

　여자는 쥐포를 꺼내먹거나 팔뚝을 주무르기도 하면서 천천히 걸었다. 어쩌면 귀가 시간을 부러 늦추고 있는 것인지도 몰랐다. 만일 그

릴 수만 있다면 영영 들어가고 싶지 않은 장소, 그것이 현재의 여자가
인식하고 있는 집이란 곳이었다.

　집으로 가는 길, 여자의 마음 안에 행복과 불안이 수시로 교차했지
만 집이 코앞으로 다가왔을 때엔 행복한 감정만 충만했을 뿐 불안 따
윈 이미 사라지고 없었다. (…) 아기는 이제 여자의 보금자리인 이 옥
탑방에서 자라게 될 것이며 여자가 그렇게 커왔던 것처럼 가랑잎 노
래를 듣게 될 것이었다.

　이 소설의 제목이 가리키는 것처럼 '집으로 가는 길' 동안 주인공의 심
리상태는 그녀에게 생긴 변화를 파악하는 데 매우 중요한 힌트를 제공한
다. 실제와 환상이 뒤섞여 있는 그녀의 병적인 심리는 소설의 결말에 가서
야 뒤늦게 폭로된다. 그 전에 작가는 두 가지 '집으로 가는 길'을 배치해놓
는 세심함을 발휘한 것이다. 들어가고 싶지 않은 장소에서 아늑한 보금자
리로의 의미 변화, 현실의 불행에 힘겨워하는 정상인의 상태에서 그러한
불행이 어느 한도를 넘어 비정상인의 병적 상태가 되어버린 변화를 암시적
으로 전달하는 데 성공하고 있다. 그리고 이 과정에서 연민과 동정, 엽기적
인 병적 심리에 대한 충격 등 다양한 감정의 경험이 펼쳐지게 된다.
　이 소설에는 어두운 밤 도시의 뒷골목에 울려 퍼지는 아기 울음소리가
끊임없이 독자의 귓가에 맴돈다. 아기 울음소기라 마치 배경음악처럼 깔
려있는 듯한 느낌마저 든다. 그러한 아기 울음소리에 얽힌 주인공의 불행
했던 과거를 하나씩 읽어내면서 아기 울음소리가 곧 그녀의 트라우마에서
비롯한 환청이라는 사실을 나중에서야 알아차리게 된다. 독자는 그동안
비정상인 주인공의 청각에 의존하여 아기 울음소리를 따라 왔던 것이다.
정상과 비정상을 전환시키면서 독자의 감정을 이끌어가는 솜씨, 마치 잘
짜인 스릴러 영화 한편을 보는 듯한 반전의 묘미가 돋보인다. 또한 그러한
반전의 끝에는 그녀를 불행하게 이끈 사회의 어두움이 여운을 드리우고 있
음을 놓치지 않고 있다. 짜임새와 주제 양면에서 흥미를 끄는 작품이다.

회복의 공간, 치유의 공간 ─ 이하언 「빨간 신호등이 있는 마을」

'모든 존재하는 것은 사라진다.' 소설 속 민영이 보고 있는 사진집을 만든 작가 김아타가 한 말이다. 소설 속에서 언급된 사진에 대한 설명은 다음과 같다. 장기간 노출기법으로 찍은 사진인 탓에 사람이나 자동차처럼 움직이는 대상은 모두 사라지고 건물이나 도로만 남아 있는 사진. 아마도 On Air Project라 명명된 일련의 사진 작품 중 하나가 아닐까 추측된다. 사라진 과거의 고향으로 돌아온 주인공의 발걸음을 따라가는 이 소설이 보여주고 있는 것도 시간과 존재, 변화에 관한 제법 묵직한 철학적 성찰이다. 요컨대 이 소설은 실제 유명 사진작가의 작품을 명시적으로 언급할 뿐만 아니라 그 사진 작품의 주제와 소설의 주제가 긴밀하게 연결되도록 배치하고 있는 매우 독특한 단편 작품인 것이다.

사람들이 지나쳐간 흔적들이 얼룩얼룩 벽에 묻어 있었다. 누군가 쏟아낸 눈물이었거나, 주먹이 부서져라 내리쳤을 자해의 흔적일 수도, 혹은 핏자국이었을지도 몰랐다. 누렇게 색 바랜 벽지에서 해묵은 낙서를 찾을 수도 있었다. 비뚤비뚤한 글씨, 엄마 아빠…. 글 배우는 아이의 낙서를 보며 흐뭇해했을 아이와 그 가족들이, 살 부비며 살았을 시간들도 이 방 안에 있었을 것이다. 나는 너덜해진 담요가 품어

주었을 체온을 찍었고 우그러진 냄비 속에 보글대었을 찌개를 찍었고 문짝 떨어져나간 장롱 속에 걸린 채 누군가의 외출을 행복하게 해주었을 옷들을 찍었다.

주인공이 카메라로 찍는 것은 '사랑, 미움, 희망, 세월, 꿈'과 같은 '사라지고 마는 것들'이다. 평범한 사람들이 남긴 삶의 흔적을 사진으로 찍어 남겨두는 것, 이것은 끊임없이 변화하는 것, 머지않아 사라지게 될 것들을 붙잡아두려는 인간의 끈질긴 욕망과도 닿아 있는 것이다. 시간의 흐름 앞에서, 또 존재의 유한성 앞에서 몸부림을 치는 인간의 운명이 그 배경으로 깔려져 있다. 어쩌면 예술이란 그러한 사라지는 것들을 붙잡아두려는 인간의 욕망이 발현된 것이라 보아도 무방할 듯하다. 사진으로 남기든, 글로 남기든, 도구에 차이가 있을 뿐이니까 말이다.

한편 누군가의 흔적을 사진으로 남기는 행위는 곧 시간을 기록으로 남기려는 의미가 되기도 한다. 흔적이란 과거에 특정한 대상이 그 곳에 머물러 있었음을 보여주는 기호의 일종이다. 흔적이란 그 대상이 변화하였다는 것, 움직였다는 것을 전제로 하고 있으며, 그러한 변화와 움직임에는 시간의 흐름이 수반된다. 곧 흔적을 사진으로 남긴다는 것은 흘러가는 시간, 형체도, 무게도, 냄새도 없는 시간을 포착하려는 인간의 본래적인 욕망과 깊숙이 연결되어 있는 것이다.

수십 년 만에 찾아온 고향은 과연 주인공에게 어떻게 받아들여질까? 그곳은 '뿌연 먼지'로 표상된다. 과거에서 현재로의 시간적 흐름은 먼지로 표현된다. 회상 속에는 유년시절의 대상들이 존재하고 있지만, 현재 주인공의 시야에는 뿌연 먼지 이외에 다른 것은 존재하지 않는다. 고향으로 돌아온 주인공을 계속해서 따라다니는 먼지란 부재감, 상실감의 시각적 표현, 대체물이다. 퇴락한 집들, 꼬불꼬불한 길과 허름한 담장, 나지막한 지붕들은 기억 속 그대로이지만, 그 공간을 채우고 있던 사람들은 없어지고 뿌연 먼지만 텅 빈 공허를 채우고 있다는 것이다. 김아타의 On Air Project에 나오는 거리 풍경처럼, 장기간 노출을 사용한 탓에 사람이나 자동차는 마치 희부윰한 먼지처럼 사라져버린 상태가 소설 속의 풍경과 겹쳐지고 있다.

이에 민영은 '모든 존재하는 것은 사라진다'라는 명제를 이어받아 이렇게 말한다. "나도 떠날 거야." "다음에 찾아왔을 때는 이곳에 없을 거야." "그곳은 사라져버렸어. 먼지처럼. 변하지 않는 것은 어차피 없어." 민영의 말대로 많은 것이 사라졌다. 사라진 것은 주인공의 회상 속에서 하나씩 소설의 표면으로 끄집어내진다. 사진 작가였던 아버지가 자살로 생을 마감함으로써 자신을 떠났던 것, 홀로 남겨진 어머니가 다른 남자를 만나 어린 '나'를 버리고 떠났던 것, 그녀 역시 현재 어디로 갔는지 종적을 찾을 수 없는 것 등 모든 것이 자신을 떠났다. 무엇보다 자기 스스로 어른이 됨으로써 과거의 유년시절과 멀어졌다. 과거의 것들은 그야말로 먼지처럼 사라져버린 것이다.

모든 것은 변해가기 마련이었다. 엄마도, 아버지도, 할머니도, 계절이, 그리고 온 세상이. 그녀는 고개를 저었다. 꼭 그런 것만은 아니야. 결코 변하지 않는 것도 있단다.

내가 이야기 하나 해줄게 들어봐. 어느 날 하느님이 천사에게 지상에서 가장 아름다운 것 세 가지를 가져와 보라고 했단다. 오래 고심하던 천사는 활짝 핀 장미꽃, 아이의 해맑은 웃음, 그리고 어머니의 마음을 가지고 갔단다. 그런데 그토록 아름답던 장미꽃은 시간이 지나니 시들어 흉하게 변해버렸고 아기의 웃음도 세월 따라 점점 때가 묻어가더란다. 하지만 영원히 변하지 않는 한 가지가 있었대. 그건 바로 어머니의 마음이란다.

아버지의 자살, 어머니의 가출로 피폐했던 유년 시절을 보듬어주었던 인물이 '그녀'이다. 빨간 신호등 슈퍼에서 외로운 어린 '나'에게 상으로 사탕과 과자를 주었던 무엇보다 대화를 건넸던 그녀, '나'에게 라이카 카메라를 주어 넓은 세상으로 나아가도록 만들었던 그녀는 유년 시절의 '나'를 양육과 보호한 어머니로서의 이미지로 그려지는 인물이다. 현재의 피로와 고통을 보듬어주고 극복할 수 있는 힘을 북돋워주는 것이 과거의 그녀 곧 어머니의 마음이 될 것이다.

삭막한 먼지 구덩이 속에서 본래적인 모성성이 회복되는 장면을 그린 소설의 마지막 대목은 김아타의 사진과는 또 다른 분위기와 의미를 구현하는 데 이르고 있다. '모든 존재하는 것은 사라진다'는 명제에 반발하여, '영원히 사라지지 않는 것도 있다'고 웅변하고 있다. 황량한 사막처럼 먼지가 자욱한 현재와는 달리 그녀와 함께 하던 추억 속 과거는 아늑한 휴식과 따뜻한 보살핌이다. 삭막한 공허의 감각에 색채와 온기가 부여되는 시간의 복원이 소설의 결말에서 환상적인 필치로 그려진다. 카메라에 담긴 삭막한 풍경을 넘어 본래적인 것을 회복이 이루어지는 환상의 순간이다. "이곳에서는 아무것도 변할 수 없었다."라는 소설의 마지막 문장에 이른 순간 모든 유년 시절의 상처는 이미 치유된 것이 아닐까 싶기도 하다.

상처로 가득한 오늘날, 상처를 치유하는 근본적인 가능성으로서의 모성에 관해 말하고 있는 이 작품의 의미는 결코 가볍지 않을 듯하다. 이에 이 소설은 상처받은 이들을 위한 아련한 애가인 동시에 영원히 사라지지 않을 고귀함에 관한 송가가 된다.

차마 외면하고 싶은 장면들―최정희「엄마의 주검」

연일 신문에는 충격적인 사건 기사들이 실리고 있다. 최정희의 단편「엄마의 주검」에 나오는 내용도 언젠가 신문에서 비슷한 내용을 접했을 것같은 느낌이 든다. 어머니가 사망한 후 장례를 치르지 않고 시체와 동거하고 있는 소년의 사연. 비슷한 사연들이 우리 주변에서 넘쳐나고 있는 것이 현실이다. 그런데 우리는 그런 신문 보도 기사를 접하고도 곧잘 망각하곤 한다. 워낙에 충격적인 일들이 많이 일어나서일까? 우리는 망각과 마비의 기제를 통해 충격적인 시절을 가까스로 버티고 살아가는지도 모른다.

이 소설은 어디선가 접해봤음직한 소재를 가지고 정면 승부를 하고 있다. 어린 소년의 시선을 통해 펼쳐지는 소설의 내용은 끔찍하고 충격적이다. 그러나 상황의 충격만으로는 부족하다. 신문에서 곧잘 접하던 그런 류의 충격이라면 쉽게 잊고 넘겨버리는 데 익숙하니까 말이다. 소설의 서술은 섣불리 감정을 싣지 않고 하나하나 차분히 독자의 눈앞에 펼쳐 보이는 방식을 택하고 있다. 소설 속 장면들은 하나씩 천천히 곱씹듯 제시되기 때문에 신문에서 접했던 기사들과는 달리 쉽게 넘겨버리기가 힘들다. 차마 외면하고 싶은 우리 시대의 병통을 소설을 통해 생생히 목도하게 하는 것, 이 소설의 의의는 여기에 있다.

사망한 엄마의 시신을 집에 그대로 두고 생활한다는 어린 소년의 이야기는 자칫 적지 않은 혐오나 거부감을 유발할 수 있다. 이런 우려를 불식시키는 소설적 장치는 주인공 소년의 순진하면서도 어리숙한 면모를 적극적으로 활용하는 것이다. 판단이나 평가를 정지시킨 채, 현상을 보고하는 역할만을 부여한 일인칭 화자의 존재가 효과적으로 활용되고 있다. 엄마가 죽고 나서 '이제 고아라는 생각이 든다'고 말하지만 곧이어 '이 와중에도 배고 고프다'라고 솔직히 말하는 화자의 특이함, 배가 고프니 엄마의 장례보다는 일단 라면을 끓여먹을 수밖에 없었다는 순수함과 아둔함의 경계에 있는 독특한 화자 설정이 충격적인 소재에서 비롯하는 부담을 현저히 줄이고 있다.

인지적 능력이 제한된 화자의 설정 탓에 엄마의 죽음에 대한 감정이나 심리상태는 직접 표출되지 않은 채 꿈을 통해 간접적으로 제시된다. 새처럼 가볍게 하늘을 날고, 바다 깊숙이 들어가 물고기처럼 헤엄을 치다가 아찔함과 두려움을 느끼는 꿈. 의미의 파악이나 평가는 이러저러한 전후 사정을 파악하고 있는 어른들의 몫이다. 화자는 시종일관 순진한 성격을 고수한다. 그러면서도 가끔 어리숙한 소년은 어른들을 향해 뼈아픈 지적을 하곤 한다. 예를 들면 매달 통장에서 빠져나가는 월세나 전기세 등에 관한 언급이 그러하다.

엄마의 통장에는 1,993,433의 숫자가 마지막에 새겨져 있다. 얼추 보름전의 날짜였다. 월세, 전기세, 전화세 등이 자동이체 계좌로 달마다 착실히 빠져나갔다. 만약 내가 굶어죽었더라도 사람들에 의해 발견될 때까지 매월 어김없이 돈이 착착 빠져나갔을 것이다. 차라리 통장에 돈이 하나도 없었더라면 주인이 우리 집으로 한 번 와보았을 것이다.

매달 돈이 통장에서 빠져나간다. 사람들은 돈이 제대로 빠져나가는 것에만 관심을 가진다. 차라리 통장에 돈이 부족해서 돈이 제대로 빠져나가지 않았더라면, 엄마의 죽음이 좀더 일찍 발견되었을지도 모른다. 실제로 소설의 결말에서 소년이 구출된 것은 월세가 들어오지 않은 주인이 방문했기 때문이다. 사람이 바로 옆에 죽어 있어도 알아차리지 못하는 상황, 생활고를 못 이겨 동반 자살한 '송파 세 모녀의 죽음'도 비슷한 상황에서 벌어진 비극이었다. 구멍이 뚫린 사회 안전망이나 생명 경시 풍조를 이성적으로 비판하기 이전에, 통장에 찍힌 숫자에만 관심을 가지는 우리 모두에게 날선 비판을 가하고 있는 것이다.

워낙에 충격적인 소재인지라 쉽게 납득이 가지 않는 점도 없지 않다. 가령 엄마의 자존심에 관해서는 약간 이질감이 느껴진다. 그녀는 자존심 때문에 주위 사람들의 도움을 거부한 것으로 설정되어 있는데, 자존심이 강한 성격이야 어느 정도 이해할 수 있겠지만, 죽음에 이르러서도 자존심을 내세웠다는 설정에 대해서는 다소 의문이 든다. 더욱이 죽음의 원인을 개인의 자존심에서만 찾는다면 보편적인 공감을 저해할 여지도 생기게 된다.

그러나 이 소설은 이 소설만의 방식에 걸맞은 매끈한 결말 처리를 시도하고 있다. 소설은 순진한 소년 화자의 시선에 모든 것을 맡긴 채 마무리된다. 소년의 이야기를 취재한 기자들은 '우리 시대의 슬픈 자화상, 비정한 사회의 무관심, 모럴의 붕괴, 생명의 경시풍조'를 강조하지만, 정작 소년은 그것에 대해 판단을 중지한다. 소년은 그런 말들이 무슨 뜻인지 모르겠다고 한다. 순진하고 어리숙한 소년다운 반응이다. 꿈속에서 엄마는 계속해서 자존심을 내세우며 주인공을 질책한다. 소년은 엄마처럼 살지 않겠다는 것만은 알겠다고 말하지만 어느 하나 결론에 도달하지는 않는다.

모든 것은 오롯이 독자의 몫으로 남겨진다. 판단과 평가, 그리고 반성은 소년이 짊어질 것이 아니라 소설이 끝난 후 독자가 나누어 감당해야 할 의 무이다. 충격적인 사건이 연일 신문지상을 가득 채우고 있는 오늘날 반성적 감각이 마비되고 쉽게 망각하는 우리에게 이 소설은 묵직한 돌덩이 하나를 던지고 있는 셈이다.

오래된 감정을 들여다보는 방법

보이지 않는 것을 그려내는 법 — 임수랑 「번짐」

임수랑의 단편 「번짐」은 사건의 전개보다는 소설적 분위기의 제시에 한층 주력한 작품이다. 인물과 사건을 통한 서술이라는 '말하기'보다는 비유와 암시가 한껏 담긴 소재들을 소설 내부에 펼쳐놓는 '보여주기'를 주로 활용한다. 외로움이라는 눈에 보이지 않는 감정을 서술을 통해 보여주기 위해 많은 노력을 기울였으며, 작품의 제목에서도 나타난 것처럼 외로움이 번져나가는 모습을 문장으로 붙잡아내는 데 성공하고 있다. 그 결과 이 작품은 어느 몽환적인 장소를 화폭에 옮긴 풍경화를 연상하게 하는데, 주인공 Y의 주위를 둘러싸고 있는 진한 외로움의 감정이 독특한 색채의 물감으로 그려지는 듯하다.

주인공 Y가 보이는 '개 알레르기' 증상은 오랫동안 그녀의 마음을 가득 채우고 있는 외로움이라는 감정을 겉으로 드러내 보여주는 흥미로운 소재다. 소설의 첫 장면은 Y가 엘리베이터에서 개를 안고 있는 남자와 마주치는 것이다. 선뜻 엘리베이터를 타지 않고 망설이는 Y, 그녀가 느끼는 초조함, 불안함의 원인이 무엇인지 궁금증을 유발한다. 서술자는 "그것은 언젠가부터 Y에게 알레르기를 일으켰다. 그렇다고 코에 염증을 일으키는 알레르기는 아니었다."라면서 궁금해 하는 독자를 향해 Y가 그러한 반응을 보이는 이유를 마지못해 슬쩍 알려주는 듯한 태도를 취한다. '말하기'는 최대한 자제한 채, 심적으로 동요하는 Y의 반응을 '보여주기'에 주력한 결과다.

Y에게 개 알레르기가 생기게 된 계기를 제공한 민석과의 이야기로 넘어간 다음에도 보여주기에 주력하는 모습은 마찬가지다. 친절한 설명 따위는 의도적으로 생략하는 듯한 서술자는 작살에 찔려 죽은 개의 사체를 향해 카메라의 렌즈를 돌린다. "카펫에 번진 피와 곳곳에 붙어 있는 빨간 차압 딱지"와 같은 표현에서처럼 민석이 떠난 빈 자리는 빨간색 흔적들로 채워진다. 빨간색 핏자국이 만들어내는 충격적인 장면은 생리 중인 강아지가 엘리베이터 바닥에 남기고 간 핏자국과 연결되면서 초조와 불안의 분위기를 계속 유지하고 강화한다.

도대체 무엇이 민석으로 하여금 그런 끔찍한 사태를 저지르게 하였을까를 물어보는 것은 그리 중요하지 않다. 민석의 사라짐, 그가 키우던 강아지의 죽음, 알레르기의 시작에 관한 서술은 '왜'라는 질문에 지극히 불친절하기만 하다. 물은 이미 엎질러졌고, 엎질러진 물에 흠뻑 젖어 몸을 덜덜 떨고 있는 주인공의 심리에 관한 서술만이 남아 있을 따름이다. 가려움증과 불쾌감, 그리고 그러한 알레르기 반응을 잠재우기 위해 강박적으로 손을 씻고 개와의 접촉을 회피하는 수밖에 없다. 원인의 분석이 아니라 증상의 관찰이 이 소설의 목표인 것이다.

그때부터 시작된 알레르기였다. 좁은 공간에서 털 달린 개들과 만나면 Y는 온몸이 피부병이라도 걸린 듯 근질거렸다. 견딜 수 없는 가려움증 때문에 마음까지 불쾌해졌다. 그뿐만 아니라 별안간 눈이 뻑뻑해지면서 심장에 가스가 차올라 금방이라도 쓰러질 것 같은 증세를 느낄 때도 있었다. 일종의 변형된 알레르기 같은 거였다. Y는 바닥으로 떨어지려는 사과 열 개의 하중을 한 팔로 버티며, 몸이 엘리베이터 중앙에서 한 치도 벗어나지 않게 온 신경을 집중했다. Y는 개에 대한 생각을 잊어버리려고 했다. 그런 노력에도 불구하고 엘리베이터를 타고 먼저 올라간 흰색 스피츠와 남자의 행적이 머릿속에서 맴돌았다.

바닥으로 떨어지려는 사과 열 개의 하중을 한 팔로 버틴다. 몸이 엘리베이터 중앙에서 한 치도 벗어나지 않게 온 신경을 집중한다. 견딜 수 없는 가려움증 탓에 마음이 불쾌해지고, 어지럼증까지 느낀 Y가 버티기 위해 안간힘을 쓰는 모습이 인상적으로 펼쳐진다. 아마 영화나 드라마 같은 영상 매체에서 이 장면을 다룬다면 미묘한 손 떨림 하나하나로 복잡한 내면을 연기해야 하는 베테랑급 연기자가 Y를 분해야 할 것이다. 극심한 현기증에서 벗어나기 위해 개에 대한 생각을 없애려 하지만 계속 머릿속에는 맴도는 생각을 떨칠 수 없는 상태를 연기할 때도 매우 노련하고 섬세한 연기력이 필요할 것이다. 외로움의 '흔적'을 벗어나려 발버둥을 치지만 쉽사리 벗어날 수 없다는 것이 이 소설의 주제를 직접적으로 겨냥하고 있기 때문이다.

Y는 강아지와 남자가 남기고 간 흔적을 최대한 피한다고 피해서 집으로 왔다. 문을 열고 현관으로 들어서자 센서 등이 바로 켜졌다. 그때 네모난 벽면 거울로 한 사람의 형체가 그림자처럼 서 있었다. Y는 거울을 외면하며 집 안으로 들어왔다. 어깨에 멘 가방과 들고 있는 짐을 바닥에 내려놓고 세면대로 바로 가서 손을 씻기 시작했다. 차가운 물이 흐르다 금세 따뜻한 물로 바뀌어 Y의 손바닥을 적셨다. Y는 그 순간 안도감을 느꼈다. 하지만 엘리베이터를 타기 전에 몸이 지나온 경로를 생각하면 손을 비누에 달랑 씻는 것만으로는 Y의 성에 차지 않았다.

섬세한 디테일에 관한 집요한 집중이 하나씩 모여 주인공을 둘러싸고 있는 외로움이라는 감정 상태를 소설의 문장으로 표현할 수 있게 한다. 위의 장면에서 서술자는 거울에 비친 자신의 모습을 외면하는 사소한 행동

하나하나에도 신경을 쓴다. 현재의 자기 자신을 직시하지 못하는 상태, 문제를 극복하려는 능동성보다는 외면하고 회피하려는 수동성이 주인공의 상태임을 보여주기 위한 선택이다. 혹시 알레르기를 일으킨 개의 '흔적'이 남아 있지 않을까 노심초사하며 강박적으로 손을 씻는 모습을 보면 주인공을 둘러싸고 있는 외로움이 얼마나 강고한 것인지 짐작케 하고, 또 그녀가 그러한 외로움의 상태에서 얼마나 벗어나고 싶어 하는지 알게 한다.

초등학교 삼학년 때 부모가 이혼을 해 Y는 혼자 빈집을 지킬 때가 많았다. Y는 사연과 함께 듣고 싶은 음악곡목을 엽서에 써서 라디오 방송국에 보냈다. 신청한 음악이 이제나저제나 나올까 하여 며칠 동안 마음을 졸이고 졸였다. 이문세가 진행하는 '별이 빛나는 밤에' 시그널 음악을 자장가 삼아 들으며 음악에 빠져들기 시작했다. 빈집에서 외로움을 이기는 유일한 방법이었다. 편안함을 주는 매력적이고 차분한 디제이들의 음성을 들으며 초경도 맞았고, 사춘기도 별일 없이 무난하게 거쳐 지나갔다. (…) 외로움 정도야 그 전부터 Y와 함께 했던 것이기에 아버지가 죽었다고 해서 달라질 것이 없었다. 견디면 되었다. 짙은 안개가 낀 날도 비가 장대같이 쏟아지는 날도 Y는 잘 견뎠다. 그곳에서 민석을 만나기 전까지는. 민석을 만나기 시작하면서 Y는 외로웠다. 무엇으로 채우려 하면 할수록 빈자리가 났다. 반쯤 채워진 물 항아리를 두드릴 때 울리는 소리처럼 스산했다.

주인공 Y의 외로움은 그녀가 어렸을 때부터 시작된 무척 오래된 외로움이다. 그러나 이러한 오래됨이 단순히 시간의 경과만을 의미하는 것은 아니다. 오래되면서 그녀는 견디는 법을 서서히 터득했고 외로움을 자신의 일상으로, 나아가 자신의 운명으로 받아들였다. 어머니가 자신을 버리고 떠나고, 아버지가 돌아가시는 때에도 그녀는 체념 속에서 편안함을 찾은 듯 묵묵히 슬픔을 받아들인다. 얼마나 오래도록 견디고 또 견뎌냈기에 이처럼 담담하게 받아들일 수 있게 되었을까? 오랫동안 얼었다 녹았다 다시 얼기를 반복한 냉동고 속의 동태가 외로움을 견디고 견뎌낸 주인공 Y의 그간 인생을 비유적으로 보여준다.

주인공은 민석과 만나면서 그동안 잘 견디던 외로움 앞에 흔들리는 자신을 고백한다. 채우려 하면 할수록 빈자리가 난다는 무섭고도 피할 수 없는 진실. 너무 오랫동안 외로움에 둘러싸여 견디면서 외로움을 너무 당연한 것으로 여겼음을 민석과 만나면서 뒤늦게 깨달았을 뿐이다. 어린 시절 어머니와의 이별과 그 이후 맛보았던 외로움은 민석과의 만남을 거치면서 냉동고 밖으로 꺼내지게 된 셈이다. 민석이 떠남으로 인해 생긴 외로움은 그보다 훨씬 오래 전에 어머니가 자신을 버리고 미국으로 떠나서 생긴, 그저 오랫동안 견디고 있던 근본적인 외로움을 이끌고 있다. 마치 수면 위의 빙산이 더 수면 아래 더 큰 얼음덩어리를 거느리고 있는 것처럼. 주인공이 엽서를 보고 민석이 보낸 것인가 생각하다가 나중에서야 미국의 어머니가 보낸 것임을 알게 되는 것도 민석 때문에 생긴 외로움보다 어머니로 인해 생긴 외로움이 한층 더 근본적인 것임을 암시하는 설정으로 볼 수 있다.

이 소설의 마지막 장면은 외로움이라는 보이지 않는 대상을 소설적 문장으로 그려내는 것이 이 소설의 중요한 임무임을 알려준다. 1층 할머니가 아파트 천장과 벽에 뿌려놓은 동지팥죽이 벽을 타고 위에서 아래로 흘러내리는 것을 주인공이 바라보는 대목이다. 팥죽이 흘러내리는 것을 보고 내린 결론, '외로움도 위에서부터 아래로 거꾸로 번지는 게 아닐까'라는 것을 말하기 위해 이 소설은 제법 먼 심리적 여정을 거쳐 왔다고 해도 과언이 아니다. 다만 벽에 묻은 팥죽을 보면서 새로운 희망을 예감하는 소설의 마지막 장면은 그리 매끄럽지 못한 느낌을 선사한다. 팥죽이 흘러내리는 것을 외로움이 번지는 것으로 연결시키는 주인공의 상념에서는 언뜻 이해가 되지 않는 비약이 섞여 있고, 그 과정이 급작스러워 작품이 서둘러서 마무리되는 느낌이 든다.

그럼에도 불구하고 갑갑하고 불안하기만 하던 심리 상태에서 벗어나 탁 트인 곳으로 나가 극복의 가능성을 한껏 보여주는 결말의 처리는 무척이나 매력적이다. 외로움이란 번지는 것이라는 사실을 확인하고 나서 아파트 밖으로 걸어 나온 주인공의 앞에는 밤새 눈이 내렸다가 갠 맑은 하늘이 펼쳐지면서 위축되었던 심리 상태를 극복할 가능성을 한껏 보여준다. 어느새 개 알레르기는 더 이상 그녀를 괴롭히지 않고 있다. "날씨는 춥지만 하늘은 맑았다."라는 소설의 마지막 문장에서 그러한 기대가 묻어난다. 아파트 엘리베이터라는 폐쇄적인 공간을 아직 추위는 여전하지만 맑은 하늘이 선사하는 미래 밝은 공간으로 전환하는 대목에서 짜릿한 서사적 전환의 역동성을 맛볼 수 있기 때문이다.

슬리퍼의 사용법 – 이병순 「슬리퍼」

이병순의 단편 「슬리퍼」는 아슬아슬한 상황, 깨어지기 직전의 상태를 독자들의 눈앞에 펼쳐놓는 데 성공한 작품이다. 성공한 유명 피아니스트, 겉으로 보기에는 모든 이들의 부러움을 살 만한 부부 생활, 의처증 남편인 K가 보이는 이해할 수 없는 행동들, 심리적 동요와 물리적인 충돌. 주인공 부부 사이에서 일어나는 위태로운 상황은 주인공 여자의 발에 걸린 슬리퍼에서 시작하고 끝난다.

K의 완력에서 벗어난 여자는 현관으로 달려갔다. 신장 위에 둔 핸드백을 잡고 슬리퍼를 발에 꿰었다. 여자가 현관문 손잡이를 비틀 때 K는 메트로놈을 집어 들었다. 메트로놈이 현관문을 맞고 떨어질 때 여자는 현관 앞 계단을 밟고 내려섰다. 마침 안쪽 집에 들어갔다 나오는 택시가 있었다. 여자는 택시 뒷좌석 안쪽에 앉아 헝클어진 머리를 여미면서 슬리퍼 한 짝을 마저 신었다. 계단을 내려오면서 벗겨진 슬리퍼였다. K가 여자의 등을 향해 던진 슬리퍼는 택시 문 앞에 떨어졌다. 전진하던 택시를 다시 후진시켜 주워온 슬리퍼였다.

슬리퍼의 사용법 하나. 부부 싸움의 디테일을 마련하는 장치가 그것이다. 광기에 가까운 남편의 횡포를 피해 집밖으로 달아나는 위급한 상황에서 여자는 급하게 슬리퍼를 신고 나온다. 그것도 제대로 신지 못하고, 이내 벗겨질 정도로 허술하게 신었다는 설정에서 그녀의 다급한 상황이 전달된다. 소설은 두 부부 사이에 벌어지는 급박하고 불안한 분위기를 연출하기 위해 슬리퍼를 이리저리 던지고, 내팽개친다. 정신없이 움직이는 슬리퍼의 상태가 부부 싸움의 디테일이다. 동시에 집 밖에서 이리저리 내던져지는 슬리퍼는 결국 집을 뛰쳐나온 여자의 신세와 일치한다. 슬리퍼는 남편 K가 여자의 등을 향해 던진 것이므로, 여자가 집을 나오게 된 것은 결국 남편의 책임이라는 의미가 되는 것으로 볼 수도 있겠다.

여자는 가드 레일에 걸터앉아 슬리퍼를 발에 꿰었다. 언제나처럼 슬리퍼의 말랑말랑한 촉감은 안정감을 주었다.
여자는 동네를 돌 때나 슈퍼마켓을 갈 때뿐만 아니라 레슨을 하러 갈 때도 슬리퍼를 신었다. 엄지발가락 옆 뼈가 낫처럼 휘어져 발등을 싸거나 발가락을 조이는 신발을 신었다하면 엄지발톱이 살을 파고들어 종기처럼 땡땡하게 붓곤 했다. 그럴 때면 슬리퍼도 신기 힘들었다. 부은 발가락이 어디에 슬쩍 닿기만 해도 통증은 온몸까지 전해지는 것 같았다. 병원에서는 그것을 외반무지증세라 했다.

슬리퍼의 사용법 둘. 외반무지증으로 표현되는 주인공 여자의 캐릭터를 드러내는 장치가 그것이다. 남들과는 구별되는 외반무지증을 가진 여자, 그것이 곧 소설 속 인물의 캐릭터 연출에 있어 디테일을 선사한다. 또한 여자가 슬리퍼를 신고 다닐 수밖에 없는 이유에 대한 서술을 통해 슬리퍼는 곧 주인공 여자의 분신 내지 동격의 대체물로 의미를 부여받는다. 슬리퍼의 말랑말랑한 촉감에서 안정감을 얻으며 한숨을 돌리는 모습에서 슬리퍼는 의처증 남편으로부터 지켜야 할 그녀의 마지막 자존감이 되기도 한다. 한때 여자의 발을 배려하며 신경을 써주던 과거의 남편이나, 모래사장을 함께 거닐던 조각가 옆에는 늘 슬리퍼가 있었다. 슬리퍼가 곧 주인공 여자 그 자체인 셈이다.

슬리퍼의 사용법 셋. 병적이고 폭력적인 의처증 남편 K에 맞서 스스로를 지키는 무기로 사용하는 것이다. "발코니 창턱에 걸쳐놓은 슬리퍼는 어느새 뽀송뽀송했다. 젖은 기운을 빨리 터는 것은 슬리퍼의 본성이지 햇볕 때문은 아니었다." 만약 남편의 폭압으로 인해 눈물을 흘렸다면 슬리퍼가 가진 본성으로 그 눈물을 말릴 수 있지 않을까. 눈물을 극복하기 위해서는 슬리퍼의 본성을 잘 살려야 한디. 슬리피가 벗겨지고, 내동댕이쳐지면서도 여자는 그 슬리퍼를 끝까지 포기하지 않는다. 외반무지증을 가진 그녀가 편안함을 느끼는 유일한 신발이기에 슬리퍼는 단순한 신발 이상이 아니라 자신의 개성과 자존을 잘 살릴 수 있는 무기가 될 수도 있다. 이 소설의 마지막을 보면 그러한 슬리퍼 사용법이 엿보인다.

K는 무대 뒤에서 뚜벅뚜벅 걸어 나와 피아노 앞에 앉았다. 객석은 조용해졌다. K가 건반에 손을 올리자 여기저기서 들리는 헛기침 소리도 멎었다. 앙코르곡은 브람스의 소품 '왈츠'였다. '왈츠'라는 곡목과는 어울리지 않게 애잔한 선율이었다. 여자를 안고 여자를 업었던 여자의 목을 조르던 저 손으로 K는 지금 왈츠를 치고 있다. 당분간 그것은 변함없이 이어질 것이다. 여자는 앞좌석 의자 밑 저 깊숙이 밀려나 있는 슬리퍼를 발로 당겨 신었다.

손과 발의 대결. 폭력적으로 아내의 목을 조르던 K의 손과 가까스로 슬리퍼를 꿰어 신고 집을 뛰쳐나온 여자의 발. K의 폭력을 견디지 못해 집을 나와 도망쳤지만 여자가 지금 K의 독무대인 음악회장에 나타났다는 것은 회피나 도피가 아니라 대결의 의지를 보이는 것이 아닐까. 당분간 변함없이 이어진다는 '그것'이 K가 연주하는 곡의 애잔한 선율일까, K의 무지막지한 폭력일까, K의 의처증으로 인한 여자의 불행일까, 중의적인 의미를 담고 있다. 어떤 것이 되었든 여자는 지금 다시 슬리퍼를 당겨 신겠다는 의지를 보인다는 것이 중요하다. 자신의 처지와 일치하는 그 슬리퍼는 바로 직전까지 '의자 밑 저 깊숙이 밀려나 있는' 상태였지만, 지금 그녀는 '슬리퍼를 발로 당겨 신었다.' 절박한 상황에서도 끝까지 자존감을 지키겠다는 주인공 여자의 의지를 내 비추는 흥미로운 사용법이다.

시간의 강을 거슬러가는 법 – 한정배 「무심천」

한정배의 중편 「무심천」만큼 청주라는 도시를 아름답고도 인상적인 장소로 그려낸 소설은 기억나지 않는다. 청주를 대표하는 무심천이라는 소재를 가져와서 공간의 축을 삼고, 학창시절 절친했던 친구와의 추억을 시간의 축으로 삼아 이야기를 엮은 결과 전개의 탄탄함도 돋보이는 작품이다. 간혹 청주를 잘 모르는 독자를 향한 배려 때문에, 혹은 청주에 대한 작가의 애착 때문에 서사적 흐름을 지연시키는 설명조의 이질적인 서술이 약간의 아쉬움을 자아내기는 하지만, 공간과 시간을 적절하게 겹쳐놓고 이야기를 풀어놓고 있어 소설 속 재윤과 '나'의 애틋하고 절절한 사연에 깊이 빠져들지 않을 수 없다. 덕분에 언젠가 청주를 방문하게 된다면 소설 속 주인공이 편지를 떠내려 보냈던 그곳이 어딘지 찾아보게 될 듯하다.

무심천은 청주의 중심을 남북으로 가로지르는 하천이다. 규모의 차이는 크지만 서울을 가로지르는 한강을 연상하는 것도 나쁘지 않다. 한강 둔치처럼 무심천 둔치를 꾸며놓아 시민들이 휴식을 취하기도 하고, 강변북로나 올림픽대로처럼 하천을 따라 도로를 만들어놓아 도시 교통에도 일조한다. 무심천에 관한 정보는 소설 속에도 상세히 제시되어 있어, 청주를 한 번도 방문하지 않은 독자라도 어렴풋하게라도 머릿속에 그려볼 수 있을 정도다. 기차를 타고 청주역에 내리고, 다시 택시를 잡아타고 무심천에 가는 여행의 과정을 상세히 다루고 있기에 청주라는 도시를 타지인에게 소개하는 정보 제공의 역할도 충실히 하고 있다. 여기에 무심천이라는 이름이 붙게 된 유래까지 소개되고 있으니 마치 가이드북 같은 느낌도 들게 한다.

"무심천? 이름은 그럴 듯하네. 유래도 그렇고, 어쨌든 천이면 냇물이란 말인데…."
그의 냇물이란 말 속에는, 그깟 냇물을 무슨 자랑거리라고 얘기를 하느냐는 비아냥거림이 섞여있는 것처럼 들렸다. 강이라고 해도 손색이 없다는 것을 보여줘야 한다고 생각했다. 사실, 평소 무심천은 냇물이 흐르는 곳보다 바닥을 드러낸 곳이 더 많을 만큼 물줄기가 가늘다. 그러나 비가 내리기 시작하면 언제 그랬냐는 듯이 강물처럼 많은 양의 물이 흐른다. (…) 그가 머릿속에 그리고 있는 냇물의 이미지를 없애고 싶었다. 무심천을 보여줄 시기는 장맛비가 내린 직후가 적시였다. 봄부터 그는 데이트 겸 무심천에 내려가자고 아이가 엄마에게 보채듯 졸랐다. 봄마다 둑에 만발한 벚꽃과 그 사이사이 연둣빛의 수양버드나무 자랑을 한 것이 한몫을 했다. 여름 장마가 시작될 때까지 이런저런 핑계를 만드느라 머리가 아플 지경이었다. 그해엔 장마가 6월 4주째부터 시작되었다.
"취미도 고약하네. 맑은 날 다 놔두고 비 오는 날 가자니."
싫으면 나 혼자 내려가겠다고 말하고는 뒤도 돌아보지 않고 걷기 시작했다.

작가의 자전적인 감상이 엿보이기도 하는 이 소설에서 서술자가 지닌 무심천에 대한 자랑은 고스란히 실제 작가의 것을 옮겨놓았으리라 짐작된다. 일종의 가이드북 같은 느낌이란 이러한 측면에서 비롯하고 있다. 물론 이러한 종합적인 정보의 제공이 과도하면 소설적인 맛을 약화시키는 문제점이 생기기도 한다. 그러나 적어도 위의 인용을 보면 설령 청주와 무심천을 향한 애정이나 자부심이 있다고 하더라도, 그러한 감정을 소설적 형식 속에 최대한 녹여내려고 한 노력을 읽어낼 수 있다. 주인공의 남편을 등장시켜 무심천이라는 명칭에 관한 오해와 편견을 끄집어내고, 봄철 강변의 벚꽃과 수양버들에 관한 자랑을 슬쩍 덧붙이고, 장마철에 남편과 방문하게 함으로써 무심천이 그리 만만한 냇물이 아니라고 강조한다. 무엇보다 연애시절의 남편에게 친구 재윤과 함께 무심천 둑에 보석함을 묻으면 했던 약속을 이야기해주면서 재윤과의 추억이라는 소설의 중심 서사를 향한 일관성을 유지하는 모습을 보이고 있다. 이러한 까닭에 이 소설에서 강히게 드러나는 무심천에 관한 자부심은 단순히 관광 안내 목적의 정보 제공에 머물지 않고, 재윤과의 소중한 추억이 담긴 장소이기에 더욱 소중하고 자랑스러울 수 있다는 맥락을 이끌어낸다.

> 변했다. 시냇물이 옛 모습 그대로가 아니다. 나는 둑에 섰다. 예전의 무심천을 찾으려 눈은 물줄기를 따라 거슬러 올라갔다. 시야에 들어온 냇물은 곧게 흐르도록 가지런히 정리되어 있다. 왜 곧은 물줄기가 나를 서글프게 하는 것일까. 어느 곳에선 갈라지고 다시 또 만나고 이리저리 꼬불거리며 흐르던 그 냇물이 아니었다. 가는 물줄기 사이에 섬처럼 또 삼각주처럼 펼쳐져 있던 누런 흙도 볼 수 없다. 옛날에 보았던 물줄기를 보고 싶지만 한군데도 흔적이 남아 있지 않았다. 물줄기만 변한 것이 아니었다.

이 소설이 무심천이라는 특정한 소재를 다루면서도 청주를 한 번도 방문하지 않은 독자라고 하더라도 소설로서의 흥미와 공감을 제공할 수 있는 것은 강을 시간의 비유로 보는 오래된 문학적 관습을 활용하고 있기 때문이다. 끊김 없이 흘러가는 강물이 역사에 비유되는 정도의 거대한 스케일은 아니지만 흐르기를 그치지 않은 무심천의 물줄기는 한 인간의 인생에 관한 적절한 비유가 된다. 흘러가는 강을 바라보는 '나'는 그 강에서 옛날의 흔적을 찾으려 두리번거리고 있다. 그리고 '나'는 변화를 발견한다. 수십 년 전이나 지금이나 계속 흘러가는 물줄기, 곧 시간의 흐름이야 변함이 없지만 강가의 풍경, 인간 자신은 너무나 많이 변해버렸음을 발견하는 순간은 모든 인간에게 경외감을, 애잔함을 안겨주지 않을 수 없다.

더욱이 이 소설에서는 수십 년 전 친구와의 약속을 지키기 위해 무심천을 방문하는 것이 주된 사건으로 설정된 탓에, 옛 흔적이 남아 있지 않을 만큼의 시간적 변화는 그 자체로 극적인 긴장을 담당하게 된다. 옛 추억이 그대로 남아 있을 것인가, 아니면 속절없는 시간의 흐름 속에서 추억마저 퇴색해버렸을 것인가가 소설의 긴장을 이끌고 가는 물음이다. 변하지 않은 우정, 사랑에 대한 믿음은 곧 젊은 시절의 순수함과 정확하게 대응하는 가치다. 소설의 주인공은 수십 년 전의 약속이 과연 지켜질 수 있을까, 두려움과 기대가 교차하는 가운데 무심천변으로 향하고, 소설은 결말을 향해 전개된다.

"아버지가 나무를 들어낼 때 이 보석함을 발견하셨대요. 보석이 들어 있는 줄 알고 남이 볼세라 품에 넣었다가 집에 와서 열어보니 편지가 들어있다고 저에게 건네주셨어요. 편지를 읽어보니 두 분의 모습을 보는 듯했어요. 그리고 아름다운 우정을 꼭 전해야겠다고 다짐했어요." (…) 나는 여자에게 재윤이와 함께 함을 묻던 날의 이야기를 해주었다. 무심천에서 옷을 적셔가며 장난친 부분을 들으며 여자는 그 장면을 보는 것처럼 마냥 즐거워했다. 일찍 세상을 떠난 재윤이의 죽음에 대해서도 말해주었다. 재윤이의 죽음에 대한 이야기를 듣는 내내 여자는 나와 눈을 맞추지 못했다. 흘러가는 무심천을 보고 있지만 무상함을 지우려는 표정이 옆모습에 역력히 드러나 있다. 나는 함에서 편지를 꺼내어 내가 쓴 편지를 여자에게 잠시 쥐어주고 재윤이의 편지를 읽어 내려갔다.

'나'가 무심천에서 만난 여자는 여러 모로 흥미 있는 해석이 가능한 인물이다. 아니 성격화가 완료된 인물이라기보다는 일종의 소설적 장치에 가깝다. 여자의 아버지는 보석함을 '우연히' 발견하였고, 그 사연에 감동하여 여자가 무심천에 나오게 되었다. 그야말로 여자의 등장은 '우연'에 가깝다. 원래 계획된 '나'의 일정에는 전혀 없던 인물이며, 더욱이 수십 년 전 재윤이 쓴 편지를 들고 나타나는 것은 '우연'이라 볼 수밖에 없다. 여자는 이야기에 결말을 내기 위해 동원된 장치라는 지적은 이러한 우연적인 개입이라는 사실과 무관하지 않다.

한편 우연히 등장하는 여자가 가장 순수하고 순결한 고백의 방식인 '편지'를 전달해주고 있다는 사실도 강조될 필요가 있다. 소설의 결말에서 몇 페이지에 걸쳐 서술되는 '재윤이의 편지'는 소설의 목적지에 해당한다. 결과적으로 '나'는 이 편지를 전해받기 위해 서울에서 출발하여 무심천에 도착하는 기차 여행을, 고등학교 시절에서 출발하여 중년에 이르는 인생의 여정을 거친 셈이 된다. 우연히 만난 여자가 전달한 우정의 증거는 어쩌면 소설적 개연성을 무시한 끝에 더욱 순수하고 감동적이 될 수 있을지도 모른다. 그것은 우정과 사랑의 시절을 멀리 보낸 인생의 한 지점에서 발견한 순수의 조각이기에 감동적이지 않을 수 없다. 이때의 순수함이란 이미 오래 전 잃어버린 것을 가까스로 되찾는 것이기에 필연이 아니라 우연일 수밖에 없는 것이기도 하다.

이 소설은 근대소설사에서 말하는 노벨이 아니다. 루카치 식의 소설이라면 주인공은 시간의 위력 앞에서 '환멸'을 맛볼 수밖에 없고, 비로소 여행을 시작하게 된다. 반면 이 소설의 결말은 우연히 순수함을 되찾고, 여행을 마무리한다. 무심천에 편지지를 띄우는 것은, 그래서 편지를 영원한 시간의 흐름 속에 수장시키는 것은 재윤을 향한 제사지내는 행동과 다름이 없다. 무심천변에 서 있는 '나'와 여자의 마음속에서는 망자의 넋을 위로하고, 망자를 추억하는 진심어린 애도의 의식이 펼쳐질 것이다. 모든 것은 마무리되고, 시간은 되돌릴 수 없기에, 모든 것은 변하였기에, 편지 속에서 발견한 과거의 순수했던 시절은 형언할 수 없는 아름다움으로 이상화된다. 노벨이 아니라 로만스가 되는 것이다.

그러나 로만스라고 해서 나쁜 것만은 아니다. 오히려 소설의 맛이나 공감은 여기서 비롯한다. 앞서 밝힌 바와 같이 이 작품만큼 청주라는 도시를 아름답고 인상적인 곳으로 그려낸 작품은 잘 기억나지 않는다. 나중에 청주를 방문하게 된다면 소설 속 주인공이 편지를 떠내려 보냈던 그곳이 어딘지 찾아보고 싶다. 변하는 것과 변하지 않는 것 사이에서 애달파 하고 그리워하는 사람이라면 누구라도 이런 마음에 공감하지 않을까 싶다.

상실을 말하는 세 가지 목소리

40년 된 낡은 다리미의 목소리—손영목 「한탄강」

손영목의 단편 「한탄강」은 주인공 '나'가 아내와 함께 아내의 고향을 방문하는 여행을 다룬다. 소설 속 언급처럼 '과거로의 회귀여행'이라 부를 수 있는 이번 여행에서 주인공의 아내는 오랫동안 잊고 있던 유년시절의 추억을 회상하며 흐뭇한 미소를 짓기도 하고, 일찍 돌아가신 어머니와 언니를 그리워하고, 쉽게 정 붙일 수 없었던 새어머니와 이복동생들을 향한 거리감을 새삼 떠올리면서 비감에 젖어들기도 한다. 그리움의 대상들이 저 멀리서 손짓을 하고 있지만 결코 그들과 다시 손을 맞잡을 수 없다는 안타까움이 소설의 전편에 깔려 있는 주된 정조다. 한탄강 인근의 어느 시골 마을이라는 특정한 공간적 배경이라든가 인물의 단순하지 않은 가족 관계와 내력을 다룬 이 소설은 누군가의 남의 사연이지만, 이 소설은 과거의 시간들은 회복될 수 없는 영원한 상실의 영역에 속하기에 아름다우면서도 애달프다는 보편적인 진실을 환기함으로써 독자들을 깊은 공감으로 이끌어 간다.

보편적 정서와 개별적 설정이 절묘하게 맞물리는 것이 이 소설의 묘미라 한다면 고향 방문 여행의 발단이 되는 '다리미'라는 소재의 활용은 그것의 구체적 사례에 해당한다. 어느 누군가에게나 혹은 어느 집에나 오래된 물건은 하나씩 있는 법이고, 그런 오래된 물건에는 대개 누군가와 관련된 내력이 있게 마련이다. 가령 텔레비전이나 냉장고 같은 가전제품 살림살이에는 한 가족의 사연이 담겨 있는 경우가 많다. 단순히 오래되고 낡았다는 것이 아니라 녹록치 않은 시간의 터널을 통과하면서 자연스럽게 생성된 물건의 역사는 비단 물건의 역사일 뿐만 아니라 그 물건을 사용하는 사람의 인생 흔적이 고스란히 담겨 있는 것이기에 소중하다. 그 물건을 가지게 된 과정 역시 어느 누군가에 관한 사연들과 끈끈히 연결되는 것이기에 오래된 물건에 관한 이야기는 결국 한 인간에 관한 이야기가 된다.

이 다리미는 예사 다리미가 아니라 우리 가족에게, 더 정확히는 나와 아내에게 꽤 의미 있고 소중한 물건이기 때문이었다.

제조회사 박물관에나 진열되어야 제격일 고물이긴 하지만, 제너럴 일렉트릭의 영문 이니셜 G와 E를 그림체로 기묘하게 조합한 로고가 아직도 선명한 이 전기다리미는 사십 년 전 아내가 자기 언니한테서 받은 혼수 선물 중의 하나였다. 그러나 이것에는 단순한 결혼 축하 이상의 심각하고 애틋한 사연이 담겨 있었다. 6.25 전쟁 때 피난지에서 어머니를 여읜 이후 계모 밑에서 가녀린 들꽃처럼 자라야만 했던 일곱 살 터울 불우한 자매의 각별한 친애와 눈물, 뜻밖의 사고 때문에 남편을 잃고 삼남매를 고생스레 혼자서 키우다가 삼십대를 겨우 넘기자마자 고혈압으로 쓰러져 삶을 짧게 마감한 언니의 불행한 인생이 그것이었다.

40년 된 GE 다리미는 한꺼번에 여러 정보를 제공하는 매우 흥미로운 서사적 도구다. 그것은 미군 부대에서 나온 물건으로 장사를 해서 생계를 꾸리던 언니의 경제적 상황을 알려준다. 또한 젊은 여자가 미군 부대 물건 장사를 했다는 것은 남편을 잃고 혼자 힘으로 자식을 키우는 그녀의 사회적 상황을 보여준다. 선물할 당시로서는 값비싼 물건이었을 외제 다리미는 동생에게 좋은 것을 챙겨주고 싶은 언니의 따뜻한 마음 씀씀이를 보여주고, 돌아가신 어머니를 대신해서 혼수품을 세심히 챙겨주는 행동은 언니가 어머니의 빈자리를 채워주는 '반어머니' 같은 존재라는 것을 알려준다. 그와는 대조적으로 새어머니나 이복동생들과는 거리감을 느낄 수밖에 없었던 친정집 내의 미묘한 분위기도 슬쩍 엿보여준다.

다리미는 서사 전개와 관련된 여러 배경적 정보를 제시하고 암시하는 역할에만 그치는 것이 아니라 서사를 본격적으로 추동하는 실질적인 힘을 발휘하고 있다는 점에 더욱 주목할 필요가 있다. 과거를 회상하면서 복잡 미묘한 감정을 경험하는 것이 이 소설의 주된 서술 내용이라고 할 때, 오래된 다리미는 주인공으로 하여금 오래된 추억을 상기하게 하는 훌륭한 촉매 역할을 한다. 처형의 고달픈 인생과 그 속에서 묻어나왔던 간절한 안타까움과 눈물은 어느 날 갑자기 고장 난 오래된 다리미가 없었더라만 침묵을 지켰을지도 모른다. 사위의 몸보신을 위해 흑염소 한 마리를 잡아서 들고 왔던 장모를 향한 고마움 역시 다리미를 통해 상기된 아내의 집안 식구들에 관한 추억의 연속선상에 펼쳐진다. '과거로의 회귀 여행'은 자동차를 타기도 전에 다리미를 매개로 하여 이미 시작된 것이다.

아내의 고향 방문 여행에는 소설의 초반부에 나온 다리미와 같은 역할을 하는 여러 개의 매개물들이 여정의 곳곳에 배치되어 있다. 오래된 다리미가 처형과 처가 식구에 관한 오래된 감정들을 다시 떠올리게 했었다면, 여행 중에 발견한 오래된 다리는 아내를 어렸을 적까지 거슬러 올라가게 만든다. 옆에 있던 '나'는 세월이 그렇게 흘렀는데 과연 어린 시절에 있던 그 다리가 지금까지 그대로 유지될 수 있다는 것이 가능한가 의구심을 품기도 하지만, 아내는 아랑곳하지 않는다. "그녀가 어렸을 때 언니와 함께 이 다리를 건너다녔고, 그 아련한 추억을 평생 가슴에 안고 살아왔으며, 육십 년도 더 지난 지금 그 발자취를 더듬어가는 의미가 중요하거늘." 오래된 추억 속 다리는 오래된 GE 다리미와 동격의 대상이며, 이 소설은 서술의 대부분이 다리미와 같은 추억으로 이끄는 촉매제가 들려주는 이야기가 되는 셈이다. 분명 서술은 일인칭 화자인 주인공 '나'의 몫이지만, 오래된 다리미, 다리, 길, 지명 등이 사람의 입을 빌려 들려주는 목소리라고 볼 근거가 여기에 있다.

또한 다리미의 목소리는 과거의 추억에 흠뻑 빠져들게 하면서도 지속적으로 일정한 거리감을 확보하게 함으로써 이 소설의 독특한 분위기를 창출하는 데 중요한 역할을 한다는 점도 주목할 필요가 있다. 이 소설이 공감을 일으키는 것은 앞서 언급한 것처럼 멀어진 과거에 관한 아련한 추억에 관한 보편적인 정서다. 그러나 정작 소설의 전개는 아내의 목소리가 아니라 그 옆에서 아내를 지켜보는 남편의 목소리를 통해 이루어지고, 이때 남편의 목소리란 결국 다리미, 다리, 길, 지명 등이 매개함으로써 발성되는 목소리다. 만약 이 소설이 아내의 목소리로 펼쳐졌다면 무척 감정의 기복이 심한 소설이 되었을 것이다. 누구에게나 과거의 추억이란 애틋하고 소중한 것이므로 본인의 감정을 표출한다면 틀림없이 과잉과 과장의 유혹에 시달렸을 것이기 때문이다. 반면 옆에 있는 남편의 목소리로, 또한 오래된 다리미가 상기시켜주는 추억의 여정을 따라 서술이 진행되면서 어느 한쪽으로 쉽게 흔들리지 않는 '안정적인 균형감'이 확보될 수 있다. 이와 같은 삶과 인생에 관한 '안정적인 균형감'의 확보야말로 이 소설의 참주제에 해당한다고 할 때, 소설 시작부터 등장한 다리미의 목소리는 이 소설이 자아내는 풍미의 근원이라 하겠다.

육십 년 이상이나 품어온 마음의 응어리가 어찌 그처럼 간단히 해소될 수가 있단 말인가. 그 긴 연한에 비하면 오늘의 한 시간은 순간에 지나지 않았다. 어쩌면 이제부터 아내는 소중한 꿈이 깨어진 실망과 슬픔을 안고 여생을 살아가야 하지 않을까. 꿈은 꿈 자체로 온존해져야 값과 빛을 갖는 법이거늘. 그것이 인생살이의 한 재치이자 행복이기도 하거늘. 본인의 심정이 어떻든지 말든지, 아는 공연히 들쑤셔서 아내를 가엾게 만든 동시에 스스로 한 가지 새로운 짐을 만들어 부둥켜안고 말았다는 후회가 소슬바람처럼 밀려왔다.

이 소설은 '안정적인 균형감'이 돋보이는 이야기다. 이미 흘러가버린 과거의 시간이 현재에 고스란히 되살아난다는 식의 달콤한 거짓말 따위는 없다. 그 대신 상실을 상실로 받아들이는 자세, 마음의 응어리가 간단히 해소될 수 없다는 엄연한 사실을 인정하는 자세를 보여준다. 환상이나 거짓이 아니라 사태를 직시하는 것이 이 소설이 취한 기본적인 방법론이다. 그래서 이 소설은 어머니의 상실, 언니의 상실, 고향(외갓집)의 상실 같은 여러 겹의 상실을 담담히 허구적 이야기 속에 끌어안을 수 있었다. 오랫동안 참아왔던 마음의 응어리가 쉽사리 해소되기 어렵다는 사실을 직시할 때 발생하는 허탈감과 상실감 또한 소설 속에서 세심하게 다루어지고 있다. 이처럼 이 소설의 진정한 묘미는 자칫 지나친 비애와 탄식으로 점철될 수도 있는 복잡한 정서에 관해 담담하고 차분한 자세로 맞서는 방법을 보여주는 데 있다.

낡고 오래된 다리미에서 소설이 시작되었듯, 고장 난 다리미의 처리 방법에 관한 결심으로 소설을 끝이 난다. 주인공은 폐기처분이 아니라 계속 간직하는 것을 선택함으로써 상처의 외면이나 회피가 아니라 때로는 그립고 때로는 애절한 과거의 추억을 끌어안고 살아가는 것이 성실한 삶의 자세임을 암시하고 있다. 이에 이 소설은 고개가 끄덕여질 수밖에 없는 공감 가는 결말이 인상적인 작품으로 기억될 듯하다.

죽지도 살지도 못한 자의 기이한 목소리─박유하「블랙홀」

박유하의「블랙홀」은 흥미로운 상상력의 전개가 매력적인 작품이다. 독특한 상황 설정하에 우리가 살고 있는 세계를 향한 비관적이고도 음울한 목소리가 기묘한 분위기를 창출하고 있다. 서술은 어느 재벌 총수의 목소리로 이루어진다. 억울하게 죽은 아버지의 복수를 하겠다고 오랫동안 치밀하게 준비한 여비서의 배신 때문에 재벌 총수는 병실에 누워있게 되었다. 물론 이것을 두고 흥미로운 상상력이라고 칭하는 것은 아니다. 오히려 여기까지의 내용은 통속적인 드라마에서 자주 접할 수 있는 진부한 소재와 설정에 가깝다. 흥미로운 상상력은 통속적인 복수극 이후에 시작된다. 죽은 것도 아니고 산 것도 아닌 상태, 삶과 죽음의 경계에서 우리에게 목소리를 들려준다는 것이 그것이다.

나는 시체도 신체도 아니다. 사람이라고 하기엔 함량 미달이고, 쓰레기라고 하기에는 함량 과잉이며, 혼돈이며 모순이다. 식물인간 주제에 나는 몸부림치고 있다.

몸은 죽고 뇌만 살아남는 순간은 속절없이 흘러갔다. 구급대를 부르는 비명이 아득히 멀었다. 몇 날 며칠이 지났는지 모른다. 나는 죽

지 않고 살아남았다. 그녀에게 나쁜 일인지 모른다. 나무토막처럼 병
상에 누워있는 내게 생각이라는 것이 죽은 나무에 핀 꽃처럼 활짝 피
었다. 생뚱맞고 슬프고 영묘한 꽃이다. 영묘한 꽃은 순수하다.

죽지도 살지도 못한 상태는 인간의 상상력이 오랫동안 자극해 온 독특
한 상태임에 틀림이 없다. 과연 그런 상태에 있는 존재를 어떻게 규정해야
하는가라는 윤리적 · 철학적 질문은 물론 최근 대중문화 영역에서 언데드
(undead)에 많은 사람들이 매력을 느끼는 것이 대표적이다. 그런데 이 소
설에서는 일반적인(?) '죽지도 살지도 못한 상태'와는 다른 양상을 보인다
는 사실을 놓칠 수 없다. 뇌사를 보더라도 뇌의 기능이 정지된 것이나 다
름없는 것, 즉 의식 활동이 사망한 것에 가깝다. 극단적인 상상력의 형태인
언데드에서는 육체는 활동하지만 의식은 소멸된 상태로 설정된다.

그와는 달리 이 소설의 주인공은 몇 년 동안 '몸은 죽고 뇌만 살아남아'
의식 활동이 활발하다. 그 결과 산출되는 것은 '순수하다'라고 할 수 있을
정도로 자유롭고 거침없이 펼쳐지는 상념들이다. 주인공의 신체는 이미
죽었으니 소설에서 사건 전개는 사라지고, 오직 살아 있는 의식의 활동 결
과인 갈피를 잡을 수 없는 상념들로 서술이 가득 채워진다. 소설은 병상에
누워 있는 주인공의 의식 속에서 이루어지는 주인공 혼자만의 목소리, 일
체의 대화적 가능성이 원천적으로 차단된 채 이루어지는 '순수한' 독백의
언설들로만 가득하다. 죽은 나무에 핀 꽃이란 비유는 이러한 극단적인 상
황을 가리키고 있다.

그런데 과연 의학적으로 이러한 사례가 성립 가능한 것인가 물어본다면
회의적이다. 소설 속에서 주인공의 상태는 회복될 가능성이 전혀 없는 상
태로 설정되기 때문에, 그가 들려주는 목소리는 단 한 번도 발화되지 않는
목소리일 수밖에 없다. 마치 '나는 사망했다.'라고 말하는 모순적인 상황,
이미 사망했으므로 말을 할 수는 없는 자가 말을 하고 있다는 모순이 펼쳐

진다. 그야말로 이 소설에는 단 한 번도 겉으로 표현된 적 없는 목소리가 끊임없이 펼쳐지는 형국이며, 그러하기에 '기이하다'고 할 수밖에 없다. 상상 속에서는 성립할 수도 있겠지만, 의식이 생생하게 살아 있는 마비상태(?)에서 소생한 의학적 사례를 한 번도 들어본 적이 없는 우리로서는 이 소설의 주인공이 들려주는 목소리는 무척 낯설고 기괴하게 들릴 수밖에 없다.

주위 사람들에게 주는 사람이라는 위세와 자부심을 광배처럼 두르고 살아온 재벌 총수였던 내가 이 지경에 처해지고 말았다. 내가 타인에게 주기만 한 사람이 아니었다는 사실을 깨닫게 되자, 가슴이 쇳덩이처럼 무겁다. 금 수저를 입에 물고 태어나 힘차게 죽죽 살아온 내게 관 뚜껑이 덮이기 직전 최악의 불행이 닥친 것이다.
그날 침을 맞겠다는 내게 쌩끗 웃어보이던 그녀의 얼굴이 붉은 부적처럼 떠오른다. 아무것도 모르는 나는 헤벌쭉 웃었다. 그때까지 언제나, 항상, 늘, 영원이라는 말에 중독되어 살아온 형벌은 가혹하다. 내게로 상여 뒤를 따르는 만장 같은 언어의 행렬이 다가오고 있다.

가지고 있던 것을 모두 잃게 되는 상황이라면 누구라도 당황하지 않을 수 없을 것이다. 더욱이 모든 것을 다 가지고 있던 재벌 총수가 죽지도 살지도 못한 상태에 놓여 침대에서 움직이지 못하는 상황이라면 얼마나 당혹스럽겠는가. 누군가는 지금 소설 속에서 당혹스러워하는 재벌 총수 주인공의 처지를 두고 동정할 수도 있고, 잘 된 것이라 조롱할 수도 있다. 그런데 잠시 생각을 다시 해보자. 이 소설은 애초에 불가능한 상황을 설정하는 실험을 감행하고 있다. 모든 것을 다 잃게 되는 상황이란 주인공을 바라보는 우리 독자 모두가 한 번쯤 겪을 수 있는 존재론적 상황, 곧 죽음의 상황이다. 그러므로 소설 속에서 무척이나 난감해하는 주인공은 결국 우리가 한 번쯤 죽음의 직전에서 마주해야 하는 우리 자신의 모습이다. 미래의 죽음을 소설을 통해 관찰하고 있다는 것이야말로 이 소설이 구현하는 기이함의 근원이 아니겠는가.

이 순간 주인공은 사르트르의 《존재와 무》에 나오는 한 구절을 떠올린다. 왜 이런 구절이 떠올랐는가를 알 수 없다며 애써 모른 척하지만, 이 대목에서 이 소설이 죽음에 관한 실존적 질문을 던지기 위한 상상력의 산물임을 눈치 챌 수 있다. 자신의 정체성에 대한 근본적인 질문, 곧 존재에 대한 질문은 죽음을 인식하고 인정한 순간에 그 존재를 가장 맹렬하게 육박한다. '죽음이 이 도약을 서서히 응고시킨다'라고 말하듯, 죽음이 다가왔을 때 모든 존재의 시도는 서서히 소멸되고 모든 것의 상실에 다다르게 된다. 모든 것을 가진 자가 모든 것을 잃는 순간만큼 드라마틱한 실존적 국면은 없을 것 같다. "권력에 버금가는 부를 거머쥐고 세상을 좌지우지하던 재벌 총수였던 내가" 보여주는 나약한 모습은 모든 인간이 필연적으로 겪어야 하는 죽음의 순간을 소설적으로 그려낸 것이라는 결론에 이른다.

대중을 모태로 태어난 금력과 권력은 이란성 쌍둥이, 대중은 거센 소용돌이가 되어 혁명을 일으키기도 하지만 끝내 개개인으로 부스러지게 마련이고, 파워는 모래알처럼 흩어진 개인을 조종하여 상품을 팔아 돈을 벌고, 환상을 팔아 권력을 얻는다. 이때쯤이면 파워의 하수인인 전문가들이 나타나 환상의 수액을 대중들에게 주입한다. 대중은 술, 영화, 스포츠, 도박, 오락, 게임에 빠져 살고, 매스컴은 사실을 날조하고 허위를 조장한다. 그들이 강자의 논리를 씨줄, 필요를 날줄로 삼아 레드카펫을 짜서 펼쳐주면 파워맨은 손을 흔들며 걸어가고, 대중들은 박수갈채를 보낸다. 지난날 나도 박수갈채를 받으며 레드카펫을 걸어간 적이 있다.

대중의 길은 지리멸렬하다. 각종 쾌락에 빠져 사는 무력한 흐름인 대중은 당대의 세력가들을 조롱하는 맛에 취해 살며 언론이라는 말쟁이들의 속임수에 놀아나 정의한인 척 어깨에 힘을 주는 속 빈 강정, 취생몽사의 길이 있을 뿐이다. 금력과 권력은 도구로 필요할 때만 대중을 돌아보는 척하고, 대중의 돈을 긁어 재벌이 되고, 대중의 표를 긁어 권력자가 된다. 그런 식으로 대중들의 머리 위에 군림하며 마냥 거들먹거리던 내가 지금은 그들이 짓밟아도 되는 풀 자루가 되어 있는 것이다. 모든 사람에게 병과 죽음을 준 하늘에 감사한다.

이 소설 전체가 죽지도 살지도 못하는 어느 재벌 총수의 의식 내용으로 이루어진다는 것을 다시금 떠올릴 때, 대중에 대한 통찰과 비판과 조롱이 상당한 설득력을 지닌다. 비판의 화살촉은 재벌 총수로서 살아온 한 평생에 대한 회한과 후회로 시작되지만, 권력과 언론, 전문가 집단 등 다양한 목표물을 향한 날카로운 지적과 비판이 이어진다. 여기에 대중들의 머리 위에서 군림하던 자신의 처지가 급변하여 그들에게 짓밟혀 버릴 수도 있는 미약한 존재로 전락해버렸다는 아이러니는 이 소설을 인간의 삶에 관한 알레고리이자 이분법적으로 구획되어 지속되는 현대 문명에 대한 비판으로 해석하게끔 유도한다.

상상력의 층위에서만 성립 가능한 이 소설의 목소리는 이외에도 다양한 언설을 내뱉어놓는다. 초원지대 동물의 생태에 관한 내용이나 작품의 제목이기도 한 블랙홀에 관한 내용은 하나로 정리되는 의미의 전달이라기보다는 훨씬 더 폭넓은 외연을 지닌 비판이나 냉소를 담고 있다. 죽음이라는 최종적인 상실의 순간에서, 그러한 상실의 임계점에서 누설된 기이한 목소리는 온갖 생각의 덩어리들을 독자에게 무차별적으로 던져놓는다. 기이함 속에서 어렴풋한 진실의 실마리를 찾으라고 촉구하면서 말이다. 이처럼 이 작품이 전면에 내건 흥미로운 상상력의 이면에는 쉽게 단정하기 어려운 굵직한 질문들이 꼬리에 꼬리를 물고 있다. 무겁고도 뼈아픈 문제제기의 역할을 충실히 수행하는 작품이다.

빛 속으로 사라진 새의 목소리 — 이순임 「구아노의 밤」

　　이순임의 「구아노의 밤」은 페루의 한국인 가이드인 '나'가 남편 출장을 따라 온 '당신'에게 보내는 편지의 형식으로 구성된 작품이다. 의례적이거나 사무적인 편지가 아니고, 연애편지에 가깝다는 것이 특히 문제적이다. 편지보다는 전화나 문자메시지를 선호하는 시대에 굳이 편지라는 복고적인 목소리를 채택한 것, 그 중에서도 하필 연애편지의 목소리를 채택한 이유는 무엇일까? 여러 가지 답변이 가능하겠지만 무엇보다도 한 사람의 깊고 내밀한 측면을 가장 순수하고도 열정적인 방식으로 드러내기 위함이 아니겠는가 싶다. 그런 방식 속에서 과거의 상처가 세상의 편견 없이 온전히 제 모습을 드러낼 수 있기 때문이다.

　　연애편지의 외관은 대강 이렇다. 관광가이드인 '나'는 출장 중인 남편을 따라 칠레에 온 '당신'을 만난다. 호텔에서 하릴없이 시간을 보내는 아내를 위해 '당신'의 남편이 가이드를 붙여준 것이다. '나'는 '당신'이 과거 자신의 여인과 여러 모로 닮아 있는 것을 발견하고, 서서히 '당신'에게 빠져든다. 두 사람은 모래사막이나 해안가 절벽을 찾아가서 같이 구경하기도 했었다. 이제 '당신'은 한국으로 돌아가게 되어 헤어질 것이다. 여기까지 소설은 '당신'에게 사랑을 고백하기 위해 작성한 한 통의 편지에 근접한다.

그러나 솔직함에는 조금의 숨김이나 주저함도 없어야 한다. 일체의 숨김이 없는 완벽한 고백이란 상대가 먼저 물어보지 않아도 스스로 털어놓는 것이다. '나'는 '당신'이 과거의 여인과 닮았기 때문에 빠져들게 되었다는 사실도 숨김없이 고백한다. '당신'과 과거 여인 사이의 공통점을 고백하던 '나'의 목소리는 점점 당신에게서 멀어져 과거의 여인을 향하게 되고, 또한 자신의 상처를 향한다. 급기야 소설은 '당신'을 향한 사랑 '고백'이 아니라 복잡하게 뒤엉킨 치명적 사랑의 상처에 관한 하나의 '독백'으로 전환되고 있다.

잿빛구름을 가르고 그 사이로 잠깐 나타났다 사라진 빛에 홀렸을 것입니다. 그렇지 않고서는 몸이 어떻게 허공에 뜰 수 있겠습니까.
그녀가 바라보는 '빛'의 개념은 좀 달랐습니다. 아, 드디어 그녀가 쫓던 빛을 따라 갔나보다 생각했습니다. 낮과 밤, 어둠과 밝음, 빛과 그림자, 그녀는 그렇게 놔두지 않았습니다. 어둠이 무엇인지 몸이 알았고, 몸이 알게 된 이상 몸이 원하는 방향대로 몸을 놔두겠다, 말하던 그녀는, 어느 날 몸을 맡긴 거였어요. 그렇지 않고서야 어떻게 믿을 수 있겠습니까. 패러글라이딩을 하다가 라이저를 놓듯 그렇게 해무 속으로 사라졌습니다.

자신의 여인이 자살한 것이 아니라 빛에 홀려 그 속으로 사라졌다고 생각하는 것은 결국 그녀의 죽음이라는 현실을 부인하는 것이다. 사랑하는 대상의 상실로 인한 고통이 과도한 나머지 상실이라는 현실의 상황을 외면해버리는 것이다. 실제의 상황에는 눈을 감고, 외면할 때 어떤 것도 완결될 수 없다. 여인에 대한 애도는 제대로 이루어지지 않았으며, 그 결과 '나'는 과거의 여인에 여전히 발이 묶여 있는 상태이다. 완결되지 않은 그녀의 죽음은 여전히 진행 중이며, 그렇기에 '나'는 '당신'에게서 그녀의 흔적을 읽어낸다. '나'는 '당신'을 사랑하는 것이 아니라 '당신'을 통해서 과거의 여인

을 사랑하는 것이다. 이 소설이 결과적으로 당신을 향한 사랑의 고백이 될
수 없는 이유이기도 하다.

> 당신도 당신이 바다를 바라보듯 나도 당신을 바라보았습니다. 나
> 의 눈길은 당신을 느끼고 있었겠지만 당신은 의식하지 않고 행동했습
> 니다. 그런 당신에게 빠져듭니다. 무엇이 나를 그렇게 만들었는지 차
> 츰 생각해보기로 했습니다. 당신은 곧 떠날 사람이니까요.

'당신'은 떠날 사람이기에 '당신'에게 빠져들 수밖에 없다는 진술은 이
루어질 수 없는 사랑에 대한 갈망으로 해석될 수 있다. 이루어질 수 없다
는 것을 전제로 하고 있지만 그러한 한계적인 조건 때문에 더욱 사랑에 갈
급하게 된다는 것, 환언하자면 사랑이 차단되어 있기에 혹은 금지되어 있
기에 더욱 깊이 빠져든다는 의미가 된다. '당신'은 남편이 있는 여자다. '당
신'을 수신자로 한 편지는 이 소설의 결말에 이르러 절대 부쳐지지 않을 것
이 암시된다. 그럼에도 편지에 담긴 목소리는 여전히 절절하고 열정적이
다. '나'는 과거에도 이런 사랑을 했다. 지금보다 더 위험하고 강고한 금지
의 형태인 아버지의 여자를 사랑하는 일이다. 이 소설이 구현하고 있는 극
적인 긴장감이란 이와 같은 금지와 열망이 서로 충돌하면 빚어내는 고뇌와
갈등의 상처들에서 비롯하는 것이다.
　이 소설은 여러 개의 이미지들을 꼴라주함으로써 독특한 소설적 분위
기를 구축하는 전략을 구사한다. 페루의 수도 리마의 한 지역인 미라플로
레스라는 곳을 배경으로 삼아서 이국적인 정취를 한껏 누린다. 3억 마리의
새가 몰려든다는 몽환적인 이미지, 해안 절벽의 아슬아슬한 이미지는 비단
페루 미라플로레스만의 특색은 아닌 것이, 소설 속에서도 언급되는 영화 「
페드라」(1962)의 절벽 옆 도로 질주 장면과 연결되기도 한다. 패러글라이
딩의 자유로운 형상이 새떼의 활공과 연결되면서 이미지를 만들고, 광활한

사막과 시야의 저편에 펼쳐지는 황혼의 빛 같은 것들도 서사 전개를 벗어나 모호한 소설적 분위기를 연출한다.

나 여기 있으니 울지 마세요. 천 번을 말해도 그 말을 듣는 이가 아무도 없다고 가정해 봐요. 얼마나 슬픈 일입니까. 당신을 보내는 심정이 꼭 그렇군요. 3억 마리의 새들이란 어쩌면 처음부터 없던 것인지도 모릅니다. 마음속에 있을 테니 말입니다. 새장을 탈출해서 행복하다, 말하던 내 여인은 돈이 다 떨어지자 일 년도 채 지나지 않아서 나를 원망했습니다. 먹을 빵이 없다는 게 가장 큰 이유였습니다. 아버지의 여자로, 새장에 갇힌 구아노처럼 사는 그 편이 차라리 나았을 거라는 울부짖음이 아직도 귓가에 쟁쟁합니다. 그렇게 한바탕 울고 나면 사랑하느냐고 물었습니다. 나는 대답하지 않았습니다. 몇 번을 되묻고 해도 말하지 않았습니다. 내 명치끝 어디가 아픈지 절대로 설명할 수 없는 불가항력, 그 자체가 현실이기 때문이었습니다.

이미지에 주력한 소설은 결과적으로 시적인 차원을 지향한다. 곧 구구절절한 설명이나 해명을 넘어 자유로운 비약과 깊이 있는 통찰이 목표가 된다. 비약과 통찰의 상태에 이르러야 가까스로 만져볼 수 있는 것이 바로 '운명'이다. 사랑을, 혹은 이끌림을 운명이라 여겼기에 무서운 금기를 깨뜨리고 여인과의 도피를 감행할 수 있었다. 그러나 그 도피가 채 일 년도 지나지 않아서 불행으로 추락하고, 급기야 여인의 자살로 종결되어 버린 것 역시 '운명'이라 부를 수 있지 않겠는가. '나'는 자신의 명치끝 어디가 아픈지 절대로 설명할 수 없다고 '고백'하고 있다.

운명이라 믿었던 과거의 꿈은 깨어지고, 외면할 수 없는 현실이 남았다. 이제 '나'는 '당신'의 사랑을 기대하지 않는다. 과거의 여인을 향한 사랑이 상실되었음을 뒤늦게 인정했기 때문이다. '당신'과 과거 여인의 구아노들은 저 멀리 보이는 빛에 홀려 이미 날아갔거나, 곧 날아갈 것이다. 아스라

이 사라지는 새의 뒷모습을 바라보는 '나'는 과연 무슨 생각을 하고 있을까. 앞에서 강조한 것처럼 이 소설에서는 의미의 파악보다는 분위기의 창출이 더 중요하다. 3억 마리의 새들이 날아가는 모습이 진짜냐 가짜냐를 따지는 것이 무의미한 것처럼. 만약 3억 마리 새들의 '환생'을 믿는다면, 페루가 "반드시 꼭, 다시 와봐야 하는 나라"라는 주장에 동의를 한다면, 사라졌던 과거의 여인이 '당신'의 모습으로 다시 나타났다는 사실을 믿는다면 "그냥 남겨두라고 하겠습니다."라고 한 소설의 마지막 문장에 공감할 수 있을 테니까….

누군가의 사연, 누군가의 진심

덫으로부터의 탈출, 그리고 고향 — 양승언 「덫」

양승언의 「덫」은 복잡하고 내밀한 주인공의 심리를 서술의 표층으로 끌어올리는 데 많은 노력을 기울인 작품이다. 이 작품은 제목에서도 암시된 것처럼 덫에 걸려 옴짝달싹하지 못하는 짐승이 느낄 법한 공포감, 불안감, 무력감 등을 기본적인 심리상태로 설정한다. 나아가 늦은 밤 도시의 텅 빈 거리에서 맛보는 고독과 열 평 남짓의 좁은 분식점 생활에서 한 발짝도 벗어나지 못하는 갑갑증을 집요하게 따라가면서 읽는 이에게 "삶의 괴물이랄까, 덫이랄까" 하는 것의 맨 얼굴을 보여준다. 이러한 주인공의 심리는 삶의 위력 앞에서 힘겨워하는 지극히 인간적이면서 나약한 우리 자신들의 상처 입은 내면을 대신하여 보여준 것이라서 우리를 자연스러운 공감과 연민으로 이끈다.

이 소설은 시공간적인 배경의 적절한 활용을 통해 인물의 심리 묘사의 효과를 배가한다. 덫에 갇힌 것 같은 갑갑한 심리상태는 비단 서술자의 서술이나 주인공의 발언에만 의존하지 않고, 많은 부분이 소설의 독특한 배경이 만들어낸 상황적 분위기를 통해 구현된다. 늦은 밤부터 이른 새벽까지라는 '시간'과 인적 드문 도시의 거리와 손님이 찾아들지 않는 열 평 남짓의 작은 분식가게라는 '공간'은 직접적인 심리 묘사 이상의 메시지를 전달한다. 번잡하고 요란하기만 하던 도시가 모두 잠든 시간, 언제 올지 모를 손님을 기다리며 밤새 작은 가게를 지키는 주인공이 처한 상황은 외부와의 소통이 차단된 감옥과 다르지 않다. 더욱이 대출금, 외상값 걱정에 한 시도 마음 편히 있지 못하게 하는 상황은 한참 전부터 주인공을 옥죄어오고 있다. 주인공이 서 있는 시공간적 배경은 결국 감옥이자 덫이다. 아니, 늦은 밤 도시의 텅 빈 거리 그 자체가 우리가 갇혀 있는 감옥이자 덫이다.

　　사내는 습관처럼 또 바깥거리를 살핀다. 조리시간만큼이나 빠르게 젊은 애들은 후딱 라면 그릇을 비워내고 이내 가게 밖으로 나선다. (…) 젊은 애들은 길바닥에 쓰러지고 말 것처럼 제대로 몸을 가누지 못하면서도 함부로 무단 횡단을 한다. 아주 오래된, 도무지 생각이 나지 않는, 하지만 중요한 옛날의 어떤 사건을 기억해내야만 하기라도 하듯 사내는 여간 곤혹스러워하지 않으면서도 젊은 애들에게서 눈길을 거두지 못한다. 그들은 어깨동무를 한 채 자못 통쾌하게 도로를 가로질렀다. 시간이 흐를수록 화이트 블루의 바다색 교회 첨탑만 기세 등등해져 간다. 그것은 곧 어둠속 밤하늘을 향해 순식간에 폭발하고 말 로켓포라도 되는 양 음험하기조차 하다.

　　사내는 '습관처럼' 가게 밖 도시의 가로를 관찰한다. 도시의 밤거리야말로 주인공의 심리를 대변하고 있으니 그가 바깥거리를 살피는 것은 마치 거울을 들여다보는 것과 같다. 사내는 늦은 밤 비틀거리는 취객이 무단횡단을 하는 것을 보면서 위태로움을 느낄 것이다. 거기서 그는 불안하게 내몰린 자신의 모습을 발견하지 않을까. 어깨동무를 한 채 자못 통쾌하게 무단횡단을 하는 젊은 애들에게는 호기로움이 있고, 이에 사내는 젊은 애들에게서 눈길을 거두지 못한다. 아마 사내는 자신의 젊은 시절을 잠시 회상하고 있거나, 돌아갈 수 없는 그 시절을 떠올리며 젊은 애들을 부러워하고 있을지도 모른다. 야심한 밤 도시의 어둠은 '음험하기조차 하다.' '음험'이야말로 괴물이나 덫의 기본적인 속성이 아닐까. 사내의 '습관적인 관찰'은 결국 자신의 내면을 들여다보는 행위다.

사내는 끓는 물 들통 앞에서 자루가 긴 스테인리스 바가지를 든 채 우두커니 섰다. 작은 물방울과 기포를 일으키며 벌, 벌, 벌… 끓어대는 들통 속의 물을 바라보자면 사내는 필경 어떤 번뜩대는 눈빛에 사로잡히고야 말았다. 들통의 벌벌 끓는 물속에서 연신 피어오르는 그칠 줄 모르는 물방울이며 기포들은 단박 대가리 피가 터지게 때려죽이고 싶은 영락없는 쥐새끼들의 그 번뜩거리는 눈깔을 연상시켰다. 사내는 갑자기 쥐를 잡고 싶어졌다. 주방 구석이거나 하수구 구멍을 들락거릴 때마다 보았던, 벌벌 끓는 물처럼 눈깔 번뜩대던 그 쥐새끼들을 모조리!

정작 밤새 가게를 지키는 사내야말로 "끈끈이에 달라붙어 옴짝달싹할 수 없었던 쥐새끼"의 신세에 놓여있다. 그런 그가 쥐를 잡고 싶다는 것은 무서운 자기 파괴의 욕망으로 볼 수 있다. 사업 실패로 자살한 고향 선배인 선규 형의 소식을 듣고 "귓속에 벌레가 들어간 듯 먹먹한 기분", "자신이 단 한 번도 경험해본 적이 없는 낯선 세계에 버려진 듯한 이질감"에 휩싸이는 것은 아마도 사내가 자신을 선규 형의 처지에 대입시켰기 때문이다. 고향의 부모에게 빚더미를 안긴 선규 형처럼 사내도 고향 솔뫼의 부모 명의로 대출받은 농자금으로 분식가게를 냈고, 지금 "사내는 대출금의 원금은 커녕 연체이자조차 밀린 지가 언제인지 몰랐다." 사내에게 고향은 부채감을 환기시키는 곳이며, 죽은 고향 선배는 자기 파괴의 공포를 연상하게 하는 존재다. 이러한 복잡한 심리가 쥐를 잡고 싶어진다는 발언 속에 응축되어 있다.

'집으로 안 갈 거야!' 빈집에 애 홀로 놔두고 딴청을 부리는 자신에게 다시 한번 아내가 핀잔하는 듯한 환청이 들려왔다.

'집?'

수 년 동안의 무문관(無門關) 수행자에게 갑자기 벼락같은 깨달음이라도 일어난 것처럼 사내는 한순간 몽롱했던 머릿속이 맑아지는 기분에 빠졌다. 머릿속으로 그는 금방 한 채의 아담한 시골집을 떠올렸다. 그가 고등학교를 졸업하고 대학에 진학하기 위해 고향을 떠나기까지 부모 형제와 함께 살았던 솔뫼의 고향집. 그 집은 아버지의 아버지 그러니까 할아버지 때부터 연로한 부모가 지금까지도 거주할 수 있게끔 고향 솔뫼에 오롯하니 건재하지를 않는가. 비록 낡고 퇴락했으나 옛날부터 지금까지 아주 오랫동안 살아온 사람의 집….

위의 장면은 사내를 짓누르는 삶의 무게, 사내의 목을 옥죄어오는 삶의 덫은 '고향'과 고향의 '집'이 지닌 가능성을 통해 극복될 수 있을 것이라는 메시지를 던진다. 소설 속에서 솔뫼의 고향집은 자세히 묘사된 적이 없지만, 쓸쓸하고 불안하기만 한 도시의 밤거리와 정반대의 의미를 지닌 장소라는 것만은 쉽게 알아차릴 수 있다. 고독과 공허, 갑갑함과 공포의 정반대. 아마도 사내는 '사람의 집'에서 다시 순수한 소년으로 돌아갈 수 있을 것이다. 본래의 상태를 회복함으로써 삶의 덫을 빠져나갈 수 있을 것이다.

소설의 마지막 장면에서 사내는 여전히 불안을 느낀다. 그가 고향에서 순수의 상태를 회복할 것인지 쉽게 장담할 수 없다. 하지만 탈출의 방향만큼은 선연히 감지되었다. 때로는 흔들리고 주저앉기도 하겠지만 사내가 결국 삶의 덫을 빠져나갈 수 있지 않을까 하는 기대를 해본다. 그것은 캄캄한 도시의 밤거리가 선사하는 고독과 불안을 견뎌내고 소통과 희망의 가능성을 확인하고 싶은 한 사람의 독자로서 가지는 기대이자 응원이다.

타인의 눈물—박희주 「참새의 눈물」

'늙은 총각 금동이'와 '희생자 영란이'의 사연에 공감하고, 그들의 눈물을 헤아리며, 나아가 사회적인 책임을 느끼는 데까지 이르는 내용을 담은 박희주의 「참새의 눈물」은 근대적 주체중심주의에 대한 반성과 타인과의 연대의 중요성을 강조한 철학자 레비나스를 떠올리게 한다. 레비나스는 타인의 얼굴에서 신의 현현을 발견한다고 말하였다. 그는 고통으로 가득한 타인의 눈물이야말로 윤리적 명령의 출발이라 강조하면서, 이기적인 주체성에 함몰되지 않고 이타적인 삶의 자세를 견지하기 위한 자기반성의 노력을 우리에게 촉구하였다. 이 소설은 금동이의 사연으로 시작하지만, 사연의 소개에만 머물지 않고 타인에 대한 책임과 스스로에 대한 반성, 나아가 우리 사회의 의무에 대해 발언하고 있다. 개연성의 부족으로 인해 발생하는 몇 가지 기법적 측면에 관한 아쉬움이 없는 것은 아니지만, 상당히 묵직한 화두를 설득력 있게 던져주고 있음은 주목할 필요가 있다.

　"자넨 어떻게 지내나?"
　"뭘 할 수 있는 게 있어야지요. 모두가 절 싫어하는데요. 인력사무실에 나가 땅 파는 일이나 청소같이 가장 단순한 일을 가끔 하는 편이에요. 금동이도 마찬가지고요."

"모두가 싫어하다니?"

"형님도 아시잖아요. 제가 사고 난 후부터 정상이 아니라는 걸요. 이 친구도 마찬가지고요."

정상이 아니라는 걸 안다는 것은, 그래서 사람들이 자신을 피하려 한다는 걸 안다는 것은 참 슬픈 일이다. 그런데도 고쳐지지 않는 자신을 어쩌지 못한다는 것은 더 슬픈 일이고. 왜 이렇게 됐는가.

"세상이 확 뒤집어져야 돼요. 저야 어쩔 수 없는 사고였다지만 얘 금동이는 아니잖아요. 4대강 운하 반대 모임에 갔다가 어떤 놈들에게 테러를 당해 그 뒤로 병신이 된 거예요. 그게 누구겠어요."

금동이에 대한 '나'의 태도 변화는 소설의 주된 내용을 이루고 있는 부분이다. '나'는 금동이와의 첫 대면에서 마찰을 빚은 후 한동안 그를 '싫어했다.' 그러다가 후배에게 전해들은 금동이의 사연을 듣고서 금동이를 점차 이해하게 된다. '나'는 사연을 듣기 전까지 영덕이나 금동이를 싫어하는 '모두' 중 하나에 불과했다. 그러나 그들의 사연을 듣고 그들을 이해하기 시작한다. 작은 관심을 가지면서, 종종 그들과 술잔을 같이 기울이는 정도의 작은 노력에 불과하지만, 그러한 노력을 통해서 타인의 고통에 무관심한 '모두'에서 벗어나 점차 '반성적인 주체'로 성장해나갈 수 있다. 이처럼 '나'의 반성은 타인의 고통에 관한 사연을 듣는 것으로부터 시작한다. 이 소설이 제시하는 설득력 있는 하나의 메시지는 바로 '소통'인 것이다.

운동권이 전성기를 누리던 나의 대학시절, 나는 시대적 정신이니, 노동이니, 이념이니, 환경이니 하는 문제에 별 관심이 없었다. 청춘이 당연히 치러야 하는 어떻게 살아갈 것인가 하는 고뇌도 별로 하지 않고, 적당히 공부하고, 적당히 술 마시며 놀고, 이 여자를 사귀다가 지겨워질만하면 다른 여자를 사귀고, 누구나 가는 군대에 갔다 온 뒤, 임용고시를 위해 일 년쯤 조금 열심히 공부해서 학교 선생이 되었다. 뚜렷한 사명감 같은 것도 없었다. 학교 선생이 되려한 가장 큰 이유가 몇 달 푹 쉴 수 있는 방학에 있었으니 오죽하랴. 전교조에 가입한 것도 신념에 의한 게 아니라 대세였기 때문이다. 나는 어느 정도 상식에 벗어나지 않으면, 지구도 돌고, 해도 달도 돌고, 우주까지 돌아 언젠가는 제자리를 찾아오리라는 보편성을 믿는 편이었다. 그래서 제 일과 직접 관련이 없는데도 불구하고 굳이 일을 크게 벌여 어려움을 자초하는 치들을 도대체가 이해할 수가 없었다.

젊은 시절 '나'의 판단으로는 4대강 반대운동을 벌이다가 불구가 된 금동이 같은 인물이야말로 "제 일과 직접 관련이 없는데도 불구하고 굳이 일을 크게 벌여 어려움을 자초하는 치들" 중 하나다. 그러나 현재의 '나'는 금동이를 이해한다. 첫 대면에서는 다른 사람들과 마찬가지로 금동이를 싫어했고, 그의 고통에 '무관심'했으나, 금동이의 사연을 알고 나서부터는 그의 고통에 연민을 보내고, 그를 그렇게 만든 이들에 대해 분노를 느끼며, 무엇이 올바른 길인지 생각하게 된다. 타인의 얼굴에서 읽어낸 고통의 사연을 통해, '나'는 사회적 문제에 무관심한 채 살아가던 것을 반성하기에 이른다. '타인의 얼굴'이 반성과 윤리의 시작으로 제시되는 셈이다.

학교에서 수도 없이 명멸해간 죽음의 의미를 가르치고 있는 나. 죽어간 이들의 발자취인 역사를 가르치는 이유는 그 속에서 더 나은 내일을 위한 교훈을 얻으려는 게 분명하다. 시간을 거슬러 하나 더하기 하나 더하기 하나 더하기… 하나를 계속 더하다 보면 역사라는 개념이 생기고 수평적으로는 민족과 국가라는 개념이 생긴다. 그러나 역사에서 영란이를 빼도 역사고 국가 빼기 금동이도 여전히 국가다. 영란이와 금동이도 분명히 역사의 요인이고 국가의 한 구성원일진대 그들이 없음에도 꿈쩍도 없는 역사와 국가. 영란이와 금동이는 그만큼 하찮은 존재였던 것일까. 그렇다면 나도?

수십 년 전 중학교 시절 무관심하게 넘겨버렸던 참새의 눈물은 금동이나 영란이의 눈물과 닮아 있다. "있긴 있으나 없는 거나 다름없는 눈물" 만약 이러한 생각이 계속 허무주의적으로 이어진다면 금동이나 영란은 물론 '나' 자신의 존재도 너무 불쌍한 것이 되고 만다. 실제로 '나'에게 두 사람의 죽음은 '공포'와 '허무'로 다가오기도 했고, 이로 인해 "삶이 어찌 보면 아무것도 아닌 것이라는" '애너키'를 생각하기도 했다. 거대한 국가와 역사에 비해 지극히 왜소한 개인의 존재에 대해 주인공이 허무적인 관념을 가지게 되는 것이 전혀 의외의 일은 아니다.

그러나 '그렇다면 나도?'라는 말을 볼 때 이 소설이 안타까운 허무로만 귀결되지는 않을 것 같은 확신이 든다. 이 질문은 '그렇게 되어서는 안 된다'는 당위 명제를 함축하는 동시에 이 소설을 읽는 독자들을 '나'의 범주에 끌어들이는 효과를 발휘한다. 금동이나 영란이를 무관심의 대상으로 내버려두어서는 안 된다는 생각으로 이끈다. 결국 타인의 눈물에 무관심해서는 안 된다는 '당위', 타인의 고통에 눈감는 것은 결국 자기 자신의 존재마저 격하시키는 결과가 되고 만다는 '문제제기'가 이 소설이 전달하는 또 하나의 메시지인 것이다. 타인의 얼굴에서 그들의 눈물을 읽어내고 공감하라고 역설했던 철학자의 발언이 연상되는 것은 이 때문이다.

무지개의 시절—김승섭 「별은 반딧불이 되어 나븐나븐 내리고」

김승섭의 「별은 반딧불이 되어 나븐나븐 내리고」는 단순하고 소박한 아름다움의 경지를 보여준다. 화려하거나, 웅장하거나, 혹은 균형 감각이 풍부한 유형의 아름다움이 아니다. 욕심 없이 전해지는 담백한 맛이라고 할까. 아마도 순수했던 유년 시절을 과장하거나 숨김없이 오롯이 드러내려는 주인공의 간절함이 빚어내는 아름다움이자 맛이라고 할 수 있지 않을까. 한편으로는 서정시에 가까운 분위기의 연출이 돋보이고, 다른 한편으로는 고백록 내지 회고록 같은 수필을 연상시키는 솔직한 내용 전개가 이끌어가는 이 소설은 일체의 기교 없이 담담하게 펼쳐지는 서술의 묘미만으로도 음미할 만한 가치가 있는 작품이다.

이 소설이 지닌 아름다움은 크게 두 가지다. 노년의 주인공이 들려주는 유년 시절에 관한 이야기 내용이 아름답고, 회상한 이야기를 들려주는 방식이 아름답다. 두 가지의 아름다움은 공통적으로 아득하게 멀어진 시간과의 거리로 인해 발생하는 오묘한 '그리움'과 애타게 그리워하면서도 결코 돌아갈 수 없다는 숙명적인 진실로 인한 '좌절감'을 기본적인 속성으로 갖고 있다.

유년 시절의 회상은 초등학교 일학년 여름 방학 때 반 년 동안을 복원한다. "대낮같이 밝은 보름 달빛 속을, 물고기 등지느러미와 꼬리처럼 하얀 치맛자락을, 걸음걸음마다 흐느적이는 엄마의 모습." 과연 소년에게 각인된 엄마의 모습보다 더 아름다운 것이 또 있을까? "집에 돌아 왔을 때, 엄마의 모습은 없었네. 어린 내가 왜, 엄마를 찾으며 울지 않고, 무슨 생각으로 그것을 당연한 것처럼, 아무렇지 않게 받아들였었는지 지금도 모르겠네." 그토록 아름다운 엄마와 이별하게 된 것, 그리고 아무렇지도 않게 받아들였던 소년의 심정을 떠올릴 때 아름다움에는 슬프고 애처로운 심사가 포개져 더욱 아름답게 반짝일 수 있는 것이 아닐까. "살포시 눈을 감은 꽃송이에 혼미하게 취한 내 입술이 낙화처럼, 홍단이의 빨간 입술 위에 떨어지고 말았네. 떠오르고 있던 홍단이의 입술이 내 입술에 뭉그러지며, 살―풋 벌어진 아이의 입 안에선, 뜨겁고 알싸한, 풋풋한 오이 내가 가득이 밀려들어 왔어." 풋내 나는 첫사랑의 기억처럼, 그것도 오이 냄새를 풍기는 기억처럼 향그러운 것이 또 있을까.

아름다움에 관한 이야기 속에는 시골 마을의 정경이 풍경화처럼 펼쳐진다. 못마땅해 하시는 외할아버지가 계시긴 하지만 친척들이나 마을 어른들의 기본적인 모습은 자애로움의 이미지를 지닌다. 어른들의 보살핌과 사랑 속에서 일체의 갈등이나 어둠은 설 자리가 없다. 동네 친구들과의 놀이 또한 자연과 더불어 어울리는 천연의 아름다움으로 가득하다. 누구와 전쟁놀이를 하는지, 물놀이를 하는지는 그리 중요치 않다. 또래의 아이들과 어울려 "무지개처럼 아름답게 빛나는 때"를 함께 통과했다는 것이 중요할 뿐이다. 모든 것이 충만함으로 가득했던 아름다운 시절에 관한 이야기다. 이처럼 이 소설은 단순한 회상이나 복원이 아니라 가장 아름다웠던, 돌이켜 생각건대 슬퍼도 아름다웠던, 영원히 순수함의 결정체로 남을 수 있는 아름다움을 모아놓은 결과물이다. 이에 이 소설은 아름다웠던 유년 시절에 관한 송가(頌歌)다.

회상의 내용은 완벽한 무갈등의 세계를 가리킨다. 그러나 과거의 회상은 엄연히 시간의 흐름을 경과한 끝에 이른 현재의 시점에서 이루어지는 작업이다. 여기에는 단순히 물리적인 시간의 흐름만 개입하는 것이 아님은 물론이다. 인생이 흘러가버렸다는 인식, 소년은 늙어 노인이 되었다는 인식, 그리고 이제 여생이 얼마 남지 않았을 것이라는 인식이 미묘한 갈등을 초래한다. 송간호사가 노작가의 손을 잡았을 때 "섬뜩하리만치 차가운 손이다."라고 표현하고 있지 않는가! 아름다운 그때의 그 시절로 절대 돌아갈 수 없다는 좌절감이야말로 과거의 시절을 더욱 아름답게 만드는 것이 아닌가? 과거와 현재, 소년과 노인 사이의 격차가 만들어내는 팽팽한 긴장감 속에서 이루어지는 작업이 이 소설이 이야기를 들려주는 방식이다. 이때의 긴장이란 시간과 인생에 관한 경건함의 다른 표현이다.

한기에 설핏, 눈이 떠졌네. 볏집 틈새로 별빛이 반짝거리는 것을 보았지.
나는 한참을, 더 넓은 틈을 찾아 별을 보았네.
홍단이가 지펴준 모닥불처럼, 별빛이, 그렇게 따스했어.
그 틈을 더 벌려 보려고 손을 뻗어 애썼지. 그만, 짚단을 넘어뜨리고 말았네.
노작가가 긴 숨을 겹듯 내쉬었다.
가슴 안의 모든 숨을 내어놓듯.
거기.
그 여름날 밤.
홍단이가 뽕나무를 건드려, 어지럽게 하늘로 날아 올라갔던 별들이, 반딧불이 되어 나븐 나븐 내리고 있었네. 나븐 나븐 나븐….
아련한 노작가의 눈 안에선, 별이 반딧불이 되어 나븐 나븐 내리고 있었다.
송간호사의 손 안에 잡혀있는 노작가의 손에서 따스한 핏물이 빠져나가고 있듯이.

소년이 느낀 별빛의 따스함은 시간을 초월하여 노인의 눈동자 속에서 여전히 따스함으로 간직된다. 하지만 이미 노인의 손은 따스한 핏물이 빠져나가는 안타까운 상황이 펼쳐진다. 노작가의 회상은 '가슴 안의 모든 숨' 아마도 생의 마지막 숨을 내어놓는 힘겨움을 요구한다. 따스함이 빠져나간 손은 머지않아 영원한 차가움으로 변할 것이 암시된다. 유년 시절의 회상이란 결국 죽음에 한 걸음씩 다가서면서 마지막으로 붙잡은 아련한 반딧불이자 별빛이다. 이 소설의 전부라고 할 수 있는 유년 시절의 회상은 역설과 모순의 순간에서 '나쁜 나쁜 나쁜'이라는 고요한 움직임으로 이루어지는 간절하고 경건한 이야기라는 점에서 무척이나 감동적이고도 아름답다.

곰삭은 맛을 풍기는 이야기 — 정형남 「울 엄니는 당골래여」

　정형남의 중편소설 「울 엄니는 당골래여」는 개연성에 따른 이야기 전개나 기승전결의 이야기 구조보다는 개개의 문장과 어휘들이 선사하는 이야기의 한바탕 잔치에 더 주목해야 하는 작품이다. 그러나 이것을 단순히 어휘와 문체에 관한 흥미로만 국한해서 볼 수는 없는데, 이 소설은 그보다 더 근본적인 층위에 속하는 구술성의 묘미를 한껏 풍기고 있기 때문이다. 이러한 이야기의 잔치는 글의 잔치인 동시에 말의 잔치이다. 구술문화의 곰삭은 듯한 풍미를 한껏 발산하는 독특한 개성을 지닌 작품이다.

　발터 옹은 구술성의 특징을 다음과 같은 몇 가지로 정리하였는데, 대체로 이 소설의 서술에 대한 설명으로도 적절히 부합된다. '종속적이라기보다는 첨가적이다.' 이 소설의 서술은 대부분 '그리고'의 관계로 이어진다. '분석적이라기보다는 집합적이다.' 개개의 언어 표현이 정형구적인 표현을 떠올리게 한다. '장황하거나 다변적이다.' 인물들의 발화를 보면 금방 알 수 있다. '보수적이거나 전통적이다.' 가부장적인 질서에 저항하지 않는다. '인간의 생활세계에 밀착된다.' 이 소설의 모든 내용이 혼인하고, 장례 치르고, 자식을 낳는 이야기다. '감정 이입적, 참여적이다.' '상황 의존적이다.' 등등.

아그야, 아무 말 하지 마라. 난 이미 조상님으로부터 점지를 받았느니라. 참하고 참한 마음으로 어긋지고 불량기 많은 내 아들을 올바로 이끌거라. 이 어미로 인하여 가출을 밥 묵 듯하고, 한 주먹밥도 추스르지 못한 거지발싸개 같은 사람들에게 하시와 괄시를 받아 마음 상하고 비뚤어졌느니라. 하지만 개과천선, 마음을 바로잡아 되돌리면 본래의 선한 성정으로 돌아와 알뜰히 살아갈 것이다. 본시 마음 착한 애였느니라. 그리고 니를 백년배필로 점찍은 아들의 눈높이를 알 것도 같다. 그때가 언제일런가? 니가 하기에 달렸느니, 아녀자의 운명은 고대광실 높은 집에 살지라도 마음 고생하기는 마찬가지이니라. 알것지야.?

　구술적인 면모는 서술 방식에서도 적용된다. 끝을 모르고 이어지는 말과 말이 서술보다 앞서 있다. 서술을 통한 이야기의 표출이 최소화되어 있고, 대화가 소설의 대부분을 차지한다. 서술이라는 중개적 서사 장치의 역할이 최소화되어 있는 대신 인물의 발화가 직접적으로 제시된다. 이러한 까닭에 소설은 마치 한 편의 연극을 보는 느낌을 준다. 현대 연극이라기보다는 전통극, 가령 가면놀이 같은 것. 마치 현대소설적인 인물의 내면이나 전형성에 대한 미련을 떨쳐버리고, 고전적인 세계로의 진입을 전면적으로 선포하는 듯한 형국이다. 그러한 방향을 따라 한참을 더 거슬러 올라가면 아마도 당골래의 서사무가가 자리하고 있을지도 모른다. 당골래를 다룬 소설에서 매우 적절한 선택이다.
　본래 서사무가는 신의 내력을 밝히는 것을 주된 내용으로 한다. 신이 된 사연을 소개하는 것이다. 이 소설의 서술 방식도 당골래가 당골래가 된 사연과 그녀의 아들의 사연에 집중된다. 여차여차한 일을 겪어서 당골래가 되었다는 것, 인과보다는 시간의 흐름에 따른 서사의 펼쳐짐이다. 당골래 아들 역시 당골래 아들로서 겪은 설움을 분석하거나 설명하기보다는 사고를 치다가 결혼해서 철들고, 사업했다가 실패했다가 다시 일어서는 '끊임 없이' 이어질 것만 같은 사연의 펼쳐짐이 지속된다. 마치 그것이 당골래의 삶이고, 당골래 아들의 삶인데, 어떤 다른 설명이나 분석이 필요할쏘냐 하는 식이다.

작품 속에서도 '청산유수'라는 언급이 나온다. 이 소설이 이야기를 전개하는 방식이야말로 구술적인 면모를 지닌 청산유수라 할 수 있다. 우여곡절 끝에 어찌어찌 잘 살았다는 옛날이야기 방식의 펼쳐짐, 말과 말을 거쳐 전승되어 오는 구비문학적인 분위기, 그 속에서 서사가 이곳저곳을 둘러보고, 휘돌아 나오고, 한참을 건너뛰면서 도달한 그 지점에 당골래와 당골래 아들의 인생 역정이 생생하게 펼쳐진다. 구수하고 곰삭은 맛을 풍기는 말솜씨에 이끌려 다니다보니 그 사람들의 사연에 제법 깊숙이 빠져들고 있었음을 뒤늦게야 알아차리게 된다. 구술성으로 소설을 펼쳐 내보이는 독특한 작품이다.

사람과 사람 사이의 거리

고무호스가 울고 있는 풍경―박경숙 「의미 있는 생」

박경숙의 「의미 있는 생」은 주인공 '나'가 정신병원에 입원한 아버지를 면회하면서 나누는 대화를 주된 내용으로 삼았다. 병원 내에 있는 어느 한 적한 벤치에서 몇 시간 동안 아버지와 아들이 주고받는 대화가 소설의 전부다. 대화 내용 역시 뚜렷한 갈피를 잡기 힘든 말들로 채워진다. 아버지는 뜬금없이 젊은 시절의 첫사랑 '그 애'를 데려달라고 떼를 쓰고 있고, 아들은 얼른 면회를 마치고 여자 친구를 만나러 가야겠다며 건성으로 듣고 있으니 실상 아무 의미도 없는 대화와 다를 바 없다. 아니 대화라기보다는 아들의 표현처럼 아버지라는 낡고 초라한 '고무호스'에서 물이 새어나오는 것을 잠자코 지켜보는 것이 더 맞을지도 모르겠다.

아버지의 말은 마치 기다란 고무호스에서 끊임없이 쏟아져 나오는 물줄기 같았다. 내 귀로 쏟아지지만 손등으로 슬그머니 닦아버리면 햇빛과 바람에 말라버릴 물… 아버지의 몸은 고무호스였다. 군데군데 색이 허옇게 바랜, 헐어버린 표면에 보이지 않는 구멍들이 여러 개 뚫려있어 엉뚱한 곳으로 물이 새나가기도 하는…

자기 아버지를 두고 낡은 고무호스라 부르다니! 대개의 소설에는 서술을 지속적으로 끌고 가는 의문이 있다. 독자는 그 의문을 해결하기 위해 작가의 문장을 하나씩 따라가야 한다. 독서의 과정이란 작가가 의문을 던지고 독자는 그 의문을 해결하기 위해 따라가는 일련의 과정이다. 「의미 있는 생」에 설정된 기본적인 의문이란 '주인공이 자기 아버지를 '고무호스'라 부르는 이유가 무엇일까, 과연 그들에게는 무슨 특별한 사연이 있는가?'이다. 얼핏 엉뚱한 곳으로 새어나가는 물처럼, 슬그머니 닦아내면 흔적도 없이 사라질 물처럼 희미하기만 한 '고무호수의 말'이지만, 제기된 의문을 해결하기 위해서는 어쩔 수 없이 고무호스의 물줄기를 따라가야 한다. 얼른 여자 친구를 만나러 가야겠다는 딴생각을 하면서도 아버지의 말을 끝까지 듣고 있는 주인공처럼 말이다.

독자를 대신하여 병원 벤치에서 아버지의 사연을 듣고 있는 주인공 아들은 아버지의 말에 강한 거부감을 가진다. 주인공에게 아버지의 말은 "마치 살아온 세월만큼 찌꺼기가 농축돼 구릿한 냄새를 풍기는 미지근한 물처럼…" 느껴진다. 경제적으로 무능력하고 폐인이나 다름없는 생활을 하던 아버지는 주인공에게 혐오와 경멸의 존재로 각인되어 있다. 약간의 친밀감이라든가 동정심도 남아 있지 않은 상태다. 아버지의 입에서 풍기는 악취로 판단컨대 호스에서 새는 물은 썩은 물일 것이고, 필시 아버지의 몸과 정신은 썩고 만 것이라 단정하고 있다. '그 애'에 관한 사연을 듣고 나서야 비로소 주인공은 자신의 판단을 철회할 수 있었다.

"나이를 먹으니 평생 속에 있던 말이 저절로 나오더구나. 내 맘을 넌 모를 거다. 내가 평생 무엇에 기대고 살아왔는지를… 인생이 비루하다고 느낄 때마다 그 애를 생각하면 견딜 수가 있었단다. 그때…"

비로소 이 소설이 던진 의문을 해결할 실마리를 찾는다. 아버지가 그토록 애타게 찾았던 '그 애'가 도대체 어떤 의미를 지닌 존재였는가가 밝혀진다. 인생이 비루하다고 느낄 때 위로가 되어주는 무엇, 평생을 기대고 살 만한 가치가 있는 무엇, 가슴속 깊이 묻고 살지만 영원히 잊을 수 없는 무엇, 다시 만날 희망만으로도 무한한 위로를 선사하는 그 무엇이 바로 '그 애'다. '그 애'가 죽었다는 소식을 친구에게서 전해 들었을 때의 충격과 공허가 아버지를 실성하게 만들었다. 뒤집어 보면 '그 애'를 향한 아버지의 마음이 그만큼 간절했음을 의미한다. 호스에서 새던 어수선한 물줄기는 이제 갈피를 잡고, 이렇게 우리에게 질문한다. '과연 당신도 위로를 선사하는 무언가를 간직하고 있는가?'라고.

아버지는 기어이 엉엉 울기 시작했다. 울음소리는 점점 커졌고, 해도 자꾸 기울고 있었다. 아버지가 울수록 그네벤치는 더 심하게 흔들렸다. 57년의 생을 구불텅구불텅 이어온 낡은 고무호스가 벤치에서 요동을 쳤다. 뭉클뭉클 호스에서 솟는 눈물은 저무는 햇살 속에 자꾸만 흘렀다. 갑자기 아버지가 가여워졌다. 아무리 애원해도 이제는 그 여자를 찾아줄 수도 없다는 생각에…. (…) 아버지는 울음을 그치지 않았다. 어쩌면 그는 자신의 생 전체를 울고 있는지도 몰랐다.

주인공은 이제 아버지를 가엽게 여긴다. 공감하거나 적어도 동정하고 있다는 것이다. 낡은 고무호스에서 물이 새어나오고 있으며, 그 썩은 물이 악취를 풍기고 있다고 여겼던 처음의 생각은 완전히 버렸다. 급기야 아버지의 눈물을 생 전체를 버티는 간절함의 결정체로 간주한다. 아버지의 오래된 상처를 듣고, 보고, 만지면서, 아버지를 이해할 수 있게 되었다. 아버지를 혐오와 경멸의 대상에서 여기던 주인공으로서는 상당한 변화를 겪은 것이다. 이에 이 소설은 사람과 사람 사이의 거리가 가까워지는 길은 과연 무엇인가라는 질문에 대한 고민이 된다.

소설의 마지막에서 주인공은 "어둠을 달리는 나는 어둠이고 불빛 속에 우는 그들은 정작 빛인지도 몰랐다."라고 말한다. 정상과 비정상, 어둠과

빛이라는 두 개의 대립 항이 교차하면서 연출하는 것은 위계의 전복이다. 아버지와 아들, 무능력함 내지 무기력함과 고귀하고 간절함 등 다양한 이항대립의 자리바꿈에 관한 물음이 이어질 수 있다. 이러한 물음을 계속해 나가면 그 끝자리에는 작품의 제목이 가리키고 있는 '의미 있는 생'이 과연 무엇인가에 관한 물음이 놓여 있을 것만 같다. 여러 모로 많은 생각을 하게 하는, 그래서 다시 읽을 만한 작품이다.

어린 아이와 팽나무의 시선, 그리고 그리움의 회상 — 한수경 「나비머리핀」

　한수경의 「나비머리핀」은 옹기 굴이 있는 어느 시골 마을이라는 흔치 않은 공간을 소설의 배경으로 삼은 작품이다. 이러한 독특한 공간적 배경은 동시에 이 소설의 내용이 산업화 시대 이전의 수십 년 전 "플라스틱 용기가 붐을 타기 이전의 일"임을 알려주면서 자연스럽게 시간적 배경에 관한 역할까지 감당한다. 더욱이 어린 아이의 시선에서 포착되는 사건과 상황이라는 소설의 특징적인 초점화 방식과 결부됨으로써 미학적인 측면에서의 효과 발생으로 이어진다. 또한 시골 마을의 중심에 자리하고 있는 아름드리 팽나무는 가출한 어머니의 귀가를 바라는 어린 아이의 심정을 드러내는 장치로 활용된다. 이처럼 이 소설의 공간적 상상력은 소설을 지탱하는 가장 기본적인 버팀목이다.

　동이네 집 바로 위에 있는 언덕바지에는 지형을 따라 용의 허리처럼 길게 뻗어 내린 옹기 굴(가마)이 있다. 그 앞에는 너른 마당이 있고 그 한쪽구석에는 마치 우산처럼 넓은 그늘을 드리우고 있는 아름드리 팽나무 한 그루가 서 있었다. 그 나무는 고작 나무일뿐이지만 그 생김새가 범상치 않고 누구도 함부로 범접할 수 없는 아우라를 가지고 있었다. 그래서일 것이다. 새로 도로를 내거나 건물이 들어설 때도 억지로 가지 한 번 잘려나가는 일 없이 무탈하게 마을과 동고동락해온 것은. 해가 갈수록 밑동이 튼실해지고 가지가 굵어져 영락없이 광주리를 머리에 인 여인네가 실팍한 궁둥이를 땅에 착 붙이고 앉은 형상으로 자라난 팽나무는 오래전부터 스스로 마을의 중심이 되어 있었다.

아름드리 팽나무는 마을의 상징적인 보호자다. '영락없이 광주리를 머리에 인 여인네가 실팍한 궁둥이를 땅에 착 붙이고 앉은 형상'이라는 표현에서도 확인되듯 오래된 팽나무는 마치 인격을 가진 존재처럼 간주된다. 나아가 팽나무는 '누구도 함부로 범접할 수 없는 아우라'를 지니고 있다는 식으로 애미니즘적인 분위기마저 발산한다. "팽나무는 굵은 밑동에 비해 그다지 키가 크지는 않지만 지세가 높은 언덕바지에 자리하고 있어서 그 위에 올라가서 시선만 돌리면 온 동네가 다 보였다." 거대한 수호신처럼 마을을 굽어 내려다보는 아름드리 팽나무는 전통적인 농경사회를 지켜주는 든든한 버팀목이자, 어머니를 잃고 홀로 남겨진 어린 아이의 친근한 벗이다. 수십 년 전의 일을 회상하는 듯한 형식으로 짜인 이 소설에서 부각되는 '그리움' 곧 '어머니에 대한 그리움'은 물론 '고향에 대한 그리움'이라는 정서를 지탱하는 정신적 상징물이 팽나무인 것이다.

팽나무가 굽어보는 가운데 온갖 소설 속의 일들이 펼쳐진다. 아버지와 광범이네 삼촌이 말다툼을 하고, 엄마가 힘든 일을 도맡아 한다. 아버지가 '구불구불 파마한 머리에 나비머리핀을 꽂은 젊은 여자'를 데려오고, 엄마는 외갓집에 간다고 말해놓고 집을 떠난다. 어떻게 보면 어린 아이로서는 감당하기는 어려운 힘든 일들이지만, 이 모든 것을 아름드리 팽나무가 굽어보고 있으며, 팽나무가 어린 아이를 지켜줄 것이라는 막연한 기대를 가지게 된다. 심지어 소설의 결말 부분에서 어린 동이가 심각한 열병에 시달리지만 이것 역시 죽음이라는 비극적인 결말의 암시라기보다 홍역과 같은 극복해야 할 성장통에 가까운 것으로 여겨질 수 있는 것도 수호신 같은 팽나무의 존재에 힘입는다. 구체적으로는 소설 속 어린 동이가 소설 밖에서 어른이 되어 수십 년 전의 일을 회상한다는 심리적 안전장치가 작동하고 있으며, 소설 속에서 그런 암시를 수행하는 것이 아름드리 팽나무다.

젊은 여자 때문에 엄마가 집을 나가게 되지만 소설 속에서 젊은 여자가 악녀로 그려지지는 않는다. '선하다' 혹은 '악하다'라는 판단에 관해서 이 소설은 철저히 침묵 혹은 무관심으로 일관한다. 어린 아이의 시선으로 이 사태를 감당하기 때문이기도 하고 다른 한편으로는 팽나무의 시선으로 굽어보고 있기 때문이기도 하다. 도덕적인 판단, 남편을 빼앗겨 억울한 심경 따위는 둘째 문제다. 어른들의 감정에 관한 문제는 어린 아이가 커서 성인이 되었을 무렵에나 판단이 가능하다. 어린 아이의 시선에서 어른들의 그러한 감정은 이해되기 힘든 것이고, 팽나무의 시선에서 인간들의 그러한 감정은 거대한 자연의 섭리에 비해 지극히 사소한 것이 되고 만다.

몹시 더운 날 밤이었다. 여자가 마당에 나와 조심조심 펌프질을 해서 대야에 물을 받았다. 그리고 긴 머리를 돌돌 말아 올려 나비머리핀으로 고정시키고는 드러난 목덜미에 차가운 물을 적셨다.

"흐미!" 여자가 신음소리를 냈다.

지하 수십 미터 깊이에서 끌어올린 물은 잔털이 오소소 일어설 정도로 차가웠다. 보는 사람은 없는지 여자가 다시 한 번 주위를 휘둘러본다. 모두 잠들고 사방이 고요했다. 조금 대범해진 여자가 가랑이까지 치마를 걷어 올렸다. 살집이 좋은 여자의 허벅지가 달빛에 고스란히 드러났다.

"흐미미미…." 물을 끼얹을 때마다 여자의 입에서 신음소리가 새어 나왔다.

마침 변소에서 나오던 동이가 그 모습을 보았다. 여자의 속살이 달빛에 반사되어 뽀얗게 빛나고 있었다.

이 소설의 미학적인 성취는 섣부른 도덕적 판단을 중지한 끝에 얻은 성과다. 본처와 첩의 상투적인 대립 대신 달빛에 비친 젊은 여자의 허벅지 속살이라는 에로틱한 장면을 건져 올리는 것이다. 어둠과 달빛의 대조, 몹시 더운 기온과 잔털이 오소소 일어설 정도의 차가운 온도의 물이 이루는 대조, 모두 잠들어 사방이 고요한 가운데 새어나오는 신음소리의 대조 속에서 여자의 뽀얀 속살이 드러난다. 젊은 여자의 속살은 달빛에 반사되어 더욱 뽀얗게 보일 것이고, 더욱 에로틱한 분위기 속에서 끓어오를 것이다. 토속적인 정취 속에서 에로틱한 분위기를 극대화하는 이 장면은 어린 아이의 시선으로 이끌어 갈 때 생길 수 있는 밋밋함을 일거에 뒤집는 소설적 묘미를 발휘한다.

창불을 때는 날 밤은 참으로 대단하였다. 진흙으로 막아두었던 가마의 창을 모조리 열고 창마다 두 명씩 사람들이 붙어 서서 가마 속에 껍질을 벗긴 소나무 기둥을 집어넣었다. 쇠라도 녹일 듯이 타오르는 벌건 불길로 굴 마당은 물론 마을 앞 신작로까지 대낮처럼 밝았다.

가마 속을 보여 달라고 동이가 아버지의 다리를 껴안고 매달렸다. 아버지가 동이를 들어 올려 무동을 태워 주었다. 줄을 서 있는 옹기들 사이로 춤을 추듯 너울대는 불꽃이 보였다. 이글거리는 해 같았다. 동이는 홀릴 듯이 혀를 날름거리는 불길에서 잠시도 눈을 뗄 수가 없었다. 예뻤다. 그리고 무서웠다.

활활 타오르는 불길은 소설적 긴장을 극도의 상태로 고조시킨다. 젊은 여자의 임신, 엄마의 가출이 이루어지는 것도 이 대목에 즈음해서다. 거세게 타오르는 불길은 용이 승천하는 듯한 형상을 연상케 한다. 창불이 타오르는 광경은 어른들의 세계, 성적인 함의를 해석하지 못하는 어린 아이의 눈에도 "예뻤다. 그리고 무서웠다."라고 비쳐질 만큼 매혹적이고도 두려운 대상이다. 나비머리핀을 꽂고 있어 예쁘면서도 엄마와 헤어지게 만든 무서운 존재는 결국 젊은 여자다. 또한 홀릴 만큼 매혹적이면서도 두려움을 주는 것이 달빛에 비친 속살과도 같은 에로틱함의 한 속성이 아닌가. 다양한 해석이 가능한 인상적인 장면이다. 결과적으로 볼 때 옹기 만드는 마을이라는 공간적 설정은 활활 타오르는 창불 장면을 위해 존재했던 셈이다.

　　동이는 꿈속을 헤매는 중이었다. 꿈속에서 머리핀 속의 나비가 동이의 주위를 맴돌았다. 언제 돌아온 걸까. 엄마가 동이를 보고 환하게 웃는다. 동이가 엄마에게 달려간다. 나비도 동이를 따라 날아간다. 동이가 엄마의 품에 코를 박고 냄새를 맡는다. 누룽지처럼 밍밍하고 묵은 쑥떡처럼 달짝지근한 엄마 냄새다. 동이가 엄마를 보며 웃는다. 햇살보다 더 밝게 웃는다. 그런데 나비가 보이지 않는다. 어디로 날아가 버렸나보다. 나비를 찾아 두리번거리던 동이가 엄마의 뒤통수를 올려다본다. 나비가 거기 있었다.
　　예뻤다. 나비머리핀을 꽂은 엄마는 정말 예뻤다.

　　소설의 결말에 제시된 동이의 꿈은 무척 애틋하고도 어여쁘면서 제법 오랜 여운을 남긴다. 실제의 현실에서 엄마와 어린 아이 사이의 거리는 아득하기만 하다. 꿈이란 불만족스러운 현실에 기인한 무의식적 소망의 대리 충족의 형식이라는 정신분석학의 설명을 떠올릴 때 동이의 아름답고 행복한 꿈은 정반대의 현실을 상기시키는 결과가 된다. 그럼에도 소설은 슬프거나 비참하기보다는 애틋하지만 충분한 가능성을 내포한 듯하다. 어린 아이가 팽나무의 보호 아래 성장하여 성인이 되어 지금 소설 속에서 회상하고 있을 것이라는 막연한 기대 때문이지 않을까 싶다.

낯설고도 익숙한—성민선 「라그랑주 포인트」

성민선의 「라그랑주 포인트」는 '라그랑주 포인트'라는 익숙지 않은 소재를 가져와 소설의 의미망을 직조한다. 결과는 둘 중 하나다. 전적으로 소재의 신선함에 주제를 기대고 있는 방식, 소재와 주제가 자연스럽게 결합된다면 제법 흥미로운 작품이 될 것이고, 반대로 어딘가 모르게 이질감이 느껴지면 실패작이 될 것이다. 미리 결론부터 말하면 이 소설은 성공한 사례에 속한다. 낯설고 특수한 소재를 활용하여 보편적인 공감을 유발하는 쉽지 않은 성공이다.

두 천체가 공전하고 있을 때 서로 잡아당기는 힘이 교차해서 주변 중력이 0이 되는 지점을 '라그랑주 포인트'라고 합니다. 그곳에서는 서로 중력이 영향을 미치지 않아 양쪽 어느 곳으로도 끌려가지 않고 안정된 상태로 존재할 수 있지요.

행성이 자기 궤도를 유지하는 건 중력과 관성 때문이지. 그들 사이엔 각자의 공전주기를 유지할 수 있도록 중력이 0이 되는 지점이 있어. 그곳에서는 서로 끌어안지도 않고 밀어내지도 않지. 그 지점을 벗어나면 결국 어느 한 행성으로 빨려 들어가서 추락하고 말아.

사설 천문대를 배경으로 하고 있으니 천문학 분야의 용어가 나오는 것도 그리 어색하지는 않다. 대충 내용을 정리해보면 라그랑주 포인트란 일종의 균형 상태이고, 균형이긴 하되 작은 충격이나 힘에 의해서 쉽게 깨뜨려질 수 있는 불안을 내표한 균형이다. 그런데 따지고 보면 우리가 살아가는 삶 자체가 이러한 균형 상태로 이루어진 것이 아닌가. 사람과 사람 사이의 균형, 때로는 그러한 균형 상태를 거부하고 충돌하거나 멀어지는 것이 인간 세계이니까 말이다. 이런 생각에 이르면 '라그랑주 포인트'라는 낯선 소재를 창작에 끌어들인 작가의 선택에 감탄하지 않을 수 없다. 순수함과 꿈의 상징인 별을 바라보던 천문학도들이 인력감축의 상황에 내몰린다는 설정 역시 이상과 현실의 괴리를 압축적으로 드러내는 효과적인 선택이다.

그러나 '라그랑주 포인트'를 유지해야 하는가 아니면 깨뜨려야 하는가에 대해서는 보다 섬세한 고민이 필요하다. 그것은 소행성이 지구에 충돌할 때 인류가 멸망할지도 모르는 것처럼 어느 한 개인의 삶 전체를 뒤흔드는 위력을 발휘할 수도 있는 것이라서, 쉽게 단정 지을 수 없는 문제다. 동성애자인 민우와 '나'는 자신들의 사랑과 세상의 통념에 대해 서로 다른 생각을 갖는다. 젊은 민우는 라그랑주 포인트를 깨뜨려 통념에 맞서야 한다는 생각, '나'는 민우를 보면서 젊은 시절의 자신을 떠올리기도 하지만 가정과 사회적 지위를 포기할 수는 없다는 생각. 산산이 깨지더라도 세상의 통념과 맞설 것인가, 비겁함을 무릅쓰고라도 현재의 궤도를 유지할 것인가. 라그랑주 포인트는 삶에 관한 문제로 자연스럽게 연결된다.

달을 여행하려면 무엇보다 지구의 중력을 벗어나야 한다. 그러나 자신이 속한 세계의 중력을 벗어나려 할 때 우리가 마주치는 것은 너무나도 견고한 바로 그 중력의 법칙이다.

기약 없이 바다를 표류하는 족속들, 부랑아, 정신병자, 동성애자, 정치범, 급진주의자들… 한 번 낙인이 찍히면 영원히 지워지지 않는 사람들. 그들처럼 낙인이 찍히지 않기 위해 우리는 자신의 색깔을 숨긴 채 가까스로 자신의 위치를 고수하고 있는 건지도 모른다.

라그랑주 포인트라는 신선한 소재는 삶의 자세에 관한 근본적인 문제를 제기한다. 어느 새 각자의 삶에서 라그랑주 포인트를 찾아볼 때 천문학의 낯선 개념은 보편적 삶의 질서와 원칙에 관한 성찰로 외연이 확대된다. 중력의 법칙은 어느새 천문학의 영역에서 벗어나 우리의 눈앞에 펼쳐진 이상과 현실의 장벽으로 다가온다. 또한 자신의 위치를 고수하기 위해 노력하는 비굴하면서도 숭고한 일상 속의 안간힘에 대해서도 다시 생각해보게 만든다. 소설 속에서 언급된 족속들은 아닐지라도 저마다의 낙인을 지니고 있으니까. 그래서 이 소설을 읽으면 자못 숙연한 느낌까지 들기 마련이다.

물론 이러한 독법은 소설의 한 쪽 면만을 읽는 것이다. 동성애라는 소재를 제대로 읽지 못하는 것이다. 라그랑주 포인트의 절묘한 균형을 깨뜨릴 것인가 유지할 것인가의 문제는 동성애임을 밝힐 것인가 숨긴 채 살아갈 것인가의 문제와 긴밀하게 결합되어 있다. 반드시 a와 b의 결합이 아니라 a와 a 혹은 b와 b의 결합도 가능하지 않겠느냐 하는 것이 이 소설이 던지는 또 하나의 문제 제기다. 동성애자로서 겪는 특수한 처지를 직접 경험하지 못하면 그에 대한 답변을 하기 힘든 어려운 주제임에 틀림없다. 특히 소설의 마지막 장면에 관해서는 어떤 독법으로 읽어야 할지 난감한 측면이 있다.

최초로 지동설을 주장한 코페르니쿠스는 생전에 자신의 이론을 세상에 드러내지 않음으로써 핍박과 형벌을 피할 수 있었다. 갈릴레이 역시 자신의 이론을 철회하고 거짓맹세를 함으로써 간신히 목숨을 부지할 수 있었다. 그러나 브루노는 모든 사람이 천동설을 당연하게 받아들이는 시대에 지구가 둥글다고 주장하다가 화형을 당했다. 세상에는 '통념'이라는 게 있다. 진리가 아니더라도 사람들이 진리로 받아들이며 믿고 있는 것. 그것에 역행하기는 어렵다. 갈릴레이처럼 '지구는 세계의 중심이며 절대 움직이지 않는다'고 맹세를 하더라도 어차피 지구는 계속 돌고 있는 것이다.

그러나 소설이 정답을 제시하는 도구는 아니지 않는가. 풀리지 않는 문제를 풀려고 시도해보는 것만으로 최소한의 의의는 있지 않겠는가. 선택은 셋 중 하나다. 생전에 끝까지 숨긴 코페르니쿠스, 거짓 맹세를 한 갈릴레이, 끝까지 주장하다 화형당한 브루노. 당신은 어느 길을 택할 것인가? 성민선의 「라그랑주 포인트」는 우리를 이러한 물음으로 몰고 간다. 그것도 상당히 집요하다. 많은 질문을 남긴다고 좋은 소설이라고 할 수는 없겠지만, 모든 것을 해결해서 거짓 위안을 주는 것보다는 더 나을 수 있지 않을까. 각자의 삶에서 어떤 선택을 해야 할 것인가 생각하지 않을 수 없게 만드는 그런 작품이다

일상 속의 몽상―김광님 「러브체인」

　김광님의 「러브체인」은 무엇보다 흥미로운 발상법에 눈길이 간다. 일상 속에서 흔히 접할 수 있는 소재를 두고 상상력을 덧입히는 방식이다. 엉뚱하면서도 그럴 듯하고, 익숙하면서도 기발한 방식으로 상상력을 쌓아올리고 있어 그러한 발상법의 전개를 지켜보는 것도 무척 흥미롭다. 예컨대 '무이파'라는 태풍 이름으로 펼쳐내는 상상력이 그러하다. "무심코 특별할 거 없이 날마다 치러내는 일상" 속의 흔한 소재에서 이야기의 꽃을 피우는 방식이다.

　언젠가 방송에서는 태풍 무이파(MUIFA)가 닥칠 것이라고 예고했다. 태풍 이름이 무이파라고? 처음 듣기에 좀 괴이한 이름이었다. 무이파? 무슨 소림사 계파들 모임의 하나나, 칠성파나 양은이파 같은 폭력집단 계파를 연상케 하는 이름이었다. 그러나 알고 나면 퍽이나 아름다운 말이었다. 마카오에서 지은 말로 서양 자두꽃이라 했다. 얄량한 지식으로 돼먹지 못한 엉뚱한 상상력이 빚어낸 오해였다. 무이파를 모르는 척 가만히 입엣말을 토해내 본다. 무이파… 무이파… 무이파… 자두꽃 흰 이파리가 파, 음에서 향긋한 냄새를 풍기며 사방에 흩날리다가 감은 두 눈에 살짝 내려앉나싶더니 어느새 시퍼런 칼날이 번뜩이며 눈앞에 나타났다.

소림사 계파들 모임의 하나, 칠성파나 양은이파 같은 폭력집단 계파를 연상케 한다니, 듣고 보니 그런 것 같기도 하다. 잠시 웃음 짓고 나면 그제야 무이파에는 서양 자두꽃이라는 의미가 있다는 정보를 넌지시 흘려주는데, '알고 나면 퍽이나 아름다운 말이었다.'는 말에 고개를 끄덕이게 된다. 입엣 말을 토해보는 주인공을 따라가다 보면 어느새 창밖에서 울음을 터뜨린 매미도 만나게 되고 여우별 운운하다가 천년 묵은 구미호 남자 친구가 불여우 무당이랑 바람나서 자신을 버리고 도망갔다는 사실을 새삼 환기한다. 상상, 공상, 몽상을 주유하다 어느새 슬그머니 남자 친구가 바람난 줄거리의 기본 설정으로 돌아오는 식이다.

오랜 장맛비 탓인지 식물들이 몽땅 푸르딩딩한 모습이다. 찬찬히 꽃나무에 눈길을 꽂았다. 선반 위에서 한껏 물기를 머금어 터질 듯 퉁퉁 불어있는 모양새가 다들 볼멘 아줌마 꼴이었다. 심술궂게 빠진 머리를 제멋대로 풀어헤친 채. 러브체인. 그것이었다. 석 달 전쯤 안방 천장 벽에 매단 러브체인이 누렇게 말라죽어 있었다. 머리맡에서 한 발 남짓의 치렁치렁한 머리타래 길이로 풍성한 자태를 뽐내던 녀석들이었는데. 무슨 일이었을까. 친구가 선물한 이래 서로 얽히고설켜 멀쩡했던 녀석들이었다. 러브체인이 언제 그렇게 죽게 됐는지 도무지 알 수 없었다. 그간 별 탈 없이 자랐다. 물이 부족한 것도 아니었다. 저절로 생명이 다했던 것일까? 그럴지도. 아니면 말 못하는 녀석들한테 마음이 소홀했을지도. 그의 일이 터지는 것과 맞물려 벌어졌던 때니까.

'러브체인'에 대한 발상법도 같은 방식이다. 러브체인은 주변에서 쉽게 볼 수 있는 화초, 서로 얽히고설키면서 자라나는 식물이다. '러브체인'을 보고 한때 좋았다가 지금은 시들어버린 연애관계를 떠올린다. 연애가 시들해진 것은 남자 친구의 배신 때문. 배신은 '나' 자신이 남자 친구를 믿었기 때문에 생긴 일. '나'가 남자 친구가 믿은 것은 구미호인 남자 친구가 '나'를 현혹시켰기 때문. 애초에 '나'는 여우가 아니라 늑대였기에 구미호 남자 친구와 맞지 않았고, 구미호는 불여우를 만나 떠났다. 얽히고설켰다가 시들어 죽은 화초를 보면서, 끝장이 난 연애관계에서 빈번하게 찾아볼 수 있는 '믿음', '현혹', '의심', '배신' 등의 키워드를 떠올리고, 다시 영악한 여우를 떠올리는 자유로운 발상법. 이러한 자유로운 발상법을 거칠 때 상투적인 삼각연애마저도 제법 생기 있는 소설적 장치로 살아난다.

> "자책하지 마, 살아있는 존재 자체가 누군가에게는 용기와 위로가 될 수 있어. 왜 꼭 나는 가장 예뻐야 하고, 가장 행복해야 하고, 가장 잘살아야 하고, 왜 가장 똑똑해야 하는 거지? 누구라도 그러고 싶다는 걸 인정한다면 산다는 게 욕심 부릴 일이 아니라는 걸 알게 될 거 같아. 좀 편해졌으면 좋겠어."
> 루비가 아닌 내게 해주고 싶은 말이었다. 사랑하는 사람 앞에서 얼마나 초라해진 일이 많았던가. 루비의 눈빛이 촉촉하니 진지해졌다.
> "고맙다 친구야, 나 좀 꼭 껴안아 줘. 더 세게, 더."
> 갑자기 루비가 내게 안겼다. 나는 당황했다. 사람의 몸이 닿은 게 얼마 됐는지 아득했다.

이 소설의 사람과 사람 사이의 거리는 여우와 늑대 사이의 거리다. 이종(異種) 간의 거리만큼 아득하다. 그러나 이 소설은 그 거리를 좁히는 방법을 설득력 있게 그려낸다. 타인에게 위로를 건네는 것, 그리고 타인을 껴안아 주는 것. 타인을 향한 위로는 결국 자기 자신을 향한 응원이라는 것, 타인을 껴안아 주는 것 또한 '사람의 몸이 닿은 게 얼마 됐는지 아득'한 상황을 깨뜨리는 결과로 되돌아오는 것. 루비와의 포옹은 어쩌면 자기 자신을 향한 위로이면서 다시 얽히고설키기를 바라는 소망의 표현인지도 모르겠다.

소설의 결말에서 주인공인 '나'는 여전히 미련을 버리지 못한다. 석왕사의 고양이가 문득 궁금하다고 말하지만 정작 산에 있을지 모를 그를 떠올렸기 때문이 아닐까. 다시 얽히고설킬 수 있을지는 미지수지만 다시 러브체인이 꽃을 피우기를 은밀히 소망하고 있는 모습이 서글프기보다는 자못 유쾌하다. 아마도 구미호, 불여우, 늑대, 무이파, 루비 등등이 발산하는 자유롭고 유쾌한 상상력의 여파 때문이 아닐까 싶다.

그때 그곳에서

금기와 위반—나경 「칼과 장미」

나경의 「칼과 장미」는 끔찍한 살인을 저지르는 주인공의 심리를 다룬 작품이다. 주인공은 지하철역에서 처음 본 남녀 커플을 손에 들고 있던 진검을 휘둘러 살해한다. 살인의 동기는 애인을 빼앗아간 친구와 어린 시절부터 자신을 억누르던 아버지의 존재에 대한 극심한 열등감이다. 중세 일본을 배경으로 한 것도 아닌데 주인공이 진검을 휘두르는 설정이 어색하지만, 주인공의 누적된 콤플렉스와 그로 인한 폭력 간의 상관관계를 그려내는 과정은 상당한 설득력을 발휘한다.

이 소설은 주인공이 자신도 모르게 칼을 움켜쥐는 모습으로 시작한다. 이미 칼을 움켜쥔 상황에서 선택은 단 두 가지다. 칼을 뽑아 휘두를 것인가, 아니면 움켜쥐었던 손에 힘을 뺄 것인가. 휘두를지도 모를 진검의 섬뜩한 칼날이 유발하는 위태로움이 소설적 긴장의 대부분을 차지하는 형국이다. 여기에 주인공이 과거에 겪은 심리적 상처들을 하나씩 확인하면서 위태로움은 점차 확대되고 심화된다. 소설의 결말에서 끝내 칼을 뽑아 휘두르는 것은 지속적으로 고조되었던 위태로움이 결국 폭발한 결과다. 소설의 시작부터 끝까지 팽팽한 긴장감의 누적이 매우 인상적으로 펼쳐지고 있다.

나는 안전선 가까이로 사내아이가 달려가는 것을 보면서 아슬아슬함으로 긴장한다. 무슨 일인가가 벌어질 것만 같은 기분이 든다. 온몸이 팽팽해지는 걸 느낀다. 아이들을 멀찌감치 떨어져 바라보면서 불온한 상상이 주는 두려움과 야릇한 흥분을 느낀다. 때마침 전동차가 들어온다는 귀뚜라미 소리가 들려온다. 남자아이가 뒤쫓아 온 여자아이를 그대로 플랫폼 안전선 밖으로 밀어내듯 다가간다. 스크린도어가 설치되어 있지 않아, 여자아이가 철로 변으로 떨어질 것 같다.

소설의 배경을 지하철역으로 설정한 것은 무척 흥미롭다. 그것도 스크린도어가 설치되어 있지 않은 지하철역이다. 주인공은 칼을 뽑기도 전에 플랫폼에서 죽음을 예감한다. 그는 남자아이가 여자아이를 플랫폼 아래로 밀어뜨릴지도 모른다는 상상에 빠져 있다. 한편으로는 긴장과 두려움을 느끼지만 동시에 야릇한 흥분을 맛보는 상황이다. 칼을 뽑을 것인가 말 것인가 망설이는 상황에서 느끼는 주인공의 복잡·미묘한 심리가 바로 이런 것이지 않을까. 주인공의 양가적인 심리 상태를 적절하게 포착한 대목이다.

한편 주인공은 가해자인 남자아이가 아니라 피해자인 여자아이를 자기 자신과 동일시한다. 그는 "핼쑥한 여자아이의 얼굴 속에서 나 자신을 본 나는 주먹을 꼭 쥔다"라고 말한다. 주인공은 두려움에 떨고 있는 약자인 여자아이를 바라보면서 강자 앞에서 굴욕을 당하면서 느꼈던 자신의 열등감을 다시금 떠올린다. 그는 마치 보복을 다짐이라도 하듯 주먹을 꼭 쥔다. 주인공이 칼을 뽑아 휘두르는 소설의 마지막 장면은 자신을 억눌렀던 강자들을 향한 광기 어린 복수라는 사실과 그가 그와 같은 극단적인 선택을 하게 할 만큼 열등감이 심하였다는 사실을 동시에 알려주는 역할을 한다.

K가 죽도를 휘둘러 올림과 동시에 나는 죽도를 재빠르게 왼쪽으로

잡아끌 듯이 하고 그의 옆구리를 노렸다. 하지만 K가 빨랐다. 나는 왼손 손목을 거세게 맞고 죽도를 떨어뜨렸다. K의 체중이 실린 일격에 손목이 얼얼했다. 분했다.

"운명은 우연을 가장하고 오지."

K가 냉소어린 눈빛으로 나를 내려다보며 말했다. 네가 아무리 노력해도 나를 이길 수 없다는 듯한 오만방자한 그 눈길에 아버지의 눈빛이 실렸다. 나는 숨결이 빨라지는 걸 느꼈다. 눈에 힘을 주는데 아버지의 낮은 목소리가 귓가에 달라붙었다. 벌레만도 못한 놈!

약자인 주인공에게 강자는 K다. K는 검도 대결에서 주인공을 힘과 실력으로 짓누르고, K의 첫사랑인 명희를 빼앗아감으로써 주인공에 심한 열등감을 안겨준다. 주인공은 K의 눈빛에서 아버지의 눈빛을 발견한다. 어린 시절부터 지금까지 오랜 기간에 걸쳐 주인공을 짓눌러온 존재가 바로 아버지다. 기대에 못 미치는 아들을 멸시하는 눈빛으로 바라보는 아버지에게서 주인공은 "나는 아버지의 눈빛에서 열패감을 느꼈다. 그럴 때마다 정반대로 행동하고 싶은 충동을 느꼈다."라고 밝히고 있다. 굳이 따지자면 아버지로 인한 열등감, 열패감이 보다 근본적인 것이고, 명희의 사랑을 뺏어간 K로 인해 다시 한 번 오래된 감정이 환기된 것이다. 곧 이 소설은 '아버지를 향한 아들의 대결 의식'이라는 정신분석학적 테마를 다루고 있는 셈이다.

주인공이 살해한 남자가 K를 떠올리게 하고, 다시 K는 아버지를 떠올리게 한다는 것은 결국 이 소설이 부친살해의 욕망을 모티프로 하고 있음을 알려준다. 주인공은 경멸로 가득한 아버지의 눈빛을 볼 때 "몸이 작게 오그라드는 듯한 위축감을 느꼈다."라고 말하기도 하는데, 이것은 아버지가 상징하는 권위와 질서가 행하는 일종의 거세 위협으로 해석할 수 있다. 주인공이 남성 성기의 상징인 진검에 집착하는 페티시즘적 면모를 보이는 것도 거슬러 생각하면 거세의 공포에서 기인하는 것이리라. 이러한 아버지로부터의 억눌림에서 위안을 준 것이 명희라는 점에서 명희는 어머니의 대체물이다. 그리고 아버지를 대신한 K가 다시 명희를 빼앗아감으로써 어머니를 향한 근친상간의 욕망은 차단된다.

> 내가 연출하고 있는 장면이 순간 나를 즐겁게 한다. 나는 그 기분 좋은 느낌이 소리로 변하고, 또 어느덧 소리가 감촉으로 변하는 낯선 시간 속에 서 있다. 순간, 명희의 속으로 스며들기를, 영원히 그녀의 몸 안에 들기를 열망한다.
> 나는 빈틈없이 명희의 몸속으로 꽉 들어차고 싶은 충동을 느낀다. 칼을 들어 이번에는 명희의 몸속으로 깊이 찌른다. 붉은 장미꽃 이파리가 사방으로 흩어진다. 꽃잎이 흩날리며 어지럽다. 나는 명희의 몸 속 깊은 곳에 사정을 한다. 현기증이 일어난다. 뒷걸음질 치며 칼을 떨어뜨린다.

이제 주인공이 저지르는 살인은 법과 질서의 상징인 아버지를 위반하기 위한 몸부림으로 해석되어야 한다. 본래부터 에로티시즘은 금기와 위반 역사였다고 바타이유는 말한다. 욕망은 위반을 낳고 위반은 탈주로 이어진다. 가장 강렬한 에로티시즘은 위반과 탈주의 순간에 이루어진다. 위반의 절정에서 에로티시즘의 절정을 그려내는 이 소설의 마지막 대목은 무척 강렬하고 인상적이다. 단편 소설의 형식 속에서 임계점까지 밀어붙여보려는 서사적 실험을 이루어내고 있다는 점에서도 다시 되돌아보게끔 하는 결말이다.

삶의 불확정성—김채형 「눈폭풍 속에서」

삶을 여정에 비유하는 것은 익숙하다. 김채형의 「눈폭풍 속에서」도 그와 같은 익숙한 비유에 기대고 있다. 그러나 이 소설은 삶이 여행과 같은 것이라는 익숙한 사실을 확인하는 것이 아니라 조금은 다른 것을 가리키고 있다는 점에서 주목을 요한다. 여행은 대개 예정된 경로를 따라 움직이지만 때로는 눈폭풍을 만나 처음의 계획과 경로가 무시되기도 한다는 사실. 이를테면 "자동차 여행을 하다보면 언제나 예정된 길로만 가게 되지는 않는다. 더구나 땅덩이가 큰 캐나다나 미국에서는 정해진 코스에서 벗어나기가 예사였다." 같은 진술에서도 확인되는 바이다.

예정대로 워싱턴의 호텔에 도착해서 여장을 푼 다음 저녁 식사를 하려면 점심시간 외에 잠시 화장실에 들르는 시간도 절약해야 할 참이다. (…) 동네를 벗어나 고속도로에 들어서면서 나는 가속페달을 힘주어 밟는다. 토론토 지역에 눈 예보가 있었지만 부지런히 운전해서 캐나다를 최대한 빨리 벗어나면 눈길은 피할 수 있으리라 여긴다. 혹여 캐나다를 벗어나기도 전에 눈을 만난다면 예정된 시간에 호텔에 도착하기는 어려울 것이다. 융통성이 없는 호텔 종업원이 이쪽 사정은 무시한 채 약속된 시간을 엄격하게 적용한다면 이미 카드로 결제한 숙박비를 날릴지도 모르는 일이다.

주인공인 '나'가 여행을 시작하는 대목이다. 여기서 눈에 띄는 것은 '예정'이다. 여행을 시작하는 시점에서 모든 것은 '예정'되어 있었다. 심각한 목적에서 떠난 여행도 아니다. '그'와 결별을 선언한 후 어수선한 마음을 다스리기 위해 어디든 떠나고 싶은 생각이 나서 시작한 가벼운 여행이다. 목적지가 분명하고, 이미 호텔 숙박비까지 결제한 상황이다. 워싱턴에 있는 호텔 주소를 입력해 맞춰놓은 GPS가 알려주는 고속도로를 타고 가기만 하면 국경을 넘어 목적지에 도착할 것이다. 어느 정도 예측 가능한 상황에서 시작한 여행이다.

　달리는 차 안에서 과거로의 회상이 시작된다. "나는 지난 이 년의 시간이 꿈같이 느껴진다."라고 운을 떼면서 과거의 일들이 본격적으로 펼쳐진다. '그'와의 첫 만남에 관한 내용부터 두 사람 사이의 관계가 깊어지는 계기와 과정, 서로의 삶에 더욱 깊숙이 개입하면서 갈등을 빚는 모습이 여행의 중간 중간에 틈입하는 방식으로 이루어지고 있다. "회사에서 쉽게 마주치는 유일한 남자, 유일한 한국인, 대화가 잘 통하고 호흡이 맞는 한 사람인 그" 자신에게 따스하게 대해주던 그를 향한 감정, 그의 아내를 향한 질투심, 조급해지는 마음, 고마움과 두려움이 공존하는 상황에서 맞닥뜨리는 불안감 등이 회상을 거쳐 서술된다. 자동차 여행 중인 현재의 일과 그를 만나 사귀었던 과거의 일 중 당연히 후자가 서사의 중심에 놓여 있다는 점에서, '나'의 여행은 곧 과거로의 여행이라 표현될 수 있겠다.

　　GPS의 여자는 여전히 포기하지 않고 돌아가자고 하더니, 이젠 타이르다 못해 조르고 있다. 이번에는 다른 우회도로를 이용해서 먼젓번의 산골길로 돌아가자고 한다.
　　둘 중 하나는 분명 바보지요? 이미 되돌릴 수 없을 만큼 와버렸는데도 돌아가라고 자꾸 종용하는 저 여자거나, 아니면 돌아가라는 말

을 들으면서도 확신이 없어서 돌아가지 못하고 엉뚱한 길로 가는 나
거나 말예요.

흐흥, 냉소적으로 웃는다.

나는 되돌려야 한다고 수없이 생각하곤 했었다. 이렇게 나가다가
는 되돌릴 수도 없는 지경에 다다를 것이고, 결국은 스스로 늪에 빠지
고 말 것이라고 생각했다. 내가 감당하기 어려울 만큼 거센 폭풍을 만
나게 될 것임을 예견했었다.

길이 두 갈래로 갈라질 때, 어느 쪽을 선택해야 할 것인지 고민스럽다.
예정에는 없던 돌발적인 상황에 놓이게 되었을 때 누구라도 한 번쯤 경험
해보았음직한 고민이다. 눈 폭풍이 몰아치기 전에 충분히 빠져나갈 수 있
으리라 예상했지만 실패했다. 이미 눈 폭풍은 닥쳤고 갈라진 길 위에서 선
택을 내려야 한다. 여기서 이 소설은 삶이라는 여행은 예정이 어긋난 여행
이라 강조한다. 어떤 선택을 내리든 후회할 것이 뻔하지만 그럼에도 불구
하고 선택을 내려 어느 하나의 길을 걸어가야 하는 것이 인간의 삶이라는
것을 말하고 있다.

눈 폭풍 속에서 차가 미끄러져 심각한 사고를 당할 뻔하였다. 자동차에
는 가드레일에 긁힌 자국이 생겼고, 그 상처는 그와의 결별로 생긴 '나'의
마음속 상처를 떠올리게 한다. 그러나 눈 폭풍이 계속되는 상황에서 과거
의 상처만 안타까워할 수는 없다. 엄마의 말대로 그대로 서 있으면 자동차
가 눈 속에 파묻힐지도 모르니까 어떻게 해서든 빠져나가야 한다. "밤 아홉
시다. 호텔과 예약한 시간은 이미 넘어섰다. 자동차는 다시 서서히 움직이
기 시작한다." 과거의 상처, 후회, 망설임이 여전히 생생하게 흔적을 보여
주고 있을지라도 자동차를 계속 몰아가야 하는 것이 삶의 의무라고 말하는
듯하다.

멜로지만 괜찮아 — 남미자 「기차는 여덟시에 떠나가네」

　남미자의 「기차는 여덟시에 떠나가네」는 한 여자가 한 남자를 사랑했고, 그 남자로부터 배신당하는 식으로 마치 멜로드라마를 연상케 하는 내용으로 이루어진 작품이다. 배신당한 후 쓸쓸한 세상의 뒤편과도 같은 퇴락한 지하상가에서 구슬픈 음악을 듣고 있는 주인공이란 영락없는 멜로드라마의 가련한 여주인공이다. 더구나 그녀가 듣고 있는 아그네스 발차의 '기차는 여덟시에 떠나가네'를 배경음악처럼 삼고 있어 주인공의 기구한 인생에 대한 감상은 더욱 애잔하게 여겨진다. 작품의 곳곳에 한두 소절씩 분산되어 노출되는 노래의 가사는 이 작품에서 그야말로 영화 속 OST 같은 역할을 톡톡히 해낸다. '이 가련한 여인을 위해 슬퍼하라, 그녀의 눈물에 동참하라.'라고 외치는 것과 다를 바 없다.

　서술자는 멜로드라마풍의 이야기를 두고 "1980년대 신촌의 경의선 철로 변 어느 허름한 집 셋방에서는 일어날 수 있는 일이었다."라고 말한다. 짧았지만 행복했던 과거의 한때는 주인공의 인생에 큰 흔적을 남겨놓았다. 그것은 인생의 행로를 완전히 뒤바꾸어버린 치명적인 상처임에 틀림없다. 실연의 상처로는 모자랐는지 그녀에게 남겨진 유일한 혈육마저 빼앗아 가버린 과거의 상처였다. 그러나 그때의 기억이 심각한 상처임에도 불구하고 다른 한편으로는 그녀의 인생에서 처음이자 마지막이었던 사랑의 추억이기도 하다.

　여자에게 그는 딴 세상에서 온 사람이었다. 해박한 지식을 여자가 알아들을 수 있는 언어로 전해주는 그는 음악사 직원인 여자보다 더 많은 종류의 음악도 알고 있었다. 그가 말을 하는 동안은 세상의 모든 소음이 사라지고 없어서 그의 온화한 얼굴에 집중할 수밖에 없었다. 그의 언어와 몸짓 하나하나가 신비롭게 느껴졌다.
　그는 또한 여자가 해 보지 못한 일들을 하게 해준 사람이었다. 집과 직장 사이만 오가던 여자는 그와 함께 영화관도 자주 가게 되었다. 그를 따라 난생 처음으로 도서관에 가서 책을 대출하는 방법도 알게 되었다.
　여자가 신촌에 있는 그의 자취방으로 들어간 것은 시집 한 권을 선물 받고서였다. 그가 좋아한다는 이성복 시인은 처음 들어보는 이름이지만 친근하게 느껴졌다. 시인의 첫 시집 '뒹구는 돌은 언제 잠 깨는가'는 함께 살 구실을 찾던 두 사람을 합치게 했다.
　그의 밥을 해주면서, 그의 셔츠를 다림질하면서 처음으로 행복이란 것도 느꼈다.

　여전히 아름다운 아그네스 발차의 노래처럼 그때의 행복은 잊을 수 없는 추억을 여자에게 선사하였다. 그랬기에 배신한 남자를 처음 만났을 때 은은하게 들려왔던 아그네스 발차의 노래가 수십 년이 지난 지금도 그녀의 음반 가게에서 울려 퍼지고 있는 것이 아닌가. 그 노래를 들으면서 "여자는 까마득하게 잊었던 그의 목소리를 떠올렸다. 전경들에게 쫓겨 지하상가로 뛰어든 그를 치마폭에 숨겨주었던 그날, 그의 목소리는 먼 나라의 언어로 얘기하듯 생소하면서도 진지해보였다." 그녀가 지하상가에서 음반 가게를 할 때 실연의 상처로 인해 세상에서 도피한 것이지만, 그곳에서 그녀는 첫사랑의 추억이 오롯이 담긴 아그네스 발차를 들으며 위로를 받은 것이다.

이 작품의 기본 정서는 '그리움'이다. 아무리 남자가 배신하고 떠났어도 사랑을 맛보게 하고 자기 존재의 의미를 깨닫게 해준 사람이다. 그래서 비록 상처투성이의 과거일지라도 여전히 그리움의 대상이다. 과거를 향한 무한한 애정은 퇴락한 명동 지하상가라든가 사양 업종인 음반 가게를 향해서도 동일하게 이어진다. 이제 사업을 청산하고 떠나야 하지만 미련이 남은 듯 쉽게 떠나기 어려워하는 모습을 보인다. 심지어 명동성당 앞에서 격렬한 시위가 벌어지던 그 시절 역시 젊은 날의 한때이기는 마찬가지이므로 영원히 잊을 수 없는 그리움의 색깔로 채색되어 있을 수밖에 없다.

지하상가 음반 가게에서 수십 년 동안 머물러 있던 여자는 이제 멀리 떠나려 한다. 멜로드라마의 가련한 여주인공은 슬픈 상태로 머물러 있는 것 외에는 아무것도 할 수 없는 지극히 수동적인 존재에 불과하다. 멜로드라마의 여주인공은 지하상가에서 계속 아그네스 발차의 구슬픈 음악을 들으면서 애달파 한다. 그러나 이 작품의 주인공은 머지않아 지하상가를 벗어난다. 빼앗긴 아들이 미국에 살고 있음을 확인한 끝에 지하상가의 음반 가게를 청산하고 아들을 만나러 떠나겠다고 결심한 것으로 설정된다. "갑자기 이 지하상가가 답답하다는 느낌이 들면서 숨이 턱 막혀왔다. 언제나 아늑하게만 느껴져 왔던 곳인데 말이다. 여자는 박차듯이 유리문을 열었다." 갑갑함을 느낀 그녀는 지금 유리문을 열었고, 조만간 아들을 만나러 여행을 떠날 것이다. 자기의 길을 찾아 발걸음을 시작할 그녀는 슬픔에 빠져 있기만 하는 멜로드라마의 여주인공과는 확실히 다른 길을 걸어갈 것이 틀림없다는 생각이 든다. 과거를 향한 애상에만 함몰되는 것이 아니라 미래를 향한 의지와 희망을 붙들고 있기에 꽤 괜찮은 결말이다.

가난한 연극, 가난하지 않은 소설—김주현 「완두콩 한 숟가락」

　　"나는 질척질척한 것은 좋아하지 않는다. 먹을거리도, 사람도, 사
　　람과 사람의 관계도."

스스로의 입으로 자기는 질척거리는 것을 싫어한다고 애써 강조하는 사
람이 있다. 그 사람이 질척거리는 것을 싫어하게 된 데에는 여러 원인이 있
겠지만, 아마 질척거린 것 때문에 호되게 당한 적이 있거나, 아직도 여전히
질척거리는 습관을 못 버렸기 때문이 아닐까 싶다. 김주현의 「완두콩 한
숟가락」에 나오는 주인공인 '나'는 질척거린 것에 당했으면서도 여전히 질
척거리는 습관을 못 버린 그런 유형의 인물이다. 과거의 애인을 다시 만나
또 다시 질척거리는 관계를 맺는 것을 다룬 것이 이 소설이다. '질척거림'
으로만 따지자면 왠지 모르게 홍상수의 영화 속 주인공들이 연상되는 소설
이다.

　　"왜 돌아왔느냐고 물었니? 나는 여기, 인 것 같다고 대답했지. 니가
　　불렀고."
　　나는 그렇게만 말했다. 푸우. 그는 그럴 줄 알았다는 표정을 지었
　　다. 내가 한꺼번에 털어놓지 않고 띄엄띄엄, 말하고 싶을 때 말하는 습

관을 알기 때문이다. 그러곤 나는 맥주잔 바닥에 남은 술을 마저 비웠다. 그가 빈 잔을 채워주었다. 맥주에다 소주 조금. 다시 한 모금을 길게 들이켰다. 요즘 자주 섞어 마시게 된다는 둥 독주가 좋아진다는 둥 나는 시답잖은 소리를 지껄였다. '이유 한 가지를 내게 대봐'라는 노래가 막 흐르기 시작했다. 무척 오랜만에 듣는 노래였다.

주인공의 말이 무슨 뜻인지 알아차리기가 무척 힘들다. 소설을 시작하면서 느닷없이 술 취한 사람의 말을 내걸어 놓고 있으니 더더욱 맥락을 파악하기 힘들고 두서를 차리기 힘들다. 하긴 원래 술자리의 대화가 대개 그렇지 않던가. '맥락 없음', '두서없음' 멀쩡한 사람이 술 취한 사람이 하는 말을 들으면 답답하기 그지없다. 무슨 말을 하는지 맥락도 없고, 이야기의 기승전결이 없어 두서없게만 들린다. 그러나 정작 술에 취한 사람은 절박한 진심을 토로하고 있는지 모른다. '취중진담' 어쩌고 하는 말이 그냥 나온 말은 아닐 테니까.

술에 취해 어쩌고저쩌고 말한 것이 두 사람 사이의 '질척거리는 관계'를 드러내기 위한 하나의 장치였다는 사실은 소설이 제법 진행되고 나서야 뒤늦게 드러난다. 이 소설의 작가는 나름 치밀한 계산을 한 것, 술자리에서의 대화를 '두서없이' 무심하게 던져놓은 것이 사실은 약삭빠른 계산에 의한 것이라는 사실을 뒤늦게야 깨닫게 된다는 것이다. 주인공의 직업으로 설정된 연극배우 식으로 표현하자면, 이 소설의 첫 대목에 제시된 술자리 대화의 지지부진함과 맥락 없음은 그야말로 '메소드 연기'에 가까운 것일 터. 맥락 없이 제시된 것들을 통해 뚜렷한 맥락에 바탕을 둔 무언가를 말하고 있다는 사실이 야릇한 재미를 선사한다.

곰곰이 생각해보니 이 소설의 곳곳에는 이러한 '맥락 없음'으로 위장한 맥락들이 배치되어 있다. 나름의 계산에 의한 것이라는 사실은 서술이 한참 이어지고 난 다음 뒤늦게 깨닫게 된다. 소설의 서두에서 "오래전에 그와 나는 우르르 모여 있는 술자리에서 몰래 빠져나왔었다. 누군가는 그것을 훔쳐보았을 것이다."라고 할 때, 그것이 무슨 말인지, 여기서 언급한 '누군가'가 과연 누구인지 알 수 없다. 한참을 지나서야 "그때 나에게는 형이라고 부르는 애인이 있었다. 카페 화장실로 올라가는 좁은 계단에서 현구와 내가 남몰래 부둥켜안았던 것을 형이라고 부르는 애인은 아마도 목격했을 것이다."라고 해야 비로소 사태 파악이 가능하다. 그리고 이러한 뒤늦은 해명에 이르러야 '맥락 없이, 두서없이' 제시되었던 발언들이 그와 '나' 사이의 상당히 질척거리는 관계를 드러내기 위한 '메소드 연기'였음을 알게 된다.

"그 책 있잖아. 왜 연극합네 하는 사람들이 옆구리에 끼고 다니던 책. 암녹색 바탕에 손바닥 하나가 탁, 찍혀있는. 난 그 책을 얼마 전에야 읽었어. 읽고 나서 남는 게 한 가지 있었어."
"뭔데?"
"배우는 자기의 전 존재를 바치는 것이다, 이런 말. 자기 자신을 던지라는 말. 온전히 연기에 바치라는 말. 바친다는 건 무서운 일인 거 같아. 그런 말은 함부로 쓸 수 없겠지. 근데 아버지할 때는 뭔지 모르지만 좋았어. 아, 내가 드디어 이 판에 들어왔구나 싶었어. 누구보다 먼저 연습실에 와있었거든. 그거 하나로는 설명이 안 되겠지만."

"현구야, 너하구 내가 마흔이라는구나. 그리고 난 인제 막 연기를 시작했잖아. 그 책에 있더라. 자기의 가장 깊은 곳을 드러내놓아야 한다고. 그런데 아무리 생각해도 그건 나한테 너무 어려운 일이야, 좋은 말이지만."

소설 속 인물들은 그로토프스키의 ≪가난한 연극≫을 언급하면서 연기와 자신의 존재를 연결시키고 있다. 연극 무대 위의 움직임이 단순한 연기가 되어서는 안 된다는 것, 그것은 오롯한 배우 자신의 존재를 드러내는 신성한 그 무엇이 되어야 한다는 것 「보이체크」를 무대에 올린다면 보이체크나 마리 역에 자기의 전 존재를 바쳐야 한다는 것이다. 소설의 주인공이 완두콩 운운하는 것은 보이체크(혹은 마리) 되기의 한 방편인 것. 마리는 보이체크를 버리고 다른 남자를 따라갔고, '나'는 H를 버리고 그(현구)와 키스를 했던 것. 소설 속 인물들에게 지금 상연 중인 연극은 그 자체로 자신들의 과거와 중첩되는 것이고, 이에 그들이 연기를 한다는 것은 과거를 다시 살아내는 것이나 다름없는 것이 된다. 질척거리기만 했던 삼각관계의 완벽한 재연이다.

아직도 바다에서는 죽어서도 죽지 못하는 사람들이 떠있고 죽어서도 죽지 못하는 사람들의 가족은 애끓는 심정으로 하루하루를 견딘다. 나는 술잔을 기울일 뿐이다. 이 몹쓸 세상, 이 몹쓸 나…. 그리고 매운 완두콩을 재미삼아 씹는다. 매운 완두콩은 입 안에서 파삭, 부서진다. 나는 코끝이 찡해서 눈물이 찔끔 날 뿐이다. 그뿐이다.

소설은 여전히 맥락 없어 보이는 여백을 남겨둔다. '나'는 '그뿐이다'라고 말하지만 과연 그뿐일 리는 없을 듯하다. 그렇다고 해서 모든 것을 다 설명해버리면 재미없지 않겠는가. 여백은 여백대로 남기고, 질척거리는 관계는 계속 질척거리도록 내버려두는 것도 한 방법이리라. 그저 보이체크도 불쌍하고, 마리도 불쌍하다고 말한다. "나는 어디로 가야 하지?"라는 질문은 맥락 없음의 연장선상에 놓인 결말이다. 맥락 없음 속에서 맥락은 어슴푸레 실마리를 보인다. 난데없어 보이는 세월호에 관한 언급 역시, '나'는 그저 술잔을 기울일 뿐이고, 어쩌고, 그뿐이라고 말하지만 어떤 맥락을 계속 길어 올리고 있다. 맥락 없음을 통해 길어 올리는 맥락, 그것이 아마도 상당히 풍성하게 끌어올려질 법한 그러한 풍요로운 소설의 가능성이길 기대해 본다.

초상화를 그리는 시간

봄 향기와 갯내음, 그리고 고향—정동수 「이웃」

　정동수의 단편 「이웃」은 각박한 도시생활에서는 좀처럼 찾아보기 힘든 주제인 '이웃과 두터운 교분'을 다룬 작품이다. 아파트 생활에서 이웃이라고 해봐야 가끔 오다가다 마주치면 목례나 할 뿐, 서로의 생활에 대해 철저한 무관심으로 일관하는 것이 대부분일 것이다. 누가 나에게 관심을 가지는 것도 사생활이 침해당하는 것 같아서 싫고, 내가 다른 사람에게 관심을 가지는 것도 번거롭고 귀찮기만 일이다. 층간 소음이나 주차 시비가 발단이 되어 끔찍한 일까지 일어나는 판국이니, 피차간 완벽한 무관심이 오히려 더 안심되고 편안한 것으로 여겨진다. 그러니 이 소설에서처럼 이웃끼리 서로 한 식구처럼 친하게 지낸다는 설정은 상당히 낯설기만 하다.

　그러나 소설의 전개를 따라가다 보면 처음의 낯설음이 차츰 누그러진다. 나중에는 이렇게 가깝게 지내는 이웃이 하나쯤 있으면 좋겠다 싶은 생각이 들기도 한다. 이웃 간에 오고가는 따스한 정에 대한 아련한 그리움, 그것은 오늘날의 바쁜 일상 속에서 잠시 잊고 있던 고향에 대한 그리움으로 이어지면서 한층 더 깊은 공감대를 형성한다. 그동안 이웃에 대한 무관심은 오랜 동안 익숙해진 각박한 도시생활에서 연유된 것일 뿐, 그러한 무관심이 계속 유지될 만큼 편안한 것은 결코 아니라는 사실을 그제야 깨달게 될지도 모른다.

만약 이 소설이 이웃과의 교분이 지닌 가치에 대해 논증하는 식의 언설을 펼쳤더라면 지금과 같은 공감은 못 얻었을 뿐더러 강한 거부감을 유발했을지도 모른다. 이 소설은 논리적인 설명이 아니라 지극히 주관적인 감각으로서의 '냄새'를 끌고 들어와 이웃에 대해 이야기한다. 특정한 냄새를 떠올리며 그 냄새에 녹아들어 있는 과거의 추억을 회상한다. 추억의 회상은 아련한 그리움을 유발한다. 연상에 연상을 거듭하면서 쑥의 향긋한 냄새를 따라 어머니가 만들어주신 음식 맛을 떠올리며 옛 추억에 빠져들기도 하고, 서해 갯벌의 비릿한 갯내음으로 인도되어 철없이 뛰어놀던 어린 시절로 돌아가기도 한다. 이 소설은 단편소설에서 냄새가 얼마나 다채로운 역할을 할 수 있는지 잘 보여준다.

> 그런데 그는 내 말을 듣더니 어쩐지… 하는 말을 흘리고 창가로 시선을 던지고는 잠시 후에 고향이 어디슈? 묻는 것이었다. 그리고는 내 대답도 기다리지 않고 우리 고향에도 그런 것들이…. 그 순간 나는 그의 눈빛과 얼굴과 그의 전신에 스며있는 갯내를 맡고 있었다. 그리고 작은 방게가 그의 얼굴과 머리로 스멀스멀 기어가는 것을 보았다. 맛과 동죽과 가무락과… 그는 어느새 한 발가벗은 소년이 되어서 전신에 까맣게 개흙 칠을 하고 바다를 향해 고추를 달랑거리며 뛰어가는 것이었다. 그는 날짜를 꼽아보듯 손가락을 꼽아보더니 지금쯤 물이 좋을 때야… 한마디를 하고는 중간에 내리면서 내 쪽을 자꾸 바라보는 것이었다. 그 모습은 내게 이상한 연상을 갖게 하는 것이었다. 마치 고향을 떠나는 중년 홀아비의 모습 같은, 외로움이 짙게 배어있는 듯 보였다. 그래서 느닷없이 측은한 생각까지 들게 하는 것이었다.

위의 인용은 나문재에서 묻어 나오는 갯내를 매개로 '나'와 낯선 사내가 나누는 대화다. 여기서 '나'의 심리 상태가 차츰 바뀌는 모습은 상당히 흥미룹다. 처음에는 버스에 탄 다른 승객들에게 피해를 주게 될까 염려하였다. 누가 항의하거나 불쾌한 기색을 내 비추는 것은 아니지만 '나'는 남들에게 피해를 주지 말아야 한다는 생각에 무척 조심스러워한다. '나'의 이러한 태도는 남을 배려하는 착한 성품 탓이겠지만, 한편으로는 누가 시키지도 않은 상황에서 자기 스스로를 규율하고 통제한 결과이다. 우리가 옆집 이웃에 대하여 무관심한 태도로 일관하는 것도 비슷한 자기 규율이자 통제에 해당한다. 아파트와 같은 공동주거생활에서는 서로의 사생활을 침범해서는 안 된다는 무언의 규칙, 아니 아예 철저한 무관심이 더 안전히고 편하다고 스스로를 세뇌시킨 결과다.

그러던 것이 '나'는 갯내를 매개로 낯선 사내와 대화의 물꼬를 튼다. 사내는 갯내를 맡으며 자신의 고향을 연상한다. 그 사내의 표정을 보면 그에게 고향이란 회한과 그리움이 뒤엉켜 있는 곳인 듯싶다. 진한 황해도 말투에서 그것이 남북분단으로 인한 깊고 오래된 상처와 관련 있다는 점도 짐작된다. 여기서 '나'는 사내의 고향에 대한 그리움을 읽어낸다. 그것은 냄새가 불러일으킨 상상 때문이다. '나'의 머릿속에서 낯선 사내는 수십 년의 시간을 거슬러 올라가 어린 아이가 되어 있고, 그 어린 아이는 천진난만하게 갯가를 뛰어다니며 놀고 있다. 이것은 타인에 대한 이해가 시작되는 결정적인 대목이다. 상상을 통해서 사내의 즐거웠던 한때에 관한 추억을 더듬어볼 수 있고, 또한 상상을 통해서 고향으로 돌아가지 못한 사내의 짙은 외로움을 헤아릴 수 있다. 사소한 냄새가 사내의 삶에 대한 상상을 불러일으키고, 그것이 고향에 대한 추억을 되살리고, 다시 그것이 타인에 대한 공감과 이해로 이끌고 있는 것이다.

냄새를 매개로 한 타인의 삶에 대한 상상과 아픔에 대한 공감은 '나'가 집으로 돌아와서도 계속 이어진다. 이때도 거듭해서 꼬리에 꼬리를 물고 이어지는 연상이 자유롭게 펼쳐진다. '나'는 나문재를 보면서 개흙 묻은 옷을 떠올리고, 또 다시 사내를 떠올린다. "나는 어느새 버스에서 만났던 그 사내에게 그 옷을 입히고 있었다. 지워도, 지워도 지워지지 않는 흙물과 냄새." 지워도 지워지지 않는 흙물과 냄새 같은 것이 결국 고향에 대한 그리움이며, 사람과 사람 사이의 정이 아닐까 싶다. 쑥국과 나문재나물에서 맡을 수 있는 냄새는 누구나 마음 깊은 곳에 보관하고 있는 고향에 대한 원초적인 그리움을 자극하고, 그러한 고향에 대한 그리움은 자기 자신과 타인을 '우리'라는 이름의 정서적 공감대로 데려간다.

이 소설의 중심이 되는 이웃집 노부부에 관한 내용에도 동일한 방식이 적용된다. 냄새를 통해서, 맛을 통해서 이웃 간에 감각의 공감대가 형성된다. '같은 음식을 나누어 먹는 사람들'이 '식구(食口)'의 본래 의미가 아니었던가. 이는 다시 고향에 대한 그리움을 환기시키고, 이웃 할머니에게서 돌아가신 어머니에 대한 사랑을 떠올리게 된다. 냄새를 통한 이웃과 고향에 대한 상상은 바쁜 도시적 일상 때문에 잠시 잊고 있었지만 언젠가는 회복해야 할 대상이 무엇인지 우리에게 알려준다. 그래서 이 소설은 처음에는 낯설었지만, 나중에는 따뜻하고, 아늑하고, 끈끈한 공감의 정서를 획득하는 데까지 이르고 있다.

변명과 편견의 목소리—양영수 「천둥소리」

이 소설은 "나는 색골이다. 뼛속 깊이 여색을 탐한다는 말이다."라는 도발적인 선언으로 시작한다. 이 말을 책임지려는 듯, 소설은 스스로 색골이라 밝힌 일인칭 화자의 성적 판타지를 여과 없이 보여준다. 복잡한 지하철에서 여자 승객의 몸을 건드리고 쾌감을 느끼는 것 같은 장면을 읽다보면, 소설 속 '나'라는 작가에 대해 상당히 불쾌한 감정을 갖게 된다. 급기야 나중에는 '나'의 내레이션으로 진행되는 소설 「천둥소리」의 도덕성에 대해서도 약간 의심하고, 어느 정도 분개하는 마음마저 가진다. 그러나 이 소설을 읽으면서 갖게 된 불쾌, 의심, 분개의 감정에 대해 잠시 후 다시 생각해 보면, 이러한 부정적 감정은 얼마 지나지 않아 소설을 매끄럽게 끌고나가는 서술적 솜씨에 대한 감탄으로 바뀌고 만다.

조금 따져 보자. 과연 색골이 이런 식으로 자신의 성적 취향을 자세히 고백할 수 있을 것인가? 진짜 색골이라면 아마도 불가능하지 않을까 싶다. 그야말로 뼛속 깊이 여색을 탐한다면, 반성이나 주저함도 희박해야 하지 않을까. 설령 일말의 망설임이 있다고 하더라도, 굳이 이와 같은 자기 고백식의 상세한 설명을 덧붙일 필요는 없을 것이다. 여색을 탐하기도 바쁠 텐데 자기의 내면을 들여다보다니, 뭔가 앞뒤가 맞지 않는다. 어디까지나 허구적으로 창조된 소설 속 등장인물의 심리에 관한 묘사일 뿐이라는 말이다.

조금 더 따져 보자. 일인칭 서술자의 목소리로 되어 있다고 해서 작품의 도덕성을 의심한다는 것도 서술자와 작가에 대한 소설의 기초 이론을 잠시 망각한 결과다. 서술자와 작가는 같은 존재일 수도 있지만, 기본적으로 분리된 별개의 존재로 취급되어야 하는 법, 특히나 '나'라는 것은 작가 자신을 가리키는 것이 아니라 시점을 제한함으로써 소설적 묘미를 얻기 위해 소설 속 등장인물에 한정하여 지칭한 방법일 테니까. 어디까지나 허구적으로 창조된 소설 속 서술자의 존재에 대한 서사론적 이해를 바탕으로 할 때, 서술자와 작가를 혼동하는 것은 말도 안 되는 일시적 착각에 불과하다.

그럼에도 이 소설을 읽다보면 자연스럽게 불쾌, 의심, 분개의 감정을 경험하게 된다. 이것은 결국 소설 속 주인공이자 서술자인 존재에 대한 허구적 형상화가 매끄럽게 잘 이루어졌음을 의미한다. "아름다운 여성의 몸매는 끊임없이 나의 감동을 불러오고 감탄을 자아낸다. 목숨 받고 세상에 태어나 내가 살아있다는 기쁨과 짜릿함을 여자의 몸만큼 강렬하게 안겨주는 것이 다시 있을까 싶다."라는 말을 듣고, 그것이 소설 외부에 존재하는 실제 작가의 여성관에 대한 짐작으로 이어지고, 잠시 불쾌의 감정을 갖게 되는 것은 소설 속에서 한 명의 색골에 대한 성격화의 결과, 즉 실제 소설가의 역량에 관련된 문제이다. 그만큼 실제 작가가 능숙한 이야기꾼이라는 증거다.

남자가 고의적으로 접근한다는 혐의가 없고 흉악범 같은 인상이 아니라면, 그리고 그 여자의 감각기관이 건강한 상태에 있다면, 이를 싫어하지 않을 것이라는 게 나의 희망 섞인 결론이다. 양전기와 음전기는 서로 끌어당기고 붙으려하는 것이 천체물리학의 원리가 아닌가. 한순간이나마 신체의 예민한 부분이 나하고 밀착되는 여자들이 별다른 거부반응을 보이지 않으면 나는 그 여자의 넉넉한 심성에 감사하고 지하철 만원 실태를 개선하지 않는 배포 느긋한 교통 행정가들에게 감사하고 이런 축복의 시간을 내려준 하루 중의 내 운수에 대해 감사한다. 붐비는 지하철 차 칸에서 잠시나마 나의 잠자던 감각기능이 짜릿한 감흥을 느끼면서 우주적인 음양조화의 질서를 확인할 수 있는 것이다.

'나'가 지하철에서 하는 행동은 성추행 그 이상도 이하도 아니다. 아무리 그럴 듯하게, 우주적인 음양조화가 어쩌고저쩌고 해도 그 행동은 절대 미화될 수 없는 추잡한 행동이다. '나'가 말은 그럴싸하게 하지만 자신의 추행이 발각되지나 않을까 걱정하는 것을 보더라도 스스로 자신의 행동을 부끄러워하고 있음을 알 수 있다. 결국 여성의 아름다움과 자연의 이치를 설명하는 '나'의 달변은 성추행범이 자신을 합리화하기 위해 억지로 만들어낸 말장난에 불과하다는 사실을 독자들도 알게 된다. '지하철 만원 실태를 개선하지 않는 교통 행정가들에게 감사' 운운하는 모습을 보더라도 '나'의 언행을 어떻게 판단하며 해석해야 할 것인지 쉽게 파악할 수 있다. 즉, 이 소설은 제한된 일인칭 시점이 갖는 독특한 효과를 최대한 활용하여 성추행범의 뒤틀린 심리와 자기변명의 너절함을 폭로할 수 있게 된 것이다.

그녀는 그리 짧지도 않은 시간을 자기 가슴 위에 얹혀 있는 남자의 손에 대해 아무런 거부반응을 보이지 않았다. 만약에 그녀가 자기 가슴 위에 얹혀 있는 남자의 손을 싫어하는 마음이 있었다면 적어도 다른 쪽으로 돌아눕기라도 했을 것이라는 게 나의 생각이다. (…) 그녀가 자기 가슴 위에 내 손이 얹혀 있는 채 누웠던 자세를 내가 일어선 다음까지 오래 계속하였다는 것은 나의 손의 소행을 용인한 것이 아니었을까.

'여자도 적극적으로 거부하지 않았으니 서로 즐긴 것이 아니냐.'라는 말도 안 되는 논리. 성폭력범이 자신의 행동을 정당화하기 위해 내뱉는 상투적인 레퍼토리다. 어디까지나 자기 자신을 정당화하기 위해 망상으로 만들어낸 가짜의 여성상이다. 문제는 이러한 변명과 편견이 개인적인 차원이 아니라 사회적인 차원에서도 일반화되어 있다는 데 있다.

학교에서 남자 선생들은 여학생들 손목을 얼마나 우악스럽게 잡아 끌었기에 학교 내 성추행사건이 그리 많이 보도되는지, 남자 선생이 다정스럽게 손을 잡아주고 어깨 도닥여준 것을 놓고 생트집을 걸고 나설 정도로 요즘 여학생들이 영악스러워진 것은 아닌지, 조물주의 축복과 은혜가 저주로 바뀌어버린 요즘 세태가 미움스러워진다.

수군거리는 교수들의 말은 대체로 동정적이었다. 그 사람 요령도 없지, 요즘 운동권학생들에겐 인권논쟁 재료 아닌 것이 없어요, 즈그들은 온갖 방법으로 남자들 시선을 끌려고 하면서 쫌만 건드려도 시비 붙으려고 한다니까, 이것은 좀 나이든 교수들의 비판적 시대론이었다. 여학생들 중에는 남자의 신체접근에 대해 병적일 정도의 수치심이나 피해의식을 느끼는 과대망상 환자가 있어요, 이것은 좀 젊은 교수의 동정론이다.

이 소설을 볼 때 여성에 대한 편견이나 남성의 자기 정당화는 우리 사회에 너무나 만연해 있는 것 같다. 예전에는 안 그랬는데, 왜 이렇게 바뀌었는가라고 탄식하면서 애꿎은 시대 탓을 한다. 성추행 피해를 입었다고 신고한 여학생이 이상한 것 아니냐, 왜 다른 학생들은 가만히 있는데 과민하게 반응하느냐, 그 학생이 혹시 과대망상증에 걸린 것 아니냐, 그러니까 결국 잘못 걸려든 교수만 불쌍하다. 피해자 여성에 대해서는 조금도 배려하지 않는 발언들이다. 또한 자신이 지닌 우월한 지위를 이용해 불리한 처지에 있는 사람을 억누르는 소위 '갑질'의 면모도 엿보인다. 무엇보다도 이러한 변명과 편견이 '나'의 혼잣말이 아니라 주위 남성들이 무심코 툭툭 던지는 말들이라는 데 문제의 심각성이 있다.

소설의 결말은 약간 아쉽다. '문제가 되었던 그날의 행사'에 관한 언급이 너무 후반부에 배치되어 있다. 좀 더 초반부에 암시를 깔아놓았더라면 결말이 급하게 마무리되는 듯한 인상을 완화할 수 있지 않았을까 하는 생각이 든다. 아무래도 결말의 사건이 분량상으로도 부족하기 때문에 얄밉고, 불쾌한 일인칭 서술자의 목소리가 이끌어온 작품의 전체 분위기를 제대로 살리지 못하는 측면도 있다. 그렇지만 분량이나 배치상의 문제를 제외한다면 결말 부분에 마련된 사건은 변명과 편견으로 일관하던 '나'의 목소리가 평온함을 잃고 당혹스러워하는 모습을 보여준다. 자기 정당화를 위해 그럴싸한 변명을 얄미울 정도로 차근차근 늘어놓던 인물이 당황스러워하는 모습에서 극적인 반전을 이끌어내는 신선한 시도라고 볼 수도 있겠다.

어찌되었든 이 소설에서 짜증과 불쾌감, 나아가 약간의 분개심마저 일게 하는 일인칭 서술자의 목소리는 무척 매력적이다. 바로 옆 사람의 내밀한 속마음을 몰래 생생히 엿듣는 것 같은 느낌을 주는 묘한 매력이다. 그럴싸한 변명과 편견이 일거에 뒤집어질 때 맛볼 수 있는 독특한 매력이기도 하다.

두 번째 전환 — 남마리아 「바위틈에 피어나는 백일홍」

사람을 나무에 비유하는 것은 자칫 흔한 상투성에 빠져 작품 전체를 위험에 처하게 할 수도 있다. 남마리아의 「바위틈에 피어나는 백일홍」은 작품의 처음부터 끝까지 나무의 비유에 의존한다. 제목에서부터 그런 의도를 숨기지 않고, 작품 중간 중간에 나무와 인생을 연관시키려는 시도가 빈번히 발견된다. 과연 이러한 나무의 비유는 상투성으로 그쳐 맥이 빠진 채 끝나고 말 것인가? 아니면 식상함을 극복하고 새로운 인식에 도달할 수 있을 것인가? 결론부터 말하면 두 번에 걸친 소설적 상황의 전환 덕분에 상투성을 벗어나 삶에 대한 진지한 태도가 무엇인지에 대한 문제제기에 성공하였다.

나는 잘 지어진 온실의 환경에서 남편이 챙겨주는 물과 온도와 손길이라는 방어벽 안에 살아왔다. 그것만이 여자가 누릴 수 있는 편리하고 안정된 삶이라고 믿었다.

그런데 이제는 남편이 베푼 삶의 윤택함이 별다른 특혜가 아니라는 사실을 알게 되었다. 나는 언제든 온실 밖으로 내동댕이쳐질 수도 있는 가련한 식물이라는 것도 깨달았다. 나는 비로소 나를 본다. 물이 빠져나간 갯벌처럼 거무튀튀하게 변해버린 내면을 바라본다. 밀물과 썰물에 패여 나온 갯벌바닥 같은 진짜 내 모습을 보지 못한 어리석음이 지금처럼 서글플 수는 없다.

'나는 천천히 껍데기 같은 존재였어. 이제는 철저하게 내 인생을 살 거야. 그의 사랑에 만족하며 관습에 얽매여 생각 없이 따라가다니. 더 이상 남편에게 사육당하지 않겠어.'

그렇게 나 자신에게 최면을 걸며 나는 모진 마음을 먹었다. 남편이란 철사에 분재처럼 묶여 살아온 나는 이제 거기서 벗어나고 싶었다.

'온실 속의 화초' 같은 비유가 전형적인 상투적 비유다. 나부의 비유가 식상하다보니 껍데기 같은 존재였고, 이제는 자신의 삶을 살아가겠다는 다짐 역시 힘이 많이 떨어진다. 인형의 집 이후 노라를 꿈꾸는 여성들은 모두 나름대로의 치열함을 가지고 있겠지만 이것이 문학적으로 형상화될 때는 새로움이라는 관문을 힘겹게 통과해야 하는 과제가 부여된다. 온실의 화초이기를 거부하고, 이제 더 이상 남편에게 사육당하지 않겠다고 다짐하는 주인공은 아직 새로움의 벽을 넘지 못한 상태다. 그 벽을 넘기 위해서는 '도움닫기'가 좀 더 필요하다.

'고통으로 피어나는 아름다움, 이를테면 좋지 않은 환경에서 오히려 좋은 분재가 나온다.'는 그의 이야기에 나는 묘한 매력을 느꼈다. 성장이 억제되고 일그러지고, 못 생긴 것, 변형된 것을 가져와 잘라주고, 물을 주고, 정성을 들여 아름답게 만들어갔다. 어쩌면 분재에 내 모습이 숨어 있다는 생각이 들기도 했다. 사람에서 고통의 의미를 깨닫고 나서야 나는 비로소 인간분재를 생각하기에 이르렀다.

분재의 비유는 온실의 비유에 비해 새로움에 한 걸음 더 가까이 갈 수 있는 힘을 지닌다. 대학 시절 K선배를 '우연히' 다시 만나는 설정에 대해서는 약간 작위적이라는 느낌이 들지만, 바람난 남편 때문에 입은 심리적 타격을 다스리고자 분재를 배우고, 분재선생과 가까워지는 설정은 분재의 비유를 이끌어내기 위해 필요한 전개라를 점은 수긍이 간다. 분재의 비유를 통해 주인공의 결혼 생활에 대한 내용 전달도 압축적으로 잘 이루어지고 있다. 특히 억눌리고, 일그러지고, 타인의 의도에 좌우되는 구체적인 조건이 온실의 비유에 비해 한층 구체적이라 만족스럽다. 이를 통해 상투성에서 참신함 쪽으로 훨씬 가까이 다가간다.

남편에 대한 배신감으로 인해 주인공은 분재선생인 '선배'에게 끌리고 있고, 자기 스스로도 그런 감정의 동요를 알고 있다. 그런데 여기서 남편에 대한 반발심 때문에 분재선생의 품으로 달려가 버린다면 분재의 비유가 쌓아올린 노력들이 한순간에 허물어질 위기를 맞이할 수도 있었다. 그동안 자신이 남편의 분재로 살아왔음을 깨닫고 그러한 상태에서 벗어나고자 하는 것이 첫 번째의 전환이라고 부를 때, 그 단계에만 머물면 또 다시 선배의 분재로 전락해버릴 위험성이 있다. 남편에게서 벗어나는 것이 전부가 아니라는 생각, 선배에게서도 벗어나야 한다는 생각, 언제까지나 남자들의 분재로 머물 수는 없다는 위기감이 결국 두 번째의 전환으로 도약하게 한다. 자기 자신의 힘으로 두 발을 딛고 살아가는 삶으로의 전환이 그것이다.

요즘 나는 엉뚱한 생각에 젖곤 한다. 분재가 아닌 다른 길을 모색해야 할 것 같다. 다음 주에 분재 선생과 함께 오대산에 갈 예정이지만 나는 일이 있다며 취소한다. 이쯤에서 그의 손길을 뿌리쳐야 할 것 같다. 나는 누구의 분재적 삶이 아닌 고유한 종으로서 존재하고 싶다. 나 스스로 자생하는 그런 존재로 말이다.

실한 열매를 맺지 못하고 쭉정이만 주렁주렁 매단 내 인생의 나무, 이제 그 나무에 새싹을 틔워 색깔이 고운 꽃이 피고 탐스러운 열매를 맺어야 하지 않을까. 눈부신 햇살을 받고 반질거리는 이파리에 분무해주고 분갈이도 하면서.

새잎이 나오도록 잎사귀도 따줘야 한다. 그러면 튼실한 꽃나무 향기를 찾아 벌과 나비들이 날아들겠지. 상큼하면서 향긋하고 싱그러운 내 인생의 꽃나무, 그게 바로 나를 위한 진정한 분재 예술이 아닐까 싶다. 내 땀이 녹아든 분재 예술을 일궈내야 한다고 마음을 다잡아본다.

나무의 비유는 분재의 비유를 거치면서 구체화되고 참신한 것이 되는데, 분재의 비유는 살아가는 것 자체를 분재 작업과 일치시킴으로써 완성된다. 비유가 관념과 인식의 세계에 속하는 것이라 할진대 실제로 그러한 삶을 살아간다는 것은 결국 비유를 거부하는 것이 된다. 비유에서 출발하여 그 비유 자체를 깨뜨림으로써 새로운 국면으로의 전환이 이루어지는 형국이다. 다분히 상투성을 함축한 나무의 비유는 이와 같은 두 번의 전환을 통해서 비로소 진지하고 치열한 삶의 자세에 대한 주제로 나아갈 수 있다.

소설의 결말은 섣불리 희망을 낙관하지 않는다. 바위틈에 뿌리를 내리고 꽃을 피우기를 열망하고 있지만, 그동안 온실 속에서 살아온 탓에 그러한 열망이 쉽게 성사되지는 않을 듯하다. 그럼에도 주인공은 조급해하지 않는다. "얼마나 많은 시간을 그렇게 버텨야 하는지는 알 수 없지만."이라고 담담히 인내를 감수하고 있을 따름이다. 주인공의 이러한 담담함에서 삶에 대한 진정성이 암시되지 않을까 싶다. 나아가 이러한 작고 단단한 진정성 속에서 이 작품의 의의도 찾을 수 있지 않을까 싶다.

강물에 비친 초상―김창식 「죽음의 문」

김창식의 중편 「죽음의 문」을 읽고 나면 강가에 서 있는 소년이 머릿속에 떠오른다. 어머니가 강 속으로 걸어 들어가 자살하는 장면을 목격한 소년은 성인이 되어서도 심한 자책감에 오랫동안 괴로워한다. 그 소년은 어머니가 빠져 죽은 바로 그 강에 그물을 던져 고기를 잡는다. 새벽녘 그물을 건져 올리기 위해 강물 속으로 걸어들어 갈 때마다 아이는 한기를 느끼며 어머니의 죽음을 다시금 목격했을 것이다. 소년에게 '죽음의 문'이란 바로 그 강이다. 씻을 수 없는 트라우마로 가득 찬 물의 공간이다.

희망, 좌절, 미래, 과거. 이런 단어들을 떠올리면 물 냄새가 난다. 물은 물로만 그 본질을 말할 수 없다. 흔들림이 있고, 움직임이 있고, 생각이 있는 것들이 일구어낸 산물이다. 슬플 때만 눈물이 나오는 것이 아니라 감격과 환희에서도 눈물이 거침없이 나오기 때문에, 물은 단순한 입자가 아니다. 생모는 목숨을 물에다 두고 주검으로 나타났다. 그 목숨에는 아버지가 일삼던 폭행과 남매를 끌어안고 기적처럼 뿜어내던 한숨이 있었다.

물은 희망의 입자가 되고, 좌절의 물방울이 되고, 미래의 알갱이도 되고, 과거의 바닥 물도 된다. 희망의 물과 좌절의 물과 미래의 물과 과거의 물이 한 몸으로, 분리해낼 수 없는 한 몸으로 엉겨서 낮은 곳으로 흐른다. 생모는 좌절을 안고 강물로 갔을까, 새로운 희망을 갈구하며 강물에 합류한 것일까. 물로 합류를 함으로써 생모는 과거를 청산한 것인가, 아니면 악몽 같은 현실을 탈피하고 당신의 미래를 열어 제친 것일까. 아버지를 청산한 것인가. 현재의 탁류에다 남매를 두고 그 어디로 간 것인가. 해답이 없다. 해답이 있을 수 없다. 인생은 희망, 좌절, 미래, 과거의 어느 한 조각만으로는 빚을 수 없는 것이니까.

이 소설은 관념적인 사색들로 가득하다. 이 소설에서 빈번히 언급되는 물은 일상적 용법의 물이 아니다. 시에서 즐겨 사용되는 물에 관한 상징과 비유들이 자유롭게 사용된다. 소설의 제목에서 '죽음'을 내걸고 있는 탓에, 죽음과의 연결고리가 훨씬 부각되는 것이 사실이지만, 죽음 이외에도 시간이나 인생의 경과, 감격과 환희 또는 반대로 회한과 눈물, 과거와 미래의 동시적인 전개 등 복합적인 의미들이 한꺼번에 떠다니는 진기한 형국을 연출한다. 어쩌면 트라우마로 가득한 소년의 내면을 투사한 것이 강물이고, 어머니의 죽음을 끊임없이 환기하는 것 또한 강물이며, 그럼에도 물결의 넘실거림을 한순간도 멈추지 않은 채 끊임없이 흘러가는 인간 세상에 대한 적합한 비유가 바로 강물이다.

사실 이 소설에서는 이와 같은 관념적 사색들이 장점인 동시에 단점이다. 장점이란 어머니의 죽음을 둘러싼 복잡다기한 생각과 느낌들을 문학적으로 형상화하는 데 큰 기여를 한다는 것이고, 단점은 상당 부분 반복됨으로써 작품의 지배적인 정서를 느슨하게 한다는 것이다. 두 가지 특성은 어쩌면 동전의 양면과도 같다. 장점이 발휘되기 위해서는 단점을 피할 수 없다. 그 결과 소설은 쉽게 읽히지 않는다. 따라 읽기 어렵다. 천천히 어렵게, 그러나 끊임없이 넘실대는 강물처럼 눈물과 사연과 상처를 한꺼번에 끌어안고 흘러가는 듯한 서술적 분위기가 이 소설의 곳곳에서 감지되는 것도 이 때문이리라.

죽음의 담벼락은 그렇게 높은 것이 아니었다. 내가 보고 있는 것, 내 앞에 흔들리고 있는 것들. 그런 것들의 틈바귀 어디쯤의, 나와 아주 가까운 곳에 죽음의 문이 있다는 것을 나는 똑똑히 보았다. 그때 내 나이 열한 살. 눈에 보이지 않는 그 담벼락을 곁에 두고 곡예사처럼 우리가 사는 것이다.

열한 살 소년 시절을 회상하는 소설의 서술은 한참을 흘러가 인간 존재의 유한성에 관한 통찰로 이어진다. 죽음의 문이 우리와 아주 가까운 곳에 있다고 소년은 말한다. 바쁜 일상을 살아가면서 자주 잊고 살아가는 바로 그 죽음이다. 소년은 수면 위로 흩트러진 어머니의 머리칼을 회상하며 삶과 죽음을 갈라놓는 울타리가 얼마나 낮은지 처절하게 증언한다. 죽음은 우리 바로 곁에 있다는 사실, 우리의 인생은 먼지와 같은 허무한 것에 불과하다는 사실, 이처럼 이 소설은 마카브르적 상상력으로 연결된다. 단순히 어머니의 죽음을 애달파하는 어린 소년의 한 맺힌 넋두리가 아니라 삶과 죽음에 대한 상당한 통찰을 요구하는 관념소설로서의 면모를 드러내고 있다.

그런데 이 소설에서는 강물 속으로 스스로 걸어 들어간 생모의 죽음만 강조되는 것이 아니라 생모가 죽은 후 아버지가 데려온 서모의 죽음이 겉이야기처럼 과거의 이야기들을 감싸고 있다. 소설의 시작과 끝은 바로 이 서모의 죽음에 관한 내용이다. 말기 폐암 선고를 받아 앞으로 석 달을 못 산다는 말을 터트리는 순간까지, 소설은 그야말로 느리게 흘러가는 강물 그 자체다. 느릿하게 흘러가면서 생모의 죽음을 이야기하고, 죽은 아버지에 대한 원망이나 두려움도 물결에 같이 흘러보내고, 자신에게 양보한 누이동생에 대한 미안함과 애처로움 같은 감정도 어루만지는 것이 이 소설이다. 이러한 모든 것이 남아 있는 논밭을 정리하여 유산으로 남기기 위해 전

처소생 두 남매를 시골로 불러들인 서모에 의해 시작되고 끝난다. 이에 이 소설은 서모의 죽음을 확인하기 위한 느린 물결이라 해석할 수도 있는 것이다.

강물에 비친 두 어머니의 초상, 생모와 서모의 죽음은 깊이를 알 수 없는 아득한 절망이다. 하나는 과거의 죽음, 또 하나는 현재의 죽음이라는 차이가 있고, 하나는 자신의 혈육, 다른 하나는 혈육에 못지않게 마음을 써준 존재라는 차이가 있겠지만, 죽음이라는 절망 앞에서 남아 있는 주인공에게 아득함으로 다가오는 것은 똑같다.

소설이 전개되는 내내 주인공이 겪는 요도가 따끔거리고 방광이 쓰라린 통증은 이제 서모의 죽음을 통보받고 절망을 느끼는 순간 또 다시 아릿한 통증으로 엄습한다. 강가에 쳐놓은 그물을 건져 올리기 위해 물을 찢고 들어갈 때 아랫도리에 밀려오던 냉기만큼 생생한 감각은 없다. 죽음에 대한 슬픔과 탄식을 요도와 방광에 밀려오는 특이한 통증으로 건져 올리는 소설의 결말이 인상적이다. 한두 마디로 정리해서 설명할 수 없는 묵직하고 깊숙한 여운이 그곳에서 계속 솟아나고 있기 때문이다. 이에 「죽음의 문」은 여운의 깊이를 오랫동안 음미해야 하는 소설이다.

그들의 사연

아버지와 자식들의 사연 — 안수길 「실종」

안수길의 「실종」은 탄탄한 서사적 짜임새 속에 인물들 간의 복잡 미묘한 감정을 잘 담아낸 작품이다. 차분하게 이어지는 서술에서 등장인물들 저마다의 사연이 섬세하게 포착된다. 요약적 진술을 최대한 배제하고, 인물의 대화나 과거 회상에 의지하여 서두르거나 주저함 없이 이야기를 펼쳐낸다. 이처럼 차근차근 펼쳐지는 서술 덕분에 등장인물들이 왜 그런 발언과 행동을 하는지 어느 정도 납득이 간다. 그래서 이 소설을 다 읽고 나면 가족들 간에도 제법 두텁고 높은 벽이 있다는 사실을 인정하지 않을 수 없게 된다. 조용하게 차분하지만 무척 설득력 있는 목소리를 내는 작품이다.

이처럼 이 소설에서 인물들의 감정이 세밀하게 포착될 수 있었던 데에는 무엇보다도 관찰자에 해당하는 막내딸의 역할이 중요하다. 막내딸은 사라진 아버지를 찾기 위해 이곳저곳 전화를 돌리고, 아버지가 있을 만하다 짐작되는 곳으로 찾아간다. 독자를 대신하여 눈과 귀를 제공하기에 바쁘다. 그 과정에서 아버지의 실종에 대해 무심한 태도를 보이는 자식들이 소개되는데, 주로 막내딸과의 대화를 통해서다. 막내딸과 다른 식구 사이의 대화는 마치 텔레비전 뉴스에 삽입된 인터뷰를 연상하게 한다. 아버지에 대한 가족들의 반감이 인터뷰를 통해서 생생히 포착되고, 독자들로 하여금 그러한 반감이 어디에서 연유하게 되었는지 궁금증을 가지도록 이끈다.

또 막내딸은 가족들의 냉담한 모습에 대해 감정적 반응을 드러내고, 덧붙여 회상을 통해 떠오른 과거의 일화를 소개함으로써 내용을 부연하는데, 이것은 텔레비전 뉴스에서 해설과 논평을 떠올리게 한다. "가족이 이틀째 행방불명인데, 그것도 늙은 아버지가… 그런데 이렇게 태평하게 저녁을 먹고 있어도 되는 건가? 막내딸은 불같이 화가 치밀었다." 막내딸은 종종 다른 형제자매들과 직접적으로 맞부딪혀 말싸움을 함으로써 아버지에 대한 각자의 속내를 드러내게끔 이끈다. 그리고 그러한 속내에 대해 직접적으로 비판을 가함으로써 독자들에게 관점을 제공한다. 이처럼 이 소설에서는 막내딸의 생각과 발언을 첨부함으로써, 소설 속에서 다루어지는 가족 간 불화를 어떻게 해석하고 받아들여야 할지 가늠할 수 있게 한다.

재산은 장남이 모두 말아먹게 하고, 늙은 몸만 자신에게 의탁하고 있는 아버지를, 작은오빠는 원망하고 증오했다. 작은올케도 오빠와 다름이 없었다.

아버지 역시 그런 작은오빠와 내외에게 분노를 품고 있었지만 아무런 표현도 할 수가 없었다. 그러면서도 얹혀살 수밖에 없는 아버지는 사는 나날이 괴로웠다. 그런 아버지를 바라보고 사는 큰오빠도 괴로웠다. 그 아버지가 이틀째 행방불명이 된 것이다.

그런데도, 그런 큰오빠와 아버지에게 아무도 관심을 갖지 않는다. 무너진 큰오빠의 처지를 안타까워하는 사람도 없고, 큰오빠의 사업실패에 덩달아 진이 빠지고 빈손이 된 아버지, 그래서 스스로 행방을 감춘 아버지를 걱정하는 사람도 없다.

작은오빠와 언니의 원망만 남았다. 아버지의 재산, 그중에 자신들의 유산으로 돌아올 수 있었던 몫까지 장남에게 다 쏟아 부은 아버지와, 그걸 다 말아 먹고 형부에게 빚까지 떠안긴 큰오빠에 대한 원망이고 분노였다.

큰오빠는 동생들의 원망과 분노에 항변할 수 없는 처지였다. 아버지와 동생들에 대한 죄책감에 자신을 학대하고 있을 뿐이었다.

　이 소설은 인물 사이의 갈등을 성급히 제시하지 않는다. 가족 불화의 정체는 작품의 중반이 되어서야 비로소 드러난다. 아버지의 실종에 대한 여러 인물들의 반응을 마치 인터뷰하듯 차례로 소개함으로써, 한 발자국씩 갈등의 중심에 다가간 결과다. 또한 이것은 과거와 현재의 시간을 적절하게 제어함으로써 얻게 되는 결과이며, 어떤 정보를 적절하게 제공하고 다른 정보는 적절히 통제한 끝에 이르게 된 결과이다. 관찰자인 막내딸은 아버지의 긴 한숨 소리를 듣고, 흙빛으로 변한 아버지의 얼굴을 묵묵히 지켜본다. 분노와 원망, 기대와 죄책감, 괴로움 등등 가족들 간의 복잡 미묘한 감정은 직접적인 표출이라기보다는 관찰의 과정을 거쳐 한참을 에둘러 온 끝에 터져 나온 것이며, 오랫동안 응축되고 익어서 터져 나온 것이기에 그 사연이 제법 그럴듯하게 들린다. 감정의 개연성이 충분히 확보되었다는 말이다.

　아버지의 실종으로 소설은 시작되었고, 막내딸이 사라진 아버지를 찾으러 돌아다니는 것이 이 소설의 줄거리다. 한참동안 아버지를 찾아다니던 막내딸은 아버지의 실종에 대해 다음과 같은 결론을 내린다. "아버지는 각 뿔내기로 흩어진 자식들 앞에, 가장의 권위를 잃고 설 자리조차 없어 가출했다" 이 소설에서 아버지의 실종 혹은 가출은 가장의 권위가 사라진 오늘날 사회적 현상에 대한 비유다. 실제의 아버지가 사라지는 사건을 통해서 가장의 권위가 실추되고 상실된 상황을 보여주는 흥미로운 방식을 거친 비유다.

　가장의 권위 상실에 관한 비유인 아버지의 실종은 시사하는 바는 크다. 가장의 권위라는 중심이 사라진 상태에서 '각뿔내기'가 되어버린 가족들은 서로를 향해 질시와 반목만을 드러낸다. 사라져버린 아버지에 대한 향수,

다시 하나의 중심을 향해 뭉치는 결속력에 대한 그리움을 소설의 주제로 삼는다. 물론 그렇다고 해서 과거의 강력한 가부장제로의 회귀를 상상적으로 회복하는 식의 주제는 아니다. 이 소설의 결말에서 아버지는 돌아오지 않는다. 이제는 돌이킬 수 없는 상황에 대한 아쉬움과 섭섭함, 그로 인한 그리움이 이 소설의 정서다. 힘이 빠져 축 늘어진 그대로를 담담히 그려내는 것이 서술의 기본 태도이고, 그로 인해 안타까움과 그리움이 환기되는 것이 소설의 기본 정서에 해당한다.

신경정신과가 있는 5층에서 함께 탔던 사람들이 다 내리고, 엘리베이터 문이 닫힌 뒤에도 막내는 그냥 멍하니 서 있었다. 꽉 닫힌 문이, 마치 아버지와 막내와 세상 사이를 가로막은 벽 같았다. 잠시 멈춰있던 엘리베이터가 다시 오르기 시작할 때, 막내는 급히 개문버튼을 눌렀다. 그러나 엘리베이터 문은 열리지 않았다. 아버지와 막내와 세상 사이를 가로막은 육중한 사면 벽이 막내를 가둔 채 그냥 올라갔다. 어디까지 갈 건지, 막내는 알지 못했다.

이 소설의 마지막 장면은 상당히 시적이다. 아버지의 실종 자체가 개별적인 인물 차원이 아니라 가장의 권위가 실추되고 소멸되는 사회적 분위기에 대한 비유였던 것처럼, 엘리베이터의 닫힌 문을 통해서 세상과의 단절, 그로 인한 고립, 막막함 등을 비유적으로 표현한다. 인물들이 처한 상황에 대한 적절히 들어맞는 비유로 기능하고 있다. 거기에 덧붙여 '어디로 갈 건지' 알지 못했다는 문장이 덧붙여짐으로써, 이 소설은 독자들을 향해 어디로 가야 할 것인지 계속해서 묻고 있다. 가족의 의미에 대해서, 아버지라는 존재의 의미에 대해서 결코 쉽게 풀리지 않을 어려운 숙제를 우리에게 던지고 있는 것이다.

타투하는 여자의 사연─김경해 「사랑을 새기다」

  김경해의 「사랑을 새기다」는 제한된 시점의 묘미를 잘 살려 극적 긴장을 부각시키는 동시에 주인공의 사연을 인상적으로 스케치한 작품이다. 여기에는 타투라는 다소 낯선 소재가 제공하는 신기함 내지 신선함도 한몫을 하고, 타투를 받으러 오는 중년 여성의 성적 욕망도 독특한 소설적 분위기 형성에 일조한다. 이야기의 전개 측면에서 결함을 보이기도 하지만 흥미로운 전개와 독특한 소재가 주목을 끄는 작품이다.

  소설은 타투 바느질 한 땀 한 땀을 따라 주인공의 심리를 펼쳐낸다. 잠든 남자에게 타투를 새겨 넣는 주인공의 심리 상태는 상당히 불안하다. 남자에게 몰래 수면제를 타 먹이고, 동의를 구하지 않은 채 잠든 남자의 몸에 타투를 새겨 넣으려 한다. 이러한 불안감이 바늘의 움직임에 고스란히 이입되고 있다는 점은 주목할 만하다. "톡. 드디어 첫 땀을 뜬다. 남자의 얼굴을 바라본다. 다시 톡, 톡, 톡. 바늘 끝이 닿을 때마다 남자가 조금씩 움찔댄다. 설마 깨어나지는 않겠지. 한숨을 한번 크게 내쉬고는 다시 바늘을 가져다 된다. 남자가 깨어난다면 어떻게 될까." 바느질 한 땀 한 땀에 남자가 깰까봐 걱정하는 주인공의 불안과 긴장이 자연스럽게 녹아들고 있다.

쑥쑥 남자의 팔뚝에 푸른 잉크가 스며든다. 따끔거리는지 조금 팔뚝이 움찔댄다. 이제 겨우 한 글자를 새겼을 뿐이다. 이대로라면 시간이 너무 오래 걸린다. 남자가 깨어날 수 있는 시간과 거의 비슷할 수 있다. 연습을 많이 했더라면 겨우 네 글자를 새기는 것쯤은 더 빨리 끝낼 수 있다. 이건 초보 중의 초보고 가장 쉽고 기본적인 단계였다. 하지만 연습실에서는 참관만 허용되지 실습은 할 수 없었다. 직접 시술을 하기 위해서는 더 많이 연습해야 하지만 그건 그만큼 돈을 지불해야 되는 일이다. 가난한 내가 더 이상은 돈을 내기 벅찼다. 그리고 분위기상 젊은 애들은 내가 시술하기를 원하지 않았다.

타투 바늘땀을 따라 푸른 잉크가 한 방울씩 스며들고, 그때마다 남자의 팔뚝이 움찔거리는 장면은 매우 독특한 분위기를 연출한다. 바늘의 한 땀 한 땀, 팔뚝의 움찔거림이 소설적 긴장의 리듬을 만들어내는 재료다. 여기에 혹시 남자가 깨어나지 않을까 하는 걱정이 얹히면서, 긴장감이 유발하는 서사적 리듬을 더욱 촉급하게 이끈다. 남자가 잠에서 깨어나기 전에 L-O-V-E 네 글자를 다 새길 수 있을까 없을까 하는 긴장이 소설 전체의 관통하는 긴장감으로 확산되기에 이른다.

은밀한 분위기에서 이루어지는 타투 작업은 어느새 돈 이야기로 슬쩍 바뀐다. 나이가 들어서 타투를 배우게 된 사연이 본격적으로 펼쳐진다. 돈 이야기 속에서 어렸을 때는 부유했던 집안, 친정집의 경제적 몰락, 남편의 폭력, 인터넷 학습 회사 같은 임시직 전전 등을 거쳐 결국 타투를 배우게 되었다는 사연이 펼쳐진다. 타투를 시작했지만 나이가 많고, 돈도 없어 눈칫밥을 먹고 있다는 현재의 상황도 소개된다. 바느질 한 땀 한 땀에 집중하던 것이 어느새, 시간을 거슬러 유년시절과 결혼 생활의 상처를 되짚어보고, 다시 현재로 돌아와 불안정한 사회경제적 상황을 새삼 확인시킨다. 이처럼 타투라는 낯선 소재를 한 여자의 상처를 이야기하는 데 적절하게 활용한다.

한편 주인공은 어릴 때부터 애정 결핍에 시달린 것으로 설정되어 있다. 남편과의 불화 역시 그 근원에는 어린 시절 아버지나 어머니와의 관계 형성이 어떤 식으로든 연결되어 있음이 암시되어 있다. 그러나 아쉬운 것은 그러한 애정 결핍이나 과거의 상처가 타투 작업과 긴밀히 연결되지는 못한다는 점이다. 잠든 남자에게 타투를 새기는 동안 회상을 거쳐 과거의 상처들이 자연스럽게 호출되고 있으나, 타투 작업과 애정 결핍이라는 두 항목이 의미의 층위에서는 긴밀하게 연결되지 못하고 있다는 것이다.

이 때문에 타투의 대상인 핸드폰 가게 남자와의 관계가 좀 더 부각되었어야 하지 않나 싶다. 타투의 바느질 한 땀 한 땀에서 느껴지는 긴장감이 주인공과 남자 사이의 관계에서도 좀 더 세밀하게 다루어졌어야 하지 않을까 하는 아쉬움이다. 주인공의 과거사에 대해서도 약간 거칠게 다루어져 있다는 생각이 든다. 다소 급하게 마무리되는 듯한 결말에서는 깨어난 남자의 발언을 통해 모든 상황이 설명되고 있는데, 그런 내용은 남자의 요약적 진술보다는 인물의 행동과 생각, 대화를 통해 이루어져야 한다.

이야기 전개 측면에서 다소 아쉬움이 있지만, 소재와 발상의 참신함이 상당 부분 그러한 아쉬움을 만회한다. 특히 '사랑을 새기다'라는 소설의 제목이 복합적인 의미를 함축하고 있어 색다른 재미를 선사한다. 타투 작업 과정에서 사랑을 의미하는 영어 단어 LOVE를 새긴다는 것인지, 타투를 통해서 새로운 사람을 만나고 새로운 사랑의 가능성을 찾아본다는 것인지, 혹은 지나간 과거의 사랑에 관한 흔적을 회상하면서 하나씩 새긴다는 것인지, 어느 하나로 확정되지 않는 중의적인 의미망을 창출하고 있다.

또한 결말의 처리 방식에서도 흥미로운 점이 있다. 소설의 마지막 문장은 "남자는 자기 팔을 내민다."이다. 주인공의 타투 작업은 L−O−V 세 글자를 새겼고, 아직 E는 새기지 못했다. 남자가 자기 팔을 내밀어 주고 있으니, 아마도 주인공은 남아 있는 E를 마저 새길 수 있지 않을까 싶다. '사랑을 새기다'라는 제목에 걸맞게, 두 사람은 소설이 끝나고 나서 사랑을 이룰 수도 있겠다 하는 여지도 남긴다. 결말이 급하게 마무리되는 아쉬움이 있지만, 단정적으로 결론을 내기보다는 암시를 통해 결말을 열어둠으로써 소설적 흥미를 지속시키는 데 이르고 있다.

카멜레온들의 사연 ― 신용성 「카멜레온」

신용성의 단편 「카멜레온」은 인물 성격화가 돋보이는 작품이다. 소설에는 카멜레온처럼 주위 상황의 변동에 맞추어 자신의 몸 색깔을 변화시키는 인물이 등장한다. 그런데 카멜레온의 몸 색깔을 포착하는 일은 자칫 어중간한 색깔의 조합에 그쳐버릴 위험성을 안고 있다. 여러 가지 색깔의 물감을 이리저리 합하고, 덧칠하다보면 나중에는 우중충한 검정색이 되고 만다. 카멜레온 같은 변화하는 색깔을 포착하기 위해서는 각각의 상황마다의 색깔을 뚜렷이 구분하고, 여러 단계에 걸친 색깔의 변화가 무슨 의미를 지니는지 파악하는 수고로움이 요구된다. 이러한 색깔 파악의 노력이 곧 성격화를 통해 가능해질 수 있다.

소설은 인물 성격화를 위해 소설의 공간적 배경을 제한한다. 구체적으로는 평택에 위치한 어느 회사의 물류센터다. 소설은 이 물류센터를 마치 연극의 무대처럼 활용한다. 연극이 시작되면 무엇보다도 먼저 무대가 펼쳐진 상황을 파악해야 하듯, 이 소설은 물류센터라는 공간적 배경에 대한 묘사로 시작하고 있다. 물류센터는 피로감의 인상으로 가득 차 있는 공간이며, 을씨년스럽고, 차가운 바람이 회오리치는 삭막한 공간으로 묘사된다. 본사가 있는 서울에 비해 외진 곳, 소외된 곳의 이미지가 강하다. 승진을 해서 빠져나가야 하는 그런 곳의 이미지다.

재빛 패널의 물류센터는 겉으로 우람해 보이지만 낡고 구식이 되어 버린 물류기계와 창고가 전부였다. 배송차량들이 발주처로 빠져나간 뒤 을씨년스런 물류센터는 정면에서 불어오는 송탄벌 들바람을 고스란히 받았다. 겨울이면 임시창고 가건물을 둘러친 천막이 찢어질 듯 몸살 앓는 소리를 냈다. 바람은 서북쪽 입고장부터 정문까지 농수로를 경계로 삼아 꾸불꾸불하게 축조된 콘크리트 옹벽에서 잠시 멈칫거리다가 맞은편 산등성이로 부는 골바람과 섞여 회오리를 만들었다.

소설의 첫 대목에서 묘사된 공간적 배경은 이후 별다른 변동 없이 그대로 유지된다. 연극으로 치자면 단막극에 해당한다. 무대가 세팅되는 것이 다 끝났으면, 이제 남은 것은 인물들이 무대 위에 올라가 연기하는 일이다. 이 소설에서 주인공 마대리, 정대리, 황대리는 물류센터에서 한 발짝도 벗어나지 않은 상태로 연기를 펼친다. 이야기를 이끌고 가는 서술을 그들 각자에게 스포트라이트를 비추면 된다. 그러면 그 인물들은 각자 저마다의 개성을 표현하기 위해 연기한다. 이 소설이 일인칭 서술자인 '나'가 서술을 이끌어가지만, 정대리나 황대리 같은 인물의 성격화도 비중 있게 다루어지는 것은 이와 같은 연극적인 상황 설정 때문이 아닐까 싶다. 세 인물은 물류센터라는 무대 위에서 마음껏 연기를 펼치는 세 명의 배우에 해당한다.

정기석에 대한 내 시각이 조금씩 변하기 시작한 것은 그가 대리로 승진한 뒤에 보여준 말과 행동의 불일치를 느끼면서부터였다. 부하 직원에게 심하다싶을 정도로 다그치고 소리를 지르는 그에게서 예전의 살갑던 모습은 찾을 수 없었다. 그럴만한 이유가 있는지 모르겠지만 나로서는 낯선 광경이었다. 그의 행동이 지극히 계산적이라는 의심을 하기 시작한 것도 그즈음이었다. 유난히 큰 목소리, 시도 때도 없이 남발하는 커다란 웃음, 관리과장이나 장장에게 머리가 땅에 닿을 정도로 인사를 하는 태도를 지켜보면서 그를 대하는 것이 조심스러워졌다. 그것은 의도된 행동이거나 조작된 연출로서 분명 어떤 목적을 띠고 있을 것이라는 생각을 지울 수 없었다. 그럴 때마다 혹시 나도 그의 술수에 이용될지 모른다는 불안감을 느끼곤 했다.

소설 속에서는 정기석의 변화가 자세하게 다루어진다. 입사 초기 자신감 없어 보이는 외모와 주변 사람들에게 형님 형님 하면서 살갑게 굴던 태도는 시간이 흐른 후 그가 승진하고 나서 완전히 바뀐다. 부하 직원들에게 권위적인 태도로 명령하고, 주변의 공로를 가로채 자기 혼자 칭찬을 받고 나중에는 최고참 대리인 '나'를 제치고 먼저 과장으로 승진한다. 카멜레온의 특징이 상황에 따라 제 몸 색깔을 변화시키는 것이라면 정기석이 보여준 변화는 전형적인 카멜레온적인 인간형의 모습이다.

과장으로 승진하는 정기석 못지않게 카멜레온적인 속성을 드러내는 인물이 황 대리다. 소설의 초반부에서 황 대리는 주인공인 '나'를 따라다니며 정기석이 어떤 인물인지를 부각시키는 역할을 했다. "정기석이 요즘 뻔질나게 본사로 들락거리는 거 아시잖아요. 그게 다른 맘을 품고 있다는 증거라니까요. 출세라면 목숨까지 바칠 위인이잖아요. 가만히 있다가 언제 뒤통수를 얻어맞을지 몰라요." 그런데 나중에는 황 대리가 '나'에 관해서 좋지 않은 소문을 퍼뜨린 주범이라는 사실이 드러난다. 겉으로는 친구인 척, 충실한 심복인 척 다가왔지만, 속으로는 칼을 품고 있는 표리부동한 인간의 전형을 황 대리가 보여준다. 본래 자신이 지닌 피부색을 숨긴 채 다른 색깔로 변신을 시도하는 것이 카멜레온의 특징이라고 할 때 황 대리 역시 '카멜레온적 인간'에 해당한다.

소설의 결말에 이르러 카멜레온 같은 인물은 정작 주인공인 '나'였음이 드러난다. 자신은 승진에서 밀려나고, 후배인 정기석이 과장으로 승진하게 되었다는 것은 무척 자존심을 건드리는 일이지만, '나'는 자신의 속내를 감추고 나이 어린 상사의 비위를 감추는 길을 선택한다. 상황이 바뀌면 새로운 보호색으로 위장해야 한다는 것을 뒤늦게 깨닫기라도 한 듯, '나'는 철저하게 자신을 변화시킨다. 자존심보다는 생존을 위한 보호색을 우선시해야 한다는 판단이 카멜레온의 처세술임을 보여준다.

> 앞으로 자기를 많이 도와달라고 했을 때 나도 모르게 허리를 굽실거렸다. 그 행동이 너무 자연스럽게 나오는 바람에 스스로 놀랄 정도였다. 그러면서도 전혀 기분이 나쁘지 않았다는 느낌이 들자 자존심이 조금 상했다. 그러나 정작 억울한 것은 왜 진작 이러지 못했냐는 점이었다. 내가 무슨 생각을 하든지, 아니면 무슨 행동을 하든지 세상은 나와 무관하다는 것이 얼마나 다행스러운 일인지 몰랐다. 업무지시를 하며 내 건의를 신중하게 고려해보겠다는 정기석의 말을 들으면서 하마터면 그의 손을 부여잡을 뻔했다.

소설의 마지막 장면은 아이러니와 냉소가 진하게 깔려있다. 자존심이 조금 상하기도 하지만 왜 진작 이런 처세술을 깨닫지 못했을까 하는 억울함의 토로는 '나'가 얼마나 철저한 카멜레온주의자가 되었는지 단적으로 보여준다. 일말의 자존심을 내세우면서 손해를 감수하기보다 비굴함을 선택하여 달콤한 대가를 맛보는 것이 더 낫다는 것이 '나'의 판단이다. 정기석의 말에 감격한 나머지 그의 손을 부여잡을 뻔했다는 대목에서 '나'의 판단을 조롱과 희화화의 대상이 된다.

그러나 돌이켜 생각해보면, '나'의 생각에 대해 자신 있게 비판할 수 있는 사람이 과연 몇이나 될까 하는 의문에 이르면 조롱과 희화화에서 웃음기가 저절로 사라진다. 나아가 '나'의 비굴함이 어쩌면 우리 자신의 자화상일지도 모른다는 생각에 미치게 되면, 카멜레온을 향하던 냉소는 방향을 틀어 우리 스스로에게로 돌아오고 만다. 이에 이 작품은 우리 자신의 자화상을 보여주고, 자기 냉소를 보여주는 알레고리가 된다. 어느 한 쪽으로 쉽게 긍정할 수도, 부정할 수도 없는 어지 중간한 상태에 주인공 '나'가 놓여 있고, 나아가 바로 우리 자신이 그런 처지에 놓여 있음을 보여주는 인상적인 장면이다.

늙은 춤꾼의 사연—윤원일 「왈츠 추는 늙은이」

　윤원일의 중편 「왈츠 추는 늙은이」를 읽고 나면 거센 파도가 넘실대는 바다를 배경으로 낚싯대를 드리운 키 작은 노인의 형상이 떠오른다. 노인은 문득 낚싯대를 내려놓고 스텝을 밟기 시작한다. 몸을 풀기 위해 쉐도우 복싱을 하는 권투선수처럼 노인은 바다를 배경으로 혼자서 왈츠 스텝을 밟는다. 지난 세월을 회상하면서, 때로는 자신의 과거를 부끄러워하거나 후회하면서, 또 때로는 그리움에 흐뭇한 미소를 짓는 노인의 형상이다. 「왈츠 추는 늙은이」는 쉽게 잊혀지지 않을 독특한 캐릭터의 창조에 성공한 작품이다.

　이 소설에서는 인물의 성격화를 위해 노인의 혼잣말을 적절하게 활용한다. "주위에 사람이 없으면 노인은 혼잣말도 소리 내어 중얼거렸다. 오래전에 생긴 버릇이었다. 중얼대다보면 엉뚱한 쾌감도 느껴졌다. 연극배우라도 된 기분이랄까. 혼자 내 뱉은 말을 음미하곤 스스로 감격하기도 했으니까." 노인의 혼잣말은 다른 소설에서 빈번히 발견되는 고백체 서술과도 약간 차이가 있다. 노인의 혼잣말은 한 인간의 솔직한 내면을 드러낸다기보다 과거의 회상과 그 내용에 대한 단순하지 않은 애증의 감정을 덧입히는 기능을 한다. 자신의 말에 스스로 감격하기도 하고, 후회하거나 부끄러움도 느끼지만 결론은 늘 멋쩍게 웃으며 '그러거나 말거나'로 끝난다. 아쉬움과 미련이 한껏 묻어나는 노인의 혼잣말이다.

노인의 혼잣말은 과거의 회상으로 이어지는 경우가 많다. 노인은 백 바지를 입고 다니면서 댄스장을 주름잡았던 그때의 시절을 회상한다. 노인은 자신이 폼 하나에 죽고 사는 춤꾼, 춤 하난 타고났다고 인정받는 춤꾼, 여자들에게 인기 만점이었던 춤꾼이었다. 용산역 맞은편 미군부대가 있던 동네에서 춤 파트너였던 백정옥과의 생활은 아름다운 로맨스로 추억된다. 불법 댄스교습 일제단속에도 아랑곳없이 춤파을 벌이던 춤꾼은 무엇에도 구속 받지 않는 자유로운 영혼의 소유자쯤으로 기억된다. 손댔던 사업에 실패했어도 큰 아쉬움이 없다. 자신은 타고난 춤꾼이므로 처음부터 사업가 체질이 아니었으니까. 그저 춤을 추면서 행복했으면 그만이라는 식이다.

그러나 노인이 무턱대고 쾌활하기만 한 것은 아니다. 항구의 변화된 풍경을 지켜보면서 한없는 아쉬움을 느끼곤 한다. 항구에서는 고등어나 삼치 잡이 어선들이 모습을 감춘 지 오래되었고, 이제는 새벽바다로 고기 잡으러 나가는 어선을 구경할 수가 없다. 수시로 파시가 열리던 번잡한 어항의 모습이 온데간데없이 사라져버렸다. 노인이 아쉬워하는 것은 그와 같은 번잡함과 흥성흥성함, 곧 생활의 활력이다. 그러한 활력은 과거 젊은 시절 백 바지를 입고 댄스장을 누비던 때의 분위기와 무척 닮아 있는 것이므로, 노인의 아쉬움은 결국 멀어진 자신의 청춘을 향한 아쉬움으로의 의미를 지닌다.

이제 선착장엔 전복 양식장을 오가는 작업선들만 정박해있을 뿐이다. 이 배들은 물간이 필요 없다보니 바닥이 평평하고 작은 조타실과 기중기 하나만 달랑 달고 있는 모양이 어선들에 비하면 멋이 없었다. 해풍에 휘날리는 깃발도 없고 밤바다를 밝히는 전등도 달려있지 않았다. 신형 모터를 달아서 엔진소리가 요란하고 속력이 엄청났지만 왠지 쓸데없는 일 같기만 했다. 선수를 치켜들고 경주하듯 항구 밖으로 달려 나가는 작업선들을 보면서 노인은 까닭 모를 소외감을 느꼈다. 세상의 변화가 낯설었다. 완도 근해에서 전복 양식업이 성행하고부터 이런 변화가 시작되었다. 항구에서 고기잡이배들이 사라지자 선착장에선 생선비린내가 사라졌다.

생선비린내가 사라진 선착장을 보면서 느끼는 아쉬움이 딱 이 소설이 그려내는 감성이다. 약간의 후회와 그리움이 있지만 그렇다고 인생 전반에 대한 반성이나 새로운 출발을 향한 의지 같은 것으로 발전되는 것은 아니다. 오히려 "노인은 괜스레 여기저기 빈정대고 싶은 마음이 들어 연신 콧방귀를 뀐다." 양식업이 대세가 된 세상에서 고기잡이밖에 모르던 청산도 토박이 선장들은 개털이 된 지 오래다. 동류의식 내지 동정심 비슷한 감정이 없지는 않겠지만 노인은 "아쉽다 할 때 가는 게 최곤데 말씀이야."라며 빈정대기나 한다. 하지만 이러한 빈정댐은 자기 자신의 지나간 인생에 대한 끈질긴 미련의 반어적 표현이리라는 점에서 처량하고 쓸쓸한 느낌마저 들게 한다.

조금만 더 참고 견뎠어야 했어. 단속에 걸린 게 한두 번이 아니었 잖아. 제기랄. 월세 빼고 전화를 팔아버리는 바람에 백정옥과 영영 이 별하게 된 거야. 고향집으로 찾아가볼 생각도 했고. 하긴 주소를 적어 둔 쪽지를 어디다 처박아 뒀는지 찾지 못했으니. 아냐. 그게 아니었 어. 마누라에게 미안한 마음이 항상 있었거든. 마음이 늘 갈팡질팡 했으니까. 염치없게도 집으로 기어 들어갔지. 어린 아들 녀석 얼굴 보고 싶어 들어갔던 거야 사실은.

타고난 춤꾼이었던 시절에 대한 그리움은 동시에 아내와 아들에 대한 미안함을 불러온다. 이 소설에서는 감정 상태를 인물에 대입시킴으로써 심적 갈등을 가시화하는데, 백정옥은 춤꾼 시절의 화려함에 대한 추억으로, 아내와 아들은 가정에 소홀한 가장의 죄책감으로 연결된다. 노인의 중얼거림 자체가 일정한 갈피없이 이리저리 떠오르는 상념들을 소설의 서술 속으로 끌어들이는 장치라고 할 때, 백정옥과 아내를 대비하는 중얼거림은 그리움과 후회가 한꺼번에 뒤엉켜 있는 노인의 심경을 간접적으로 드러낸다. 급기야 빚 독촉에 몰렸을 때 형님에게 아들을 떠맡기고 도망치던 때를 떠올리면서 "먼 수평선을 바라보고 있으려니 불현듯 서러운 마음이 밀려온다"라고 속마음을 털어놓는다. 이처럼 빈정거림과 웃음기가 사라진 회한의 심정을 통해 노인의 인물성격화가 완성될 수 있다.

남자는 뒤에서 밀려오는 파도에 몸이 솟아오르자 다시 한 번 필사적으로 헤엄쳐 온다. 이제 한 팔 정도의 거리만 남았다. 손만 뻗으면 뜰채 망을 잡을 수 있었다. 젊은 남자가 마지막 안간힘을 쓰며 손을 내뻗자 노인은 순간 뜰채를 안으로 조금 끌어당겼다. 젊은 남자의 손이 허망하게 물속으로 푹 잠긴다. 젊은 남자가 고개를 들어 노인을 바라보는 것 같았다. 그의 눈에 어리둥절한 표정 같은 게 떠올랐다. 젊은 남자는 물을 한번 크게 먹더니 바다 속으로 잠겨버렸다. 젊은 남자는 다시 떠오르지 않았다. 머리통이 사라진 바다를 보며 노인은 등줄기를 타고 흐르는 야릇한 전율을 느꼈다.

아들을 잡으러 온 젊은 사채업자가 물에 빠져 죽는 대목은 이 소설의 절정에 해당한다. 특히 '노인은 순간 뜰채를 안으로 조금 끌어당겼다'는 문장은 짧은 순간에 복잡다단한 심리를 응축시키는데 성공한다. 바로 직전까지만 해도 노인은 젊은 남자를 구하겠다며 뜰채를 건넸다. 그러나 결정적인 순간 노인은 뜰채를 조금 끌어당긴다. 이 짧은 시간 동안 노인의 마음속에는 온갖 복잡한 생각이 한꺼번에 밀려왔다 사라졌을 것이다. 불성실한 아버지로서 가지는 죄책감, 빚 독촉에 시달렸던 자신의 인생을 아들이 반복하게 할 수 없다는 책임감, 진작 좋은 아버지가 되어주지 못했던 것에 대한 후회, 나아가 흘러간 시간을 되돌릴 수 없다는 회한 등의 복잡다단한 감정이 있었을 것이다. 소설의 전반부에서 노인의 중얼거림을 통해 소개되었던 과거사와 그것에 대한 심정은 소설적 갈등의 절정을 위한 치밀한 준비 작업의 일환이었던 셈이다.

젊은 남자가 물에 빠져 죽는 대목에서는 노인의 중얼거림은 일시정지 상태다. 상황이 종료되고 뭍으로 올라오고 나서, 노인은 신명난 사람처럼 왈츠를 춘다. 그동안 중단되었던 중얼거림도 다시 시작된다. 무거운 짐을 벗어던진 듯한, 홀가분한 심정으로 황홀한 기분마저 맛보면서 춤을 추는 노인의 모습은 매우 인상적이다. "너 오늘 잘한 거야. 이 늙은 놈아. 아암. 잘했고말고. 어쨌건… 멋지게 복수한 거잖아. 흐흐." 실성이라도 한 듯, 복수 운운하면서 춤추기를 그치지 않는 장면에서 응어리졌던 감정이 일시에 터져 나온 다음 느낄 수 있는 카타르시스가 감지된다. 아마도 노인의 생애 최고의 춤 한 판을 멋들어지게 추고 있는지도 모른다.

노인은 이렇게 중얼거린다. "어쨌건 춤추니 좋구먼. 난 평생 춤을 추며 살았어야 했어." 얼핏 후회처럼 들리기도 하지만 그것은 한 맺힌 절규 같은 것과는 거리가 먼 희미한 아쉬움 수준이다. 더욱이 춤 때문에 평생 아내와 아들에게 미안함을 가지게 되었음에도 불구하고, 춤추는 것이 좋을 뿐만 아니라 평생 춤추며 살았어야 했다고 말하고 있으니, 후회와는 더더욱 거리가 멀다. 여기서 소설을 시작할 때 아포리즘 비슷하게 소개되었던 인생에 대한 언급이 상기된다. "킬킬대고 투덜대고 찔찔 짜며 사는 게 인생이지." 늙은 춤꾼의 사연은 희로애락의 감정을 넘어 '그저 그렇고 그런 게 인생이지 뭐 별다른 거 있어?'라는 식의 달관과 아쉬움으로 채색된다.

이 모든 복합적인 감정들이 거센 파도가 넘실대는 바다를 배경으로 낚싯대를 드리운 키 작은 노인의 형상 속에 집중된다. 오래도록 기억에 남을 만한 인상적인 인물 형상화라 할 만하다.

환영 속의 슬픔

고독과 그리움 집—이길환 「찔레꽃 화장」

이길환의 단편 「찔레꽃 화장」은 스냅 사진 한 장을 떠올리게 한다. 스냅 사진은 낡은 한옥 한 채에 포커스를 맞추고 있다. 한옥 옆으로는 덩그런 공터가 펼쳐져 있어, 낡은 한옥을 더욱 고즈넉하게 만든다. 그 집의 대문 앞에는 칠순을 넘긴 노인이 가만히 앉아 담배를 피우고 있다. 노인은 의자에 앉아 몇 시간이고 일어나지 않는다. 안 그래도 가뜩이나 적막한 집을 배경으로, 아무 말 없이 혼자 담배만 피우고 있는 노인의 모습이 겹쳐지니 더욱 쓸쓸한 느낌이 든다. 스냅 사진에 제목을 붙인다면 '고독'이 적당할 듯싶다.

이 소설은 이야기 전개보다는 이미지나 분위기 묘사에 한층 더 힘을 기울인 작품이다. 이 소설은 말하기보다는 보여주기에 주력한다. 서사적인 느낌보다는 서정적인 느낌에 가깝다고 할 수도 있다. 고독이라는 것 자체가 실체를 붙잡을 수도 없고, 명쾌하게 설명하기도 곤란한 대상일 때, 그것을 대신하는 이미지를 제시하고, 그러한 이미지들이 한데 모아 분위기를 조성하는 것이 더 현명한 표현 방법인지도 모르겠다. 한편으로는 피하고 싶고, 얼른 벗어나고 싶으면서도, 또 다른 한편으로는 아련한 그리움으로 각인되어 쉽게 벗어버릴 수도 없는 것이 이 소설의 고독이다. 한 마디로 정리되지 않는 복잡 미묘한 감정에 대해 차근차근 접근하는 과정이 인상적인 작품이다.

> 나는 문득 의자가 아버지를 닮았다고 생각했다. 아무도 오지 않는 것을 알면서도 의자에 앉아 대문을 바라보는 아버지와 빈 의자가 묘하게 고독을 만들고 있었다.

아무도 오지 않는 것을 뻔히 알면서 계속해서 누군가를 기다린다는 것은 과연 어떤 의미일까? 사연은 대강 이렇다. 의처증이 심했던 아버지는 어머니에게 폭력을 일삼았고, 견디다 못한 어머니가 집을 나간 것이 벌써 30년 전이다. 유전자검사로 모든 것이 오해였음이 밝혀진 후 아버지는 10년째 대문으로 나가 어머니를 기다리고 있다. 어머니가 제 발로 돌아올 일은 없을 것이다. 그럼에도 아버지는 "기다리다보면 언젠가는 한번쯤 찾아올 거라는 막연한 기대감"을 가진 채 대문에서 눈을 떼지 않았다. 대문을 향해 있는 아버지의 눈길에는 자책감과 후회, 미안함과 속죄의 마음이 담겨 있다. 고독하고 공허한 시선이 생생히 그려진다.

아버지가 기다리는 어머니는 주인공인 '나'에게는 무한한 그리움의 대상이다. '나'는 어머니의 얼굴을 기억할 수 없다. 어머니의 가출은 주인공이 아주 어릴 때 일어난 일이고, 아버지가 어머니의 남아 있는 사진을 모조리 불태웠기 때문이다. 어머니에 대한 기억을 가지고 있지 않은 주인공에게 어머니는 아버지의 기다림을 통해서만 도달할 수 있는 대상이다. 대문 앞에 앉아서 담배를 피우고 있는 아버지의 고독 속에서 어머니에 대한 그리움이 되살아나는 것이다. 그래서 이 소설에서는 외로움, 쓸쓸함, 적막, 공허는 사실상 그리움과 한 덩어리라는 역설적인 진술이 성립한다.

고독과 그리움이 엮여 펼쳐내는 복잡 미묘한 감정의 상태는 집을 파느냐 마느냐 하는 선택으로 이전된다. 부동산 업자가 집을 팔라고 권유한다.

주인공은 얼른 집을 팔고 흉흉한 동네를 떠나고 싶어 한다. 집을 판 돈으로 신혼집을 마련하려는 계획은 과거로부터 탈출하고 싶은 욕망에 뿌리를 두고 있다. 그러나 집을 팔고 떠나면 어머니를 영영 찾을 수 없게 된다는 불안감이 마음 한 구석을 차지한다. 주인공에게 과거는 단순히 회피와 도피의 대상일 뿐만 아니라 형언할 수 없는 그리움의 대상이기도 하기 때문이다.

　　그녀가 어머니에 대해 말한 것이 혼란스러웠다. 어릴 적에 집을 나간 어머니가 아니라는 보장이 없기 때문이다. 택시에서 내려 골목으로 들어오자 어둠이 고여 있었다. 나는 뒤를 돌아보았다. 분명히 누군가가 따라오는 듯했는데 아무도 없다. 다시 걷다 뒤를 돌아보자 아무도 없다. 나는 곰곰이 생각해 보았다. 꿈속에서 나를 따라오던, 내가 따라갔던 여자가 누구였을까. 그때 망막에 여자의 얼굴이 나타났다. 인혜 어머니의 얼굴, 찔레꽃을 바구니에 가득 따서 떡을 하고 아이의 얼굴에 화장을 시켜주는 얼굴, 여자선생님의 얼굴, 모르는 여자의 얼굴…. 나는 천천히 집으로 발을 옮겼다. 대문은 그때까지도 열려있었다.

　　이 소설은 양가적인 감정 사이에서 갈피를 잡지 못하는 주인공의 심리를 소설적 긴장의 원천으로 삼고 있다. 집을 팔고 떠날 것인가, 말 것인가를 두고 펼쳐지는 망설임, 과거와 결별하여 새로운 삶을 꾸릴 것인가, 과거의 그리움에 여전히 한 발을 걸치고 있을 것인가를 두고 벌어지는 무의식적인 고민. 주인공이 술에 취해 집으로 돌아오는 길을 다룬 소설의 결말은 내면의 복잡한 심리를 적절하게 암시한다. 운명의 엇갈림에 대한 불길한 예감인 동시에 그토록 그리워하던 어머니와의 해후에 대한 기대가 뒤엉켜 있다.

　　선뜻 하나로 정리되지 않을 심리적 혼란 속에서 소설은 열린 결말로 끝난다. 애초에 이 소설에서 사건의 전개보다 이미지와 분위기의 제시가 더욱 강조되었던 것을 상기할 때, 그리 어색하지 않은 결말이다. 아니 과거로부터의 도피와 과거에 대한 무한한 그리움이 서로 중첩된 상황을 그려내기 위해서는 피할 수 없는 결말이라 할 수도 있겠다. 어머니가 돌아오기를 바라는 것, 즉 진실이 밝혀지기를 원하면서도 인혜와의 결혼이 성사되기 위해서 진실은 은폐되어야 한다는 아이러니가 펼쳐지는 복잡한 심리를 표현하는 데 적합한 결말이라는 것이다. 흥미롭고, 인상적인 마무리의 방식이다.

허락되지 못한 '행복한 사랑' — 이찬옥 「핑크로즈」

이찬옥의 단편 「핑크로즈」는 조용하고도 담담하게 지속되는 서술이 인상적인 작품이다. 모텔에서 나오는 세탁물을 주로 다루는 세탁공장을 배경으로, 그곳에서 일하는 주인공과 주위 동료들의 이야기가 펼쳐진다. 그곳에는 늘 섬유유연제의 은은한 향기가 감돌고 있고, FM 클래식방송의 잔잔한 음악이 흐르고 있다. 차분하고 부드럽게 이어지는 소설의 서술은 오전의 세탁공장을 감싸고 있는 향기와 음악 속에 녹아든다. 편안하고 안락한 휴식 같은 분위기를 펼쳐놓는다.

그러나 이 소설은 그러한 서정적 분위기 속에서 차갑고 날카로운 삶의 아이러니를 말한다. 따뜻하고 아늑한 서술적 분위기를 뒤집어 묵직한 슬픔의 덩어리를 제시한다. 이때의 슬픔은 부드럽고 평화로운 세탁공장의 분위기와 지극히 대조적인 것이기에 더욱 두드러져 보인다. 슬픔이 주변의 화려하고 따사함 때문에 더욱 차갑고 아프게 느껴지는 것이다. 주인공이 지닌 신체적 장애와 그로 인한 주위 사람들의 질시가 그러한 슬픔의 근원으로 지목될 수 있다.

주인공은 어릴 때 사고를 당해 곱사등이가 되었다. 신체적 장애 때문에 그녀는 어느 곳에서도 환영받지 못한다. 사람들은 그녀의 굽은 등을 보면 기분이 나빠진다고 말한다. 남편이나 아들 역시 그녀를 보듬어주지 않기는 매한가지다. "니, 그 낙타 같은 등만 보면 내 불행이 다 거기서 흘러나오는 것 같단 말이야." "꼭 큰 새우 한 마리가 내 앞에 놓여있는 것 같아. 밥맛 떨어진다." 그녀에게 모진 말을 서슴지 않고 내뱉거나, 그녀의 존재를 남들에게 숨기려 한다. 가족에게서까지 내돌림을 당하는 상황에서 아무 말 없이 서 있는 그녀의 뒷모습은 은은한 향기와 잔잔한 음악과 대조를 이룸으로써 더욱 쓸쓸하고 애처롭게 느껴진다.

시트에 가득한 헹굼제향은 핑크로즈 향이라고 한다. 매일 맡으면서도 그 향은 내 코를 쿵쿵거리게 한다. "핑크로즈의 꽃말은 행복한 사랑이래." 언젠가 경아 엄마가 말해주었다. 향만큼이나 꽃말도 좋았다.

따스함의 이미지와 차가움의 이미지가 대조를 이루듯, 이 소설에서는 꿈과 현실 또한 선명한 대조를 이룬다. 시트 접는 작업을 할 때 맡게 되는 핑크로즈 향은 '행복한 사랑'을 일깨워준다. 그러나 주인공에게 그러한 단어는 낯설고 생소하기만 하다. 핑크로즈 향이 환시시켜주는 행복이나 사랑은 '아득한 상상'에서나 찾을 수 있을 뿐, 그녀의 현실은 행복이나 사랑과는 동떨어져 있다. 핑크로즈 향을 맡는 것은 어디까지나 일시적인 일에 불과하다. 잠깐의 상상이 끝나면 사람들의 차가운 질시가 기다리고 있는 현실로 되돌아와야 한다. 작은 행복도 허락되지 않는 것이 그녀의 운명이고 슬픔이다.

이 세탁공장에 들어오기 전에는 빨래를 할 때에 헹굼제 같은 건 넣지 않았다. 가끔 생각나서 넣다가도 떨어지면 그만이었고 때로는 건강에 좋지 않다는 말도 들은 터라 굳이 헹굼제를 쓸 필요가 없었다. 이곳에 온 작년부터는 핑크로즈 향 헹굼제를 떨어지지 않게 사다가 사용하고 있다. 아들 환이가 외출할 때면 옷을 갈아입으면서 콧노래를 부르기 시작했다는 것도 달라진 점이다. (…) 분명 핑크로즈는 사람을 행복하게 하는 신비한 힘이 있었다. 그래, 한 달에 두 번 쉬는 일요일에는 나도 꼭 이불빨래를 해서 핑크로즈 향에 담갔다 말려야지. 생각만 해도 기분이 상쾌해진다. 평화롭게 잠들 남편과 아들의 모습이 눈에 아른거린다.

주인공은 자신도 핑크로즈 향으로 행복해질 수 있다고 믿고 있다. 아니, 믿고 싶어 한다. 핑크로즈 향 때문에 콧노래를 부르는 아들을 보면 가능할 것도 같다. 이불빨래를 해서 핑크로즈 향에 담가야겠다고 마음먹는 그녀는 스스로 행복을 만들려는 의지를 피력한다. 과욕을 부리는 것도 아니다. 섬유유연제 약간으로 누릴 수 있는 작고 평범한, 그래서 더욱 애처롭고 위태롭기만 한 행복의 갈망이다.

처음부터 이 소설은 양 극단의 대비를 서사의 중심으로 삼고 있다. 핑크로즈 향으로 작은 행복을 누리려 하는 그녀의 시도가 산산조각 나는 것은 어쩌면 처음부터 예정된 수순에 따른 것인지도 모른다. 소설의 결말에 이르러 모텔에서 나오는 남편의 모습을 발견하는 장면이 행복을 향한 작은 소망이 짓밟히는 상황을 극적으로 표현한다. 여기서 약간의 아쉬움이 있다. 좀 더 처연하게 추락했어야 하지 않을까. 그래서 그녀의 간절함이 더욱 강조되었어야 하지 않을까. 남편의 배신이 너무 소략하게 처리되었다. 조금은 더 소상하게, 더 많은 분량으로, 더 많은 암시를 통해 제시되었어야 하지 않을까 싶다.

좀 더 과감하게 밀고 나갔어야 하지 않나 하는 아쉬움은 남지만 따스함과 차가움, 행복과 불행, 현실과 상상의 대립항들이 펼쳐내는 서사적 긴장은 만족할 만하다. 그 결과 소설이 끝나고 나서 하나의 형상이 펼쳐진다. 헹굼제의 핑크로즈 향과 클래식 라디오의 음악이 아련하게 감지되는 가운

데, 곱사등을 가진 주인공이 기진맥진한 채 쓰러져 있다. 작은 행복조차 허락받지 못한 가련한 존재다. 그럼에도 불구하고 그녀는 "나는 정말 복이 많은 여자다."라고 스스로를 위안한다. 마지막까지 이어지는 반어법으로 인해 그녀의 슬픔은 더욱 깊고 진하게 베어나고 있다.

독특한 소재로 표현된 팽팽한 긴장감 — 조규남 「쪽」

조규남의 「쪽」은 독특한 소재를 통해 복잡하게 얽혀 있는 인물의 심리를 서술의 표층으로 끌어올리는 데 성공한 작품이다. 근래에서는 좀처럼 보기 힘든 여성 헤어스타일인 '쪽'을 작품의 주요 소재로 삼아, 어머니와 딸의 갈등을 그려낸다. 스토리 시간의 층위에서 벌어지는 일은 딸이 잠든 어머니의 쪽을 가위로 자르는 것이다. 자를 것인가 말 것인가 망설이고, 주저하면서 과거의 일들이 가위를 들고 있는 딸의 머릿속으로 거침없이 틈입해온다. 그 과정에서 그동안 억눌렸던 심리적 긴장과 복잡한 감정들이 끓어오르기 시작한다. 어머니의 쪽을 자르는 그 시점은 끓어오른 감정이 폭발하는 절정의 순간이며, 그 시점은 서사 전개의 측면에서 절정의 단계와 정확히 맞아 떨어지도록 배치되어 있다. 여러 모로 고심한 흔적이 역력히 드러나는 작품이다.

빠끔히 열린 가위 끝이 예리하다. 닥치는 대로 베어버릴 듯 번득인다. 그녀는 가위를 쥔 손을 노려보다가 잠든 어머니 곁으로 바싹 다가앉는다. 검은 오라기 하나 없는 어머니의 백발이 눈부시다. 눈에 띄게 줄어든 숱이 두피를 간신히 가렸지만 머리카락 사이로 언뜻언뜻 살빛이 비친다. 젊은 시절 탐스럽고 단단해 보이던 쪽이 보기 안쓰러울 정도로 초라하다. 백장미 한 송이가 시들어 말라비틀어진 듯 뒷목언저리에 뒤틀려 있다. 그녀는 쪽을 겨냥해 가위를 치켜든다. 장미꽃의 꼭지를 따듯 쪽을 가볍게 자르겠다고 입술을 깨무는데 애연의 모습이 아른거린다.

소설의 첫 대목에 해당하는 위 내용은 소설 전체에 걸쳐 펼쳐진 갈등과 긴장을 집약한다. 그녀의 손에 쥔 가위의 예리함과는 대조적으로 검은 오라기 하나 없는 어머니의 백발은 한없이 안쓰럽고 초라하다. 잔뜩 독기를 머금은 딸과는 철저히 대조적인 무기력한 모습의 어머니다. 여기에는 현재와 과거의 극단적인 대비도 한 몫을 한다. 과거 젊은 시절의 쪽은 지금과는 달리 매우 탐스럽고 단단해 보였다. 젊은 어머니와 어린 딸의 관계는 지금과는 사뭇 달랐다는 것이 은연중에 암시된다. 여기에 애연의 모습이 아른거린다. 딸에게는 엄격했지만, 애연에게는 너그러웠던 어머니를 향한 원망, 그리고 인정받는 예술가가 된 애연을 향한 그녀의 질투가 복잡하게 얽힌다.

어려서부터 그녀는 어머니가 떠나버릴지도 모른다는 불안에 시달려 위축되었다. 젊은 나이에 남편을 잃은 어머니가 재혼을 하여 자신을 버리고 떠날지도 모른다는 생각은 어린 아이의 마음을 흔들어놓기에 충분하다. 어머니의 존재로 인한 유년 시절의 불안은 그녀의 정신세계에 막대한 영향을 미쳤으리라 짐작된다. 어머니를 향한 과도한 애착과 의존이 넓게는 그러한 불안에서 비롯하였다고 볼 수도 있겠다.

그녀는 어머니가 시키는 대로 살아왔다. 옷이나 머리모양도 어머니가 하라는 대로 하고 살았고, 아무 저항 없이 성악가의 길을 포기하고, 어머니가 정해준 사람과 결혼하였다. 불안에서 시작된 애착은 어머니로부터의 인정을 받으려는 욕망으로 이어진다. 어머니가 원하는, 좋아하는 것을 하면서 칭찬을 듣고 싶은 생각, 어머니에게 하소연을 하여 빈말이라도 위로를 받고 다독임을 받고 싶은 것이 그녀의 생각이었다. 그러한 모든 인정 욕망이 좌절될 때 긴 세월 억눌린 울화는 기어이 폭발하게 된다는 것이 그녀의 회상을 통해 드러난다.

젊은 시절의 어머니를 닮은 애연을 보고 질투를 하는 것은 인정 욕망의 연속선상에서 해석된다. 정작 어머니와 닮고 싶은 것은 자기 자신이 아닐까. 자기 자신이야말로 어머니의 우아하고 고풍스러운 분위기를 물려받을 자격이 있다고 여기는데, 다른 사람이 그 자리를 차지하고 있는 형국이다. 애연을 두둔하는 어머니에게 일종의 원망 같은 감정을 느끼는 것은 어머니에게 인정받고 싶은 욕망이 좌절되었다는 것을 더욱 절실하게 체감하기 때문이다. 젊은 시절의 어머니와 애연의 공통점이 바로 쪽진 머리에 있다는 생각에 미칠 때, 그녀는 인정받지 못한 자신의 원한을 폭발시켜 가위로 쪽을 자르려 시도한다.

쪽을 관통한 가느다란 은비녀가 어머니의 하얀 머리와 완벽한 한 몸이 되어 있다. 분리하기 어려우리만큼 같은 빛깔이다. 쪽에 꽂힌 비녀가 그녀의 가슴 한복판을 가로지른다. 아무리 두드려도 대문을 열어주지 않을 견고하고 단단한 빗장처럼 끼워져 있다. 쪽을 지키기 위해 몸을 바친 충직한 문지기처럼 버티고 있다. 그녀의 공략을 호락호락 받아들이지 않으려고 야무지게 붙잡고 있다. 그녀는 가위가 들리지 않은 손을 멈칫거린다. 차마 비녀에 손을 가져다 댈 수 없다. 닿을 듯 말듯 맴돌다 용기를 내어 손을 쭉 뻗는다. 찌릿찌릿한 전율이 온몸으로 뻗어나간다. 손을 후드득 털며 뒤로 물러앉는다.

그녀는 어머니에게 인정을 받고자 노력했지만 결국 그것을 이루지 못했다. 아무리 두드려도 대문을 열어주지 않는 단단한 빗장 같은 것이 그녀를 가로막았기 때문이다. 그것이 바로 쪽에 꽂힌 비녀. 오랫동안 그녀의 심리를 억누르고, 모든 행동을 통제했던 것이 '비녀'로 형상화되어 눈앞에 제시된다. 이제 그녀가 어머니의 쪽진 머리를 자르려고 하는 것은 그녀 자신을 둘러싼 일체의 심리적 장애 요소를 일시에 제거하려는 분노이자 회한이라고 볼 수 있게 된다.

한편 견고하고 단단한 빗장과 같은 비녀의 이미지는 수십 년 동안 수절을 지키는 종갓집 며느리의 표상으로 이어진다. 가부장적인 전통을 고집스럽게 고수하는 어머니라는 존재는 그 자체로 하나의 거대한 '쪽'이다. 머리를 땋아 틀어 올려 한 치의 흐트러짐도 없도록 억제하는 상태, 끼워 넣은 비녀를 쑥 뽑아내버리면 이내 산발이 되고 말겠지만, 아슬아슬한 긴장 속에서 억제를 계속하는 것이 어머니의 쪽진 머리다. 어머니의 쪽을 잘라버리겠다는 생각은 대종가라는 거대한 억압에서 벗어나려는 안간힘으로 해석될 수 있다는 점에서 그녀가 안고 살아온 원한의 무게에 대해 어느 정도 공감하는 마음이 들기도 한다.

그녀는 어머니의 쪽을 자르면 통쾌하고 시원할 줄 알았다. 골칫덩이 암세포를 떼어내 버린 듯 홀가분한 기분일 줄 알았다. 그런데 무거운 납덩이같은 아픔이 그녀를 짓누른다. 어머니의 목숨과 같은 머리카락을 잘라버린 자신이 무섭다. 몸이 부르르 떨린다. 무작위로 잘려나간 우스꽝스러운 어머니의 머리 모양이 몸서리쳐진다.

어머니는 쭈그리고 앉아 흐트러진 머리카락을 쓸어 모은다. 겉으로 보이는 모습은 담담하다. 내면에 동요나 소란이 일고 있는지 아닌지 아무것도 감지할 수가 없다. 시골에서 밭을 매는 아낙처럼 아주 편안하고 소박해 보인다.

이 소설의 묘미는 결말 부분의 짜릿한 반전이다. 고무줄을 한참 잡아당겨 이내 끊어질 것 같은 위태로운 긴장감을 조성하였다가 결말에 이르러 손을 놓아버림으로써 급격한 이완으로 전환할 때 느끼는 재미다. 어머니에 대한 콤플렉스, 어머니에게 인정받고 싶은 욕망, 질투, 분노, 원한, 회한 등이 뒤엉킨 감정은 마지막 결말 부분에서 일거에 뒤집혀진다. 종갓집 며느리로서 지켜야 할 의무와 예의범절 등 쪽으로 상징된 온갖 굴레 역시 같은 대목에서 순식간에 증발한다.

어머니의 쪽을 잘라내는 일은 억눌려 있던 울분을 토해내는 것이었다. 시원하고 통쾌한 일이라 생각했다. 그러나 정작 그녀가 어머니의 쪽을 자르고 나니 정체를 알 수 없는 아픔이 자신을 짓누르고 있음을 깨닫는다. 억눌렸던 것이 해소되기는커녕 오히려 새로운 억눌림이 생겨버린 셈이다. 그와는 반대로 쪽을 본인의 목숨처럼 귀하게 여기던 어머니는 태연하고 담담한 반응을 보인다. 어쩌면 어머니야말로 오랫동안 쪽을 잘라내고 싶었던 것이 아닌가 싶은 생각이 든다. 남편의 죽음으로 인해 얻게 된 평생의 억눌림의 상징이었던 쪽이 의도하건 의도하지 않건 사라지게 되었을 때, 시골 아낙네 같은 편안함과 소박함을 보일 수도 있지 않겠는가. '쪽'이라는 근래에 보기 드문 소재를 활용하여 복잡한 심리의 긴장과 결말의 극적인 이완을 오가는 역동성이 돋보이는 작품이다.

당신의 휴대폰은 당신이 누군지 말한다 ─ 이병순 「인질」

　이병순의 단편소설 「인질」은 손님이 두고 내린 휴대전화를 습득한 택시기사에 관한 이야기다. 택시기사 동수는 자신이 습득한 휴대폰을 주인에게 돌려주고 사례금을 받아내려 한다. 얼마 전에도 택시에서 주운 휴대폰을 돌려주고 사례금으로 삼십만 원을 받은 경험이 있는 그는 사례금을 받을 생각에 잔뜩 기대에 부풀어 있다. 휴대폰을 사례비와 맞바꾼다는 데서 그는 습득한 휴대폰을 인질이라고 부른다. 소설의 제목이 '인질'로 되어있는 데서도 짐작되듯, 이 소설은 택시기사 동수의 관점과 시선을 고스란히 따라간다. 택시기사 동수가 무사히 사례금을 받아낼 수 있을지가 소설의 주요 관심이 된다.

　사례금을 받기 위해서는 우선 휴대폰 주인에게 연락을 취해야 한다. 대개는 주인이 먼저 연락해오는 것이 보통이지만, 어쩐 일인지 동수는 아직까지 연락을 받지 못했다. 그는 주인에게 연락을 취하기 위해 주인이 어떤 사람인지 알아내야 하는데, 자연스럽게 휴대폰에서 단서를 찾기 시작한다. 신상과 관련된 구체적인 정보뿐만 아니라 휴대폰에 깔린 앱을 통해 사용 패턴이나 성향을 짐작할 수 있고, 저장된 사진을 통해 휴대폰 주인의 일상적인 삶을 엿볼 수도 있다. 이제 소설의 주요한 임무는 휴대폰에 남겨진 단서를 근거로 휴대폰 주인의 정체를 밝히는 데 집중된다. 은밀한 엿보기의 욕망이 서술을 이끌어 가는 셈이다.

　　갤러리를 펼쳤지만 저장된 사진은 몇 장뿐이다. 빌딩 숲 사이를 걸어가는 사람들의 뒷모습을 찍은 것과 몇 가닥의 전깃줄이 허공에 늘어선 장면의 사진을 뺀 나머지는 신문 귀퉁이에 난 대출광고들이다. '아주 싼 이자 대출' '명품 대출' 등의 글씨 아래 전화번호가 크게 적힌 사진들이었다. 문자메시지난에는 주로 카드 결제 대금 독촉장이나 백화점 스팸 광고들이다. 갤러리와 문자메시지함으로 본 주인이 어떤 사람인지 가늠할 수 없다. 아주 싼 이자로 대출을 받기 위해 신문쪼가리나 생활정보지를 뒤지는 사람은 이 폰의 주인뿐만 아니라 동수도 마찬가지였고 주변에도 몇 있다.

　이 소설은 독자에게 전달되는 정보를 조절하면서 서술을 이끌어간다. 서술자는 휴대폰에 저장된 사진에서 별다른 특징을 발견할 수 없다고 시치미를 떼지만, 예민한 독자는 몇 가지 흥미로운 점을 추리할 수 있다. 대출광고를 찍은 사진이 많다는 언급을 통해서 어쩌면 휴대폰의 주인이 사채를 빌려 쓰지 않았을까 충분히 짐작할 수 있으며, 이러한 짐작은 주인공 동수가 최근 통화 목록에 남아 있는 번호로 전화를 걸었을 때 연결된 사람들의 말투나 발언을 통해서도 확실시 된다. 휴대폰 주인은 대부업자에게 돈을 갚지 못해 잠적한 것이 아닌가 하는 추측도 가능하다. 동수도 마찬가지 경험이 있고, 동수의 주변에도 그런 사람이 몇 있다는 대목에서도 동수의 경제적 상황에 대한 정보를 얻을 수 있다. 슬쩍 흘리는 발언을 통해서 독자들로 하여금 인물이 처한 상황에 대한 의미 있는 정보들을 짐작하게 하는 수법이다. 말하는 것 이상으로 더 많은 것을 전달하는 흥미로운 수법이다.
　이처럼 이 소설은 휴대폰에 남겨진 여러 단서들을 하나씩 조명하는 것으로 서술을 이어간다. 단서들이 모두 모이면 그러한 단서를 남긴 휴대폰 주인의 정체가 드러날 것이다. 그런데 이러한 상황은 휴대폰을 자세히 살펴보면 그 휴대폰 주인이 어떤 사람인지 알 수 있다는 생각으로 이어진다. 실로 휴대폰에는 그 물건을 사용하는 사람의 정체를 짐작할 만한 단서들이 무수히 많이 있다. 누군가에 대해 알고 싶다면 그 사람이 쓰는 휴대폰을 면밀히 조사해보면 되는 세상에 우리는 살고 있다. 이처럼 휴대폰이 우리의 생활과 강하게 밀착되어 있다는 사실이 이 소설이 전달하는 메시지다.

폰은 슬쩍 떨어뜨리기만 해도 박살이 날 것 같다. A/S 센터를 찾았으나 액정 유리만 갈아 끼우는 데도 12만 원이었다. 그 돈을 들여 유리를 갈아 끼우느니 지원금을 받아 새 폰을 장만하는 게 나을지도 모른다는 A/S 직원의 긴 설명만 듣고 그냥 나왔다. 3년 동안 매달 3만 원가량의 할부금을 내야 하는 부담감보다 아내와 말다툼할 때 동수가 또 폰을 던지지 않는다는 보장이 없기 때문에 새 폰에 솔깃하지 않았다. 아내와의 싸움은 주로 경마꾼들이 보낸 메시지와 그들이 동수를 찾는 전화가 걸려왔을 때 벌어졌다. 메시지에는 스크린경마 스케줄이 줄줄이 떠있었으며 대박난다는 준마들 소개로 가득 찼다. 아내가 간섭하기 전부터 경마꾼들에게 오는 전화는 모두 수신거절기능으로 돌려놓았지만 누군지도 모르는 사람한테서 끊임없이 비슷한 메시지가 오는 것은 막을 도리가 없었다.

휴대폰을 보면 그 휴대폰의 주인이 어떤 사람인지 짐작할 수 있다는 말은 택시기사 동수의 휴대폰에도 동일하게 적용된다. 동수의 휴대폰은 액정 유리가 깨진 상태다. 유리가 깨진 것은 아내와 말다툼을 하던 중 그가 휴대폰을 집어던졌기 때문이다. 다시 거슬러 올라가, 부부가 말다툼을 한 것은 스크린경마 때문이다. 동수의 휴대폰은 가정불화, 도박 등 동수의 생활에 대해 많은 정보를 제공한다. 액정 유리가 깨진 휴대폰은 슬쩍 떨어뜨리기만 해도 박살 날 것처럼 위태로운데, 그것은 언제 깨져도 이상하지 않을 것 같은 동수의 불안정한 현재의 생활에 대한 적절한 비유가 된다.

사이가 멀어진 아내의 근황을 알기 위해 동수는 아내의 카카오스토리에 들어간다. 아내의 카카오스토리에 올라온 사진과 글을 보면서 아내의 생활을 엿본다는 것 자체가 멀어진 두 사람의 거리를 단적으로 보여준다. 아내의 카카오톡 프로필 사진은 3년 전 보험회사에 이력서를 제출하기 위해 대충 찍어놓은 것 그대로다. 결혼 전에는 소박하지만 화목하고 행복한 생활을 꿈꾸었지만 현실은 프로필 사진을 바꿀 만큼의 작은 여유도 없는 곽곽한 생활을 이어가고 있다는 것을 알 수 있다. 이쯤 되면 오늘날 휴대폰이야말로 휴대폰 주인의 정체성을 고스란히 드러내는 물건이라는 생각을 부인할 수 없게 된다.

예술회관 주변은 고요하다. 바람이 잠포록해졌는지 출렁출렁 휘늘어지던 벚꽃가지들은 잠잠하다. 거리의 행인들 대부분은 손바닥에 펼쳐진 스마트폰에 고개를 빠뜨리고 걷는다. 액정이 뿜어내는 빛에 반사된 저들의 얼굴빛은 파리하다. 어떤 이들은 쓿은쌀에 뉘 고르듯 손가락으로 폰 액정 속을 헤집으며 걷는다.

택시기사의 눈에 비친 행인들의 모습은 스마트폰에 푹 빠져 살아가는 우리 자신들의 모습과 일치한다. 소설은 택시에서 습득한 휴대폰의 주인이 어떤 사람인지 파악하기 위해 휴대폰에 남겨진 단서를 바탕으로 추리하는 것으로 시작하였다. 그러나 소설이 진행되면서 정작 동수라는 인물이 어떤 사람인지에 대한 관심으로 슬쩍 옮겨졌다. 습득한 휴대폰의 주인뿐만 아니라 동수 역시 휴대폰을 쓰면서 자신의 정체에 관한 단서를 휴대폰에 많이 남긴 상태, 누군가에 대해 궁금하면 그 사람이 쓰는 휴대폰을 살펴보면 된다는 말은 누구에게나 공평무사하게 적용되는 진실이다. 이제 그와 같은 말은 거리의 행인들, 곧 우리 자신들에게로 되돌아 올 차례다. 우리들 역시 소설 속 인물들처럼 각자의 휴대폰에 많은 흔적을 남기며 생활하고 있으니까 말이다.

이 소설을 읽고 나면 평소 아무 의식 없이 사용하던 휴대폰이 약간은 낯설게 느껴지는 기묘한 느낌을 갖게 된다. 이 소설이 휴대폰이라는 소재를 통해서 오늘날의 세태를 관찰하고, 우리의 일상을 예리하게 해부하는 데 성공한 결과가 아닌가 싶다.

오래된 공허를 넘어서

과거와의 화해 — 이선우 「관」

이선우의 「관」은 귀향 모티프를 바탕으로 원망, 분노가 화해로 바뀌는 화학적 변화의 순간을 포착한 작품이다. 아들은 장의사 아버지가 부끄러웠다. 누이의 죽음이 아버지 탓이라는 생각에 원망과 분노가 겹쳐지고, 또다시 무거운 죄책감이 끼어든다. 현재 회사 동료들과 불화를 겪는 것도 따져보면 어린 시절의 복잡한 감정 상태와 관련된다는 설정이다. 그러한 감정의 응어리들이 응축되고 터져 나옴으로써 소설은 일종의 카타르시스에 도달한다. 상당히 공감을 불러일으키는 카타르시스다.

나는 화를 내고 있었다. 꼭 술기운 때문만이 아니었다. 관(棺)공장이 있는 어머니 집 언저리에서 도망친 지 오래지만 부메랑처럼 어느 사이 그곳에 돌아가 있는 내 의식이 원망스러워 화가 난 것이다.

8년 만의 귀향이다. 왜 하필 8년으로 설정하였는가에 대해서는 다소 의아한 감이 있다. 누이동생이 사망한 시점부터 회사 생활을 하고 있는 현재까지는 적어도 20년 정도의 시간적 격차가 확보되어야 하지 않을까 싶은 생각 때문이다. 물론 8년이 되었든, 혹은 그 이상이 되었든 물리적인 시간의 경과가 중요한 것은 아니다. 그보다는 제법 긴 시간이 흘렀지만 한 치도 변함없이 '부메랑처럼' 되돌아오는 의식이 중요하다. 본래 회상이라는 것은 이처럼 강력한 회귀본능을 지닌 것이 아니었던가. 한참을 멀어졌다고 여겼는데, 그래서 이제는 충분히 잊혀졌다 생각했는데, 문득 뒤를 돌아보니 결국 제자리를 맴돌고 있었다는 놀라움. 그만큼 인연이 끈질기기 때문이고, 그만큼 상처가 심했기 때문이리라.

주인공 '나'가 회사 회식자리에서 난동을 부린 것은 심리적인 측면에서는 그가 과거로부터 한 치도 벗어나지 못했음을 다시 한 번 확인시켜주는 일이다. 그는 아버지가 장의사 일을 한다는 사실 때문에 친구들로부터 따돌림을 받았고, 그때의 상처는 현재 회사 동료들 역시 자신을 무시하고 은연중 따돌린다는 상상으로 이어졌다. 같은 무리에 섞이지 못하고 외떨어져 있음으로 인해 어린 시절에도 외로웠고, 지금도 외롭다. "혼자 남아 목구멍이 따가울 때까지 외로움을 견디는 일, 매번 익숙해지지 않는 것은 뭘까. 늘 처음처럼 외롭고 무서워 컹컹 짐승소리를 냈다." 외로움은 매번 새롭게 사무쳐오고, 극복이라든가 성장이라는 단어와는 어울리지 않는다. 여전이 과거의 그때처럼 짐승소리를 내고 있는 것이다. 여전히 외로운 소년일 뿐이다.

그러므로 이 소설은 트라우마에 관한 이야기다. 어느 하나의 사건을 트라우마로 설정했다기보다는 어린 시절 전체, 아버지의 존재 자체가 '나'에게 트라우마가 되었다는 식의 접근이다. 그렇다면 '나'가 어머니의 전화를 받고 고향으로 돌아오게 된 것은 오래되었지만 그동안 직접 건드리지 못했던 트라우마와 정면으로 대면하는 일이다. 상처와 대면하면서 발화되지 못했던 온갖 원망과 분노와 부끄러움이 단단한 덩어리가 되어 터져 나온다. 그것을 하나씩 모은 것이 이 소설이다.

무엇을 잘못했는지 모르는 채 아버지에게 당한 혼찌검은 어머니와 나에게는 수모였다. 그 수모를 모면하기 위해 이곳을 떠난 지금도 나는 어머니의 삶과 크게 다르지 않다는 것에 자괴감이 들었다. 오랜 세월 내 안에서 갈아 뾰족해진 화살촉을 애꿎은 어머니에게 쏘아 보내는 비겁함을 감행했던 것이다. 눈을 감은 채 미동 없이 누워있는 누런 어머니의 얼굴에 파리가 내려앉았다 날아가기를 반복했다. 휴지로 어머니 얼굴에 맺은 땀을 닦고 손등으로 얼굴을 쓸어내렸다. 어머니의 얼굴은 차디찼다. 마치 중학교 때 아버지가 강제로 염습을 돕게 할 때 시신에 닿던 감촉 같았다. 머리가 아파왔다. 답답해 방을 나와 마루에 벌렁 누웠다.

　과거와 현재의 감정 상태가 지속적으로 교차하는 것이 이 소설의 특징이다. 위의 짧은 인용 대목에서도 과거와 현재는 경계를 나누지 않고 자유롭게 넘나든다. 어머니의 얼굴에 내려앉은 파리 한 마리의 작고 사소한 움직임부터 생각만 해도 머리가 아파오는 중학교 시절의 기억까지 두서없이 펼쳐지는 과거와 현재의 뒤섞임이 인상적이다. 이러한 설정들이 알려주는 것은 한 가지, 8년 만에 돌아온 고향에서 현재의 '나'가 과거의 그곳에 부메랑처럼 '되돌아온' 것이 아니라, 어쩌면 애초부터 고향에서, 그리고 어린 시절의 상처에서 한 발짝도 벗어난 적이 없었다는 사실이다. 고요함을 깨뜨리고 들려오는 아버지의 망치소리란 정신적인 성장이 전혀 없었음을 순순히 인정하라는 촉구이자 강박에 다름 아니다.
　아버지와 아들의 대화는 실상 목숨을 건 대결에 가까운 섬뜩함을 지니고 있다. 아들은 왜 자신을 이토록 괴물처럼 만들었는가라고 묻는다. 원망과 분노의 질문이다. 어머니가 사망한 직후 이어진 대화인 터라 원망과 분노의 정도가 극에 달했다. 그러나 아버지는 이에 대답하지 않은 채 어머니의 시신을 담을 '백관'에 관해 설명한다. "70년 이상 된 장목(壯木)의 적송을 썼다. 수액이 빠진 추동 기에 적송을 사야 건조도 빠르고 질 좋은 관을 만들 수 있지. 백관(百棺)은 느 엄마와 닮았어. 은근하고 깊은 것이 꼭 닮았어." 완벽한 동문서답이다. 아버지의 동문서답은 아들의 원망과 분노에 대

198

한 대답이나 해명, 혹은 변명이 아니다. 아버지는 아들의 거센 항의에는 귀를 닫은 채, 백관을 어머니에 비유함으로써 고인의 생애와 성품을 돌아보는 추도의식을 이미 시작하고 있다. '나'의 질문이 과거에 머물러 있을 때, 아버지의 대답은 이미 '세월과의 작별'이며, 어머니를 애도하고 그녀가 편안히 저 세상으로 귀속되기를 바라는 미래를 향해 있다.

관(棺)공장 생나무 냄새가 신선했다. 아버지 뒤를 이을 생각은 눈곱만큼도 없다. 그런데도 아버지처럼 망치를 들었다. 망치를 든 손이 떨린다. 나는 연거푸 관 뚜껑에 망치를 내리쳤다. 한참을 맥없이 앉아 있으려니 누워있는 관은 세상에 대한 공포의 또 다른 이름이란 생각이 들었다. 죽은 사람은 적어도 나에게 눈길을 돌리지 않는다고, 그래서 산사람보다 편타고 아버지는 말했다. 아버지도 세상을 피해 구석진 관공장에 숨어들었던 것이 분명했다. 나는 어려서 놀던 대로 관 속으로 들어가 누워 보았다. 두 손을 가슴에 포개고 눈을 감았다. 어느 결엔가 귀 속으로 뜨거운 것이 고였다. 이상하게 두려움 대신 안온감이 찾아왔다. 어머니의 마지막 가는 길, 안녕을 빌어주듯 멀리서 풍어제 소리가 들려왔다. 창을 비집고 들어온 석양볕이 관 위로 내려앉고 있었다.

아버지처럼 망치를 들고 있는 마지막 장면은 어느새 '나'가 과거와 화해했음을 보여준다. 관 속으로 들어가 누워보는 일이란 어떻게 보면 다분히 퇴행적인 의미를 지닌다고 할 수도 있겠지만, 다른 한편으로는 훼손되지 않은 어린 시절로의 복귀이며 아버지의 존재에서 비롯한 뒤틀린 감정으로 가득 찬 과거가 심리적으로 해소된 결과이기도 하다. 눈물, 안온감, 누이와의 추억을 상기시키는 풍어제 소리, 석양볕 등이 모두 관이라는 하나의 대상에 집중되면서 약간 과도하게 장식된 듯한 느낌이 없는 것은 아니지만 원망과 분노에서 화해로의 극적인 심리적 변화에 대한 강조로서는 제법 근사한 설정이라 할 수 있다. 8년 동안 깊게 응어리졌던 감정이 해소될 때 발생하는 카타르시스인 만큼 조금은 거창해도 괜찮겠다 싶다.

도서관 광시곡—이연초 「하이드비하인드」

이연초의 단편 「하이드비하인드」에서 도서관은 영락없이 하나의 공동
묘지다. 도서관 서가에는 이미 오래전 사망한 저자의 책이 즐비하게 꽂혀
있다. 그 책을 펼치면 죽은 자들이 말을 건네 온다. 고서에서 먼지가 떨어
지듯 죽은 이의 먼지가 도서관 안을 둥둥 떠다닌다. 이러한 상상에서 한 걸
음 더 나아가면, 열람실에 띄엄띄엄 앉아 있는 사람들의 굽은 등이 저마다
무덤을 하나씩 이고 있는 것처럼 보일지도 모른다. 가뜩이나 죽은 자의 목
소리가 보관된 곳인데, 봉분을 닮은 사람들의 모습이라니. 제법 그럴듯한
비유이고, 흥미로운 상상이면서, 자꾸만 죽음을 연상하는 것이 왠지 석연
찮은 구석이 있다.

찬찬히 살펴보면 이 소설 곳곳에는 죽음에 관한 암시들이 넘쳐난다. 소
설은 시작부터 죽음에 관한 언급으로 시작한다. 주인공 도형이 일주일 동
안 도서관에 오지 못했던 것은 어머니의 장례식 때문이었다. 하관을 하고
관 위로 흙을 뿌리던 일, 정식 유언을 남기지 못한 갑작스러운 죽음, 보상
금이 들어 있는 통장 등은 서술의 진행 속에서 어머니의 죽음을 지속적으
로 환기시킨다. 그는 간행물실에서 빌린 ≪사후의 세계≫를 읽으며 어쩌
면 어머니가 지금쯤 죽음과 재생 사이의 영역인 '바르도'에 머물고 있을지

도 모른다고 생각한다. 그는 도서관 창밖에 있는 산에 뚫린 터널에서 묘지의 봉분을 연상하고, 인근 아파트 외벽에서 작업 중인 인부들이 추락하는 상상을 한다. 그리고 이러한 불길한 상상은 '까만 머루 같은 눈'을 지닌 사내가 도서관 옥상에서 떨어져 자살하는 일로 이어지면서 서사 전개에도 직접적인 영향을 미친다. 특히 섬뜩한 느낌마저 주는 소년의 싸늘한 웃음으로 마무리되는 소설의 결말 역시 죽음의 유혹에 대한 상징적 형상화임을 감안할 때, 이 소설은 시작부터 끝까지 죽음에 관한 암시와 상징으로 가득 차 있는 셈이다.

> 멀리 서 있는 산은 항상 유혹적이었다. 다가갈 수 없는 청산. 그저 바라만 볼 수 있어도 좋은 산. 도서관 옥상 벤치에 앉으면 정면으로 바라보이는 청정산 입석대가 그랬다. 삶도 저 산처럼 바라만 봐도 되는 것이라면. 도형은 손에 들린 종이컵을 우그러뜨리며 깊은 숨을 토해냈다.
> 세상에 적응하고 싶은 생각이 원래 없었지 않느냐? 도형은 물었다. 솔직한 자문이었다. 이제는 삶의 이쪽과 저쪽 양 진영에서 버팅기지 않아도 된다는 생각이 들었다. 삶을 한 발짝 비켜서서 구경이나 하고 싶었다.

여기서 세상에서 한 발짝 비켜서서 구경하듯 살아가는 것이 옳으냐 그르냐를 따지자는 것은 아니다. 그보다는 주인공이 어머니의 죽음 이후 허무주의적인 삶의 태도에 상당히 근접하고 있다는 것이며, 그러한 허무주의적인 상태가 다분히 '유혹적'으로 여겨진다는 것이다. 허무가 더욱 극단적으로 전개된다면 살아가는 의지가 소멸되고, 결국 절대적인 공허 속에서 극단의 선택을 할 수도 있을 것이다. 까만 머루 같은 눈을 지닌 사내야말로 '세상에서 한 발 비켜 선 사람'이라고 규정되었으며, 결국 그 사내는 도서관 옥상에서 투신자살했음을 기억하자. 아니나 다를까 주인공 역시 "나도 풍덩 뛰어내리면, 어느새 우린 저 안전그물망 안에서 요람처럼 흔들리다 함께 잠이 들 수도…"라면서 자살을 생각한다. 삶에서 한 발짝 비켜서서 구경이나 하고 싶다는 주인공은 사내 못지않게 강렬한 죽음의 유혹에 이끌리고 있는 셈이다. 은밀하고, 야릇하고, 서서히 잠식해오는 유혹이다.

지금쯤 편안하실까. 개미떼, 송장벌레, 무수한 벌레들에게 파 먹히고 있을 어머니. 피와 살은 녹아나 초목들을 적시고, 흙과 어우러져 바쁘게 해체되고 있는 그리운 어머니. 초등학교 들어갈 때까지 도형은 어머니의 젖꼭지를 물고 잤다. 더 이상 젖을 더듬거릴 수 없게 되었을 때, 일찍이 어머니의 담배를 훔쳐 피우곤 했다.

죽음의 유혹은 살이 썩어가는 어머니의 시체에 관한 불손한 상상으로 번져간다. 부패의 이미지, 바스러져 먼지가 되는 이미지, 짐승과 벌레들에게 뜯어 먹히는 이미지는 모두 끔찍하기 그지없지만 주인공을 그것을 '그리운 어머니'의 추억이라 칭하며 거리낌 없이 펼쳐 보인다. 나아가 그것에 구강기의 무의식적 충동 내지 에로스적 분위기까지 덧씌우고 있다. 사실 이것은 삶과 죽음이 그만큼 인접해있다는 것을 드러내려는 의도적인 불손함이다. 팽팽해 보이는 피부 아래 부패의 가능성이 상존하고 있음을 '상상'하는 것이다. 인간은 결국 먼지로 돌아간다는 누구도 벗어날 수 없는 진실을 다시금 환기시키는 마카브르의 상상력이다.

아저씨, 사람들이 왜 그렇게 투신하는지 아세요? 날고 싶어서요. 비상하고 싶어 선택하는 방법이지요. 자기 자신의 주인이 되어본 적이 없는 사람들, 그렇지만 한순간도 그 꿈을 버리지 못하는 사람들이 택하는 방법이라고요. 최후 단 한번이라도 살아보고 싶어서 말이죠. 진정으로 날고 싶다는 걸 전 이해할 수 있어요. 스스로 죽음을 입안하고 계획한다는 것, 멋지지 않아요? 삶은 하이드비하인드 같은 괴물딱

지여요. 그 괴물에게 잡아먹히기 전에, 먼저 취할 수 있는 유일한 방법이라고요.

소년은 죽음의 화신쯤으로 생각해볼 수 있지 않을까? 슈베르트의 '마왕' 비슷한 것 정도? 어찌되었든 주인공의 눈앞에 현현하여 제 정체를 드러내고, 명시적으로 죽음을 권하고 있다. 대개 그런 사악한 존재와 마주하게 된 사람이 생명을 부지하는 경우는 잘 기억나지 않는다. 이 소설의 주인공도 결국에는 죽음의 유혹에 휩싸여 파멸하고 마는 것은 아닐까? 설령 죽음의 유혹으로 가득 찬 도서관에서 빠져나가 목숨을 부지하더라도, 강렬한 죽음의 유혹은 계속해서 호시탐탐 기회를 엿보고 있지 않을까? "이제, 아저씨 차례죠? 도움을 청하세요. 자, 어서요." 도서관 옥상 위에서 씨익 웃고 서 있는 소년의 마지막 모습은 기묘하고, 섬뜩하고, 그로테스크한 죽음의 유혹을 형상화하려는 이 소설의 목표가 어느 정도 충실히 달성되었음을 확인시켜주기에 충분하다.

공허의 질감—천종숙 「박제」

천종숙의 단편 「박제」는 절망적인 공허의 질감을 예민하게 포착한 작품이다. 사회 부적응자를 주인공으로 내세우고, 그 인물의 시선을 통해 무의미로 가득한 시공간을 관찰한다. 그는 자신을 둘러싼 공허를 극복하려 발버둥 치다가 결국 더 큰 공허의 구덩이 속으로 함몰되고 만다. 늪에서 빠져나오기 위해 안간힘을 써보지만 그럴수록 더 깊이 빠져드는 것 같은 아이러니의 상황. 인물의 내면을 거침없이 파고드는 묘사력에 힘입어 불쾌하고 섬뜩하여 외면하고 싶으면서도 자꾸만 들여다보게 만드는 독특한 매력을 지닌 작품이다.

주인공 기영은 유사휘발유를 판다. 별다른 사회생활도 하지 않고, 가족도 없이 혼자 생활하는 전형적인 은둔형 외톨이인 그에게 다른 사람의 눈을 피해 은밀히 기름을 파는 일은 제격이다. 단속반의 감시를 피하기 위해서는 가게 문을 꼭꼭 닫아걸어야 한다. 어차피 기름을 사는 사람은 알아서 휴대전화로 연락을 해온다. 기름을 팔기 위해 필요한 것은 홍보나 광고가 아니라 철저한 외부와의 고립, 그리고 그 고립 속에 익숙해지는 것이다.

그러나 고립과 그로 인한 외로움은 외부로부터 강제된 것이기에 견디기 어려운 '고통'이 된다. 설령 주인공이 자신의 의지에 따라 그런 일을 선택했다 하더라도 양철통 뚜껑을 열 때 풍기는 닭 비린내 같은 기름 냄새는 그 것이 고통임을, 또한 외부로부터 강제된 것임을 분명히 알려준다. 그 냄새 는 스스로는 억제할 수 없는 메스꺼움을 유발하고 있으니까, 그리고 그러 한 메스꺼움은 한번 시작되면 멈출 수가 없고 자꾸 속이 울렁거리게 되니 까. 고립과 고독은 분명 상처이고 고통이다.

　　기영은 직장생활을 견뎌내기가 무척 힘들었다. 무슨 이유에선지 직장동료나 상사들은 자신과 말을 섞으려 하지 않았다. 일을 떠넘기 거나 일부러 업무정보를 주지 않기 일쑤였고 대놓고 무시했다. 몇 군 데 옮겨 봐도 역시 마찬가지였다. 폭언은 예사였고 심할 때는 뺨을 맞 거나 발로 차이는 폭행을 당할 때도 있었다. 무엇보다도 견디기 힘든 것은 구내식당에서 사람들이 끼리끼리 모여앉아 점심을 먹는데 혼자 외떨어져 밥을 먹을 때였다. 이 장사를 하면 그런 일들은 없을 거라는 생각이 들었다.

　　기영은 따돌림이라는 폭력의 피해자다. 그는 억울한 일을 당해도 그에 맞서 대항하지도 못하는 성격이다. 그저 자신에게 가해지는 폭력을 소리 없이 참아낼 뿐이다. 하도 오랫동안 참아서인지 그는 어느새 자신도 모르 게 길들여졌을지도 모르겠다고 생각하고, "아니면 태어날 때부터 자신의 몸속에 칩처럼 내장된 것인지도" 몰랐다고 생각한다. 얼마나 만성이 되었 으면, 그러한 외부로부터의 고통을 태어날 때부터 지닌 표식에 의한 것이 라고 생각할 수 있는가. 외부로부터의 부당한 고통을 자신의 탓으로 돌릴 정도로 폭력의 상처는 깊고 심하다.
　　얼마 전까지 기영과 같은 집에서 살았다는 여자의 존재는 기영이 진심 으로 바라고 있던 것이 무엇인지를 알려준다. 여자는 성폭행을 당해 쓰러 져 있었고, 이를 발견한 기영이 그녀를 집으로 데려와 보살폈다. 철저히 고 립되어 있던 폐쇄의 공간에 타인이 발을 들여놓은 것이다. 하룻밤만 자고 나면 떠나겠지 했지만 여자는 다음날도 그 다음날도 떠나지 않았고, 그래서 기영은 일 년이 지날 무렵 완전히 마음을 놓았다. 그들의 결합을 두고 과연 가족이라 부를 수 있을까 싶긴 하지만 어쨌든 여자로 인해 조금은 위로받을 수 있었다. 그 여자가 집을 떠난 다음 밀려드는 배신감이나 상실감에 대해 토로하는 것을 보면 기영이 얼마나 그녀의 존재로부터 위안을 받았는지 쉽게 알 수 있을 터다.

주인공 기영은 여자가 집을 떠난 뒤 허탈한 마음을 달래기 위해 박제에 매달린다. 여자의 가출로 인한 공허를 채우기 위해 박제를 가져온 것이다. 그런데 박제라는 것은 동물의 가죽만 남긴 채, 썩기 쉬운 속은 파내고 방부 처리한 것이다. 즉, 속이 텅 비어 있는 또 하나의 공허다. 뛰어난 솜씨를 발휘한다면 박제된 동물이 마치 살아 있는 듯한 생동감을 부여할 수도 있지만, 생명이 소실되어야 박제로 만들어 낼 수 있다. 겉으로 느껴지는 박제품의 생동감은 그 이면의 죽음과 공허가 전제될 때 성립되는 셈이다. 이와 같은 아이러니한 조건과 분위기야말로 이 작품을 매력적으로 만드는 원동력이다.

마취된 파니는 죽은 듯이 누워 있었다. 기영은 심호흡을 하고 파니를 반듯이 돌려 눕혔다. 작업대에 놓인 마스크와 장갑을 꼈다. 그리고 메스를 집어 들었다. 한 쪽 손으로 파니의 목을 움켜쥐었다. 팔딱거리는 맥박이 장갑 낀 손끝으로 전해졌다. 손끝이 미세하게 흔들렸다. 기영은 잠시 주저하며 목을 쥐었던 손을 슬며시 풀었다. 다시 한 번 크게 심호흡을 하고 파니의 목을 움켜쥐었다. 날이 선 메시가 불빛에 반사되어 번쩍였다. 기영은 메스를 세워 단숨에 판의 목 깊숙이 찔렀다. 야옹, 하는 파니의 날카로운 소리가 들리는 것 같아 눈을 질끈 감았다 떴다. 손끝에 힘을 주면서 배의 중심을 향해 쭉 그었다. 배가 쩍 갈라지면서 피가 뭉클 흘러내렸다. 갈라진 뱃속에 손을 집어넣었다. 따뜻한 온기가 느껴졌다. 내장이 꿈틀거렸다. 기영은 미끈거리는 내장을 잡아당겨 하나씩 메스로 잘라냈다. 심장은 잘라낸 다음에도 한동안 팔딱거렸다.

작품의 시작 부분에 제시되었던 장면 묘사는 읽는 이를 한없이 불편하게 한다. 온기가 남아 있는 생명체에 칼을 꽂아 넣을 때의 촉감에 관한 묘사는 그로테스크함을 넘어 변태적이거나 광기적인 분위기로 이어진다. 무엇보다도 박제하기 위해 키우던 고양이를 일부러 죽인다는 설정은 충격을 선사한다. 영원한 생명을 부여하기 위한 박제 작업이 생명을 강제로 빼앗을 때 성립된다는 아이러니에서 비롯하는 충격이다. 또한 오랫동안 타인에게 따돌림이라는 폭력을 받아온 주인공이 다른 생명을 가진 존재에게 극도의 폭력을 가하는 이 장면은 폭력의 상처가 또 다른 폭력으로 폭발하고 만다는 참담한 비밀을 여지없이 폭로한다.

이 소설은 애써 외면하고 싶은 장면에 대한 지긋지긋한 묘사를 통해서 공허의 질감을 독자가 직접 느껴보도록 만든다. 차마 일일이 옮기기도 부담스러울 만큼 잔혹하고도 끈질기다. 서서히 역겨움이 느껴질 즈음 공허를 또 다른 공허로 뒤덮으려는 주인공의 시도가 실패하고 말 것이라는 예상은 점점 더 선명해진다. "뱃속이 차츰 비워져 가는 듯 허전해졌다. 빈껍데기로 남겨진 느낌. 기영은 안 돼! 하고 소리쳤지만 말이 되어 입 밖으로 나오지 않았다." 누군가가 주인공의 입을 틀어막아버린 듯한 형국, 거대한 공허의 구덩이로 떨어지는 듯한 상상. 폭력이 또 다른 폭력으로 터져 나오는 절망의 상황에서 결코 희망을 기대할 수 없을 것이기에 이러한 불편한 예상은 더욱 더 불길하고, 불편하고, 외설적으로 느껴진다.

키위새의 길 찾기 — 한정현 「벤야민의 지도」

한정현의 단편 「벤야민의 지도」에 어울리는 단어를 고르라면, 얼렁뚱 땅, 횡설수설, 어물어물 등이 떠오른다. 뚜렷한 서사적 중심 줄기와 갈등 없이 짧은 에피소드와 연관성이 희박한 단상들의 빈번한 결합이 소설의 육 체를 형성한다. 소설 문장 곳곳에 특유의 다변, 재치, 유머가 배치되어 있 어, 소설의 문장을 따라가다 보면 재미있는 수다 한 판을 들은 느낌이 든 다. 그러나 이처럼 갈피를 잡기 어려운 줄거리로 이루어진 작품이지만 소 설의 마지막 문장을 통과하고 나면, 약간은 끈끈한 페이소스가 계속해서 묻어 있는 듯한 느낌을 가지게 된다. 젊은 시절의 허무와 방황, 문학과 글 쓰기에 대한 탐색을 지속적으로 촉구하는 페이소스인지라 끈끈하게 남아 있는 그 느낌이 나쁘지만은 않다.

얼렁뚱땅, 횡설수설, 어물어물의 분위기는 소설의 첫 문장에서부터 감 지된다. "주성치는 내가 알고 있는 사람들 가운데 가장 우울한 눈매를 가진 뉴질랜드인이었다." 난데없이 홍콩영화 배우 주성치라니, 그것도 우울한 눈매를 지니고 있다니. 과연 어떤 인물이기에 주성치를 닮았고, 우울한 눈 매를 지니고 있다고 하는 것인가 싶어 서술을 따라가면 예상과는 달리 스 코틀랜드 혈통의 한 청년을 마주치게 된다. 으레 피곤에 절어있는 불법이

민자나 가난한 어학연수생도 아니고 '키위'라고 불리는 정통 뉴질랜드인이란다. 호기심을 유발했던 '주성치' 또는 '우울증'과는 그다지 상관도 없는 내용으로 슬그머니 빠져나간 서술자의 뻔뻔함 앞에 황당함을 느끼지 않을 수 없다. 속았다는 생각이 약간의 억울함도 든다.

그보다 더 황당한 것은 그 다음 대목이다. "그렇기 때문에 그가 왜 그런 우울한 눈매를 갖게 되었는지, 그 이유는 잘 모른다. 들었지만 잊었을 수도 있고 처음부터 말해주지 않았을 수도 있다." 스스로 서술자의 권위를 포기하는 모습. 전통적인 소설론에서 서술자는 플롯을 만들고, 인물에 성격을 부여하는 전지전능한 신과 같은 권위를 지닌 존재. 다시 말하면, 독자가 가지게 되는 '왜?'라는 질문을 유발하고, 그것에 납득할 만한 대답을 해주는 역할을 하는 것이 서술자가 아니었던가. 여기서 서술자는 이렇게 뻔뻔스럽게 대답한다. 주성치가 말해주지 않았기 때문에 왜 그런지 모르겠다. 서술적 권위의 포기, 아니 포기라기보다는 개연성의 원리로 엮여 있는 선형적인 서사 전개의 진행 방식 자체를 의도적으로 뒤틀고, 뒤집어 보려는 문학적 실험이라는 것.

소설은 의미가 사라진 공허의 상태에 관한 이야기다. 여자친구와 헤어진 주성치는 황당하기 그지없는 짓을 한다. 주변의 이런저런 사물에 헤어진 여자친구의 이름을 붙이는 것. 별다른 의미 없는 행동의 반복. 연애하는 동안 생의 목표이자 의의라 여겼던 사랑이 사라진 빈 공간을 쓸쓸데기 없는 짓으로 채우고 있을 뿐이다. 사실 '나'가 뉴질랜드에 체류하는 것도 별다른 의미가 있는 것은 아니다. 남들에게야 뉴질랜드와 웰링턴의 지리적, 환경적 조건이나, 아시아문화인류학으로 유명한 빅토리아 대학의 명성 등을 운운하기도 했지만, "생활의 장소가 바뀌면 나의 무엇인가도 함께 바뀌지 않을까 하는 막연한 기대감 때문이었다." 그냥 한번 가봤다는 것, 굳이 뉴질랜드가 아니라도 상관없다는 것, 인과적 질서의 견고한 틀을 벗어난 우발적인 선택, 즉흥적인 결정이었다는 것이 이 소설의 기본 원리를 쉽게 짐작하게 한다.

시인은 뭐든지 참을 수 있어. 아니나 다를까, 이어진 주성치의 말은 정말이지 예측 그대로였다. 어느 소설에서 베낀 게 분명했다. 그 즈음 주성치와의 대화는 늘 그런 식으로 시작되곤 했다. 그는 당시 빠져있던 소설의 한 부분을 베껴서 읊어대거나 시의 한 구절을 인용하여 대화를 이어가곤 했다. 마치 시나 소설이 아니라면 인생의 그 어떤 것도 온전히 설명될 수 없다는 듯이. 어쨌거나 그때 주성치와 소설가지망생, 야간경비원은 세상 그 무엇과도 대결할 수 있을 것 같은 모습들이었다. 커피 한 잔쯤을 같이 마셨던 것 같기도 하지만 그 결연한 표정과 어디선가 베껴온 저 말들 이외엔 딱히 떠오르는 게 없었다.

어쩌면 소설 속 인물들이 보여주는 얼렁뚱땅과 횡설수설은 그들이 소설가지망생이기 때문인지도 모른다. 마음에 들었던 소설의 한 대목을 베껴서 읊어대고 있으니 맥락이 맞지 않아 어설프고, 황당할 수밖에. 그들은 아직 한 편의 소설도 완성하지 못했다. 늘 미완성이다. 제대로 한 게 하나라도 있냐라는 질문에 주눅 들고 마는 가련한 소설가지망생. 그러나 주눅이 들지라도 멈추지는 않는다. 세상 그 무엇과도 대결할 수 있을 것 같다는 결연함. 때로는 황당함으로 보이기도 하지만 자세히 들여다보면 그들은 결연함을 지니고 있으며, 무의미의 반복 속에서 결국에는 유의미한 상태를 지향하고 있음을 확인하게 된다.

그들 네 사람 앞에 갑자기 등장한 키위새 역시 뜬금없기는 마찬가지다. '과일 키위' 상자에서 난데없이 '새 키위'가 튀어나올 뿐만 아니라, 새가 인간의 말을 한다. 새가 가면을 쓰고 춤을 추고, 처음엔 어색해서 눈치만 보던 그들 네 사람도 키위새와 함께 춤을 추는 황당무계한 일대 장관이 펼쳐진다. 어찌나 능청스러운지 키위새가 벤야민을 만난 적이 있다고 해도 이제 그다지 놀랍지 않다. 그 키위새가 백 년 전 쯤 프랑스로 잘못 배달되었던 적이 있다는 것도, 그래서 키위새가 파리에 체류 중인 벤야민을 만났다는 것도, 혹은 벤야민이 키위새를 보고도 전혀 놀라지 않았다는 디테일도 모두 얼렁뚱땅과 횡설수설 속에 녹아들어 무의미 속에서 하나의 의미를 길어 올리고 있다.

사내에겐 독특한 버릇이 있었다. 바로 길을 헤매는 것이었다. 사내는 언제나 당연하다는 듯 길을 잃고 헤매곤 했다. 당황하거나 부끄러워하지도 않았다. 그럼 대체 지도는 왜 들고 다니는 거지요? 야간경비원이 물었을 때였다. 자네, 인간에게 최고의 직업이란 무엇이라고 생각하나? 키위새는 날개를 한 번 파닥였다. 나는 날개를 유심히 보았다. 아무리 봐도 정말 날개였다. 우리 중 누구도 대답하지 못하자 잠시 후 키위새가 이렇게 말했다. 산책자와 여행자라고 하더군.

벤야민은 길을 찾기 위해 길을 헤맸다. 파리의 골목을 헤매면서 근대적 아케이드의 원리를 찾아 나섰다. 산책과 여행이란 곧 바로 최단 직선 경로로 이루어지지 않는 법. 수많은 우회와 되돌아감을 통해 새로운 경로의 발견으로 이어진다. 길 헤매는 것이 곧 길 찾기라는 관념 속에서 별다른 의미 없이 반복되던 그들 네 사람의 황당무계한 일상 역시 새로운 의미를 찾기 위한 일종의 방법론적 헤맴이 될 수도 있음을 암시한다. 거기에 퇴화된 키위새의 날개가 재생한 것은 그들의 헤맴을 향한 작은 축복이다. 날개를 펼쳐 보인 키위새는 그들에게 겨드랑이가 가렵지 않은지 묻고 있는 것이나 다름없다. 움츠렸던 날개를 펼쳐 꺼내 이제 길을 헤매기 위해 떠나라고 권유하고 있다.

물론 그렇다고 해서 무언가 분명해진 것은 없다. 아무 대꾸도 할 수 없음, "이제 그가 어디로 갈지 알 것도 같았고 영원히 모를 것 같기도 해서였다." 그들은 작별한다. 각자의 길을 간다. "길을 헤매고 있다는 건 사실 길을 찾고 있는 중이라는 거겠지?" 여기서 그들 네 사람이 헤어진 다음, 그들이 어떤 경로를 따라 갈 것인지는 중요하지 않다. 공허와 무의미의 반복에서 머물러 있던 그들이 이제 집 밖으로 나와 길거리에서 헤매기 시작했다는 사실만큼은 분명하기 때문이다. 가령 주인공인 '나'에게 그러한 헤맴은 아마도 본격적인 글쓰기의 시작을 예고한다. 그들이 결연함을 잃지 않기를, 모쪼록 건투를 빈다.

한참을 돌아온 길

인간은 곤충이다 — 이정은 「생태관찰」

　'인간은 곤충이다.' 이것은 이정은의 단편 「생태관찰」이 전면에 내건 슬로건이다. 소설은 인간의 사랑이 곤충의 짝짓기와 다를 바 없다고 말한다. 암컷과 수컷이 페로몬에 의지해서 상대를 감지하여 찾아가고, 페로몬의 지시대로 생식 활동을 벌여 개체를 재생산하는 과정이 곧 사랑이라 과감히 선언한다. 소설은 그것을 증명이라도 하듯 주인공과 장우석 선배 사이의 20여 년이 지나간 사랑 이야기를 들려준다. 페로몬에 도취되어 빠져나갈 수 없는 한 쌍의 곤충처럼 사랑의 굴레에서 벗어나지 못한 인물의 이야기를 펼쳐진다.

　페로몬을 만드는 대표적인 곤충으로 암컷 나방을 들 수 있다. 암컷 나방은 멋진 수컷을 기대하면서 마치 스프레이로 물을 뿌리는 것처럼 공중에다 페로몬을 뿌린다. 드물게 맨눈으로 볼 수 있는 페로몬을 뿌리는 곤충도 있지만 대부분의 곤충들은 그 양이 너무 적어서 정밀한 과학 도구로도 이를 탐지해내거나 분석하는 것은 매우 어렵다. 대부분 성 페로몬은 피코그램이나 나노그램 단위로 측정되는데, 피코는 1조분의 1을, 나노는 10억분의 1을 나타내므로 곤충이 배출하는 페로몬의 양이 얼마나 적은지 쉽게 알 수 있다.

　하지만 이렇듯 적은 양임에도 불구하고 그 효과는 매우 강력하다.

한 번 흡입하는 것만으로도 곤충은 오로지 섹스에만 몰두하게 된다. 매우 멀리 떨어진 곳에서도 수컷 나방은 페로몬을 단서로 암컷을 추적할 수 있다. 피코그램만으로 측정이 가능할 정도로 그 양이 미세한 페로몬을 맡을 수 있다는 것은 기적에 가까운 일이다.

'인간은 곤충이다'라는 명제를 뒷받침하기 위해 소설은 곤충의 생태를 치밀하게 연구한다. 페로몬에 관한 충실한 설명은 과학 전문 서적의 한 구절을 연상케 한다. 물론 이러한 시도가 과하게 돌출되면 소설다운 맛을 해친다는 우려가 있을 수도 있다. 「생태관찰」의 경우에도 과학적 지식의 설명 분량이 약간은 많다는 느낌이 없지는 않다. 그러나 그러한 설명이 지식의 나열로만 이루어진다면 심각한 문제로 이어지지만, 적어도 이 소설에서는 곤충의 생태에 관한 풍부한 지식이 소설 속 인물이 경험하는 내용과 그들의 생각에 긴밀하게 연결되어 있어, 우려를 피할 수 있다. 페로몬에 관한 설명뿐만 아니라 교미 후 암컷이 수컷을 잡아먹는 사마귀, 암컷이 수컷을 속여 유인한 다음 잡아먹는 깡충거미 등에 관한 지식도 소설의 내용으로 적절히 연결되어 보다 풍부한 해석과 암시로 이어진다.

나는 누구도 모르는 그만의 냄새를 맡을 수 있었다.
눈이 하는 예술이 미술이고, 귀가 하는 예술이 음악이라면 코에 의한 예술은 향수다. 향기에도 파장과 진동이 있기에 각기 고유의 색깔을 가지고 있으며 또한 향기를 통해 색깔을 느낄 수 있다. 후각은 냄새를 대상으로 하는 감각이며 그것은 감각에 깊은 뿌리를 두고 있어서 지식의 세계와는 또 다른 범위의 예술이다. 주변의 흐르는 냄새로 현상을 알 수 있다. 군대에 간 오빠는 이렇게 말했다. 전방 지피에서 근무할 때 철조망 근처에서 여자냄새가 나서 이상하다고 생각하고 있으며 한참 후 어김없이 동리 아주머니가 먹을거리를 팔려고 나타난다고. 그러면서 암수의 후각이 얼마나 발달했는지 아는 척도라고 했다.

여기서 냄새는 인간과 곤충이 다를 바 없음을 보여주는 소재다. 평범한 일상적 세계에서는 이해되지 않는 것이지만 가끔 상식적인 지식만으로는 설명하기 힘든 일들이 우리 주변에서 일어난다고 말한다. 멀리 떨어진 이성이 흘린 냄새의 미세한 입자를 포착하는 곤충처럼 간혹 인간도 예민하게 냄새를 감각할 수 있다는 것이다. 그런데 곤충과 똑같은 그것이야말로 가장 인간적인 면모의 결정체인 예술이라는 사실도 함께 강조된다. 코에 의한 예술이 바로 향수이며, 사실 향수는 곤충의 페로몬을 흉내 낸 것이다. 이성을 유혹하려는 원초적 시도와 갈망, 지식의 세계로 설명될 수 없는 깊은 감각의 뿌리에 닿아 있는 것이 인간에게는 향수, 곤충에게는 페로몬이다. 가장 본능적인 것이 가장 고차원적인 예술과 연결되어 있다는 발상이 흥미롭다.

수목원을 다녀온 이후 나는 장우석을 만나지 못했다. 그가 남긴 채광이 너무 커서 누구도 만날 수 없었다. 그에게서 연락이 오지 않았다. 곤충들은 최음제와 반대의 기능을 가진 물질도 생산한다. 어떤 곤충 수컷은 교미를 하고 난 후 자신이 만든 강력한 반(反)최음제 향수를 몸에 바르기도 하는데 그렇게 되면 암컷은 더 이상 매력적인 암컷으로 인정받지 못하게 되어 다른 수컷들로부터 외면당하는 비참한 상황에 빠지게 된다. 그가 내 몸에 다른 수컷이 달려들지 못하게 분비물을 발라놓은 모양이다.

장우석과 이별한 다음 황폐해진 자신을 이해하기 위해, 곧 사랑의 상처를 설명하기 위해 소설은 또 다시 인간은 곤충이라는 명제로 회귀한다. 곤충이 짝짓기 후 내뿜는 반최음제 물질 같은 것이 자신과 장우석 사이에도 뿌려졌다는 것이다. 사랑과 이별, 아픔을 설명하는 무척 낯설고 새로운 방식이라는 점에서 흥미롭다. 페로몬과 정반대의 기능을 하는 물질이 뿌려진 다음 다른 수컷들로부터 외면당하는 암컷 곤충에 대한 언급만으로도 장우석과 헤어진 후 현재까지 지속된 주인공의 삶이 충실히 전달될 수 있다. 인간은 곤충이라는 사실이 또 한 번 증명되는 대목이다.

물론 인간이 곤충이라는 명제나, 주인공에게 페로몬과 반대되는 물질이 뿌려졌다는 생각을 과학적으로 논리적으로 증명할 길은 없다. 인간과 곤충을 동격이라 여기는 발상에서 쓰인 이 소설은 어쩌면 소설 속에서 언급된 '제8요일'의 이야기 못지않게 "말도 안 되는 이야기" "황당한 스토리"일지도 모른다. 그러나 생각해보면 사랑에는 맹목적인 끌림이 전제되어 있는 것이 당연한 사실이다. 곤충의 페로몬보다 더 집요하고 치명적인 욕망이 내재된 것이 인간의 사랑이라는 점을 인정한다면 이 소설이 전면에 내걸었던 슬로건을 납득할 수도 있다. 인간은 어쩌면 곤충일 수도 있다는 것을 말이다.

세태의 표정들—표중식 「투명 완장」

표중식의 「투명 완장」은 최근 우리 사회의 주요 관심사 중 하나가 된 소위 '갑질'에 관한 소설이다. 아파트 경비원 정씨를 등장시켜 그의 일과를 따라 경비원 생활을 소설 속에 담아낸다. 그 과정에서 정씨가 맛본 모멸감, 절망, 슬픔이 차분하게 펼쳐진다. 자칫 흥분조로 표현될 수도 있을 법한 감정 상태를 잘 정돈된 형태로 제시하는 소설의 문장을 하나씩 따라가다 보면 정씨의 주변에 있는 다양한 인간군상이 저마다의 특색 있는 얼굴 표정을 들이민다. 서로 잡아먹지 못해 안달이 난 사람들처럼 상대방을 억누르고 자신을 높이려는 눈살 찌푸려지는 장면들이 펼쳐진다. 이 점에서 이 소설은 우리 사회의 세태를 생생히 포착한 한 편의 스케치가 된다.

관리소장은 좋은 사람이다. 대신 그는 냉철했으며 용인술에 능했다. 다른 아파트가 젊은 사람들을 선호하는 것에 비해 가급적이면 나이 먹은 사람들을 채용했다. 노인들은 일자리에 굶주려 있다. 개중에는 연금을 받거나 모아 논 돈이 있어 밥은 먹고 살아도 일을 하고 싶어 했다. 그러니 아무리 인격적으로 모멸을 가해도 순응한다. 일자리를 주는 것만 해도 감지덕지다. 자갈처럼 둥글둥글 잘 굴러다닌다. 나아가 사람이 그렇게 만든다. 산전수전 공중전까지 모두 겪어 웬만한 일은 잘 견디는 것이다.

관리소장은 좋은 사람이다. 그러나 그가 갖고 있는 선량한 마음씨는 갑과 을이라는 계약관계 앞에서는 어떠한 힘도 발휘하지 못한다. 사람 좋은 관리소장이라도 경비원들이 노조 설립을 시도하는 일은 소장 자신의 지위를 위협하는 일이 되므로 허용할 수 없다. 관리소장 역시 본사 앞에서는 굴종적인 을이 될 수밖에 없는 상황이기 때문이다. 그러니 관리소장은 자신이 지닌 갑으로서의 지위를 최대한 활용하여 경비원들을 통제할 수밖에 없다. 관리소장이 택한 방식은 월 120만 원짜리 일자리에 목을 매는 노인들의 불리한 처지를 최대한 이용하는 것이고, 이처럼 을의 목을 죄는 방법을 통해서 자신의 지위를 유지하고 보존할 수 있다.

동료 경비원들의 모습도 놓칠 수 없다. 대학물을 먹었다는 이유로 동료들은 정씨에게 노조 설립에 관해 의지를 했다. 사실 정씨로서는 노조에 대해 제대로 알지도 못한 상태였지만 자신에게 의지하는 동료들에 대한 책임감을 느끼지 않았을까. 그러나 "동조를 할 것 같았던 경비원들이 사건이 노출되자 언제 그랬더냐 하고 등을 돌렸다." 모두 정씨를 외면을 했고, 정씨는 기가 막혔다. 그러나 어쩌겠는가, 정씨를 싸늘하게 외면한 동료 경비원들로서는 한 달 120만원이 알량한 의리나 신뢰보다 더 절박한 것인데…. 을이 서로를 배신하고 외면하도록 촉구하는 것이 갑과 을이라는 계약관계가 가진 무서운 힘이다. 그러니 정씨로서는 억울해도 어찌할 수 없을 수밖에.

대부분의 주민은 선량한 서민이라 뭐라 할 수 없지만, 누군가가 투명완장을 찼다 하면 사람이 확 달라져버린다. 다른 아파트는 몰라도 여기서의 제대로 된 완장은 운영위원회장, 부녀회장 감투뿐이다. 실제로 완장이야 차고 다니지 않지만 하다못해 이사 감투만 써도 경비원들을 대하는 태도가 달라진다. 거들먹거리며 지시하려 든다. 꺽쇠 같은 경우는 감투도 쓰지 않았는데도, 행세한다.

'갑질 중의 상갑질이요 진상 중의 최진상'이라는 '꺽쇠', 운영위원회에서 직책을 맡고 있다는 이유로 경비원들에게 군림하는 '박이사' 등의 밉상스러운 인물에게 자꾸 눈길이 간다. 그들의 행동을 들여다보면 갑질 횡포의 한 가지 특징을 파악할 수 있기 때문이다. 그들의 모습을 유심히 관찰하던 이 소설은 이렇게 말한다. "아파트는 묘한 구조로 엮여있어 사회나 가정에서 소외되거나 눌린 사람들이 자신의 심사를 자기보다 약자에게 투사한다. 대리만족을 하는 것이다."갑과 을의 무한반복이 갑질 사태의 핵심이다. 아무리 선량한 사람이라 하더라도 작은 감투를 쓰기만 하면 그 지위를 이용해서 자신의 울분을 분출한다는 것이다. 타인으로부터 갑질을 당하고 있기 때문에 자신보다 낮은 위치에 있는 새로운 을에게 갑질을 함으로써 자신의 지위를 유지하려 시도한다. 이것이 계속 확장된다면 결국에 모든 사람이 타인을 향해 갑질을 하고, 모든 사람이 타인으로부터 갑질을 당하는 상황이 벌어지게 될지도 모른다. 안타깝지만 쉽게 부인할 수 없는 예상이라는 점에서 더욱 갑갑해지는 대목이다.

소설이 끝나고 나서도 "120만 원에 몽땅 인격을 팔아버렸다."라는 정씨의 말이 계속해서 울리는 듯하다. 중산층에 속했던 정씨가 아파트 경비원 일을 하게 된 과정이 그리 매끄럽지 않게 설정된다든가 근무 이외에 그의 생활을 보여주는 대목이 부족하다는 점 등에서 정씨의 인물성격화가 아쉬움을 남기고 있지만 온갖 수모를 당하는 아파트 경비원의 일상을 그려내려는 목표는 충분히 달성되었다고 보인다. 세태를 관찰하고 판단에 이르려는 시도, 소설이 맡아야 하는 중요한 임무 중 하나임에 틀림없다.

30년을 돌아온 길—강준 「느티나무에 핀 꽃」

강준의 단편 「느티나무에 핀 꽃」을 읽다보면 한 편의 연극을 관람하는 듯한 느낌을 가지게 된다. 잘 세팅된 연극무대처럼 소설 속 시공간적 배경이 질서정연하게 배치된다. 30년에 걸친 시간적 배경, 제주도와 물메라는 시골 마을을 가로지르는 공간적 배경이 어수선함이나 번잡스러움 없이 깔끔하게 세팅된다. 그 위에서 등장인물들이 겪는 삶의 곡절에 관한 이야기가 거침없이 펼쳐진다. 무대 위에서 열연을 펼치는 연극배우들처럼 소설 속 인물들은 우여곡절이 많은 인생의 행보를 생생히 보여준다. 그야말로 '극적인' 사건 전개 덕분에 이야기 속으로 깊숙이 빠져들게 된다. 이에 서술자는 한 편의 극을 정교하게 지휘하고 있는 연극연출가 같은 면모를 지닌다.

살면서 우리는 선택의 기로에 설 때가 종종 있다. 그 선택에 의해 울기도 하고 웃기도 한다. 허나 기뻐하거나 노여워하지 마라. 그게 운명이고 인생이다.

인간만사 새옹지마라는 것, 이것이 연극연출가가 관객들을 향해 던지는 메시지다. "인생은 한 치 앞도 알 수 없다." 인간의 삶 자체가 울음과 웃음의 무수한 방향 전환의 과정이라는 발상, 그러니 일희일비는 소용이 없다는 것, 다만 겸허히 그것을 받아들이라는 것. 누구나 쉽게 수긍할 수 있는 익숙한 진리가 아닌가. 30년을 교직에 몸담아 온 주인공이 학생 지도 문제로 심각한 타격을 입었다가 옛 제자들로부터 교장직 제안을 받게 된다는 줄거리야말로 새옹지마 고사를 그대로 따른다. 인생은 결과를 알 수 없는 선택의 반복이라는 관념은 소설 속 인물의 행동과 관념을 좌우하는 요소로 작용한다.

한편 「느티나무에 핀 꽃」에서는 그러한 특유의 인생관이 서사 전개의 차원에서도 적용된다. 하나의 선택으로 인해 인생의 진행 방향이 순식간에 바뀌게 되는 것을 표현하려는 듯 소설의 서사 전개는 여러 차례 급격하게 방향을 바꾼다. 일단 이러한 서사 전개의 양상은 이야기에 속도감을 부여함으로써 지루하지 않게 소설 속 내용에 빠져 들게 만든다는 점에서 긍정적이다. 사실 30년에 걸친 이야기를 단편 속에 담아낸다는 것 자체가 쉽지는 않은 시도다. 자칫 회상에 회상을 반복함으로써 지루해지기 십상일 텐데, 긴 시간을 속도감 있게 압축하여 뽑아낼 수 있었다는 데 후한 점수를 주어야 하지 않을까 싶다.

그러나 이야기의 급격한 전환이 반복됨으로써 누적되는 피로감도 만만치 않다. 가령 제자 조경범의 인생에서 변화의 진폭이 너무 극심한 나머지 개연성이 떨어진 측면도 있다. 특히 경범의 가족사적인 내력이나 살인을 저지르는 일들이 소설 내부에서 충분히 소화되지 않은 채 마치 신문이나 방송에서 언급되는 사건 사고 기사처럼 간략히 다루고 넘어간다는 데 이 작품의 약점이 있다. 아무래도 30년에 이르는 긴 시간을 압축하다보면 피하기 어려운 문제인지도 모르겠다.

애초에 이 작품은 조용하고 차분하게 인물의 내면을 어루만지는 스타일의 소설이 아니었다. 인물들이 서사의 표층으로 뛰쳐나와 각자 제 몫의 연기를 표현하는 연극 같은 스타일의 소설이다. 사색과 고민의 깊이를 끄집어내기보다는 30년이라는 시간을 과감히 질주하면서 인생이란 한 치 앞도 알 수 없는 것이라는 단순명쾌한 진실의 조각을 독자들의 눈앞에 생생히 보여주는 것이 이 소설의 묘미이다. 소설을 다 읽고 인생은 한 치 앞도 알 수 없는 것이라는 명제에 약간이라도 고개가 끄덕여진다면 그것만으로도 이 소설은 제 몫의 연기와 연출을 충분히 감당해낸 것이리라.

순수로 돌아가는 길—박충훈 「흐르는 강물처럼」

　　박충훈의 「흐르는 강물처럼」은 동강의 아름다움에 대한 찬가다. 고의로 부도를 내고 도피 생활 중인 주인공, 하루 종일 하는 일이라곤 강가에 나가 낚싯대를 드리우는 것뿐인 생활, 아름다운 풍광에 둘러싸여 지내면서 이복형제의 존재를 뒤늦게 확인하고, 무책임하게 저질렀던 자신의 과오를 깨닫게 된다는 내용이 소설의 줄거리다. 얼핏 줄거리만 놓고 볼 때는 굳이 동강을 배경으로 삼지 않더라도 별 지장이 없을 듯싶다. 하지만 소설의 문장을 따라가다 보면 동강의 아름다움에 서서히 동화되어 결국 더러움의 때를 벗고 순수함으로 돌아가는 주인공의 변화 과정이 설득력 있게 제시된다. 강원도 두메산골을 휘감아 나가는 동강의 은은한 물결 속에 서서히 빨려드는 느낌, 아마 인간을 향한 대자연의 위로가 선사하는 안온한 느낌일 것이다.

　　강폭이 좁아지는 만큼 수심이 깊어져 유연해진 물살은 완만하게 몸을 뒤채며 속속들이 살을 섞는다. 벼랑을 연인 애무하듯 어루만지며 흐른 물살은 낚시터 바로 위쪽에 장엄하게 툭 불거져 나온 벼랑을 한 번 더 온몸으로 그러안고는 육감적이도록 유연하게 살을 섞으며 한 바퀴 휘돌아 굼실굼실 후희(後戱)를 즐기며 흘러간다. (…) 각기 다른 물 흐름의 소리조차 경쾌한 겉의 물살이 한 옥타브 높아 벼랑 밑을 핥는 깊은 물살의 비음(悲吟)과 이중창으로 화합하여 하루 온종일 들어도 귀에 거슬리지 않고 은은하고 감미롭다. 때로는 자장가처럼 포근하고 고단한 마음을 잠재우고, 때로는 교향악처럼 장중하게 나태해지는 정신을 차분히 일깨우곤 한다. 흐름이 급한 여울처럼 그 소리가 규칙적으로 시끄럽다면, 하루 이틀도 아니고 나는 지레 지쳐 나가떨어지고 말았을 것이다.

동강의 물살을 에로틱한 분위기 속에서 묘사하고 있는 대목은 무척 흥미롭다. 강물이 흘러가는 모습을 오랫동안 관찰한 끝에야 도달할 수 있는 참신한 표현이다. 풍성한 촉감을 표현하는 데만 그치지 않고 더 나아가 촉감을 청각과 결합시키는 것도 재미있다. 이 또한 동강을 오랫동안 지켜본 사람이라야 길어 올릴 수 있는 표현이다. 다채로운 공감각적 이미지들의 향연 속에서 동강이 살아 숨 쉬는 생명체라도 된 듯 생기를 얻게 된 것은 아마도 오랫동안 동강과 대화를 나눈 작가의 동강을 향한 애정에서 비롯한 것일 듯하다.

동강에 대한 묘사뿐만 아니라 그곳에 살고 있는 사람들에 대한 묘사에도 애정이 넘쳐난다. 구체적으로 고모부의 미소에 대한 언급. 오종종한 얼굴에 두엄 자리마냥 시커멓고, 번데기 같은 잔주름이 자글자글한 시골 노인의 얼굴에서 주인공은 미륵의 미소를 떠올린다. '세월과 풍상에 곱게 닳아 은은해진 미륵의 미소' 돌이켜 생각건대 세월과 풍상에도 꿋꿋이 수천 년, 수만 년을 흘러온 존재는 곧 동강이다. 촌부의 미소는 미륵의 미소와 동격이고, 미륵의 미소는 다시 동강의 물결과 동격이다. 동강은 그곳에 살고 있는 사람들의 미소에도 영향을 미치고 있다는 것, 자연과 인간이 결국 하나라는 거창한 생태학적 선언이 노인의 얼굴에 스쳐가는 가벼운 미소 속에 구현되는 셈이다.

구구절절한 가락을 듣던 나는 자신도 모르게 젓가락으로 상을 두드려 장단을 맞추기 시작했다. 그제서 어머니가 가끔 흥얼거리던 아리랑가락이 떠올랐다. 어머니가 젊어서 정선아리랑 명창이라는 것은 알고 있었지만, 그저 그러려니 했었다. 그런데 고향에 와보니 어머니의 젊음이 아리랑과 함께 고스란히 간직되고 있음을 비로소 깨달았다. 어머니의 입에서 나오는 노래라고는 오직 아리랑타령뿐이었음을 떠올리며 애잔하게 가슴이 뜨거워졌다. (…) 나는 고모부의 가락을 들으며 콧잔등이 시큰했다. 장년에 아내를 잃고 삼십여 년을 홀로 사는 노인의 애틋한 심사가 노랫가락으로 절절하게 묻어나고 있음이었다. 아니나 다를까, 고모부는 손등으로 눈물을 훔치고 있었다.

동강의 아름다움은 정선아리랑 가락에도 녹아있다. 정선아리랑 가락은 의식하지 않았는데도 저절로 흘러나오는 데 그 특징이 있다. 어린 시절 어머니가 가끔 흥얼거리던 가락은 소년의 잠재의식 깊은 곳에 각인되었고, 지금 수십 년의 시간이 지나 의도하지도 않았는데 그 가락이 흘러나오는 것이다. 정선아리랑 명창이었던 어머니는 아마 고인이 되었겠지만, 정선아리랑 곡조 속에서 어머니의 젊음이 다시 되살아난다. 시공을 초월하는 위력을 지니고 있다는 것, 오랜 시간을 통과하여 저절로 흘러나오는 그 순간 주인공은 수십 년 전 어린 시절의 순수함으로 돌아가고 있는 것이다.

노인은 말꼬리를 지르르 끌며 휘적휘적 걸어갔다. 나는 구부정한 노인의 등짝을 우두커니 지켜보며 비로소 깨달았다. 천진무구한 노인의 그 깊숙한 웃음은 심미안에서 비롯되는 웃음이었음을! 맥없이 덜퍽 주저앉았다. 육감적으로 몸을 뒤채며 흐르는 물살이 새삼스럽게 돋보인다. 억만 년 저토록 알뜰히 살을 섞으며 흘러갔을 강물! 인간 또한 저 강물처럼 천만 년 서로 엉겨 섞고 섞이며 살아가는 것을…!

억만 년 흘러갔을 저 강물 소리! 언제 들어도 아름다운 강물 소리가 오늘따라 더욱 정겹다. 나른한 한낮이면 잠꼬대처럼 울던 소쩍새가

'소쩍, 소쩍궁' 게으르게 운다. 나는 눈을 들어 천야만야한 벼랑을 보았다. 소쩍새는 어디 있을까? 저 강물 소리가 눈에 보이지 않아도 아름답듯이 소쩍새 소리 또한 눈에 보이지 않아도 아름다운 것을…. 구태여 실체를 찾으려는 내가 참 어리석은 인간이다.

이 소설의 핵심은 동강의 아름다움이고, 목적은 그러한 아름다운 자연 속에 인간이 빠져 들어가는 순간을 그려내는 데 있다. 그 외 일체는 지극히 부차적인 것에 불과하다. 고모부가 이복형제의 존재에 관한 이야기를 들려준다거나 고의 부도를 내서 피해를 입힌 대상이 자신의 형이라는 것, 그래서 병 치료에 필요한 5억 원을 내놓는다는 등의 내용이 그러하다. 이것들은 서사의 실질적인 내용을 이루는 것들인데, 다소 개연성이 부족하다는 한계를 지니고 있어 아쉬움이 들기도 한다.

그러나 그러한 아쉬움을 일거에 해소시키는 것이 바로 소설의 마지막 장면이다. 소설의 결말부에 이르러 문장은 다시 동강의 아름다움에 관해 집중한다. 동강의 물살을 다시 어루만지고, 멀리서 들려오는 소쩍새의 아련한 울음소리에 귀를 기울인다. 세속적인 때가 모두 벗겨지고 순수의 상태로 복귀하는 순간에 대한 포착이다. 정선아리랑 가락으로 인해 수십 년의 시간을 초월할 수 있었고, 흐르는 강물의 리듬에 몸을 맡기다보니 자연스럽게 정화되었다.

순수함으로의 회귀는 "나는 참으로 오래간만에 매우 기분 좋게 물속 같은 잠의 수렁 속으로 아득히 빠져들었다."라는 소설의 마지막 문장에서 완성된다. 번잡하고 세속적인 불면의 상태를 종식하는 순간, 동강으로 대표된 자연의 품속으로 빠져들어 자연과 인간이 하나가 되는 경지에 대한 찬양이 달성되는 대목이다. 이에 이 소설은 대자연이 선사하는 무한한 위안과 위로의 영역에 대한 아름다운 찬가가 된다.

디테일, 또 디테일

디테일의 묘사와 의인화 — 김다경 「그 겨울」

김다경의 단편 「그 겨울」은 암병동 병실의 이모저모를 세밀하게 그려낸다. 환자, 보호자, 간병인이 서로 얽히고설키면서 에피소드를 펼쳐낸다. 그래서 소설을 읽다보면 병원을 배경으로 한 텔레비전 드라마의 한 장면을 보는 것 같은 느낌이 든다. 예를 들어 병실 묘사를 보더라도 전후좌우의 공간감이 충실히 살아나도록 이루어져 제시된 장면 속에 쉽게 빠져들 수 있다. 병원이라는 특정한 공간을 생동감 있게 재현해내는 데 일단은 성공했다는 말이다.

저런 나쁜 년, 모처럼 얌전하게 티브이를 보고 있던 조 여사가 드라마에 나오는 여자를 향해 욕설을 퍼붓는다. 그 옆에 앉아 있던 간병인은 장난감처럼 생긴 기구를 만지작거리며 묵묵히 앉아 있다. 폐활량을 늘이는 운동을 시작하려는 모양이다. 두 시간마다 폐활량 운동을 해야 함에도 조 여사는 못하겠다고 어리광을 피웠다. 간밤에는 열이 심하게 나는 바람에 간병인이 거의 뜬 눈으로 보냈다. 간병인은 아까부터 뭔가 망설이는 눈치다. 폐활량 운동을 시작해야 할지, 아니면 드라마에 집중하고 있는 조 여사를 방해하지 않고 기다리고 있을지 고민하고 있는지도 모른다. 창가 침대에는 어제 수술을 마치고 돌아온 위암수술 환자와 가족들이 있고, 그 옆의 침대에는 아직은 움직임이 자유롭지 못한 환자들이 숨을 몰아쉬며 누워있다.

여기에 덧붙여 이 소설은 의인화의 수법을 통해서 디테일을 더욱 강화하려 시도한다. 일인칭 서술자 '나'를 등장시키고, '나'의 시선에 포착된 것을 객관적으로 서술하는 시점 운용 방식을 채택하는데, 이때의 '나'를 병원 침대로 설정한 것이 그것이다. 병원 침대로 설정되어 있으니 병실의 이모저모를 보고 듣기에는 안성맞춤일 뿐만 아니라, 병실에 있는 사람들은 관찰자의 시선을 의식하지 않은 채 행동을 하거나 대화를 나눌 수 있는 이점이 있다. 마치 '몰래카메라'를 병실 한 구석에 숨겨놓은 것과 같은 효과라고 할 수도 있겠다.

또 한 가지, 의인화는 병원 침대 하나만 이루어진 것이 아니라 옆 자리에 있는 다른 침대까지 대상으로 한다. 그래서 의인화된 두 대의 침대들이 서로 대화를 나누는 구도로 되어 있다. 새로 들어오는 환자나 보호자가 젊은 여성이면 더 즐거워하고 관심을 가지는 것으로 보아 침대는 남성 인물처럼 의인화되어 있는 것도 확인할 수 있다. '나'가 젊은 여자 환자라면 불쌍하지 않느냐고 되물으면, 옆자리에 있는 형이라는 침대는 '나'를 향해 비꼬아 대답하고, 다시 이에 "나는 까닭 없이 심술이 난다."라고 반응하는 식이다. 대화에다 감정까지 첨부되어 있는 셈이다.

그런데 이렇게 침대들이 서로 대화를 나누는 것으로 설정됨으로써 한 가지 부가적인 효과를 노릴 수 있다. 바로 관찰하거나 엿들은 내용에 대해 논평을 가할 수 있게 된다는 것이다. 몰래카메라 같은 방식이라면 지극히 객관적인 관찰도구로서의 역할만 충실히 한다. 반면 카메라들이 대화를 나눌 수 있다면, 자신들이 보고 들은 것을 판단하고 평가를 내리는 역할까지 맡게 된다. 소설 속 충실한 관찰자이자 서술자인 침대들은 "주제 파악 좀 하시지, 우린 기껏 침대일 뿐이야."라고 말하지만 실상 우리의 눈과 귀가 되어주고, 관찰 내용에 대해 독자의 판단과 평가를 유도하는 역할까지

한다.

네가 이곳에 오기 전, 나도 두 번의 참혹한 죽음을 겪어서 지금 네 기분을 알 것 같다. 간암 수술을 받고 입원한 할머니가 있었는데 큰아들이 찾아와서는 손자 결혼을 시켜야 하는데 방을 얻을 돈이 없다고 손을 내밀고, 딸은 장사가 너무 힘들어서 그만두고 싶다고 한숨을 쉬고, 둘째 아들은 이혼할 생각이라고 말하는 것이었어. 며칠 후, 작은아들이 병실로 들어오더니 커튼을 두른 뒤 할머니에게 통장을 보여주며 비밀번호를 묻더구나. 할머니가 번호를 가르쳐주지 않자 목을 졸랐어. 할머니가 캑캑거리자, 손을 놓고 다시 물었지만 할머니는 끝내 가르쳐주지 않았어. 할머니는 다음날 새벽에 숨을 거뒀지. 할머니가 왜 갑자기 죽게 됐는지 아는 사람은 아무도 없을 거야.

서술자이자 관찰자이자 논평자인 '나'는 보호자가 환자를 사실상 죽인 것과 다름없는 일을 목격한다. 수술 직후 절대 물을 마셔서는 안 되는 희영 씨에게 희영 씨의 남편이 의도적으로 물을 떠 먹여주는 것을 본 것이다. 의인화된 병실 침대이기에 아무도 보지 못한 것을 은밀하고도 상세하게 목격한다. 또한 옆에 있는 다른 침대와 대화하면서 그것이 사실상 살인이라는 것을 단정 지을 수 있었다. 관찰 내용만으로 복잡한 설명 없이 사건의 경과와 결과를 독자들에게 간명하게 제시할 수 있다는 점에서 효과적인 방식이다. 더욱이 그러한 일이 한두 번이 아니라는 식의 첨언을 붙임으로써 우리 사회 전반의 세태를 향한 비판으로 나아갈 여지도 확보한다. 여러 모로 흥미로운 수법이다.

씨피알, 씨피알…
갑자기 어둠 속에서 여자 아나운서의 음성이 머리 위로 쏟아진다.
또 누군가 생사의 경계선을 오르내리고 있는 모양이다. 심폐소생술이

234

있는 것처럼 양심소생술은 없을까?

　씨피알이라는 소리가 양심소생술, 양심소생술, 하고 말하는 것 같다.

　이 소설은 디테일의 묘사와 의인화를 결합하여 흥미로운 소설적 시도를 감행한다. 암병동 병실의 이모저모를 엿보고, 엿들은 끝에 내린 결론은 오늘날의 세태를 돌아볼 때 양심소생술이 절실히 필요하다 것이다. 심폐소생술을 변형하여 양심소생술이 필요하다는 지적에서 작가의 재치가 느껴진다. 세밀한 묘사를 계속 진전시킨 결과 독자들의 머릿속에 병원에 대한 생생한 감이 형성될 수 있었다. 환자, 보호자, 간병인으로 이루어진 인물구도가 마치 잘 짜인 연극 무대를 떠올리게 했다.

　그러나 굳이 병실 내에서 일어나는 은밀한 살인이라는 소재로 세태를 비판해야 했을까 싶은 생각도 동시에 든다. 살인이 일어나지 않더라도 세태 비판은 충분히 가능할 수도 있지 않는가 하는 의문이다. 가난한 형편에 병원비를 걱정한다든가, 형제간에 병든 부모를 떠넘기려 한다든가, 부모가 물려줄 재산을 욕심낸다든가 하는 것을 보고 듣고 논평하는 정도로도 충분히 세태에 대한 날카로운 비판이 가능하지 않을까 싶다.

인생의 갈림길 — 박성선 「갈림길」

박성선의 단편 「갈림길」은 주인공 송정댁의 기구한 인생을 다룬 작품이다. 누군가의 일생을 단편소설 속에 담아내려는 시도는 성공보다는 실패로 귀결되기 십상이다. 형상화의 대상이 되는 인물의 이모저모를 담아내려는 욕심 탓에 단편소설의 짧은 분량을 금방 초과해버린다. 반면 소설적인 맛을 느끼게 하는 부분은 부족해진다. 그 인물에 과도한 애정을 쏟은 탓에 소설이 아니라 전기나 생활 수기 같은 식으로 흘러버리고 마는 것이다. 그러나 「갈림길」은 그러한 실수를 저지르지 않고 한 편의 소설 작품으로서의 면모를 잘 유지한다. 모든 것을 세세하게 다 말하기보다는 송정댁의 삶을 좌우했던 결정적인 선택의 순간에 집중함으로써 그녀의 생애를 한 편의 단편소설 속에 압축시킬 수 있었다.

소설은 송정댁의 삶에 있었던 '결정적 순간'을 성급하게 드러내지 않는다. 오히려 독자들이 쉽게 눈치 채지 못하도록 멀리 돌아가는 듯한 모습을 보인다. 소설이 시작되고 나서 한동안은 현재 송정댁의 일상적인 생활을 서술하는 데 주력한다. 친정 엄마보다 신랑이 더 좋다고 말해서 송정댁을 서운하게 하는 시집간 딸, 부모를 각별하게 공경하는 아들 며느리 내외, 몇 해 전 병으로 쓰러져 꼼짝하지 못한 채 자리보전하는 남편 등 송정댁의 주

변에 있는 이모저모가 소개된다. 과거의 결정적 사건은 숨긴 채 어디까지
나 현재의 시점에서 송정댁의 주변 일상을 그려내는 데 집중한다. 그 결과
소설의 초반부만 보면 그저 평범한 한 여성의 일상적 생활에 대한 이야기
인 것처럼 보인다.

　　송정댁을 안절부절 못하게 해놓고 막상 남편은 다른 때보다 죽도
많이 먹고 편하게 잠이 들었다. 그런 남편 곁에서 걸레질을 치고 바
느질감을 찾아 앉는 둥 이 일 저 일을 하며 남편에게서 눈을 떼지 못
한다. 남편이 무어라 잠결에 웅얼거린다. 어눌해진 말투 때문에 잠꼬
대는 알아들을 수 없는 묘한 소리를 낸다. 그런 남편이 안타깝기도 하
고 짜증스럽기도 하다. 험한 꿈이라도 꾸나 싶어 잠이라도 깨우면 언
제나 몹시 화를 내곤 한다. 하긴 아까 봐선 오늘은 좀 다를지도 모르
지만. 그러나 잠꼬대를 하는 남편을 깨우다가 송정댁은 진저리를 치
며 그 곁에서 조금 물러앉는다. 그리고 자신도 모르게 한숨을 내쉰다.
하루가 천 년 같다던 말을 어릴 때 라디오 연속극에서 듣기는 들었다.
그때는 무슨 말인지 모르고 들었다. 그 하루가 천 년 같은 세월을 자
신이 살아온 것이다.

지금까지 주어진 송정댁에 관한 정보를 모아보면 전통적인 가부장제 사
회에서 남편과 자식을 위해 헌신한 평범한 여성상이 떠오른다. 병석에 있
는 남편이 유난히 까다롭게 굴기는 하지만, 또 젊었을 때는 폭력을 행사하
기도 했지만 그런 것들마저 순종과 희생을 강요당한 전통적인 여인상의 테
두리에 집어넣을 수도 있을 것이다. 다만, 그녀가 한숨을 내쉬고, 문득 자
신이 하루가 천 년 같은 세월을 살아왔음을 깨닫게 되는 데 이르러서는 무
언가 심상치 않은 것이 있을 것 같은 예감이 든다. 무엇이 이토록 이 여인
을 진저리치게 만드는가에 대한 궁금증이기도 하다.
　　바로 이 대목에서 소설은 과거의 결정적 사건을 폭로한다. 수십 년 전으

로 거슬러 올라가 사촌 언니와 형부, 그리고 송정댁 사이에 생긴 돌이킬 수 없는 사건을 소개한다. 사촌 언니에 대한 죄책감, 언니의 소생인 아들 헌재와 자신의 핏줄인 딸 수민 사이에서 느끼는 복잡한 감정, 한때 형부라고 불렀던 남편의 폭력적 성향과 그것을 견딜 수밖에 없는 처지에 대한 이야기가 펼쳐진다.

이즈음에서 소설의 초반부로 거슬러 가보면 모든 것이 납득된다. 아들 며느리 내외는 정성을 다하지만 왠지 모르게 느껴지는 심리적 거리감, 그러면서도 정작 자신의 핏줄인 딸 수민보다는 언니의 소생인 아들 헌재에게 더 많이 관심을 기울이고 챙겨주어야 한다는 죄책감과 결부된 의무감은 모두 과거 사건의 결과로 제시된다. 수시로 화를 내고 짜증을 내는 남편의 인물성격화 역시 충분히 납득할 수 있다. 남편의 입장에서는 순간의 실수 탓에 가정이 파탄 났다는 생각에 송정댁에게 모든 책임을 떠넘기고 싶은 심리가 작용한다고 해석할 수 있기 때문이다.

그녀가 사는 동네에서 서울 방향으로 가려면 갈림길이 나온다. 한쪽은 잠실 방향이고 다른 쪽은 양재 방향이다. 송정댁은 자신이 갈림길 동네에 사는 것이 예사롭지 않은 것 같다. 오늘처럼 딸을 배웅하는 경우는 더 그렇다. 딸이 손자를 안고 버스에 올라서는 것을 힘들겠구나 하고 바라본다. 손을 흔들어주고 딸을 태운 차의 모습이 보이지 않을 때까지 망연자실 서 있다.

한 순간의 실수로 인해 인생이 완전히 다른 길로 엇나가게 되었다는 점에서 그때의 결정적인 사건은 일종의 '갈림길'이다. 그런데 문제는 이러한 비유는 자칫 식상할 수도 있다는 데 있다. 인생을 긴 여정에 비유를 하고, 갈림길 앞에서 선택을 내림으로써 인생의 향방이 크게 달라진다는 식의 이야기는 오래된 문학적 관습에 해당한다고 볼 수 있을 정도다. 그런 식상함을 조금이나마 가라앉히는 역할을 하는 것이 송정댁이 자신이 사는 동네에 관해 생각하는 위의 인용 대목이다.

거창하고 보편적인 인생론을 펼치는 것이 아니라 소설 속 인물이 사는 동네라는 구체적인 소설적 설정을 통해서 갈림길은 보다 단단한 소설적 육체를 획득한다. 소설의 첫 대목에 나온 이 내용이 소설 전체에 지속적으로 영향을 미친다. 과거의 결정적 사건은 물론이고, 이생의 갈림길로서의 의미를 지닌 남편의 장례식, 여기에 사촌 언니와 아들 헌재의 극적인 상봉이 모두 소설 첫 대목에서 내걸었던 '갈림길론'과 연결된다. 다만 송정댁이 살고 있는 갈림길 동네에 관한 서술 분량이 약간 부족하다는 것은 약간 아쉽다. 여러 소설의 극적 대목들이 송정댁이 갈림길 동네에 살고 있다는 사실과 좀 더 긴밀하게 연결될 수 있도록 더 많은 분량을 할애했더라면 하는 아쉬움이다.

인물 묘사와 관찰의 시선 — 권흥기 「도장 찍는 사람」

권흥기의 단편 「도장 찍는 사람」은 소설 내용의 대부분이 장기달 교감이라는 한 인물에 대한 묘사로 이루어져있다. 소설의 문장을 따라가다 보면 "작은 키에 큰 머리와 짧은 다리"를 한 그의 외모를 쉽게 떠올릴 수 있다. 시시콜콜한 것까지 다 보여주는 방식, 장기달 교감의 외양을 묘사하는 대목에서는 일종의 리듬감까지 느껴져 구어체적인 맛도 느껴진다. 더욱이 약간은 우스꽝스러운 외모 때문에 왠지 모르게 묘한 친근감을 느낄 수도 있다. 이름하여 '맛깔 나는 묘사'라고 부를 수 있겠다.

장교감은 키가 작다. 아랫배가 볼록하니 불거져 있고 다리가 짧다. 그 가운데 박처럼 둥글게 생긴 머리는 이상하달 만큼 크다. 큰 머리에 비해 어깨가 좁아 머리와 어깨의 폭이 거의 일치했다. 머리가 커서 어깨가 좁아 보이는지 아니면 본디 좁은 어깨인지 단정적으로 말할 수는 없다. 작은 키에 큰 머리와 짧은 다리… 이 때문에 두 다리로 걷는데도 불구하고 그는 몸통으로 굴러가는 듯이만 보인다. 키가 작고 땅딸막한 체격이라면 옷이라도 큼지막하게 입어봄직 한데도 교감의 복장은 유행에 한참 뒤진 것은 그만두고 엉덩이가 조일 만큼 줄어있다. 바지의 앞단추를 가까스로 채울 정도여서 갑작스럽게 단추가 떨어져 나가 속옷이라도 드러나면 어쩌나 하는 민망스러운 걱정이 들곤 했다.

관찰의 시선은 인물의 외모뿐만 아니라 그 인물의 행동 하나하나에도 세심한 주의를 기울인다. 관찰자이자 일인칭 서술자인 '나'가 그래야만 하는 이유 역시 분명하다. '나'는 올해 승진을 목표로 하고 있고 장기달 교감의 근무 평점 점수를 잘 받기 위한 방법을 찾기 위한 뚜렷한 목적 때문에 그를 관찰한다. 그러니 장 교감이 좋아하는 것이 무엇인지, 그의 호감을 사기 위해 필요한 것이 무엇인지 알아내기 위해 그의 행동을 유심히 '관찰'하는 것은 당연한 일이다. 이런 목적하에 발견해낸 것이 득의의 '도장 찍기'이며, 이는 곧 소설의 하이라이트로 직결된다.

장기달 교감은 서류의 내용을 살피지 않은 채 두 눈을 감은 듯이 하고서는 도장을 지그시 누른다. 결재할 때의 교감은 오랫동안 숙성시킨 맛난 술을 마셔 취가가 약간 오른 얼굴인가 하면 알맞게 데워진 물속으로 알몸이 잠기듯 느긋하면서도 기쁨에 젖어드는 표정이다. (…) 결재판을 두 손으로 받쳐 들고 책상 앞으로 다가가면 교감의 얼굴에는 맛난 음식이 차려진 식탁 앞에 앉은 듯이 그윽한 희열이 감돈다. 한 건, 한 건 선홍빛 인주가 담뿍 묻은 까만 도장으로 결재서류의 빈자리를 꼬옥 누르는 교감의 얼굴에는 음식을 앞에 두고 한 가지 한 가지 빛깔과 맛과 냄새를 음미하면서 즐거움을 누리는 모습과 똑같다. 한자로 '장기달'이라고 새겨진 도장으로 서류와 장부의 결재란을 누르는 행위는 결재자로서 자신이 다스리는 영역을 넓혀나가는 것이나 다름없다. 교감이 도장을 찍으면서 누리는 만족감은 바로 거기서 생기는 것이리라.

마치 맛있는 술이나 음식을 음미하듯 도장을 찍는 장기달 교감의 모습을 지켜보면 그 인물의 속마음이 한꺼번에 전달된다. 주변 사람들에게 무시를 당하더라도 도장만 찍고 나면 분하고 억울한 심사가 누그러들고 금세 마음의 평정을 되찾을 수 있다. 그는 도장 찍는 일에서 자존심을 되찾고, 자신의 존재를 다시금 확인한다. 어찌 보면 장기달 교감의 이런 행동이야 말로 한심하기 짝이 없다. 사소한 것에 과도한 의미와 의의를 부여하는 것이 우스꽝스럽다는 것이다.

그러나 이 소설의 두 번째 묘미는 바로 이 대목에서 터져 나온다. 장기달 교감의 도장 찍기를 한심하고 우스꽝스럽다고 생각하던 일인칭 서술자 '나'를 향해 장기달 교감이 한 마디 던지는 대목이다. '나'는 나름대로 승진을 수월하게 하기 위해 작전을 세워 장기달 교감에게 아부를 한다 생각했지만 정작 장 교감은 그런 의도를 이미 눈치 채고 있었다는 사실이 밝혀지면서 두 사람의 관계는 완전히 뒤집힌다. "너무 뜻밖의 말이어서 나는 둔기로 뒤통수를 맞은 듯이 갑자기 눈앞이 희부옇게 흐려지는 듯했다."라고 털어놓을 정도다.

바로 여기서, 소설의 묘사를 따라갔던 우리들의 시선은 어디까지나 혼자서 영리하다 자부했던 '나'에게서 빌려 온 것임을 알아차려야 한다. 독자들 역시 '나'의 은밀한 관찰 시선을 따라서 장 교감의 외모와 그의 도장 찍기 행동을 구경했다. '나'의 작전이 간파 당했다는 것은 독자들의 즐거운 관찰도 간파 당했다는 의미다. 독자들이 소설 속 어리바리해보이던 장 교감에게 한방 먹는 상황이다. 내가 장 교감을 관찰하고 있다고, 내가 우위에 있다고 생각하던 것이 뒤집어져 실상은 장 교감이 나의 머리 꼭대기에 올라가 있다는 사실이 밝혀진 것이다. 독자들로 하여금 독특한 인물에 관한 묘사 속에 푹 빠져들게 했다가 소설의 결말에 이르러 이를 뒤집어버림으로써 색다른 묘미를 선사하는 잘 짜인 작품이다.

마음의 디테일―이종숙「차가운 손」

이종숙의 「차가운 손」은 소설의 초반부터 범상치 않은 작품임을 금방 직감하게 되는 작품이다. 소설은 아버지의 가래침 뱉는 소리로 시작한다. 환자 보호자인 주인공 '나'는 병원 화장실에서 담배를 피는 중이다. 병원 화장실이라 그런지 약품냄새, 지린내가 뒤범벅이 되어 묘한 냄새를 풍기고, 여기에 담배 냄새까지 얹힌다. 그리 유쾌하지 않은 청각과 후각이 뒤엉켜 벌이는 일대 장관이다. 이윽고 병실로 돌아온 '나'는 못마땅하기만 한 아버지의 모습을 보게 된다. '나'의 눈에 들어온 것은 아버지가 뱉어낸 끈적끈적한 가래침, 불쾌한 감각은 청각과 후각에 이어 시각으로까지 이어지는 형국이다.

> 침대시트를 비틀어 잡고 상체를 반쯤 일으켜 앉은 아버지가 마침내 가래침을 뱉어냈다. 끈적끈적한 그것들은 연마기를 거쳐 나온 옥처럼 은은한 색을 띠고 크리넥스 가장자리에 아슬아슬하게 매달려 있다. 아버지는 승리자의 눈빛을 하고 집요하게 그것을 탐구했다.
> "그만하세요. 제발, 속이 뒤집혀요."

구역질 날 것 같은 가래침을 보석세공사의 연마기에서 나온 옥에다 비유하는 범상치 않음에 주목하자. 끈적끈적하게 매달려 있는 가래침의 점성이 전달하는 불쾌감이 무척 선명하게 전달된다. 아예 한술 더 떠서 가래침을 탐미하듯 바라보는 아버지의 눈빛은 불쾌함을 넘어 그로테스크함마저 느껴진다. 그렇다고 역겨운 변태적 취향의 낌새는 발견할 수 없다. 그보다는 보고 싶지 않은 것일지라도 계속해서 유심히 관찰하고, 집요하게 파고들어 묘사하려는 미학적 실험의 분위기가 강하게 감지된다.

일인칭 서술자인 '나'는 이러한 불쾌감의 정점에 짤막한 안쓰러움의 감정을 얹어놓는다. "반쯤 굽은 등을 침대머리에 받치고 백발이 된 머리채를 십오도 각도로 떨어뜨린 모습에 잠깐 아릿하게 가슴 한쪽이 저몄다."라는 문장이 그것이다. 누군가에게는 역겨움으로, 혹은 괴기스러움으로 보일 수 있는 이 장면은 사실 따지고 보면 병든 아버지의 초라한 모습에 대한 관찰이다. 멀리하고 싶고, 밉기도 하고, 부정해버리고 싶은 아버지에게 동정심과는 약간 다른 유형의 슬픔과 애정이 동시에 느껴진다. 이처럼 디테일한 지점까지 놓치지 않는 이 소설의 묘사력은 미묘한 감정 상태에 대한 포착으로까지 확장된다. 한편으로는 부정의 대상이면서 동시에 긍정의 대상인 양가적인 존재로서의 아버지를 그려내기 위한 시도라고 해석할 수 있을 것이다.

'나'에게 아버지라는 존재는 감당하기 버거운 짐이다. 아버지는 장을 절제하는 수술을 했고, 나는 수술에 대한 어떤 책임도 병원 측에 묻지 않겠다는 서류에 서명을 해야 했다. 오빠는 외국에 나가 있고, 동생은 군 복무 중이라, 아버지에 대한 책임은 고스란히 혼자서 떠맡을 수밖에 없는 상황이었다. 혹시라도 아버지가 사망하기라도 한다면 수술동의서에 서명한 자신이 그 책임을 떠맡는다는 심리적 부담감이 '나'를 에워싼다. 아버지는 원하지 않는 심리적 부담을 잔뜩 안겨준 그런 존재이므로 당연히 멀리하고 싶은 대상이다. 마치 끈적이는 가래침을 가까이 하고 싶지 않은 심리와 동일하다. '나'는 "가족이라는 이름으로 가해지는 수만은 종류의 폭력—징징대는 소리, 소소한 것들을 일일이 지적하는 잔소리, 자신들의 세세한 감정까지도 책임져달라는 듯한 어리광 섞인 눈물, 짜증"으로부터 벗어나기를 갈망한다.

이 소설에서는 아버지를 거부하는 심리적 상태를 소설적으로 드러내는 장치를 몇 가지 적절하게 활용한다. 과거 어린 시절 개미를 짓밟아 죽이려다 무서움을 느꼈다는 일화에서 아버지에 대한 미묘한 거부가 발견된다. "이게 다 망할 '할대감' 때문이다. 이게 다."라면서 아버지를 부정하는 장면은 짧지만 인상적이다. 어린 시절부터 아버지에 대한 거부감이 '나'의 마음속 깊이 자리하고 있었음을 알게 하는 대목이다.

담배 역시 간접적으로 주인공의 마음을 드러내 보이는 효과적인 장치의 하나다. 생활력 없는 남편을 둔 탓에 홀로 생계를 책임져야 했던 어머니는 지칠 때마다 담배를 피곤했었다. 개미와 마찬가지로 담배 역시 어린 '나'의 마음에 깊이 각인되었나 보다. 아버지 병간호 때문에 지칠 때면 '나' 역시 담배를 피워 문다. 아기가 어머니의 젖꼭지를 빠는 것과 같은 무의식적 소망이 담겨 있는 것이 담배 피우기의 정신분석학적 의미라고 할 때, '나'는 담배를 피움으로써 결여된 무언가를 상상적으로 충족시키려 하는 것인지도 모른다. 또 담배 피우는 일은 아버지가 싫어하는 것 중의 하나다. 어쩌면 '나'는 아버지가 싫어하기 때문에 더욱 담배 피우기에 몰두하는 지도 모른다. 담배 피우기에는 아버지를 부정하고, 어머니를 긍정하고 싶은 딸의 '사악한 의도'가 깔려 있을 지도 모르는 것이다.

아버지의 몸은 철거를 앞둔 건물 옥상에 버려둔 물탱크처럼 여기저기 구멍이 뚫려 있었다. 얼마 전까지 멱을 따달라고 간절하게 청하던 아버지의 말대로 목에는 구멍이 뚫렸고 가늘고 긴 호스가 연결되었다. 아이들이 만든 재활용 공작물처럼 누운 아버지의 몸속에 고여 있던 액체가 투명한 호스를 타고 흘러나왔다. 아버지의 몸 어디에도 살아있음을 증명할 수 있는 것은 없어 보였다. 다만 머리맡에 놓은 모니터에 그려지는 연두색 곡선만이 다른 세상과의 소통을 기다리고 있는 듯했다. 간호사는 뚫린 목구멍 속에 긴 호스를 넣어 가끔 그르렁거리는 가래를 빼냈다. 도도하고 깔끔하게 빗어 넘겼던 백발은 흐트러졌고 유일하게 생동감 있어 보이던 푸른 정맥조차도 흐릿하게 변해 있었다.

사소한 디테일이라도 놓치지 않는 세밀한 묘사력은 죽음이 임박한 아버지의 절박한 모습을 여과 없이 그려낸다. 아버지의 잔소리를 지겨워하고, 아버지가 내뱉은 가래침을 역겨워하며, 때로는 어머니가 다른 남자를 만났다는 아버지의 상처를 악의적으로 공격하기도 하는 못된 딸이지만 무너지는 아버지를 바라보며 딸은 자신의 마음이 요동치는 것을 확인한다. 평생 가장으로서의 권위나 책임을 방기한 아버지였기에, 딸은 아버지를 미워했지만, 한편으로는 오랫동안 아버지를 그리워하고 있었음을 확인하는 장면이다. 사랑과 증오의 양가감정이라고 해야 할까? 어떤 이름을 붙이든 중요한 것은 이 소설이 그러한 복잡 미묘한 심리상태를 절묘하게 끄집어낸다는 점이다. 지긋지긋함, 미움, 분노가 마음 한 구석을 차지하면 어느새 후회와 애절함, 안타까움이 나머지 절반을 차지하는 양가감정의 공존상태, 마치 시소를 타는 것처럼 불안하고 위태로운 감정 상태다.

디테일을 놓치지 않으려는 묘사가 궁극적으로 담아내고자 한 것은 이러지도 저러지도 못하는 '나'의 불안정한 심리적 상태가 아닌가 싶다. 간신히 아버지의 의식이 돌아왔다고 하더라도 얼마 지나지 않아 아버지는 죽을 것이다. 아버지는 생과 사의 기로에서 아슬아슬하게 버티고 있을 뿐이다. 병원 옥상에서 만나 알게 된 '그' 역시 마찬가지. 그에게서 위로를 받기를 간절히 소망하지만, 그와 사랑에 빠지기를 상상해보기도 하지만 현실은 그렇지 못하다. 한쪽 다리가 불편한 그의 걸음걸이가 엇박자를 타는 노래처럼 불안하듯, '나'와 그의 관계는 불안하고 불확실하기만 하다. 진저리 처질 만큼 불쾌한 가래침을 계속해서 끈질기게 관찰한 묘사력은 결국 아슬아슬하게 흔들리는 인간관계와 심리 상태를 그러모아 범상치 않은 미학적 실험으로 만들어내고 있다.

마음의 여정

이해할 수 없는 것들-박종윤「지렁이의 춤」

박종윤의「지렁이의 춤」은 독자의 마음을 슬그머니 잡아끄는 은근한 매력이 돋보이는 작품이다. 이야기를 펼쳐놓고 독자의 주의를 이끌어가는 방식만 봐도 그렇다. 주인공을 따라 남산 둘레길을 걷는가 싶더니, 어느새 나뭇가지로 도로 위로 올라온 지렁이를 집어 들어 옮기기에 여념이 없고, 또 맹인 백승기와 인사를 주고받다가, 급기야 그와 함께 국일관 뒷골목 생선구이 집에서 막걸리 잔을 기울이며 대화를 나눈다. 점점 좁아지는 깔때기를 타고 흐르는 기름방울처럼 소설의 서술은 맹인이 들려주는 신기한 이야기와 기구한 운명에 관한 사연을 향해 집중된다. 상당히 매끈하게 이어진 탓에 독자는 맹인 백승기와 단둘이 마주 앉아 이야기를 나누는 착각에 빠질지도 모르겠다. 약간의 이질감이나 거부감도 없이 액자 속 이야기로 독자를 끌고 들어가는 솜씨 덕분에 '심안'과 같은 낯설고 신기한 소재에 관한 이야기도 제법 흥미롭게 들린다.

인간은 누구나 제3의 눈이라고 하는 심안(心眼)을 가지고 있다고 했다. 그 심안을 '송과체'라고도 하는데 그곳을 빛에 노출시키면 뇌파를 통해 사물을 어느 정도 인지할 수 있다는 것이다. (…) 산속에서 일년만 인간을 대면하지 않고 자연과 교감을 하면 놀라울 정도의 심안을 가질 수 있다고 했다. 깨끗하고 올바르게 구분하는 눈을 가지기 위해서는 스스로 올바르고 깨끗한 사람이 먼저 되어야 하는 것은 말할 것도 없었다. 불교에서는 사물의 겉으로 나타나는 현상만 보지 않고 내면에 담겨있는 의미까지 살피는 것이 심안이었다. 백승기는 불교의 오래된 수도승들은 이미 송과체를 통하여 모든 사물의 형체를 가려낼 수 있다고 했다. 불상의 미간에 둥근 구슬이 박혀있는 것도 심안을 의미하는 것이었다. 그래서 맹인인 그도 수도승의 경지는 아니지만 나비나 잠자리, 심지어 땅을 기어 다니는 지렁이까지 어렴풋이 알아볼 수 있다는 말이었다.

평범한 사람이라면 쉽사리 이해하기 힘든 것, 심안이니 송과체니, 불교 수도승의 수련이니, 모두 범속한 인간의 입장에서는 납득이 되지 않는 것들이다. 그렇지만 앞을 못 보는 맹인이 도로 위에 올라온 지렁이를 알아본다든가, 주인공이 식당에 먼저 와서 구석 자리에 앉아 있는 것을 알아낸다든가 하는 것으로 미루어 볼 때, 맹인인 그가 심안을 가지고 있다는 말이 제법 그럴 듯하게 들리기도 한다. 처음에는 이해할 수 없는 것들이지만, 매끄럽게 이어지는 이야기 흐름을 따라 오다보니 어느새 알 것도 같고 모를 것도 같은 상태에 이르는 셈이다. 주인공의 출근길 같은 지극히 평범하고 일상적인 것에서 출발했던 이 소설은 결국 상식적으로는 쉽게 이해하기 힘든 낯설고 신기한 지경으로 독자를 이끌어 간다.

"춤추는 팔딱 지렁이를 봤어요?"
백승기가 느닷없는 질문을 던졌다.
"춤을 추다뇨? 지렁이는 기어가는 동작이 전부 아닙니까?"
"지렁이를 물속에 넣으면 팔딱팔딱 춤을 춥니다. 그래서 팔딱 지렁이라고 부르지요. 그런데 사실은 그게 춤을 추는 것이 아니고 숨 쉴 공간으로 나가기 위한 몸부림이죠. 살기 위해 사투를 벌이는 건데 춤을 춘다고 하죠. 인간은 사물에 대해 관찰만하지 통찰이 부족해요."

그가 말한 통찰은 인간이 가진 제3의 눈인 심안을 가리킨 것이었다. 복잡해져 가는 현대사회의 인간들은 어려움에 처한 상대를 서로 따뜻한 이해의 눈으로 보려고 하지 않았다. 표면에 나타난 관찰로만 판단하기 때문에 충돌할 수밖에 없다고 했다.

지렁이가 도로 위로 기어 올라온 것도 주인공의 입장에서는 쉽게 이해할 수 없다. 흐린 날이나 비온 뒤에 지상으로 나온 지렁이들은 간혹 보았지만, 쾌청하고 맑은 날씨인데도 도로 위로 기어 나오는 지렁이의 모습은 이해하기 힘들다는 것이다. 누군가는 그런 지렁이의 모습을 보고 '춤을 춘다'고 생각할지도 모른다는 것. 그러나 정적 당사자인 지렁이로서는 살기 위한 몸부림이라는 것이 현상의 이면에 자리하는 진실이다. 이에 맹인 백승기는 겉으로 드러난 것만 보아서는 안 되고 속을 꿰뚫어볼 줄 알아야 한다고 권고한다. 표면에만 머무는 관찰이 아니라 이면으로 파고드는 통찰의 필요성, 통찰이 아닌 관찰만 이루어질 때 타인에 대한 이해가 불가능하다는 것을 말하는 그의 지적에 고개가 끄덕여진다.

그러나 정작 아내의 개안수술과 관련해서는 맹인 백승기 역시 통찰력을 발휘하지 못한다. 수술 후 아내가 자신을 배신할 지도 모른다는 두려움, 막상 아내가 개안 수술을 양보하자 아내를 의심했던 자신을 향한 죄책감, 수술 후 아내가 정상적인 남자와 새로운 생활을 꾸릴 수 있도록 물러나야 하는 것이 마땅하다는 부채의식 등 그는 복잡한 감정의 흐름 속에 빠져 허우적대는 모습을 보인다. 다른 일에는 심안을 발휘하더니 정작 자신의 욕심과 결부된 문제에서는 심안의 작동이 정지되어버리는 현상으로 볼 수 있지 않을까. 마치 해탈 직전에서 마지막 시련에서 허물어져버리는 구도승의 안타까운 모습이 연상되는 대목이기도 하다. 맹인 백승기는 관찰이 아니라 통찰이 필요함을 주인공에게 가르쳐주는 스승이지만 자신의 문제에서는 욕심이라는 굴레를 벗어나지 못한 나약한 인간으로서의 면모를 드러낸다.

　이제 주인공은 백승기에게 설명을 들어 지렁이가 도로 위로 기어 올라오는 이유를 알게 되었지만 여전히 많은 것들을 이해할 수 없는 상태다. 이를 테면 백승기의 아내가 미녀의 신체 조건을 두루 갖추고 태어났으면서도 하필이면 조물주가 맹인이라는 결점을 왜 그녀에게 부여했는지는 이해할 수 없다고 주인공은 말한다. 주인공은 수술비 때문에 수술을 망설이던 백승기에게 수술 지원 정책을 소개해주며 그를 도와주려 하지만 막상 백승기가 수술을 포기하는 것을 두고 그 이유를 알 수 없어 무척 답답하게 여긴다. 2년 후 백승기를 만나 그간의 사정을 듣게 되지만 왜 그가 그런 선택을 했는지 온전히 이해하는 것도 사실상 불가능에 가깝다.

　주인공이 이상의 것들을 이해할 수 없는 이유는 간단하다. 주인공이 궁금해 하고 답답하게 여기는 것들이란 사실상 인간의 운명에 관한 질문들이기 때문이다. 인연이라든가 운명이라는 것 자체가 이해하기 힘든 것이다. 이 소설이 제기하는 이해할 수 없는 질문들이 결국에는 인간의 운명에 관한 문제제기로 수렴된다는 것을 수긍할 때, 비로소 인간은 한낱 도로 위로 기어 올라온 지렁이 같은 신세가 된다. 백승기가 꿈틀거린 것이 지렁이의 춤과 다를 바 없고, 주인공을 포함한 속세의 모든 인간들이 살아가는 이 세계가 지렁이가 춤을 추는 뜨거운 아스팔트 바닥이나 마찬가지다. 여기에 이를 때 왜 하필이면 이 소설이 남산 둘레길의 지렁이를 불러냈는지 그 이유를 조금은 가늠해볼 수 있다.

　나는 막차를 타기 위해 자리에서 일어서야 했다. 우리는 나란히 식당을 나섰다.
　하얀 지팡이를 또닥거리며 내 시야에서 멀리 사라져가는 백승기의 구부정한 뒷모습을 나는 마냥 바라보고 있었다.

소설의 결말은 백승기와의 헤어짐이다. 소설의 시작이 그와의 만남이었으니, 전체로 보았을 때 '회자정리(會者定離)'다. 곧 이 소설은 인연, 운명에 관한 이야기다. 그런 주제들은 인간으로서는 결코 이해할 수 없는 것이다. 그러나 이해하려는 시도가 결국 실패로 돌아갈 것을 알면서도 지렁이의 춤을 멈추지 못하는 인간을 그려내는 것이 소설의 의무가 아니겠는가. 불가의 오랜 가르침 못지않게 맹인 백승기의 구부정한 뒷모습에 관한 묘사는 인간의 운명에 관한 깊은 여운을 남기기에 충분하다.

태양을 집어삼키는 괴물―이완우 「비문증」

이완우의 단편 「비문증」은 제목에서도 드러나듯 비문증이라는 다소 낯선 질병을 소재로 한 작품이다. 비문증은 눈앞에 먼지나 벌레 같은 뭔가가 떠다니는 것처럼 느끼는 증상인데 소설 속에서는 의사가 치료 대신 '무시하라'는 권고를 하는 것으로 보아 생명과 직결되는 심각한 병은 아닌 듯하다. 그런데 문제는 시야를 방해하는 증상이 미술과 큐레이터인 주인공에게 발생했다는 것이다. 미술 작품을 감상하고 평가해야 하는 직업을 가진 인물에게는 심각한 질병일 수 있으며, 실제로 소설 속에서 주인공은 비문증으로 인한 심각한 정신적 스트레스를 겪는다. 낯선 소재를 소설 속에 끌어들이는 방법, 그것을 주인공의 존재나 행동에 긴밀하게 결부시키는 방법, 나아가 그 소재를 통해 의미화를 이끌어내는 방법이 주요 관전 포인트가 된다.

놈의 행태를 한마디로 정의한다면 '변화무쌍' 혹은 '좌충우돌'이라 할 수 있겠다.
처음 금환일식 때의 태양처럼 테두리가 붉은 검은 원 모양을 하고 있던 놈은 어느 순간에는 물에 젖은 흰 구름 모양으로, 또 어느 순간에는 검정색 물음표 모양으로 변하기도 했다.

그러다가, 처음 며칠 동안 수시로 새로운 것으로 변하던 놈은 더 이상 새로운 것으로 변할 능력이 없어서였는지 일주일쯤이 지나자 전에 변한 적이 있는 어떤 것으로 다시 변하기 시작했는데 거기서 일정한 주기나 규칙이 있는 것은 아니었다. 그저 놈은 바로 전의 모습과 다른 어떤 것으로 변할 뿐이었다.

처음 놈이 금환일식 중인 태양의 모습으로 나타나 그 모습을 유지하고 있었던 것은 불과 몇 시간에 불과했다. 내가 미처 대처하기도 전에 다른 것으로 변해버렸다는 것은 아쉬운 일이었지만 놈의 위력을 생각한다면 놈의 유지 시간이 짧았다는 것은 한편으로는 천만다행한 일이기도 했다. 놈들 중 제일 견디기 힘든 놈이 바로 금환일식 때의 태양처럼 테두리가 붉은 검은 원 모양일 때였기 때문이다. 놈은 그 무시무시한 위력에다가 처음 만났을 때의 공포감까지 더해져, 놈이 기승을 부릴 때면 사실상 나의 일상생활은 거의 불가능할 지경이었다.

소설에서 비문증은 주인공에게 위해를 가하기 위해 기회를 엿보고 있는 음산한 괴물 같은 존재로 그려진다. 보통 비문증 환자들은 먼지나 벌레, 내지 실오라기 같은 것이 떠다니는 것 같다고 말하는 것이 보통인데, 소설 속 비문증 환자인 주인공은 그것에 생명력을 부여한다. 게다가 금환일식을 언급함으로써 해를 삼키는 괴물이라는 신화적 상상력을 덧붙인다. 불안과 공포에다가 원형적인 상상력까지 암시함으로써 비문증이라는 소재는 단순히 주인공이 앓는 질병이 아니라 주인공의 일상생활과 그의 존재에 막대한 영향을 끼치는 수준의 것으로 격상된다.

비문증이라는 소재가 소설에서 활용되는 방식은 구체적인 사건 전개 과정과 자연스럽게 어우러지고 있다는 점에서 긍정적으로 평가할 수 있다. 비문증으로 인해 '나'는 업무상 실수를 저지르고, 껄끄러운 관계에 있는 상관이 '나'의 실수를 빌미로 압박해오는 상황이 소설의 긴장을 잘 이끌어간다. 급기야 관장의 지시에 반기를 들었다가 미술관을 사직해야 할 지 아니면 자신의 뜻을 굽히고 미술관에 남아야 할 지 고민하게 되는 데까지 이르는 과정이 짜임새 있게 전개된다.

이 소설의 대미는 비문증으로 인해 고조된 심리적 불안이 실제의 직장 생활에서 튀어나오게 된 데 있다. 주인공의 내면에서 불안하게 움직이던 격랑이 실제의 갈등과 사건으로 구현된 것이다. 대수롭지 않게 '무시하라' 는 권고만 내리는 의사의 진단과는 달리 소설 속 비문증은 현실을 잠식하여 장악하는 위력을 지니고 있다. 마음속에서만 움직이던 것이 현실로 뛰쳐나오는 것, 즉 현실과 환상의 경계가 흐릿해지고 혼란스러워지는 것이야말로 진정으로 두려운 상황일 것이다. 세력이 강해진 비문증은 머지않아 주인공의 생활을 비롯한 모든 것을 집어삼켜버릴 것이라는 암시도 이어진다. 마치 괴물이 태양을 집어 삼켜 어둠이 드리워지는 것처럼.

> 놈은 처음부터 나타나지 않았는지도 모르겠다. 애초부터 노래기나 지네 개미 등은 자신들의 삶의 터전을 버리는 일 따위나, 새로운 삶의 터전을 찾아 목숨을 걸고 어디론가 떠나는 일 따위를 상상하거나 지구가 잠시 회전을 멈추는 일 따위는 없었을지도 모르겠다.
> 그렇다면,
> 놈들은 어떤 사람들의 마음속에만 존재 가능한 것이었는지도 모르겠다. 누군가의 마음속에만 존재하는 놈들은 또 누군가의 마음속에는 존재하지 않을 수도.

비문증이 주인공의 모든 것을 집어삼키는 것을 보여주고 나서 '비문증은 처음부터 존재하지 않았던 것인지도 모른다.'라는 진술은 앞선 내용을 완전히 번복하는 결과가 된다. 어디까지나 형식 논리적으로는 그렇다는 것이다. 그러나 누군가의 마음속에만 존재하며, 동시에 누군가는 마음속에는 존재하지 않을 수도 있다는 진술로 변형됨으로써 조금은 다른 의미로 나아간다. 처음부터 있던 것인 동시에 처음부터 없던 것, 누군가의 마음속에 존재하면서도 동시에 존재하지 않는 것, 결국 모든 사람의 마음속에 비문증의 증상이 잠복하고 있음을 의미하는 셈이다.

현대인이 겪는 스트레스가 결국 그러한 것이 아닌가. 현대인의 불면과 우울이 결국 그러한 것이 아닌가. 누군가의 마음속에 처음부터 자리하고 있으며, 어떤 계기를 통해 표출되는 것, 그래서 일종의 신호 같은 것을 보내는 것. 비문증은 그저 신기한 소설적 소재로 인식되는 것이 아니라 현대인의 마음속에 공통적으로 자리 잡고 있는 보편적이고 일반적인 무언가에 관한 소설적 비유가 된다. 그러므로 이 소설은 불안하고, 초조하고, 때로는 공포를 느끼도록 몰아세우는 그 무엇에 관한 인상적인 소설적 형상화로 읽을 수 있을 것이다.

돌무덤 너머의 소녀—이진 「여전히, 거기」

　이진의 단편 「여전히, 거기」는 그리운 사람을 향한 애절한 만가의 형식으로 구성된 작품이다. 그리움 혹은 안타까움의 마음을 표현하기 위해 소설은 일인칭 서술자인 '나'의 기억에 기댄다. 하나씩 길어 올린 기억의 조각들을 한데 모으면 그리운 그 사람의 얼굴이 떠오르고, 낮은 웅얼거림이 들려온다. "노래 같기도, 울음 같기도, 비명 같기도 한" 그런 웅얼거림에 귀를 기울이고, 그것이 의미를 지닌 발언으로 터져 나올 수 있게 만드는 것이 이 소설의 역할이라 한다면, 이 소설은 결국 억울하게 죽은 넋을 위로하는 진혼제를 거행하는 일에 해당한다. 억울한 사연을 들어주고, 애달픈 생애를 위로해주는 한 편의 시이자 노래가 곧 이 소설이다.

　하나의 장소는 그곳이 흘러 보낸 시간만큼의 이야기를, 가늠할 수 없는 엄청난 두께로 쌓아둔다. 하나의 기억이 한 이야기의 문을 열어젖힐 때, 누적된 이미지들은 연쇄반응을 일으키며 폭발한다. 거기에는 어떠한 방향성도 없다. 앞뒤도 위아래도 심지어는 안과 밖도 없다. 수천 겹으로 둘러쳐진 시간의 막은 더 이상 의미가 없다.

　이 소설의 서술은 많은 부분이 회상으로 이루어진다. 고향집에 얽혀 있는 기억들을 하나씩 복원하는 것이 이 소설의 목적이다. 유년 시절부터 쌓아올린, 아니 주인공의 아버지와 할아버지가 쌓아올린 시간의 누적들을 하나씩 되짚어보는 일을 감히 수행하려 한다. 그러한 회상을 통해 누적된 이미지들이 연쇄반응을 일으키며 폭발하는 순간 그 이야기들은 소설이 된다. 수천 겹으로 둘러쳐진 시간의 막을 뚫고 이야기가 터져 나온 결과가 바로 이 소설인 것이다.

추억이란 어쩌면 유폐, 자발적인 감금상태를 머무는 기억들인지 모른다. 소멸을 거부한 대가로 자유를 잃은, 하여 은유의 베일을 쓰고 꿈길을 배회하는 것들의 이름…. 현재를 뒤흔들 어떠한 가능성도 지니지 못한 것들이 불러일으키는 우울감은 쓸쓸하고도 장엄하다.

한편 주인공이 유년시절의 기억을 되짚어보는 것은 어수선한 소문 속에서 진실이 무엇인지 따져보는 일이기도 하다. 그 일은 귀신이 나오는 집에 대한 소문에서 시작한 것이지만 얼마 지나지 않아 '명이 누나'의 존재와 그녀의 행방에 관한 것으로 구체화된다. '나'의 집안에서 '명이 누나'는 몇 년 동안 거두어준 은혜를 저버리고 집안의 귀중품을 훔쳐 달아난 배은망덕한 아이로 규정되어 있다. 그러나 기억을 되짚어 보는 일, 진실을 규명하는 일을 거치면서 명이 누나에게 씌워진 혐의가 사실이 아니었음을 밝힌다. 집안의 치부를 가리기 위해 명이 누나가 희생되었다는 것을 밝히게 된다.

씻을 수 없을 만큼 더럽혀진 그녀, 내 실망과 분노 속에서 일그러진 누나. 하지만 그건 절대로 그녀의 진실이 아닐 것이었다. 어머니의 탐욕이 꾸며낸 모함이거나, 아버지의 방관이 덧씌운 누명이거나, 할아버지의 주제넘은 욕망이 빚은 희생이거나….
그런 그녀에게 무죄를 선언해줄 수 있는 사람은 나뿐이리라고, 그렇게 뇌까리며 내달렸다. 빗줄기가 점점 더 굵어졌다.

억울하게 죽은 명이 누나의 넋을 위로하는 위령제는 곧 진실 규명의 과정을 거치고 있다. 진실 규명이 곧 넋을 위로하는 일이다. 진실 규명은 명이 누나를 비난해서는 안 된다는 것을 밝히는 일이다. 희생자인 명이 누나를 비난하도록 만든 왜곡 상태를 해소하여 책임 소재를 가리는 것이 진실 규명의 과제다. 또한 진실 규명은 명이 누나가 억울한 죽음을 당하게 된 원인이 무엇이며, 그녀를 죽음으로 몰고 간 책임이 누구에게 있는가를 따지는 일이다. 처절한 자기 고백을 요구하는 것이라 쉬운 일은 아니지만 그럼에도 끝까지 파헤쳐 물어야 하는 것이 진정한 애도이며 위령이다.

빨래거리를 안고 수돗가로 사분사분 걸어가는 누나의 뒷모습이 풍경화 속으로 끼어들었다. 긴 머리칼이 민요가락이라도 뽑듯 느슨하고 무심하게 출렁거렸다.
돌담을 사이에 둔 전혀 다른 두 개의 세상이 높아진 조망으로 아울러진 바로 그 순간, 뭐라 설명할 수 없는 슬픔이 쏴아 몰려왔다. 풀쩍 뛰어 내려가 누나의 허리를 휘어 감고 싶었다. 그녀의 머리카락에 두 볼을 묻고 그 향기에 흠씬 취해들고 싶었다.

이 소설은 분명 명이 누나를 향한 만가다. 분명 기구한 삶을 살아갔던 한 가련한 여인에 대한 애도이다. 그러나 이 소설은 누군가의 억울한 죽음에 관한 보편적인 정서를 환기시킨다. 특히 억울한 죽음에 관한 해명과 진실의 규명이야말로 필요하다는 것은 세월호 희생자에 대한 애도를 떠올리게도 한다. 그리하여 이 소설은 상처를 위로하고, 극복할 수 있는 진정한 방법이 무엇인지 우리에게 되묻고 있다. 이 소설의 분위기가 애절하기만 한 것이 아니라 아름답게도 느껴지는 것은 위로와 극복의 가능성에 대한 믿음을 암시하고 있기 때문이 아닐까 싶다.

마음속의 폭풍―박은몽 「사흘 동안」

　　박은몽의 단편 「사흘 동안」은 갈피를 잡을 수 없는 복잡한 감정의 엇갈림에 관한 이야기다. 주인공이자 일인칭 서술자인 '나'의 마음속에서 사흘 동안 벌어지는 온갖 생각들이 소설의 서술을 가득 채운다. 그와는 대조적으로 '나'의 의식 밖에서는 평범한 일상생활이 지속된다. 사실상 의미 있는 일이란 아무것도 발생하지 않는다는 것. 감정의 격변은 '나'의 마음속에서만 일어나는 태풍이다. 현실에서는 미풍조차 불지 않은 상태. 더구나 '나'가 사흘 내내 걱정하던 일은 일어나지 않았으니 더더욱 아무것도 아닌 일이 된다. 철저히 인물의 마음속에만 초점을 맞추고 있는 흥미로운 소설적 시도다.

　　바로 "월요일에 만나기로 했으니까아…." 할 때 그의 목소리!
　　월요일에 만나기로 했으니까아, 라고 말할 때 그 '까'에는 평소 그에게서 느끼지 못하던 조금은 격한 감정이 스며들어 있는 것 같았다. 왠지 그 '까' 아니 '까아'에는 슬픔이 묻어 있는 듯도 했다. 뒤이어 내가 "알겠어." 할 때 그에게 들킬 듯 말 듯한 미세한 울먹임을 숨겨둔 거처럼, 그의 '까아'에도 미묘한 울먹임이 배어있었던 듯하다. 어쩌면 그도 나처럼 자기만이 아는 울먹임을 숨겨두고 내가 알아채주기를 바랐는지도 모른다.

　그는 왜 울먹였던 것일까? 어쩔 수 없는 사정이 있는지도 모른다는 생각이 나를 망설이게 했다. 어떤 사정 때문에 나를 거부할 수밖에 없어서 힘들어하고 있다면, 자세한 상황을 알아보기도 전에 섣불리 그를 미워해서는 안 될 일이었다. 오히려 그는 위로가 필요할지도 모른다고 생각하자 미움 대신 연민이 아랫입술에서 새어나왔다.

　남자친구의 머뭇거림과 얼버무림에 지극히 예민하게 반응하는 것이 '나'라는 인물의 특징이다. 아들 하나를 둔 이혼녀이며, 연하의 남자친구와 교제하고 있다는 소설적 설정보다 남자친구의 사소한 언행 하나하나에 거의 편집증적으로 반응하는 모습이야말로 '나'의 성격화를 완성하는 요소다. 전남편과 이혼한 과정에서 상당히 심각한 마음의 상처가 있다는 것, 그로 인해 연하의 남자친구가 조만간 자신을 버리고 떠날지도 모른다는 생각에 마음 졸이고 있다는 것이 효과적으로 제시될 수 있다. 자신의 마음을 남자친구에게 온전히 전하지 못한 채 숨겨둔 진심을 남자친구가 알아채주기를 바라는 소극적인 자세 역시 과거의 상처와 연결되어 있는 것일 수도 있다. 사소한 것 하나하나에 과도하게 반응하는 '나'의 독특한 모습을 들여다보면 명시적인 서술로 다 표현되지 않은 것들까지 어렴풋이 파악되기 시작하는 것이다.

　감정의 격변은 대부분 '이별의 냄새'에 집중된다. '월요일에 만나기로 했으니까아…'는 얼마 지나지 않아 도래하고 말 이별의 냄새를 풍긴다. 가령 '나'와 남자친구 사이의 나이 차이는 이별을 예감하게 한다는 것, 남자친구는 아직도 '청년'이지만 자신은 이제 '아가씨'로 보일 수는 없다는 사실이 상기시키는 거리감, 상실감이 복잡한 생각의 배경처럼 자리한다. 사랑하는 사이지만 뭔가 꿀린다는 것, 평등한 사이가 아니라 갑과 을의 관계라는 비대칭적인 관계라는 것이 이 소설이 내걸고 있는 사랑의 관계다. 생물학적 나이 차이, 출산과 이혼이라는 사회적 나이 차이뿐만 아니라 나는 그가 좋아하는 음악에 관심을 가지고 열심히 들으려 하지만 그는 내가 좋아하는 음악에 무관심하다는 것 역시 비대칭의 관계를 여실히 보여준다.

우리 시작해도 될까요? 끝이 너무 뻔한데, 분명히 상처받을 텐데. 내가 물었다. 그가 태어났을 때 나는 이미 열 살이었고, 그가 서른이 된 지금 나는 혼자서 아이를 기르며 중년의 문턱에 서 있다는 현실은 우리에게 미래를 허락하지 않았고, 어쩌면 현재조차 허락하지 않는 것 같았기에.
"상처받는 게 두렵다고 그냥 헤어질까요? 지금 더 열심히 좋아하면 되죠."
그가 말했다. 그때도 그는 사랑이라는 단어는 쓰지 않았다. 내가 말했다. 사랑은 마치 여행 같아요. 제자리로 돌아올 것을 알면서도 떠나는 여행, 일상에서 느끼지 못하는 새로운 세계를 경험한 후 때가 되면 아쉬워도 돌아와야 하는 여행, 어쩌면 평행 잊지 못할 운명 같은 여행 말이에요. 나에게 사랑이 운명 같은 여행이었다면 '더 열심히 좋아하는 것'은 그에게 무엇이었을까.

현실에서는 아무런 일도 일어나지 않은 채, 오로지 '나'의 마음속에서만 이루어지는 폭풍은 결국 사랑의 비대칭성을 강조하기 위함이 아니었나 싶다. 그러한 비대칭성은 결국 이별을 전제로 한 사랑의 성립가능성에 대한 과감한 질문을 이끌어내기 위함일 터이다. 언젠가 헤어져야 할 것이 명약관화하지만 그 사랑을 부인할 수 없다는 사랑의 아이러니. 남자친구의 사소한 한두 마디 때문에 사흘 동안 노심초사하고 말았다는 소설의 결말은 씁쓸한 웃음을 자아내게 하는 가벼운 것이다. 그러나 헤어질 것을 뻔히 예상하면서도 사랑을 쉽게 외면하지 못하는 '나'의 복잡한 마음은 결코 가볍지만은 않다. 오히려 그러한 복잡한 감정의 격랑은 사랑의 본질에 관한 조

금은 더 진지한 문제 제기의 형식으로 이어지고 있기에 제법 묵직한 여운
으로 남는다.

가족이라는 이름으로

제의로서의 소설 — 조동길 「죄제」

조동길의 단편 「죄제」는 제사라는 전통적인 제의를 소재로 삼아 몇 가지 의미 있는 내용을 길어 올리는 작품이다. 첫째는 점점 잊혀져가는 과거의 풍속에 대한 세밀한 기록으로서의 의미이고, 둘째는 시대가 바뀐 것을 확인하고 그러한 변화에서 사라져가는 것에 대한 아쉬움과 안타까움을 토로한다는 의미이고, 마지막으로 셋째는 고독사를 둘러싼 쓸쓸한 세태 묘사로서의 의미이다. 세 가지 의미가 작품 속에서 하나로 녹아들면서, 상당한 무게감을 지닌 문제를 제기하고 있다.

소년이 어렸을 때의 제사는 그렇게 마음을 풍성하게 해주고, 또 맛있는 음식을 먹을 수 있는 행복한 시간이어서 생일날처럼 손꼽아 고대하던 행사였다.

노인이 회상하는 제삿날 풍경은 모든 것이 풍성하고, 만족스럽고, 충족되어 있는 상태로 그려진다. 유년시절의 행복감과 맞물리면서, 제사는 고향의 이미지로 가득 채워진다. 누구에게나 고향은 소중히 간직되어야 할 당위의 존재가 아닌가. 그것은 미신으로 취급되어 추방되어야 할 것도 아니고, 유교적인 봉건적 관습으로 치부되어 도외시될 성질의 것이 아니다.

이 소설에서 제삿날 풍경은 소중히 간직해야 할 고향의 정경이다. 그래서 세밀하게 기록하고 있는 소설의 묘사에는 한껏 애정이 담겨 있고, 또 그러하기에 따스하고 아늑하다.

노인은 어린 시절 제삿날 풍경을 떠올리는 오랜 회상에서 깨어났다. 오늘은 선친의 기일이었다. 그런데 집에는 음식 준비를 하는 사람도, 제사지낼 사람도 하나 없이 노인 혼자 휑뎅그렁하게 앉아있을 뿐이었다. 어쩌다 이렇게까지 됐나. 아무리 시대가 변하고 세월이 바뀌었다 해도 노인은 생각할수록 가슴이 답답하고 기가 막혔다. 나이는 많이 들었다 해도 4년 전에 먼저 떠난 아내만 있었더라면 이렇게까지 되지는 않았을 거라는 생각에 새삼 비감한 생각이 몰려왔다. 노인에겐 어엿한 아들과 며느리도 있고, 청년으로 자란 손자도 있고, 또 동생과 조카들도 여럿이 있건만, 무엇이 그리 바쁘고 할 일이 많은지 아버지 혹은 할아버지 제삿날이 되어도 코빼기조차 보이지 않는 현실에 새삼스레 목이 메고 설움이 북받쳐 올랐다.

과거와 현재의 대조, 과거의 충만과 현재의 결여가 극적인 대비를 이루는 계기가 바로 제사다. 그만큼 시간이 흘렀음을, 그만큼 환경이 바뀌었음을 단적으로 보여주는 것이 쓸쓸한 제삿날 풍경이다. 이러한 변화는 무엇보다 조화로움을 지켜주던 가부장적 질서가 파괴된 데서 기인한다. 가부장적 질서가 시대의 흐름에 부합하는지 여부는 차치하고라도 그러한 질서가 사라지자 돈의 논리가 형제간을 좌우한다. 부모와 자식 사이 역시 크게 다르지는 않은데, 부모를 모시는 것을 당연한 것으로 받아들이던 가부장제의 전통적 관념이 현저히 약화된 나머지 이제 부모는 자식들에게 일종의 짐이 되어버렸다. 그나마 평소에는 무던히 지나갈 만한 그런 변화들이 제삿날을 통해 더욱 선명하게 부각된다는 것, 그러므로 이 소설은 약화된 전통적 질서에 대한 아쉬움과 안타까움을 토로하는 작품이 된다. 동시에 오늘날 세태를 향한 따끔한 문제를 제기하는 작품이 된다.

어려서 이래 그렇게도 조상의 제사를 소중히 생각하며 목숨처럼 지켜오던 노인은 선친 앞에 홀로 죄스러운 마지막 제사를 올리다가 그렇게 쓸쓸하게 세상을 떠났다. 하지만 가정 먼저 도착한 손자가 방으로 들어가 바라본 할아버지의 얼굴은 평소처럼 온화하고 한없이 평안한 모습이었다.

노인이 쓸쓸히 홀로 남아 선친의 제사를 지내는 도중에 사망하는 마지막 대목은 고독사에 대한 결코 가볍지 않은 여러 문제들을 제기한다. 그런데 그것과는 별개로 노인의 얼굴에 남겨진 온화함과 평온함은 무척 인상적인 느낌을 자아낸다. 비록 보잘 것 없고 쓸쓸하기만 하지만 선친의 제사를 지냈다는 안도감 때문일까? 뒤늦게 찾아온 손자가 이미 숨을 거둔 노인의 얼굴에 나타난 그 온화하고 평안한 표정이 지닌 복잡한 의미를 제대로 이해할 수 있을지는 의문이지만, 이 문장으로 인해 가부장적 질서에 대한 그리움은 복잡다단한 논증의 차원을 넘어 소설 속 한 인물의 진심에서 우러나온 것임을 확인할 수 있다. 그리고 이러한 예민한 포착의 지점이야말로 몇 가지 의미심장한 문제 제기보다 한층 더 더 소설적인 방식으로 우리의 마음에 동요를 일으키고 있음은 물론이다.

동화 속 신데렐라의 운명―홍지화 「로즈타투」

　　홍지화의 중편 「로즈타투」는 대단히 암울하고 무거우면서도 뭔가 그 속에서 이채로운 빛이 뿜어져 나오는 듯한 독특한 분위기를 주는 소설이다. 이 작품은 자신에게 주어진 운명의 무게에서 벗어나고자 발버둥 치는 주인공의 모습을 통해 처절한 절망의 밑바닥을 그려내 보인다. 또 이 작품은 어머니와 자신과 자신의 딸로 이어지는 피의 유전을 통해 천형처럼 주어진 인간 운명의 위력을 똑똑히 대면하고 있다. 그러면서도 아이러니하게도 동시에 주인공의 한 쪽 어깨에 선연하게 새겨진 장미 문신으로 인해 에로틱하면서도 신비로운 분위기를 한껏 발산한다. 차갑고 캄캄한 절망의 생활 속에서도 유난히 도드라져 보이는 주인공 오수연의 존재가 오랫동안 읽는 이의 마음을 잡아끄는 그런 작품이다.

　　오수연의 절망감은 전적으로 그녀의 비루한 생활에서 비롯한다. 그녀는 생계를 위해 닥치는 대로 여러 가지 일을 한다. 속옷 전단지 광고 모델, 단란주점 접대부, 에로 영화 엑스트라 등 대체로 그녀의 유일한 자산인 자신의 육체를 팔아서 돈을 버는 일들이다. 모르는 사내들이 억지로 먹인 술 때문에 쓰린 속을 게워내면서 심한 자괴감에 빠지기도 하지만, 여덟 살짜리 딸을 둔 스물여덟의 미혼모로서는 생계를 위해 그것 외에는 다른 어떤 길도 주어져 있지 않다. 새벽 3시 누추하고 쓸쓸한 달동네의 밤공기 속에서 한 마리 가련한 짐승처럼 발버둥을 치고 있는 그녀의 모습은 소설이 끝날 때까지 지속되는 강한 인상을 남기기에 충분하다.

수연은 속옷 바람으로 다시 창가에 서서 어둠에 흠뻑 젖은 세상을 바라본다. 멀리서 가끔 컹컹거리고 개 짖는 소리가 드릴 뿐, 주위는 온통 고즈넉하다. 집 앞 고목에서는 죽은 이의 영혼처럼 파리하게 떠는 수은등이 전봇대에 매달려 있다. 눈에 보이는 그 모든 풍경이 마치 그대로 단단히 굳어버린 화석 같다. 대물림된 씨 있는 가난과 가난이 지어낸 만성피로, 그 피로가 합성시킨 헛된 욕망과 그에 지쳐버린 욕망에 대한 향수가 이 달동네의 밤공기를 더욱 나른하게 덮혀 주었다.

이 소설은 주인공의 절망과 고독을 부각시키기 위해 세부적인 디테일에 많은 공을 들였다. 이 소설의 공간적 배경에 대한 묘사를 따라가면 세심하게 신경을 쓴 연극 무대가 연상된다. 무대 위의 사소한 물건과 소도구 하나하나에 저마다의 암시와 의미가 담겨 있는 듯한 그런 무대. 무대 위의 모든 장치들이 극심한 피로를 느끼고 있는 주인공의 내면을 드러내는 데까지 이르고 있으며, 더불어 그녀를 그처럼 극단의 상태로 내몬 장본인들의 헛된 욕망의 꿈틀거림까지 하나의 배경 속에서 한꺼번에 포착되고 있다. 비단 그뿐만이 아니다. 가령 일하러 나가는 주인공을 훔쳐보는 주인집 남자의 불쾌한 시선처럼 엑스트라의 사소한 연기 하나하나도 주인공의 내면을 끓어오르게 만드는 기능을 한다. 혼자 사는 여자에 대한 음흉한 욕정이 결부된 편견의 시선을 묵묵히 감수해야 하는 주인공의 처지가 읽는 이의 가슴에 와 닿는다.

힘듦 없이 매시간을 쉽게 사는 사람들은 알지 못할 것이다. 제 존재가 이 땅 위에 발붙이고 살아있음을 확인하고 싶어 하는 자잘한 노력들이 뿌리도 내리지 못한 채 차례차례 어긋나고 무너지는 절망을, 그 절망들이 어떻게 제 신경을 벼르고 일어서는지를, 그것들이 또 어떻게 제 몸 구석구석을 날카롭게 후벼 파는지를, 희망을 온통 초토화시키는 그 고통과 좌절에 대해서 바닥을 밟아보지 않은 사람들은 모를 것이다. 사는 게 고작 이런 것일까, 이렇게 하찮고 시시한 일일까, 라고 스스로에게 왜 되묻게 되는지를.

어린 나이에 미혼모가 되어 사회에서 내몰려 거리의 뒷골목을 전전하면서 살아가는 주인공의 모습이 우리에게 일정한 마음의 동요를 일으키는 것은 이 소설이 삶에서 맛보게 되는 절망이라는 보편적인 무언가에 관한 이야기이기 때문이다. 세밀한 디테일은 주인공 오수연의 처절한 내면을 구체적으로 스케치하고, 나아가 힘겨워하는 그녀의 몸부림을 생생하게 만들어준다. 그러나 그러한 그녀의 고통과 좌절은 일말의 희망도 없이 세상을 살아가는 무수히 많은 사람들의 심경을 대변한 것일 수 있으며, 설령 그러한 힘든 삶과 거리가 먼 사람이라 할지라도 그녀의 발버둥을 쉽사리 외면할 수 없게 된다.

소설의 중간 중간에 반복적으로 삽입된 '오수연의 일기'는 독자를 주인공의 처참한 삶에 한걸음 다가가게 만드는 역할을 한다. 간밤에 꾼 꿈 이야기가 나오기도 하고, 어린 시절 자신에게 가혹하게 대했던 엄마를 회상하는 이야기가 나오기도 하는 그녀의 일기는 전형적인 고백체의 문체로 이루어져 있음에 주목할 수 있다. 대개 일기를 통한 고백체의 활용은 한 인물의 은밀한 내면을 몰래 들여다본다는 질시증적인 욕망을 상기시키는 법. 그러나 그 속에서 우리는 기대하던 것과는 달리 순수하고 깨끗한 한 영혼의 투명한 고백을 듣는다. 고백성사 같은 그녀의 말을 하나씩 따라가다 보면 어느새 그녀는 더러운 창녀에서 가련한 누이로 변신한다. 이제 가련한 누이에게 돌을 던질 자는 아무도 없을 것이며, 오히려 그녀의 눈물을 닦아주고 싶은 마음이 솟아나는 자도 있을 듯하다.

　　이름도 모르는 사내와 몸을 섞을 때마저도 한결같이 최선을 다했지만 삶은 언제나 나를 곳곳에서 막고 무참히 쓰러뜨렸다. 있는 힘껏 일어서려 애쓰면 애쓸수록 두 발은 더욱 더 깊고 질퍽거리는 늪 속으로 순식간에 빨려 들어갔다. 이젠 지쳐서, 내 서글픈 굴레에 그만 지쳐서 똑바로 일어설 힘조차 없다. 내 의식의 화석은 이미 선캄브리아 시대 전부터 너무도 단단하고 두텁게 얼어 있었다. 에레브만큼이나 어둡고 깊은 잠에 빠져버린 내 영혼. 너무 깊은 바다 밑으로 가라앉아버려 다시 떠오를 기미조차 보이지 않는 녹슨 고철덩어리가 된 굴절된 내 인생을 도대체 어디에서부터 어떻게 매만져야 할까.
　　어찌 보면 우리의 인생이란 끝없는 사막에서 자신을 태운 낙타가 가는 대로 따라야 하는 아랍대상들의 따분하고 답답한 여로일지 모른다. 그러나 나를 등에 태운 낙타는 아주 제멋대로다. 결코 한순간도 주인의 말을 들어주는 법이 없다. 더욱이 요즘은 그 낙타가 이글거리는 사막의 햇볕과 모래바람에 눈마저 멀어 버린 듯하다.

　　주인공의 심리를 보편적인 것으로 만들고, 그것에 감정이입할 수 있게 만드는 또 하나의 장치는 인생에 관한 비유와 상징이다. 이 소설은 인생을 아랍대상의 따분하고 답답한 여로에 비유한다. 인간을 등에 태운 인생이라는 낙타는 제멋대로라는 것. 그 낙타를 자신만만하게 자신의 의지대로 움직일 수 있는 사람이 과연 몇이나 될까. 사막과 낙타에 관한 비유는 서서히 흘러가서 어느새 보편적인 인간의 마음에 도달한다. 약간은 상투적인 비유와 상징이긴 하지만 자신의 뜻과는 상관없이 흘러가는 인생에 대한 관념이야말로 소설 속 주인공의 절망과 좌절을 보편적인 것으로 만드는 것이 아닌가 싶다.
　　이 소설은 한편의 동화를 지향한다. 우울의 구덩이에서 허우적거리던 주인공이 신데렐라의 유리 구두를 꿈꾸고 있던 데서도 간접적으로 확인되는 바이다. 현재의 상태에서 벗어나고자 하는 간절한 소망을 동화에서 차용하고 있는 것이다. 그래서인지 이 소설은 무척이나 아름답다. 무척 고되고 신산한 삶이지만, 그래서 더럽혀지고 타락한 여인이지만, 그러한 질곡 너머에 숨겨진 훼손되지 않은 순수함에 대한 그리움이 소설을 떠받치고 있기 때문이다. 또한 주인공의 모습에 창녀와 성녀의 이미지가 결합되어 있는 것도 이 소설이 동화와 같은 원형적인 상상력에 기대어 있음을 알려주는 또 하나의 증거가 된다. 가장 천한 것에서 가장 고귀한 것이 함께 하고 있다는 발상, 신데렐라의 상상력이 이러한 극단적인 대비에 기초해 있고 ≪죄와 벌≫의 쏘냐 또한 동일한 연장선상에 있다.

이 소설은 좌절하는 신데렐라의 이야기로 요약될 수 있다. 그러나 신데렐라 이야기는 신데렐라 이야기이되, 결코 해피엔딩으로 이어지지 않는 신데렐라 동화의 또 다른 판본이다. 비루한 현실에서 벗어나는 신데렐라의 꿈은 결코 허락되지 않고, 그 대신 자신의 하나뿐인 딸이 허망하게 죽어버리는 결과를 맞는다. 현실에서는 절대 그런 아늑한 위안이 쉽사리 찾아오지 않는다는 차가운 사실의 재확인이다. 주인공이 사랑을 느낀 박은우에게 외면을 당하는 것도 백마 탄 왕자가 결코 찾아오지 않는다는 사실의 차가운 확인이다. 강고한 운명 앞에서 신데렐라 같은 해피엔딩은 기대할 수 없다.

하지만 혼란 속에서도 머릿속에 명확하게 보이는 하나의 길이 떠올랐다. 자신이 진정 가야할 길은 그 길 하나뿐인 듯싶다. 어둡고 비탈진 길, 소금기 묻은 바람이 알사하게 불어오는, 제 어미의 숨결이 있는 바닷가 어느 마을의 선술집.

소설의 결말은 결코 쉽게 벗어날 수 없는 운명의 재확인이다. 그토록 벗

어나고 싶어 했던 어머니에게로 다시 돌아가는 길에 들어섰다. 떠나온 과
거로 되돌아가는 길이며, 현실에서는 절대 신데렐라가 존재할 수 없음을
인정하는 길이다. 그녀는 그 길 위에 높이 떠 있는 풍성한 달을 오래도록
바라보았다. 자신의 불행과 결여로 인한 선망의 차원을 넘어, 부러움을 한
껏 담은 만월이 그녀를 따뜻하게 비춰주고 위로를 선사해 줄지, 아니면 여
전히 닿을 수 없는 거리감만 재확인한 끝에 공허함과 서러움만을 계속해서
맛보게 될지는 미지수다. 오직 남아 있는 것은 마치 한 편의 쓸쓸한 동화를
읽고 난 뒤에 느끼는 허허로운 뒷맛이다. 그러한 뒷맛은 주인공에게 펼쳐
질 미래의 방향이 어떻게 펼쳐질 것 인지와는 별개로 처연하고도 아름다운
여운으로 다가온다. 그래서 이 소설은 무척이나 아름다운 한 편의 동화처
럼 느껴진다.

흐르는 강물처럼―김병룡 「백악기 가족사진첩」

    강물은 우리가 모르는 까마득한 세월, 그 언제부턴가 흘렀다. 처음엔 지렁이 한 마리 기어간 흔적 같은 작은 흐름에서부터 저 강의 역사는 시작되었겠지. 조금씩, 조금씩 바닥을 긁고 유역을 넓혀 지금의 형태로 자리잡아오기까지 얼마나 많은 강물이 대를 이어 줄기차게 흘러왔을까.

    우리가 강 하구의 신도시 뒷산 기슭에 자리 잡은 이 한적한 카페의 단골이 된 이유는 간단하다. 비록 일부지만 아직 인공의 성형을 거부한 늙은 강의 모습을 볼 수 있기 때문이다. 늙은 강은 많은 것을 잃어도 그저 말없이 흐르기만 한다. 콘크리트 틀 속에 유역을 가두어 순환과 교류의 고리를 끊어놓아도, 그 속에 살던 수많은 생명들이 죽거나 사라져가도 그저 말없이 꾸역꾸역 흘러내리기만 한다. 우리의 화제 속에 뜨고 지는 많은 이야기들, 지금은 사라지고 없는 수많은 생물들의 이야기를 깊고 너른 가슴속에 오롯이 간직한 채.

    김병룡의 중편 「백악기 가족사진첩」에는 소설 속에서 펼쳐지는 서사와는 무관하게 또 다른 서사를 펼쳐내는 것이 있다. 그것이 바로 강이다. 수만 년, 수 천 년을 흘러오면서 수많은 존재들의 생로병사를 지켜보아온 존재가 바로 강이라는 것. 그래서 강물 속에서는 강물이 지켜본 수많은 생물들의 이야기가 녹아있다. 그러니 오늘날 멸종된 생물들의 이야기마저 담겨 있을 수 있는 것. 한참 전에 사라진 공룡의 이야기가 강물 속에서 되살아나고, 삼풍백화점 붕괴사고 때 실종된 아버지의 행적도 그 속에 담겨있을 수 있고, 게임 속 미로를 헤매던 오빠의 사라진 이유도 그 속에서 찾을 수 있을 것이다. 신비와 비밀을 안고 흘러가는 강물이야말로 어쩌면 이 소설의 진짜 주인공인지도 모른다.

이 소설은 현실과 비현실의 경계를 반복적으로 거론한다. "나는 지금 내가 속한 이 현실이란 게 어쩌면 우리가 모르는 또 다른 세계의 그림자일지도 모른다는 의구심에 빠져 멍하니 그를 바라보기만 한다." 주인공은 과거에 사라진 오빠와 현재 자신의 곁에 있는 한수를 혼동한다. 말을 바꾸면 과거의 시간 속에서 실종 처리된 오빠가 현재의 시간 속에 잠시 되살아나 하나의 의미가 된다. 현실과 비현실의 경계가 흐릿해질 때 일어나는 전형적인 현상이다.

"엄마는 최근 들어 꿈을 현실처럼 말하는 버릇이 생겼다. 특히 오빠의 꿈 얘기를 할 때면 이야기의 시점이나 현실과의 경계가 물안개로 뒤덮인 수평선처럼 흐리멍덩했다. 오빠가 게임 속의 얘기를 현실처럼 말하던 것과 비슷했다." 엄마 역시 현실과 비현실의 경계를 아슬아슬하게 걸어간다. 마치 실종되기 전 오빠가 현실 세계와 게임 속 세계를 혼동했던 것처럼. 과거와 현재가 착종되는 그 순간 오래 전 실종된 아버지나 오빠가 되살아나고, 이러한 과정을 더 지속하면 시간은 더욱 더 과거로 거슬러 올라가서 심지어 공룡이 되살아날 수도 있다.

땅 끝에 가본 적 있니? 땅 끝에 가면 말이야. 이 세상과 등을 맞대고 있으면서도 물속에 드리워진 숲 그림자처럼 손에 잡히지 않는 어떤 세상이 있다는 걸 느낄 수 있어. 어쩌면 물안개 하얀 베일을 친 수평선 너머에 그런 세상이 숨어있을 지도 모르지. 그 세상은 이 세상의 그림자이기도 하고 변신이기도 하지. 살갗이 변해서 손톱이 되는 것처럼 말이야. 어쩌면 우리 아버지도 지금 거기 어디쯤 머물고 있을지도 몰라. 거기서 지금 우리를 향해 끊임없이 SOS를 보내고 있는지도 모르지. 난 그 세계로 가는 길을 꼭 찾아내고 말 거야.

주인공은 종종 미로 속에서 헤매고 있을 오빠를 상상한다. 그러나 오빠는 길을 잃은 것이 아니라 길을 찾아 자발적으로 떠났다. 평소 오빠의 발언을 상기하면 그는 그림자와 같은 또 다른 세계를 찾아 자발적으로 모험을 떠난 것이다. "그 세계로 통하는 길은 생각보다 단순하고 찾기 쉬운 곳에 있을지도 모른다는 거야."라고 오빠는 말했다. 어쩌면 그런 그림자 같은 세계에 실종된 아버지가 머물고 있을지도 모른다는 생각에 이르면, 오빠는 실종된 아버지를 찾기 위해 떠난 것이다. "짐작컨대 오빠는 환상을 쫓아 어디론가 사라진 것이었다." 정확히는 몰라도 소설 속에서 소개되고 있는 '사일런트힐'이라는 게임 속 세계 역시 그런 것이지 않을까 싶다. 그곳은 '시공간이나 물리적 현상으로 볼 때, 현실세계와 동떨어진 이상한 세계, 신비롭지만 정체를 알 수 없는 괴물들과 괴기스런 분위기로 가득한 어두운 세계'로 구성된 가상의 세계로 소개된다.

그 세계는 현실 세계의 이면에 존재하는 일종의 '그림자 같은' 세계라고 볼 수 있지 않을까. '눈에 보이는 것만 보는' 정상인들의 세계에서 본다면 허무맹랑한 세계이지만 관점을 달리하여 '눈에 보이지 않는 것을 보는' 사람의 관점에서 본다면 지극히 현실적인 세계를 살짝 변형한, 그래서 현실의 그림자처럼 바싹 현실의 이면에 붙어 있는 그런 세계가 될 것이다. 주인공이 한수와 오빠를 혼동하였을 때, 지금 우리가 속한 현실이 어떠면 우리가 모르는 또 다른 세계의 그림자일지도 모른다는 발상은 같은 맥락이다. 숲 속 둥지를 떠나 야생동물보호소 계류장에 있는 횃대에 홀로 앉은 황조롱이에 대한 발상법이 또 다시 부연하는 바이기도 하다. 숲 속에서 본다면 황조롱이는 실종된 것, 그러나 황조롱이의 입장에서 본다면 황조롱이는 숲의 경계를 넘어선 것이지 존재하지 않는 것은 아니다. 이에 이 소설은 오빠의 입을 빌어 이렇게 말한다. "이 세상에서 사라진 모든 것들은 다 사라진 것이 아니라 일부는 다른 무엇으로 변해서 우리 주변에 머물고 있는지도 모르지."

이처럼 이 소설은 오빠의 실종, 아버지의 실종을 통해서 한층 더 심오한 존재론적 질문을 던진다. 가족의 실종에 덧붙여 그동안 살고 있던 집이 강제 철거된다는 내용도 제법 굵직한 이야기의 소재가 된다. 사라지고, 존재하지 않는 것이 사실은 사라지는 것이 아니고, 그림자처럼 현실의 이면에 존재한다는 것. 무언가를 없애는 것은 새로운 무언가를 만들어내기 위한 하나의 과정이라는 것. 어떻게 본다면 인간의 육체가 죽음 이후 완전히 소멸되는 것이 아니라 일시적으로 원자 형태로 분해되어 다시 세계의 곳곳에 흩어져 새로운 존재를 이루는 구성 요소가 된다는 관점, 혹은 인간이 환생을 거듭한다는 불교적 관념이나 아니면 장자의 호접몽 등을 연상케 하는 대목이다. '사라진 것들을 빨아들이는 어떤 세계가 있다.'는 식의 오빠의 발언을 확장해본다면 블랙홀과 화이트홀로 이루어지는 현대우주론에도 닿을 수 있다. 무척 호기심을 자극하는 세계관들이다. 어떤 식이 되었든 현재의 현실 세계에 의문을 던지고 그 이면에 대한 궁금증을 유발한다는 데에 있어서는 공통적이다.

내 아랫배는 큰 지진을 앞둔 초진처럼 간간이 꿈틀댄다. 나는 아랫배에다 손을 얹고 크게 한 번 숨을 들이쉬면서 먼 바다를 본다. 먹빛 어둠속에서 누군가의 눈빛 같은 작은 등불 하나가 지그시 나를 응시하고 있다. 지금쯤 오빠도 어딘가에서 저런 고적한 불빛이 되어 어둠 속을 헤매고 있지나 않은지. 영원히 손에 닿지 않을 것 같은 저 막막한 존재감. 그 막막한 존재감을 하염없이 붙들고 사는 우리 엄마. 이

건 너무 애달프고 지리멸렬하다.

하나의 세계관을 온전히 구축하려는 야망이 중편의 분량 속에서 모두 소화되기는 역부족이다. 정교한 세계의 구축을 위해서는 아버지의 실종에 관한 내용이라든가, 한수의 존재에 대한 내용 등이 한층 더 보강되어야 할 것이다. 대신 이러한 공백을 메워주는 역할을 하는 것이 비유와 상징이다. 주인공의 태중에는 새 생명이 잉태되어 있고, 새로운 탄생을 예고하며 꿈틀거리는 바로 이 순간 오빠가 돌아올 때까지는 절대 허물 수 없다고 지키던 집이 강제철거 되고 있을 것이다. 탄생과 소멸의 과정이 동시에 이루어지는 것, 그것이 세상의 이치임을 이 소설은 비유와 상징으로 보여준다. 무엇보다 이러한 일련의 모든 과정, 즉 수많은 생명들이 죽거나 사라져가도 그저 말없이 꾸역꾸역 흘러내리기만 하는 강물이야말로 세상과 시간의 지속에 관한 설득력 있는 상징이자 비유가 된다. 이처럼 존재론과 세계관에 관한 흥미로운 지적인 실험으로서의 이 작품은 비유와 상징을 통해 근사하게 마무리되고 있다.

감정의 움직임

감정의 솜씨—강성숙 「무촌」

 강성숙의 단편 「무촌」은 한 인물의 감정 변화를 섬세하게 포착하는 데 주력한 작품이다. 소설이 전개되는 동안 기대, 실망, 놀람, 불안, 서운함, 야속함 등 다양한 감정이 느릿한 춤을 추듯 서서히 펼쳐진다. 거창한 사상이나 주제가 있는 작품은 아니지만 단단한 짜임새 위에 펼쳐지는 감정의 움직임이 단편소설로서의 맛을 한껏 느끼게 해준다.

 소설을 이끌어가는 인물 갈등의 축은 간단하다. 장모 당산댁과 사위 양현식이 대립한다. 그러나 이러한 대립은 직접적인 설명을 통해 주어지는 것이 아니고, 서사의 진행에 따라 아주 조금씩 소설의 표면으로 솟아올라온다. 소설의 이야기 전개는 한 땀 한 땀 바느질을 하는 것처럼 서두름이 없다. 한 여름날 땀을 흘리는 사위의 모습을 묘사하다가 죽은 딸에 관한 생각을 슬그머니 그 옆에 놓아두는 식. 차근차근 풀린 이야기 덕분에 두 사람의 대립에 특유의 긴장감과 생동감이 부여된다. 이처럼 하나씩 이야기를 풀어놓는 솜씨가 이 소설의 맛을 만든다.

 사위 가까이 다가서자 화장품 냄새 같기도 하고 향수 냄새 같기도 한, 분명치는 않지만 그동안 맡아보지 못했던 여자 냄새가 코끝으로 날아든다.

'계집이라도 생긴 모양이지? 하기야 아직 침뿌리도 쉽게 캐낼 혈기니 그럴 만도 하지만.' 당산댁은 죽은 딸을 생각하자 가슴속에서 후끈한 열기가 치밀어 올랐다.

당산댁은 사위의 곁에 섰을 때 풍기는 희미한 향수 냄새를 감지한다. 그 향수 냄새를 단서로 해서 사위에게 새 여자가 생겼다고 추측한다. 딸이 죽은 지 한참이 지난 시점. 아직 사위는 혈기 왕성한 나이니 새 여자가 생겼음이 틀림없다는 생각이다. 여기까지 따라오면 당산댁은 추리소설 속 탐정과 다를 바 없다. 차근차근 풀리는 이야기 솜씨란 그저 물 흘러가는 듯한 이야기의 줄기에 같이 휩쓸려가는 것이 아니라, 예민한 탐정의 추리처럼 정교하고 세밀하게 계산된 결과라고 보는 것이 맞지 않을까? 이 소설은 그러한 치밀함으로 빚어낸 감정의 그릇 위에 가슴속에서 치밀어 오르는 후끈한 열기를 얹어 놓는다. 그러니 그 후끈한 열기는 실로 꿈틀거리는 생생함을 지닐 수밖에.

이 소설에서 발휘된 또 한 가지 솜씨는 과거와 현재의 교차다. 서술은 멍석과 옥수수를 매개로 과거와 현재를 넘나든다. 여기서 과거란 딸이 아직 살아있던 그 시점이다. 만삭이 된 배를 안고 친정에 온 딸과 함께 저녁을 먹던 그때도 지금처럼 멍석을 펴놓고 있었다. 저녁을 다 먹고 나서는 옥수수를 삶아 먹었다. 얼마나 먹고 싶었던지 연달아 세 개나 먹어 치우던 만삭의 딸을 떠올리며 가련한 심사에 휩싸인다.

과거의 회상 속에서 잠깐 얼굴을 내민 것은 죽은 딸. 이 소설은 부부지간을 의미하는 '무촌'이 제목으로 설정되어 있지만, 그보다는 오히려 모녀지간을 가리키는 '일촌'이 더 어울리지 않나 싶다.

그려, 내 새끼 없는데 사위는 남이지, 암~ 남이고말고. 죽은 딸년만 불쌍허지, 순덕이 그 자식은 내 분신인데, 그리 쉽게 잃어 불고는 핏덩

이 손자 녀석 받아 기르느라 내 딸 잃은 아픔을 잊고 살았는데, 이제
와서 애비랍시고 데려갈 모양이다. 억장이 무너져 내리는 것 같다.

겉으로는 당산댁과 사위 간의 대립이었지만, 속을 들여다보니 죽은 딸
에 대한 애절한 그리움이 더 큰 감정의 덩어리였음이 드러난다. 손자 동욱
이를 시골에서 할머니가 키울 것이냐, 아버지가 서울로 데려가 새어머니
손에 맡길 것인가의 대립이 중요한 것이 아니라, 딸이 이 세상에 남겨놓은
마지막 흔적을 지키느냐, 뺏기느냐의 문제였던 것이다. 느티나무 둑길 위
로 붉나오르고 있는 석양을 바라보면서 손자 동욱이를 떠나보내는 그 심정
은 죽은 딸에 대한 가없는 그리움이 겹쳐지면서 애틋하게 마무리된다. 넘
치거나 부족함 없는 소설의 결말은 감정을 섬세하게 담아낸 작가의 솜씨
덕분이다.

낯섦과 신선함―도명학 「생일」

　도명학의 단편 「생일」은 공간적 배경이 극단적인 감정의 분출로 연결된 작품이다. 이 소설에서는 감방이라는 특수한 공간을 소설의 배경으로 설정된 탓에 처음부터 끝까지 극단적인 상황이 펼쳐진다. 감방 안에서는 죄수와 간수 사이의 거리는 아득히 멀기만 하고, 그 사이는 철저한 규율과 처벌이 놓여 있다. 더욱이 이 소설은 북한이라는 낯선 공간을 배경으로 한다. 죄수는 탈북을 시도하다 붙잡힌 박영감과 아들. 감방이라는 공간적 설정은 폐쇄적인 북한 체제의 속성과 결부되면서 한층 더 극단적인 형태로 나타난다. 인간으로서는 견디기 힘든 모멸감 같은 극단적인 감정이 쏟아진다.

　　"이 새끼들아, 일어나 무릎 꿇어. 이 안에서 무슨 애비고 아들이야. 여기 들어 온 순간 공화국 공민권 박탈이야. 공민권 박탈이면 사람이 아니야. 들었나?"

　　"너흰 짐승보다 못해. 짐승에게도 이름이야 있지. 우리 집 개도 이름이 '바둑'이야. 넌 오늘부터 수인번호 10번이라는 물건이다. 젊은 새긴 11번, 알갔나?"

말끝마다 사람이 아니라고 했다. 어느 계호원이건 입에 올라있는 말이었다. 거기에 습관 된 나머지 딴 곳에 가서도 화가 나면 아무에게나 그렇게 내뱉는 족속들이었다.

북한의 감방 안에서 겪게 되는 모든 모멸감은 '사람이 아니다'라는 비인간적 대우에서 비롯한다. 수감된 죄수는 사람이 아니기 때문에 아버지와 아들의 관계는 더 이상 용납되지 않는다. 고유한 이름이나 사회적 신분을 드리내는 직함도 소서뢴 채 그저 숫자로 호명되고, 짐승만도 못한 취급을 받는다. 이처럼 북한의 감방에서는, 더 넓게는 북한 전체에서는 인간의 기본적 권리가 너무도 가볍게 무시되고, 박탈된다는 점을 이 소설을 강조한다. 곧 북한 인권 문제를 거론하는 것이 이 소설의 주제이고 목표라는 것이 드러난다.

정치범은 신중하게 관리해야 했다. 어차피 죽이거나 수용소에 보낼 대상이지만 취급 중에 죽게 되면 사건 배후와 연루자들을 파낼 수 없다. 그것은 체제 위협 세력을 내부에 묻어놓는 격이었다. 이런 사정으로 가끔 수감자가 죽으면 계호원들이 곤욕을 치렀다. 비판도 시끄럽지만 승급이 늦어지거나 보위부 정치대학 추천에 지장을 받았다. 그만큼 당국은 체제수호와 관련된 사건에 대해선 크고 작고를 떠나 심중하게 취급했다. 그렇다고 범인을 감방에서 '호강'시킬 수도 없는 노릇이었다. 어떤 방식으로든 고통을 주지 않으면 입을 열기 어려웠다. 하지만 적정수준이 아니면 죽을 수도 있기 때문에 물리적 고문보다 극도의 심리적 고통을 주었다.

북한의 실정을 고발하려는 작가의 의도는 위와 같은 설명으로 요약된다. 북한의 사정이 이러하다, 그렇기에 지금 이 사람들이 이처럼 고통을 받고 있다는 설명. 목적과 주제가 분명한, 그래서 그것을 관철시키기 위해 감정을 빚어내는 소설. 어쩌면 탈북을 시도하다 붙잡힌 북한의 정치범이 갇혀 있는 감방이라는 배경보다 더 낯설게 느껴지는 것은 바로 이러한 목적 우위의 소설 방법론이 아닐까 싶다. 이 소설이 펼쳐내고 있는 특정한 정치적인 견해에 공감하든 그렇지 않든 이와 같은 특유의 소설적 접근법으로 인해 이 소설은 무척 낯설고 신선하다.

꿈결 같은 죽음─김상렬 「꿈」

김상렬의 중편 「꿈」은 소설의 첫머리에서 상당한 궁금증을 유발한다. 작품의 제목은 '꿈'이라고 되어 있으나 정작 소설의 첫 문장은 꿈과는 의미상 정반대의 지점에 놓여 있는 '죽음'에 관해서 말하고 있기 때문이다. "어머니의 방에서는 늘 죽음의 냄새가 난다." 꿈과 죽음을 한곳에 펼쳐놓는 이유는 무엇일까? 이 소설을 읽는다는 것은 이러한 궁금증을 해소하는 일이 된다.

주인공 '나'가 말한 죽음의 냄새는 중풍에 치매까지 걸린 어머니의 똥오줌 냄새다. 워낙 연로 하시고, 병환이 깊고 심하여 당장 내일 돌아가신다 해도 전혀 놀랍지 않은 상태. 가끔 향불을 피워놓고 그 앞에서 "'기왕 가실 거면 어서 가세요.' 하고 혼자 은밀히 속닥이는 지경"이라고 '나'는 솔직한 심경을 털어놓기도 한다. 구린내와 비린내, 간혹 향냄새가 뒤섞인 어머니의 방 냄새를 '나'는 죽음의 냄새라 부른다.

하지만 당신은 아침이면 어김없이 다시 일어나 새로운 하루를 맞이하고, 거짓말 같은 새 기억을 되찾으신다. 틀니 박힌 해말간 잇몸을 움직여 밥그릇을 싹싹 비우고 약봉지를 당신 무릎 앞으로 끌어당기실 적에는, 인간의 생명에 대한 본능 어린 집착은 참 대단하구나, 스스로 놀랄 경우가 한두 번이 아니다. 겉으로는 죽고 싶다, 한시라도 빨리 가게 해 달라 타령처럼 뇌이시지만, 속마음은 전혀 그게 아니다. 사람 목숨 질기다는 것도 오래전에 알았거니와, 금방 숨넘어갈 듯 경각을 다투다가도, 잔디나 질경이처럼 금방 본래의 자리로 되돌아가는 속성에는 차라리 경건해지지 않을 수 없다.

어머니에게서는 생명에 대한 끈질긴 애착이 발견된다. 죽음의 냄새를 물씬 풍기는 다 죽어가는 노인이지만 어머니는 생존 본능의 발로라 할 만한 행동들을 계속한다. 죽음이 눈앞에 닥쳐와 있어도 밥 한 술 떠넘기는 행위를 멈추지 않는 것이 인간이 살아가는 진짜의 모습이라면, 누가 과연 그 광경 앞에서 경의를 표하지 않을 수 있겠는가? 죽음 속에서 건져 올리는 생명의 끈질긴 애착이다.

나아가 이러한 삶에 대한 애착은 죽음과 맞닿아 있기에 더욱 극적으로 부각된다. 매화가 아름답게 보이는 것도 이런 극단적인 대조 때문이 아닌가. 모진 한파를 뚫고 꽃을 피우는 생명력. 매화에서 선비들의 지조를 발견할 수도 있겠지만, 그보다 더 원형의 차원으로 거슬러 올라가면 세상의 고난 속에서도 끈질기게 이어가는 생명에 대한 애착을 발견할 수 있다. 그것이야말로 죽음을 넘어서려는 시도, 일종의 꿈에 가까운 것이리라.

어머니의 죽음이 아직 당도하지 않은 것인데 반해, 황씨의 죽음은 느닷없이 찾아온 불청객처럼 '나'를 덮친다. 황씨의 죽음은 어머니가 보여준 삶에 대한 질긴 애착과는 정반대다. 황씨가 스스로 목숨을 끊었다는 사실이 믿기지 않는다. 그 소식을 전해준 류씨가 혹시 농담한 것이 아닌가 의심할 만큼 황씨의 죽음은 뜻밖의 일이다. "한순간 꿈결처럼 착각하기도 했다. '죽음은 식전의 담배 한 모금보다 쉽다'고 쓴 이상의 소설 한 구절도 문득 떠올랐다." 꿈결 같은 죽음, 현실과 꿈이 혼동되는 듯한 착각. 꿈과 현실이, 또 삶과 죽음이 사실 종이 한 장 차이에 불과하다는 것을 황씨의 죽음에서 새삼 깨닫는다.

　　"다 일장춘몽인데요, 뭐."

　　"맞아요. 모든 게 꿈이지요. 저 몽이 이름도 스님이 지어 주셨다면
서요?"

　　"그냥 생각 없이 갖다 붙였어요. 그러니까 몽이가 되더라구요. 우
린 누구나 없이 꿈을 꾸면서, 하루하루 자살하고 있잖아요."

　　"예?"

　　"누구나 하루하루 자신을 죽이고 있다구요."

　　스님은 알 듯 모를 듯 엷은 웃음을 입가에 머금으면서, 주춤 의아해
하는 나를 향해 다시 말을 이었다.

　　"그 방법이 조금씩 다르다뿐이지, 인간의 자살행위는 한순간도 멈
추지 않아요. 성내고 욕심 부리고 누군가를 그침 없이 증오하면서, 그
걸 해결하기 못해 잠 못 이루거나 술 마시고 번뇌에 빠져 지옥을 헤매
잖아요. 그게 바로 자살이 아니고 뭐겠어요. 그러니까 화끈하게 가건,
아주 천천히 가건 결국엔 다 같이 가게 돼 있는 길, 순서만 다를 뿐이
지요."

　　우리는 모두 꿈을 꾸면서 살아간다는 관념 속에서 꿈과 현실은 경계가
허물어진다. 생명과 죽음 역시 그 경계가 모호해지는 것도 일장춘몽의 입
장에서 비롯한 것이 아닌가. 사는 것이 곧 죽어가는 것을 의미할 때, '누구
나 하루하루 자신을 죽이고 있다'는 명제는 참이 된다. 소설의 제목을 '꿈'
이라 붙인 것 역시 이와 같은 흐릿한 경계를 넘나드는 사색의 과정을 부각
시키기 위함이라는 사실이 여기서 밝혀진다. 그리고 살아가는 것이 모두
일장춘몽이라는 이 소설의 기본적 인식은 단순한 허무주의로의 함몰이 아
니라 헛된 욕심으로부터 벗어나 정신적 건강과 본래적인 생명을 회복하는
가능성의 모색을 향해 나아가는 것이기에 주목을 요한다.

　　그렇다고 이 소설이 정신적으로 건강하게 살아가는 법을 직접적으로 제

시하는 것은 아니다. 이 소설의 기본적인 태도는 관조다. 적극적인 개입보다는 관찰과 사색, 나아가 반성으로 이어질 가능성에 대한 인식이다. 분량상 풍경에 대한 묘사가 큰 비중을 차지하는 것도 이 소설이 관조적인 태도를 지향하고 있음을 간접적으로 보여준다. 주인공 '나'는 겨울을 지나 봄이 오는 시점의 산과 들을 바라보면서 새로운 생명이 소생하는 가능성을 지켜본다. '나'는 매화의 시간을 지나 벚꽃의 시간에 이르기까지 아름다운 자연과 더불어 지낸다. 어쩌면 자연과 어울려 살아가는 관조적 삶의 자세 그 자체가 이 소설의 참주제라고 볼 수도 있겠다.

그렇게 하룻밤을 꼬박 지새우고 나서도, 나는 아직 길 잃은 노인네의 정처를 정해드리지 못하고 있다. 아니, 어머니의 요양원 문제까지도 여전히 미해결의 오리무중인 채 눈부신 벚꽃 터널 속을 헤맨다. 깊은 산 오두막에서, 그냥 이렇게 셋이서 미친 척 계속 살아볼까?

아무것도 해결되는 것은 없다. 그저 관조의 시선이 유지될 뿐이다. 하기야 생명과 죽음의 문제를 인간의 손으로 해결한다는 생각 자체가 터무니없는 만용이다. 그러나 계속 살아보는 것, 그것도 깊은 산 속에서, 자연 속에서 살아가는 것, 그것이 아마 관조의 자세를 지속하는 주인공 '나'의 걸어갈 길이 아닐까 싶다. 불길하고, 황망하고, 어두운 감정을 털어버리고 생명을 향한 질긴 애착 쪽을 향해 성큼 다가서는 발걸음이다. 아마도 '나'의 얼굴에는 흐뭇한 미소가 드리워져 있을 것만 같다.

상황 속으로 ─ 고윤숙 「57일간의 수렁」

    고윤숙의 중편 「57일간의 수렁」을 읽다 보면 마치 한 편의 사건 조사 보고서 내지 체험 수기를 읽는 듯한 느낌에 빠지게 된다. 아마 시간의 순서대로 발생한 일련의 사건들이 소설 속에 순차적으로 펼쳐지기 때문이 아닐까 싶다. 긴장감을 고조시키는 사건 전개에 덧붙여 각 국면에서 주인공이 맞닥뜨리는 당혹감, 낭패감, 두려움 등의 감정이 생생하게 전달된다. 불길한 예감이 서서히 끓어올라 결국 터지고 마는 과정이 무척 흥미롭게 그려지는 작품이다.

    임대아파트 분양 전환을 둘러싸고 온갖 고성과 폭행이 난무하는 소란스러운 상황의 발단은 단순하다. 처음 입주할 때 약속했던 금액보다 훨씬 비싸게 분양 전환을 해야 한다는 것. 주민들은 둘로 갈린다. 그래도 주변 시세보다는 싸니까 그냥 분양 받겠다, 아니다 애초에 약속했던 금액을 고수해야 한다. 주인공 '나'는 전자를 선택하고, 비상대책위원회와의 힘겨운 싸움이 시작된다.

    TV에서 연말시상식이 한창이던 어느 날 건설사 측에서 제시한 최종 분양전환가는 일억 사천일 거라는 소문과 달리 일억 천에 불과했다. 그러자 사람들은 그 정도 가격이면 별다른 의의 없이 그냥 받겠다는 사람들과 무조건 구천오백이 아니면 절대 받지 않겠다는 사람들로 나뉘어 각을 세우기 시작했다. 나는 건설사에서 제시한 일억 천이라는 금액이 처음 건설사에서 약속한 금액에 비하면 천오백만 원 정도 차이가 나서 불쾌했지만 주변 아파트 시세를 생각할 때 그 정도 가격이면 아주 터무니없는 가격은 아니라는 생각도 했다.

아침저녁으로 비상대책위의 대변인 여자가 방송으로 주민들을 선동한다. 비상대책위를 지지하는 사람들은 베란다 창에 태극기를 매달아 의사를 표현하고, 비상대책위 중 극성 분자는 태극기를 걸지 않은 세대를 찾아다니며 협박하기 시작했다. 사람들은 동요하고 겁을 먹기 시작하여 하나 둘 베란다에 태극기를 내걸기 시작한다. 우편함에는 건설사에서 보낸 우편물이 도착했지만, 비상대책위에서는 우편물을 수거하겠으니 '자발적 동참을 부탁'한다고 방송한다. 나중에는 분양 신청을 못하도록 서류를 빼앗고, 분양 신청 포기를 강요하기 위해 밤마다 아파트를 돌아다니며 사람들을 못 살게 군다. '나'는 점차 살벌해지는 아파트 주민들의 모습을 지켜보며 놀라움을 금치 못한다.

삼십대 중반이 되도록 한 번도 잔인하리만큼 폭력적이고 이기적인 인간의 추악한 본성을 경험해보지 못한 나는 그때까지도 선량하리라고만 믿었던 나의 이웃들 속에 그토록 사악한 악마가 숨어 있으리라고는 짐작조차 하지 못했다.

나는 평소 가족처럼 지내던 그녀들이 어떻게 서로를 향해 증오의 눈빛을 보낼 수 있는 것인지 쉽게 이해가 되지 않았다. 나는 그녀들이 좁은 엘리베이터 안에서 서로 등을 돌린 채 서 있는 모습을 떠올리자 몹시 가슴이 아팠다.

사방의 벽면과 문짝 가득 휘갈겨진 붉은색의 글귀를 본 순간 처음 머릿속에 떠오른 생각은 '아무리 그래도 어떻게 이웃 간에 이런 짓을 할 수 있을까. 도대체 그는 어떤 사람이기에 이런 짓을 생각해낼 수 있는 것이지.' 하는 것이었고 다음으로 든 생각은 '아! 사람이 금전적인 문제가 닥치면 바로 얼마 전까지 사이좋게 지내던 사람에게 이렇게도 할 수 있구나!' 하는 것이었다.

자세히 살펴보면 이 소설의 서술시간과 경험시간을 분리되어 있음을 알게 된다. 분양 전환을 둘렀고 갈등을 벌이는 경험시간이 있고, 그로부터 제법 시간을 경과한 다음 사건을 다시 떠올리는 서술시간이 진행된다. "그날 이후 수없이 많이 생각했다." 같은 것을 보면 서술시간과 경험시간 사이의 격차를 확인된다. 사건의 생생함보다는 시간적 거리를 확보한 자리에서 되돌아보는 반성적 시선이 이 소설을 지배하고 있는 것이다. 즉, 이 소설은 사건의 즉시적인 보고가 아니라 사후적인 평가의 결과이다. 무엇이 올바른 행위인 것인지 따져 묻고 있는 작품이다.

여기에 이를 때 이 소설은 이제 사건 조사 보고서나 체험 수기가 아니다. 인간에게 내재되어 있는 악마성에 관한 성찰이 된다. 이 소설의 언설을 따르면 이렇다. 한 인간에게는 선한 면모와 악한 면모가 공존한다. 그런데 자신의 이익과 이기심을 위해 악한 면모가 선한 면모를 압도한다. 그것이 심화되면 악마성이 발현되고 무언가에 홀린 듯 비이성적인 행동마저 서슴지 않는다. 여기에 덧붙여 그것이 집단적으로 모이게 되면 합리적 이성의 통제가 완전히 소거된다. 이익을 공유하는 집단 내부에서는 스스로를 위한 변명을 마련하고 아무런 반성 없이 거침없는 행동으로 나서게 된다.

만약 이 소설을 우리 사회의 한 국면을 비유적으로 그려낸 것이라면 독자의 세계관이나 정치적 성향에 따라 상반된 반응을 보일 것 같다. 누군가는 우리 사회의 집단 광기를 묘파했다고, 그 부정적 속성을 예민하게 꼬집었다고 긍정할 것이다. 또 다른 누군가는 정당한 권리를 되찾으려 시위하는 사람들을 적이자 악마성의 발현으로 바라보는 주인공을 비판할지도 모른다. 이런 상이한 반응을 예상한 듯 소설 속에는 이런 구절도 있다. "사람마다 생각이 다르고 가치관이 다르고 처해진 상황에 따라 일으키는 반응도 다르겠지만 나는 어느 쪽의 옳고 그름을 떠나 자신의 이익과 이기심을 위해 타인에게 도를 넘는 행동이나 폭력을 가하는 것은 옳지 않다고 생각한다." 소설을 다 읽고도 어느 쪽의 손을 들어주어야 할지 선뜻 선택하기 어려운데, 임대 아파트 분양 전환이라는 소재가 감당하기에는 다소 무거운 주제가 아닌가 싶다.

다른 것은 차치하고 주인공이 비상대책위가 불러주는 대로 포기각서를 쓰고 풀려난 후 집으로 돌아오는 장면은 무척 인상적이다. 꼭꼭 닫아두었던 커튼과 블라인드를 젖히고 창문에 겹겹이 붙여두었던 신문지를 떼다가 "그 자리에 쪼그리고 앉은 채 그만 울음을 터트리고 말았다"라는 대목이다. 평범한 일상으로 돌아오기까지 얼마나 힘들었는지, 57일간의 수렁이 선사한 심리적 압박감이 무엇인지가 이 문장 하나로 표현된다. 한참을 버티고, 싸우다가 패배하고 돌아왔을 때, 그 싸움이 아무런 가치나 의미가 없는 것이었음을 문득 깨닫게 되는 허탈함에 가까운 것이지 않을까. 사소하지만 복잡 미묘한 감정이 이 대목에서 고스란히 전달된다. 인간의 이기심, 폭력성에 관한 언설보다 더 눈길을 잡아끄는 것이 바로 이 같은 섬세한 감정의 포착이 아닐까 싶다.

어느 누군가의 이야기

어느 등산가의 선택—신영철 「아들과 함께 가는 길」

신영철의 중편 「아들과 함께 가는 길」은 산악 등반에 관한 여러 내용 위에 삶의 교훈을 얹어놓은 소설이다. 암벽 등반에 쓰이는 각종 도구와 장비, 험준한 산세를 돌파하기 위한 등반기술 등에 관한 내용을 따라 읽다보면 산악 등반에 관한 작가의 해박한 지식에 절로 감탄하게 된다. 소설을 쓰기 위해 자료를 수집한 것이 아니라 등산이 작가 본인의 취미였을 것이라는 추측이 자연스럽게 드는데, 산을 향한 깊은 애정을 소설 곳곳에서 발견할 수 있기 때문이다. 소설 속에서 빈번히 발견되는 교훈적인 요소 역시 오랫동안 산을 사랑하여 가까이하면서 터득한 삶의 진리가 아닐까 생각하게 된다.

두 번째 지점은 우측으로 반 팔 정도 옮겨서 설치했다. 이젠 이 프렌드에 생명을 맡겨야 한다. 암흑이다. 시야를 덮는 것은 바위뿐이다. 바람마저 녹록치 않다. 시종 뒷골에 엉겨 붙는다. 섬뜩하다. 암장 또한 여간 미끄럽지 않다. 머리카락이 쭈뼛거리기도 한다. 그래도 어쩌면 이 어둠이 나을는지도 모른다. 밑이 보이지 않으니 몸 닿는 곳만 최선을 다하면 된다. 세 번째 네 번째 프렌드를 설치했다. 카라비너 홀에 슬링을 걸어 뺐다. 저울에 매달린 짐승 신세다. 만에 하나 프렌드의 샤프트라도 휘어지는 날이면 그대로 저승길이다. 땀방울이 굵다. 전신에서 콩비지처럼 솟구친다.

암벽에 아슬아슬하게 매달린 사람이 그려진다. 캄캄하고, 바람도 불고, 까딱 잘못하면 추락하게 되는 그런 상황이다. 프렌드, 암장, 카라비너 홀, 슬링, 샤프트에 대해 잘 알지 못해도 암벽에 매달린 인물의 전신에서 솟구치는 땀방울에 자연스럽게 집중할 수 있다. 등반 기술에 대한 지식이 없는 사람이라 하더라도 소설의 내용을 따라가다 보면 긴장감을 느끼게 되는 것이다. 그래서 이 소설을 읽다보면 산악 등반의 묘미가 무엇인지 어렴풋하게나마 이해할 수 있을 듯하다.

그리고 또한 가르쳐야 한다. 인간은 태어나면서부터 선택을 강요받는다는 사실을. 최후의 순간인 죽음만이 신의 영역일 뿐 나머지 것들은 무엇이든 선택을 하며 살아가야 하는 것이다. 그 절체절명의 순간 아버지와 아버지의 선배가 그러했듯 나 또한 수많은 선택들과 직면하게 될 것이다. 그리고 이 아들 녀석 또한 최선의 선택이 무엇인지를 이 산을 통해 배워 나가야만 할 것이다.

산이 알려주는 중요한 교훈 중 이 소설이 가장 주목하는 것은 '인간은 태어나면서부터 선택을 강요받는다'는 사실이다. '선택'을 매개로 한 인생과 등산의 비유는 평범하다. 인간이 살아가면서 마주치게 되는 수많은 선택의 기로를 몇 갈래로 나누어진 등산로에 비유하는 것은 여러 소설에서 빈번하게 사용되었다. 그런데 암벽에 아슬아슬하게 매달린 사람이 어떤 전략으로 산을 탈 것인지 고심하는 것이라면 어떤가. 한층 더 긴박하고 극적인 상황이다. 갑작스레 비가 쏟아지고, 멀리서 조난신호가 들려온다. 주인공은 그들을 구조하기 위해 여러 가지 '선택'을 해야 한다. 그야말로 '선택을 강요받는다'. 극적인 긴장감과 산에서 얻은 교훈이 긴밀하게 결합되어 있는 작품이다.

짙고 검은 바람이 악마의 울음처럼 매섭다. 방법은 간단하다. 후등자가 스스로 자일을 끊으면 된다. 하지만 저럴수록 삶에 대한 애착은 더더욱 강해지는 법 아니던가. 선등자는 의식마저 마비되어 있는 듯하다. 반대로 후등자가 선등자를 잘라내면 된다. 그렇다고 누가 줄을 끊어라 외치겠는가. 후등자도 그걸 몰라 저러고 있는 것은 아니지 않겠는가. 어쩌면 숨이 멎어가는 저 선등자로 인해 후등자마저 죽음을 맞게 되는지도 모른다. 선등자의 의식이 남아있어 제 스스로 끊는다면 거룩한 죽음이 될 것이다. 반대로 후등자가 절단을 하게 된다면 제 혼자만 살아남고자 했다는 비열한 행위로 지탄받게 될 것이다.

난파되는 여객선이 있었다. 8인승 보트 하나가 던져졌다. 십여 명이 엉겨 붙었다. 보트의 성질을 잘 알고 있던 한 사내가 두 사람을 바다 속으로 밀어 넣었다. 살아남기는 했지만 나중 그 일곱 사람은 자신들이 생존했음에도 불구하고 그 사내를 악마로 매도하며 비난했다.

셋 다 살린다는 것은 불가능한 일이다. 시간이 지체될수록 텐트 속 젊은이조차 위험하다. 비록 선등자가 시신으로 굳어있다 할지라도 둘을 살리기 위하여 하나를 포기한다면 그 난파선의 사례처럼 살아있을지도 모르는 생명을 버렸다는 이유로 크나큰 비난에 시달리게 될 것이다.

선택은 쉽지 않다. 비열함과 거룩함 사이에서 무엇을 취할 것인지 고민이다. 자신의 목숨을 지키면 다른 사람이 희생당하고, 다른 사람을 지키자니 자기 목숨이 위협당하는 상황이다. 평범한 일상 속에서 마주하게 되는 그런 고민이 아니라 누군가의 목숨이 걸린 것이기 때문에 비장함마저 감돈다. 조난자를 구조하려는 주인공에게는 한 단계 더 복잡한 선택의 조건이 부여된다. 둘 중에서 누구를 구조하고 누구를 희생시킬 것인가. 어떤 선택을 하든 그 선택의 결과는 일정한 희생을 피할 수 없고, 그로 인해 사회적 비난이 예상되는 상황이다. 난파선의 딜레마. 아예 모른 척 해버리는 것이 낫겠다 싶은 생각이 잠깐 드는 것도 무리는 아니다.

이 소설은 이러한 긴장감의 정점에서 과거를 회상한다. 과거 선배가 주인공의 목숨을 구하기 위해 희생했던 것을 떠올리는 대목이다. 선배가 추락사한 그날의 진실은 오랫동안 침묵 속에 있었고, 선배의 죽음에 대한 책임을 누구에게 물어야 하는지 결론내지 못한 채 이십 년 넘게 지내왔다. 우연의 일치인 듯, 그때와 비슷한 상황이 펼쳐지고 선등자와 후등자 모두를 구조해야 하는 주인공의 시선에서 과거의 상황이 객관화되어 정리된다. 그동안 침묵 속에서 지속되던 죄책감과 부채감이 암벽에 매달린 극적인 상태에서 터져 나오고, 스스로의 산목숨을 희생했던 숭고한 선배에 대한 회상은 조난신호를 외면하지 않게 한다.

과거와 현재의 다소 도식적인 대응 구조, 갑작스럽게 내리는 비 같은 우연적인 처리, 조난자를 구출하고 난 뒤 산에 오르는 사람의 겸허한 자세에 관한 일장 연설 등은 소설적인 맛을 떨어뜨린다. 특히 소설의 시작은 일인칭 시점으로 시작했다가 갑작스레 삼인칭 시점으로 바뀌는 시점 운용의 허점을 노출하기도 하는 아쉬움도 있다. 그러나 앞서 살핀 바와 같이 인간은 태어나면서부터 선택을 강요받는다는 누구도 부인할 수 없는 진실을 산악 등반이라는 소재를 통해 자연스럽게 녹여낸 점은 긍정적으로 평가할 수 있다. 인간 존재와 인생에 관한 성찰적 문제의식을 소설의 이야기 전개 속에 자연스럽게 어울리도록 만드는 것이 그리 쉬운 일은 아니기 때문이다.

어느 여행자의 기록 — 우한용 「도도니의 참나무」

우한용의 중편 「도도니의 참나무」는 그리스 여행기의 외관을 취한다. 그러나 평범한 여행기와는 달리 기묘한 긴장감으로 가득한 것이 심상치 않다. 소설의 주인공은 그리스를 떠나 한국으로 향하는 루프트한자 이코노미 좌석에서 무언가에 쫓기는 듯한 강박감에 짓눌리며 필사적으로 글을 남긴다. 비행하는 열 시간 동안 글쓰기를 통해 그리스에서의 일을 기록하고 정리하는 일에 왜 이토록 위기감과 조급증을 느끼는가? 도대체 그리스에서는 무슨 일이 있었기에, 무엇을 보고, 무엇을 경험했기에 지금 일종의 형벌과도 같은 글쓰기를 수행하고 있을까? 단순한 여행기가 아니라 스릴러의 맛도 느껴지고, 지적인 단상도 자유롭게 펼쳐지는 독특한 형식의 글이 소설의 형식을 빌려 흥미롭게 펼쳐진다.

주인공 진정일은 그리스 유학을 준비 중이다. 유학 동기는 단순하다. 퇴직을 앞둔 아버지가 뒷바라지를 약속했고, 친구 박일용이 유럽문화의 정통 뿌리를 배우라고 권유했다. 무엇보다 수니온의 노을을 보면서 그리스의 아름다움에 매료되었기 때문이다. 소설의 초반 주인공이 그리스 유학을 계획하게 된 동기는 지극히 낭만적인 것으로 그리스에 대한 우리의 기초적인 배경지식과 크게 다르지 않다. 여행을 시작하는 관광객이 흔히 가지는 약간의 설렘과 기대감 역시 엿보인다. 곧 이 소설을 읽는다는 것은 주인공의 시선과 이동경로를 통해 간접적으로 그리스 여행을 경험하는 것이 된다.

이와니나의 아침은 눈을 둘러쓰고 있는 산봉우리에서 내려오는 신령스런 기운이 섞인 공기와 함께 햇살이 벌고, 잔설이 남은 봉우리는 하늘에 그 꼭대기를 살짝 감추고 구름 사이로 흘러나오는 빛을 받아 퍼렇게 날이 서게 잘 갈아놓은 칼날처럼 빛을 발했다. 그 산봉우리에 여기 사는 사람들의 정신이 깃들어있는 것인지도 모른다는 생각을 했다. 정신이 쇄락해지는 느낌이 들게 다가오는 공기가 살아 있었다. 그 서늘한 기운은 낯익은 것이었다. 전에 백두산에 갔을 때 산정에 눈이 아직 덜 녹은 오월이었는데, 산록의 녹음과 산정의 눈이 어울려 뿜어내던 영기(靈氣)서린 그런 기운과 닮아 보였다.

간접적인 여행 경험이라면 일차적으로 여행지의 풍경 묘사에 관심이 갈 수밖에 없다. 산봉우리에 관한 묘사에서는 사진으로 보는 것과는 다른 풍성한 느낌이 전달된다. 풍광 속에서 전해지는 경외감 속에서 쉽게 형언할 수 없는 쇄락을 발견한 것에 관한 묘사. 백두산의 영기서린 기운을 연상케 되는 것은 아마도 그리스의 풍경이 사람을 오래된 신화의 세계로 끌고 들어가기 때문이리라. 비록 그리스에 가보지 못했다 할지라도 그곳의 분위기를 충분히 짐작할 수 있게 하는 묘사다.

인상적인 묘사 옆에 첨부되어 있는 '적자생존'의 조언이 무척 흥미롭다. 주인공의 대학 지도교수의 조언이라는데, '적자(適者)'가 아니라 '어떤 내용을 글로 쓰다'라는 의미를 지닌 단어인 '적다'의 청유형으로 읽어야 할 듯하다. 열심히 적자, 그래야 생존한다는 풀이. "가는 데마다 흘러 다니는 돈이 널려있다. 글을 써서 그 돈을 잡아라. 그럴 준비를 하자면 '적자생존'을 명심해라. 적는 사람만이 살아남는다." 풍경을 카메라로 열심히 찍어놓고, 기억을 도울 책자를 사고, 혹시라도 필요할 것 같은 사항을 꼼꼼히 메모하면서 기록하는 것이 '적자생존'을 실천하는 길이다. '기자수첩 한 권을 가득 채우고 뒷면을 써야할 만큼 뿌듯한 양'을 기록하는 그런 방법에서 어쩌면 실제 작가의 모습을 연상할 수 있을지도 모른다. 또 그러한 성실한 '적자생존' 덕분에 이 소설 속 그리스의 풍경 묘사가 생생한 활력을 얻을 수 있었을 것이다.

헤로도투스가 도도니를 찾아왔단다. 그런 데 신전에서 복무하는 사제가 그에게 이야기를 했다. 이집트의 테베에서 검은 비둘기 두 마리가 날아올랐다. 하나는 지금의 리비아에서 제우스 암몬 신전을 찾아 깃들고, 다른 한 마리는 바다를 건너고 핀도스 산맥을 따라 올라오다가 이곳 도도니에 다다라 참나무에 내려앉았다고 한다. 그러고는 사람의 목소리로 여기다가 신전을 지으라는 제우스의 신탁을 말했다.

이게 히에라 오이키아, 제우스 신전인데 저기 그 가운데 버티고 선 게, 신탁을 전하는 참나무입니다. 가서 끌어안고 쓰다듬어 보세요. 그리고 잎이 무성한 오월, 꾀꼬리가 울고 비둘기가 날아가는 계절에 여길 왔다고 생각하며 신탁이 내리는지 음미해보세요.

소설 속 그리스는 현재에도 여전히 과거의 신화가 살아 숨 쉬는 공간으로 그려진다. 잠시 주변을 살펴보면 제우스의 신탁을 전하던 참나무가 저만치 서 있는 그런 곳이 그리스다. 제우스와 포세이돈이 신전 속에서 걸어 나올 것 같고, 어쩌면 신화시대의 신탁이 지금도 들려올 것 같은 곳이 소설 속에서 그려지는 그리스다. 이 소설은 바로 이러한 그리스의 특성에서 소설적 영감을 얻는다. 이 소설은 신화의 상상력이 고스란히 살아 있는 그리스에서 허구와 실제의 착종이라는 영감을 얻는다. 신화적 상상력이 인물이나 사건을 통해 소설적 육체를 확보하는 것이다.

고인덕 박사라는 흥미로운 캐릭터는 신화적 상상력의 작동을 잘 확인시켜준다. '도도니 신전의 여사제'로 불리는 고인덕 박사는 모성성의 상징인 어머니와 에로스와 공포를 함께 자아내는 팜므 파탈의 이미지를 동시에 펼친다. 아프간 난민들이 있는 곳을 쫓아다니며 구호활동을 펼치는 데서 젖을 짜서 먹이는 어머니의 모습과 환상인지 현실인지 분간이 어려운 몽롱한 꿈속에 나타나 주인공을 성적으로 유혹하는 요부의 모습이란 여성성의 여러 원형에서 뿌리를 두고 있다. 비밀스러운 결사 조직에 깊숙이 가담해 있는 듯한 암시까지 겹쳐지면서 고인덕 박사는 더욱 신비스럽고 유혹적인 여성 인물로서의 생명력을 확보한다.

　나무에 매달린 시체, 장기 매매, 경찰의 수사, 고인덕 박사를 향한 여러 의심, 폭행, 여권 갈취, 독이 묻은 칼 등 한 편의 스릴러 영화를 연상하게 하는 내용들이 연달아 펼쳐진다. 혹시 일련의 사건들이 신화적인 상징을 담고 있는 것은 아닌가? 하는 생각에 미치면 소설 속 사건의 이면에 숨겨진 의미를 추측하고 음모의 주체가 누구인지 추리해보는 재미에 빠져들 수 있다. 다만 사건이 복잡하게 펼쳐져서 다소 혼란스러운 감이 있고, 사건의 흐름을 따라갈 실마리가 너무 적게 제시되고, 마지막 대목에서도 모호한 결말이 내려지고 있어 흥미의 측면에서는 아쉬운 점이 있다.

　한편에서는 긴박한 사건이 연이어 벌어져 긴장감을 고조시키고, 다른 한편에서는 그리스가 당면한 여러 현실적 문제를 소개하고 따져본다. 주로 다루어지는 현실 문제는 그리스 경제 위기, 유럽 난민 사태, 군부 독재 경험 등이다. 고인덕, 진정일, 빈정만 세 사람이 그리스 사회를 둘러싼 문제들에 관한 대화를 나누는데, 그리스에 관해 전공한 사람들이라는 설정 탓인지 대화 내용이 단순한 상식적 수준보다는 심도 있다. 분량상으로도 제법 많은 비중을 차지하고 있고, 내용상으로도 가벼운 대화가 아니라 진지한 토론의 성격을 지닌다.

"그리스는 풀 길 없는 난제에 시달리고 있잖아. 경제가 엉망이고 실업이 증가하고 난민이 밀어닥치는 바람에 기본 생활 질서가 흔들리는 상황이지. (…) 너들도 알지? 내부적으로 경제 때문에 문제가 큰데 난민들까지 밀려오지요, 실업자들도 늘어나고 있지요, 젊은 사람들도 살길이 막막해서… 그런데 일찍 EU에 가입한 그리스를 나무에 올라가라 올라가라 해놓고는 흔드는 식이지 누구 하나 나서서 도와주거나 문제를 해결하려고 성의를 보이는 나라가 없잖아. 예고된 파업도 그런 문제와 복잡하게 얽혀 있는 거고."

그러니 그리스를 그렇게 낭만적으로만 보지 말라, 여기는 여기대로 현실적으로 해결해야 할 문제를 안고 있으니 유학을 온다고 해도, 이곳의 현실을 직시해야 한다는 이야기를 하고 있었다.

주인공이 유학을 결심한 동기는 단순하고도 낭만적이었다. 그리스 바닷가의 아름다운 경치가 그의 마음을 이끌었고, 그저 관광객의 입장이었다. 그러나 막상 유학을 본격적으로 준비하는 과정에서 겪은 여러 사건들은 주인공의 마음을 바꾸어놓는다. 아름답게만 보였던 그리스에서 다른 면을 목격했기 때문이다. 하나의 문제는 다른 문제와 복잡하게 얽혀 있다. 그리스가 처한 국가부도 위기나 몰려드는 난민사태는 지극히 현실적인 문제다. 유학을 결심하는 것으로 소설을 시작했다면 유학에 대해 회의를 가지는 것으로 소설을 마무리된다.

그리스가 처한 상황을 대개는 이해할 수 있었다. 그러나 한편으로 그리스 사람들의 사고방식과 국가를 운영하는 방식에도 문제가 있다는 생각이 들었다. 너무 안이한 생활방식으로 살아간다는 것과, 일종의 포퓰리슴으로 국민에게 환상을 불어넣고 현실을 이념의 장막으로 가리는 정치가들의 술책이 문제란 생각이 들었다. 국민들의 현실인식을 안이하게 몰아가는 것이었다. 그렇게 생각하고 나니 고개가 갸웃해지기도 했다. 이런 나라에 유학을 온다는 것이 무엇인가 싶은 것이었다.

    가볍게 읽고 지나갈 만한 내용이라기보다는 조금은 깊이 생각해보아야 할 문제들이 소설 곳곳에서 고개를 든다. 그리스가 겪고 있는 곤란함이란 우리나라의 현실과도 어느 정도 연결되어 있는 것이기 때문이다. 어떤 분야는 우리와 비슷해서 참고해야 하고, 다른 분야는 우리와 너무도 다르기 때문에 참고해야 하는 나라가 그리스다. "이들은 역사를 지연하면서 살아가는 사람들이야. 우리는 역사를 앞당기려고, 축약하려고 애를 쓴 셈이고. 둘 가운데 어떤 것이 더 바람직한가 하는 결론은 쉽지 않아." 고인덕 박사의 말대로 결론을 내리는 것은 쉽지 않을 것이다. 다만 이 소설이 여행기의 외관을 지니고 시작했지만, 그리스를 매개로 문제를 제기하고, 고민거리를 선사하는 것을 목적으로 한다는 것만은 분명해 보인다.

어느 장의사의 죽음 ─ 이만재 「메모리얼 스톤」

　이만재의 중편 「메모리얼 스톤」은 시한부 판정을 받은 주인공이 남은 생을 정리하면서 벌어지는 일들을 소설의 내용으로 삼은 작품이다. 어디까지나 소설 창작의 측면에 한정할 때 얼마 남지 않은 시간 동안 삶을 정리해야 하는 이 작품의 주인공이 처한 상황은 그리 참신하지 않다. 그러나 그런 주인공이 죽음을 다루는 직업인 염장이라면, 그동안 살아오면서 죽음을 숱하게 다루어 본 사람이라면 소설 속 상황은 좀 더 흥미로워진다. 죽음을 대하는 독특한 태도에 주목해야 하는 소설이다.

　남의 주검을 통하여 삶의 무상함을 누구보다 실감해왔던 것이다. 죽음은 삶에 공존한다. 무엇이든 생명이 있는 한, 반드시 사라진다. 아니 사라져야만 한다. 뭐 생존이란 것이 별건가. 이 광대한 우주에서 누구든 무엇이든 하나의 티끌일 뿐, 생명이 아닌 것은 죽음이 없다. 한사코 죽음은 생명을 들어먹다가 모든 것을 찰나에 거둔다. 부자도 빈자도 현자도 의인도, 그 앞에선 무력하다.

　죽음은 영원한 물음표다. 대부분의 죽음은 얼마 가지 않아 유족의 기억에서 사라진다. 핵가족으로 가정이 해체되면서, 고독사, 무연사 등 버려진 죽음이 점점 늘어난다. 죽음은 결코 낯익은 것도 낯선 것도 아니다. 그냥 애매모호하다. 자신의 것도 타인의 것도 아니면서, 그것은 마치 낮잠 자는 것처럼 일시적인 것이 아니면서, 영원히 지속되는 것이다.

염장이인 달호의 일과는 언제나 남의 죽음을 일정한 장소와 시간이 가진 남의 사건으로만 취급해온 셈이다. 생존의 시간은 오직 존재하는 것일 뿐. 과거나 미래에선 시간은 무용지물. 시간은 언제나 현재를 잘게 토막내어, 그 순서대로 머물다 사라진다.

주인공인 염장이 달호는 남성유방암 판정을 받았다. 남성유방암은 종양이 유방 밖으로 퍼져 생명을 위협하는 악성 종양으로, 특별한 치료법이 없는 형편. 순순히 죽음을 인정하고 생의 마지막을 준비하는 일만 남았다. 직업상 다른 사람의 죽음을 다루어온 주인공이기에 일단은 무덤덤하게 죽음을 받아들인다. "사람은 누구나 혼자다. 혼자의 삶을 살고, 혼자의 죽음을 혼자서 죽는다. 어차피 죽기는 매일반. 사고사든 안락사든 죽음은 일회성 완결의 종지부." 염장이로서 바라본 죽음은 신체의 기능이 모두 중지되어 생명이 다하는 일종의 물리적 현상 같은 것이며, 누구나 피할 수 없는 공평한 것이며, 절대적인 허무로 귀결되는 과정이다.

창밖 밤하늘을 올려다본다. 검은 밤하늘에 뽀얀 달이 떠 있다. 돌이켜 생각하니, 여직 살아온 날들이 아련한다. 시한부 목숨이 왠지 애달프고 서운하다. 뜨거운 눈물 줄기가 볼을 타고 흘러내린다. 달호는 긴 밤을 하얗게 새운다.

그러나 아무리 죽음을 무덤덤하게 보아온 염장이라도 자신의 죽음은 또다른 의미를 지닌다. "남들의 안타까운 주검을 지겹도록 보아온 터라, 죽음에 대해 그다지 놀라지도 않는다. 다만 죽음이 남의 문제가 아니라, 자신의 문제라는 점이 왠지 서럽다." 왠지 서럽다는 서툴고도 투박한 감정 표현 속에는 말로 표현된 것보다 훨씬 많은 내용과 사연과 울분이 응축되어 있다. 겉으로는 표현하지 않지만 시한부 선고를 받은 주인공의 심정은 혼란스럽고 복잡하기만 하다. 염장이로서 접하는 죽음은 이성적인 영역에서 차분히 통제되지만, 정작 본인에게 죽음이 다가올 때는 감성적인 측면에 속하면서 지극히 혼란스러울 수밖에 없다. 이러한 양가적인 모습이 죽음을 앞둔 한 인간의 솔직한 모습이 아니겠는가라고 이 소설은 말한다.

주인공 달호는 버킷리스트를 만든다. 버킷리스트에는 두 개의 할 일을 적는다. 하나는 자신의 관을 직접 짜는 것이고, 다른 하나는 외아들 형찬을 염장이로 만드는 것이다. 전자는 자신의 생을 정리하는 것, 후자는 자신의 생을 대물림시켜 연장시키는 것. 소설 속에서는 전자보다는 후자에 더 많은 내용을 할애한다. 전자는 순전히 자신의 계획대로, 자신의 힘으로 진행하면 되는 일인 반면, 후자는 사이버 폐인이자, 은둔생활을 하는 백수, 히키코모리에 가까운 아들의 습관이나 사고방식 전반을 뒤바꾸어야 하는 것이기에 훨씬 더 어려운 일이다.

대개 병원에서 장례절차는 운구 전에 상주의 연락처, 주치의, 병명 등 일반사항을 알려준다. 임종 첫째 날은 염습실로 운구되어온 주검을 수시(收屍)하고 고인을 안치 한다. 둘째 날은 염습(殮襲)－반함(飯含)－입관(入棺), 셋째 날은 발인식－운구－장지 매장 또는 화장 등 모든 절차를 마치고, 고인의 시신이 염습실에서 온전히 벗어나 는 순간까지, 자리를 지켜야 한다. 그런 달호가 외아들 형찬은 늘 못마땅하다. 시체 냄새가 난다며 달호 옆에 앉기를 꺼려한다. 간혹 장례식장에서 얻어온 반찬은 물론, 함께 식사하는 것조차 꺼려한다. 그러면서 종일 골방에 틀어박혀 컴퓨터만 조몰락거린다.

아들 형찬이를 염장이로 만들기 위해서는 염습과 관련된 여러 절차와

업무를 교육시켜야 하고 이 과정에서 자연스럽게 염습에 관한 매우 디테일한 내용들이 소개된다. 이를 테면 달호는 용돈을 미끼로 내걸고 아들에게 수의를 입히는 순서를 가르친다. 첫째, 심의에다 중치막을 끼운다. 둘째, 저고리에 적삼을 끼워 뒷고대와 좌우 소매 끝을 명주실로 꿰매어 놓는다. 셋째, 속바지를 허리에 꿰맨 다음, 버선을 신기고 바지를 입힌다. 허리띠를 매고 대님과 행전을 채운다. 넷째, 상의 저고리와 중치막을 끼운 심의를 입힌다. 다섯째, 망건과 복건을 씌우고, 충이로 귀를 막고 명목으로 얼굴을 싸고 조대를 매고 습신을 신긴다. 염습실에 들어와서 참관하는 듯한 상세한 묘사를 보고 감탄하지 않을 수 없다.

염장이 대물림이라는 버킷리스트 할일은 애완동물 장례관리사라는 신종 직업에 대한 내용으로 이어진다. 핵가족화를 비롯, 독신주의자의 증가, 무자녀 부부 및 독거노인 증가 등 가족구조 변화와 맞물려 애완동물을 가족으로 여기는 사람이 점차 늘어나는 추세이니 사랑하던 애완동물이 죽었을 때 어느 정도 절차를 갖춘 장례를 치러주겠다는 사람도 많아지고 있다는 것, 그래서 나온 새로운 직업이 애완동물 장례관리사라고 한다. 애완동물 장례에 관한 법령, 사람에 못지않은 장례 절차, 장례비용 등이 상세하게 소개된다. "애완동물 장례관리사도, 따지고 보면 염장이라, 가업을 대물림 받은 셈이다." 신기한 신종 직업 소개가 나름대로 재미있다. 더 나아가 이 소설의 제목이기도 한 '메모리얼 스톤'에 관한 서술 같은 것도 눈길을 끈다.

하늘나라 애완동물 장례식장'을 찾아오는 의뢰인들 중에서 메모리얼 스톤을 영혼석(靈魂石)이라며, 더러 주문하기도 한다. 형찬도 그들의 심정을 비로소 이해할 것 같다. 유골을 고온으로 플라즈마 방식의 완전연소 단계를 거친다. 고체가 녹아서 액체가 되고, 그것을 급랭시켜 얻어진 결정체. 즉 유골을 재처리해 작은 돌멩이 형태가, 바로 메모리얼 스톤이다. 반려보석 사리인 액세서리. 추억을 가슴속에 품거나 사 별에 따른 비탄의 치유를 위해서다. 부패나 냄새나 변형이 없어, 더러 목걸이나 팔찌 나 열쇠고리 등으로 만들어 몸에 지닌다.

물론 이 소설이 신기한 소재, 새로운 직업의 세계를 소개하는 데만 초점을 맞추고 있는 것은 아니다. 아버지 달호의 죽음을 계기로 해서 아들 형찬이 새로운 삶을 살아가는 과정을 찬찬히 보여준다. 그러면서 처음에는 염장이 아버지에게서 시체 냄새가 난다면서 피하던 아들이 점점 아버지의 직업을 받아들이고, 아버지가 살아온 삶을 이해하고 노력한다. 죽어가는 아버지의 삶을 돌아보고, 살아가야 할 자신의 삶도 함께 돌아보는 일이 동시적으로 진행되는 것이다. 장례의 속성이 본래 그러한 것이 아닌가. 달호의 유언이 짚고 있는 것처럼 의례는 죽은 자들이 아니라 산 자들을 위한 것이다. 죽은 자의 삶을 돌아보고, 산 자들의 자세를 돌이켜보는 것이 장례라면 이 소설은 등장인물의 변화를 통해 이러한 주제를 구현한다. 흥미로운 소재, 자료 조사의 성실성, 죽음에 관한 성찰이 잘 어우러진 작품이다.

기억 속의 얼굴

회상의 형식—김명희 「금빛 여자 중학교」

    김명희의 단편 「금빛 여자 중학교」는 읽는 이의 마음을 은근히 잡아끄는 매력이 돋보이는 작품이다. 시골에서 올라와 어리둥절해 하는 어린 소녀의 행적을 따라 펼쳐지는 이 소설은 화려하거나 흥미진진한 내용 전개와는 거리가 멀다. 기대와 불안이 교차하는 소녀의 마음을 따라 펼쳐지는 잔잔한 여정은 어찌 보면 단조롭기 그지없다. 하지만 소녀가 버스도 타지 않고 타박타박 길을 걷는 대목에 이르면 어느새 소녀와 길을 함께 걷는 듯한 느낌을 받는다. 소녀가 어머니를 만나 울음을 터트리는 대목에서는 소녀를 다독여주고 싶은 생각도 든다. 이런 감정 이입은 많은 부분 서술자의 설정에 따른 결과로 해석할 수 있다.

    이 소설에서 서술을 이끌어 가는 존재는 일인칭 화자인 '나'이다. '나'는 금빛 여자 중학교 입학시험을 치르기 위해 시골에서 올라왔다. 시골에서는 제법 똑똑하다는 소리를 듣는 소녀지만 아직은 복잡한 세상사를 헤아리기에는 부족함이 많은 나이다. 미성년으로 설정된 소녀는 딱 자신의 나이에 해당하는 만큼의 인식력과 판단력으로 세상을 바라본다. 또래에 비해 똑똑하긴 하지만 아직은 순진무구한 눈으로 세상을 바라보는 소녀의 시선을 따라 서술이 이루어진 결과 소설의 내용은 한없이 투명할 수 있었다. 한편으로는 힘들고 자존심 상하는 일들이 연이어 벌어지지만 소녀의 순수함을 통과하면서 아름다운 서정성의 결정체로 승화될 수 있었다.

그런데 순진하고 순수한 서술자의 설정은 어디까지나 '회상'이라는 또 다른 소설적 장치의 결과임을 놓쳐서는 안 된다. 표면적으로 서술을 이끌어 가는 존재는 어린 소녀이지만, 소녀가 처한 상황을 묵묵히 지켜보고 있는 존재가 소설의 한 편에 따로 있다는 것이다. 이 소설의 마지막 문장을 한 번 살펴보자. "얼마 뒤에 나는 노란 봉투에 든 합격통지서를 우편으로 받았지만, 그곳에서 안내하고 있는 등록을 위한 절차 등을 밟지 않고 그해 겨울을 어영부영 넘겼다." 어린 소녀인 '나'가 있고, 세월이 제법 흐른 뒤 성인이 된 '나'가 '그해 겨울'을 회상한다. 또한 고모의 이상한 행동이 지닌 의미는 어린 소녀가 파악하기에 무리가 있는데, 이때 "훗날의 회상을 통해서야 제대로 알았다."라면서 성인이 된 '나'가 자신의 존재를 슬쩍 드러내며 개입에 나선다.

어린 시절의 회상은 언제나 아련한 추억이다. 그 회상의 내용이 기분 좋은 것이든 나쁜 것이든 상관없이 시간의 흐름을 거친 것이기에 소중하고 애틋하기만 하다. 즉, 이것은 내용보다는 형식이 우위에 놓이는 상황이다. 어떤 내용이든 상관없이 '회상의 형식'을 거친 것은 소중하고 애틋하다는 말이다. 나아가 이러한 형식의 우위는 어느 개인의 특수한 경험에 국한되는 것이 아니라 누구나 공감할 수 있는 보편성을 지향한다. 몇 시간 동안 낯선 곳을 헤매다가 엄마를 만났을 때, 기쁘고도 서러운 묘한 감정 같은 것이 그러하다. 저마다 그런 비슷한 경험이 있기에 이 소설에서 말하는 내용에 쉽게 공감할 수 있지 않을까. 소설은 금빛 여자 중학교 입학시험을 치러 간 소녀가 겪은 일을 이야기하고 있지만 소설의 독자는 저마다 어린 시절의 추억을 떠올리는 구도다.

도시의 구조나 규모에 대한 이해가 부족했던 엄마가 섣불리 금빛 여중에서부터 반대편의 하늘병원까지 걸어갈 엄두를 냈듯이, 걷기와 차로 이동하기의 거리 차이에 대한 개념이 없었던 나는 감히 그 정도의 고행길이 되리라고는 상상하지 못했었다. 타박타박, 걷고 또 걸었다. 십 리 가까이 되는 집에서의 등하굣길은, 언제나 그다지 멀지 않게 느껴졌다. 차들이 위협적으로 스쳐가며 흙먼지를 날리는 일도 없었을 뿐더러, 지치기 전에 익숙한 목적지에 닿을 수 있었으며, 무엇보다 친구들과 재잘대며 즐겁게 걷기 때문이었다. 이곳에서는 그 모든 것이 달랐다. 트럭이며, 버스들은 심심찮게 지나치며 나의 안전을 위협함과 동시에 눈도 뜰 수 없는 흙먼지 속으로 몰아넣었고, 다리는 이미 뻣뻣하게 아파오는데도 노대체 목적지가 얼마나 남았는지 알 수 없어 막막하고, 마을 가까운 곳이든 들판 한가운데든 걷는 사람은 오직 나 혼자뿐이니 외롭고도 무서웠다. 게다가, 걷다 보니 점심때가 훨씬 지난 듯 배가 몹시 고팠다.

엄마도 나도 나의 입학시험을 위해 집을 떠나왔지만, 엄마는 처음부터 당숙의 병과 죽음을 보기 위하여 이곳에 온 사람처럼 되어버렸다. 엄마를 보는 순간 울음이 터졌다. 고생이 끝났다는 안도와, 어쩌면 안 할 수도 있었을 지독한 고생에 대한 억울함과, 그 어떤 불길한 예감의 울음이었다. 실은 이곳에 도착한 첫날부터 불길한 예감이 들었을 테지만, 실감하지 못하고 있었다. 초상집 분위기 완연한 당숙 집 마당을 들어서면서 비로소, 막연했던 불길한 예감의 실체를 본 것 같았다.

이 소설은 그저 어린 소녀가 낯선 도시에서 고생한 이야기에 그치지 않는다. 이 소설은 회상의 형식을 통해 서운함, 섭섭함, 무서움, 기대, 실망 등 복잡다기한 감정을 호출한다. 이러한 다양한 감정들은 추억이라는 이름으로 뭉뚱그려져 한 손에 고이 쥐어진다. 시간이 한참 흐른 뒤 그 손을 펼쳐보면 아련함만이 남아 있을 따름이다. 복잡한 감정들을 아련함으로 바꾼 것이 바로 시간의 위력이다. 이 같은 시간의 위력 앞에서 인간은 그저 겸허하게 수긍할 따름이라고 이 소설은 말한다. 격조 있는 작품이다.

모순 혹은 허무―이상은 「그 남자의 칼」

이상은의 단편 「그 남자의 칼」은 슬픔, 그리움, 허무에 관한 처량한 노래다. 주인공의 불행한 결혼 생활, 남자의 불우한 어린 시절, 형벌과도 같은 치명적인 불면증 등의 내용을 쌓아 올리는 것은 결국 독특한 소설의 정서를 구축하기 위해서다. 간단한 말로는 표현될 수 없는 복잡 다양한 감정을 드러내기 위해 비유와 상징도 적극적으로 활용한다. 이 소설에서는 논리나 설명보다는 비약을 동반한 격렬한 감정의 표출이 더욱 두드러진다. 그래서 상당히 불친절하고 거친 문장이 난무하는데, 그것이 이 소설의 매력일 수도 있겠다.

가위로 김치를 잘랐던 내게, 주방의 기본은 칼이라면서. 그가 건네준 은어(隱語)를 닮은 칼. 그 시퍼런 칼날은 까닭 없이 두근거리는 내 심장의 떨림을 들었나, 꼿꼿이 날을 세우고 내 머리 위에서 물처럼 표류했어. 마치, 그와 나 중간 사이에서 태곳적부터 존재하고 있었다는 듯이. 그에게 칼은 무엇인가, 나에게 칼은?

그는, "주방에서 칼은 그리움이야." 그러고는 아주 오랜 습관처럼 간절히 칼등을 쓰다듬었어. 그는 "느껴봐. 칼도 때에 따라서 생명이 있어. 칼을 잡으면 가슴이 설레기도 하고." 지지 않고 오기로 나는 말했지. "칼은 인연이야." 내가 말한 인연이 그의 그리움보다 뒤로 밀린다는 부끄러움으로 간지럼을 타, 하마터면 소리 지를 뻔 했어. "웃겨."
라고. 우리는 서로 상반된 사고로 말다툼을 하며 한 발씩 가까웠어.
이렇게 엉킨 그와 나의 칼.

이 소설은 칼을 그리움이라 부르고 있다. 도대체 왜 칼을 그리움이라고
하는 거지? 그냥 그리움이라고 할 뿐이다. 무척 불친절한 소설 문장이다.
이러한 불친절한 문장을 한참 따라가다 보면 그 남자에게 칼은 돌아가신
아버지를 향한 그리움과 연결되어 있음이 드러난다. 워낙 툭툭 던져진 불
친절한 문장 탓에 읽으면서 상당한 주의를 기울이지 않으면 자칫 놓칠 수
도 있다. 따라올 테면 따라와 보라는 식의 불친절이다. 의미 파악의 노력이
요구되는 불친절이다.

같은 칼을 두고 인연이라 부르기도 한다. 다른 것도 아니고 왜 하필 인
연인가? 이렇게 물어보는 것은 소용없다. 그저 인연이라 부를 뿐이다. 상
당한 비약이 동반된 명명법이다. 칼을 인연에 강제로 끌어다 붙이는 것, 수
사학적으로는 비유에 해당한다. 원관념과 보조관념의 거리가 멀수록 비유
의 참신함과 강도는 센 법이다. 왜 칼을 가리켜 인연이라고 부르는 것인지
는 그저 소설이 끝날 무렵 희미하게 짐작될 따름이다. 반면 강제로 끌어들
인 비유의 강도는 팽팽한 긴장을 늦추지 않는다.

자세히 살펴보면 이 소설의 모든 것이 그렇다. 논리적으로 차분히 설명
되는 것은 없다. '칼날 없는 무딘 칼'에서도 역시 그런 경향이 잘 파악된다.
고기를 부드럽게 만들기 위해 쓰는 칼날 없는 무딘 칼이 과연 어떤 의미를
지니고 있는지를 파악하는 것은 여간 어려운 일이 아니다. 칼 만들던 장인
이 아들에게 칼을 물려주었다는 옛날이야기에서 아버지에게 고기를 다져
서 드리기 위해 요리사가 된 남자의 사연이 급격한 비약 속에서 결합된다.
거친 비유의 방식을 그대로 닮아 있다. 가족성 불면증으로 인해 돌아가신
아버지를 향한 그리움이 피어날 무렵 남자는 자신의 아버지와 같은 병으로

목숨을 잃는다. 이제 혼자 남게 된 주인공은 남자를 그리워하고, 자신과 남자를 연결시킨 인연을 곱씹는다. 그러니 칼은 그리움인 동시에 인연이다.

반복되는 하루를 나는 날마다 잘라내도 끝없이 밀려오는 거대한 물이라고 생각했다. 살아간다는 것은 성장을 멈추지 않는 턱수염을 날마다 정갈하게 자르는 것처럼, 삶의 목표가 깊은 물속에서 읽어낼 수 없도록 흔적도 없이 사라지고, 중심을 잃은 심연의 무게를 견디려고 수없이 칼로 쳐보지만 가차 없이 헛수고로 되돌아오는 부메랑이라고. 칼로 물을 치는 것은 헛된 수고로움인데도 나는 이 기막힌 모순에 매달려 살아간다. 더군다나 살아간다는 것은 칼로 베어지는 게 아닌데도. 그 삶의 무게는 악랄하면서도 서슬 시퍼런 영원의 칼이기도 하다. 칼이란 놈은 나를 찌르고자 한다면 기꺼이 찌를 수도 있고 가해자로서 피 냄새를 즐길 수 있을 것이며, 용광로에서 제 몸을 달궈 강철로 다시 태어난 뒤에도 뻔뻔한 가해자가 되어 있을 것이다.

칼로 물을 치는 행위가 헛된 수고로움에 지나지 않음을 알면서도 그만두지 못하는 것이야말로 삶의 모순일터, 그렇게 모순 속에서 살아가야 하는 것이 인간의 숙명이 아닌가. 이 순간 이곳에는 영원을 향한 의지와 깊은 허무의 그림자가 교차한다. 불친절한 비약을 거침없이 감행했던 이 소설이 도달하고자 하는 곳이 바로 여기가 아닐까. 남자와 여자가 만나고, 삶과 죽음이 교차하고, 슬픔과 그리움이 뒤섞이는 바로 그 지점에서 소설의 마지막 문장은 또 다시 읽는 이의 마음을 심란하게 한다. '이번에는 태풍이야.'

치정 혹은 순정―이휘용 「이름」

이휘용의 단편 「이름」은 격정에 휩싸인 남자의 심경을 포착하는 데 주력한 작품이다. 줄거리는 간단하다. 20년 전에 헤어진 애인에게서 이메일을 받았다. 오랜 시간이 지나 이제는 다 잊었다 생각지만 메일에 적힌 발신자의 이름을 보자 다시금 격정에 휩싸이는 자신을 발견한다. 되살아난 과거의 기억으로 인해 격정에 사로잡힌 한 남자의 모습이 생생하게 그려진다.

회한, 그리움, 미안함, 그리고 용서. 그 단어들의 의미를 되살피면서 내가 쌓은 방어진지는 모래성처럼 허망하게 무너지고 말았다. 그리고 우려했던 일이 벌어졌다. 간신히 눌러놓았던 옛 감정, 옛 기억들이 집을 공격당한 벌떼처럼 미친 듯 날뛰기 시작했다.

아.

모든 게 생생했다. 한겨울 화톳불처럼 뜨겁게 달아올랐던 여인의 손길, 결혼식장에서 버림이라도 받은 양 격한 슬픔과 분노가 뒤섞여 있던 그날 밤 그 눈빛, 날벼락 같았던 마지막 메시지, 그리고… 황산이라도 뒤집어 쓴 듯 쓰고 쓰리고 뜨거웠던 그 배신감. 그 모든 것들이 한꺼번에 나를 덮쳤다. 그리고 내 팔을 꽉 붙잡아 견딜 수 없는 격정의 소용돌이로 나를 끌고 들어갔다.

주인공은 성혜라는 옛 연인의 이름을 잊으려 그간 무던히도 노력했다. 그녀가 떠난 후 극도의 배신감으로 인해 일상적인 생활마저 불가능했기 때문이다. 20년의 시간이 흘러 어느 정도 상처가 극복되었다고 믿었지만 그것은 착각에 불과했다. 그저 잠복하고 있었을 뿐이다. "20년 넘게 그토록 쫓아내고 싶었지만 끝내 쫓아내지 못했던 이름." 오랜 기간 잠복해 있다가 활동을 재개한 세균이나 바이러스나 마찬가지다. 문제는 잠복기를 마치고 활동을 재개한 옛 기억이 불러오는 감정의 소용돌이다. 워낙 복잡한 감정의 뒤섞임이라 분노, 증오, 회한, 서글픔 중 어떤 것이 진짜인지 구분할 수도 없다. 영문도 알지 못한 채 눈물이 흘러나오고, 통곡을 한다. 긴 세월이 흘렀지만 상처는 조금도 치유되거나 극복되지 못했다는 사실을 확인할 따름이다.

하지만 그게 다가 아니었다. 자책 위에 미움, 분노, 배신감, 그런 온갖 지저분한 감정들이 더해졌다. 그의 행위는 명백한 배신이었다. 이유가 뭐가 됐던 해서는 안 될 짓을 했다. 그로 인한 배신감에 치를 떨었다. 복수? 그걸 원한 것이었다면 그는 대단히 성공을 거둔 셈이었다. 등 한쪽에 그가 심어놓은 칼을 꽂은 채 20년을 넘게 살았다. 그의 이름조차 떠올리지 못하고 말이다.

더 견딜 수 없는 게 있었다. 그리움이었다. 자책과 분노와 배신감에 치를 떨면서도 때로 그가 보고 싶었다. 미치도록 보고 싶었다. 아, 도대체 어떻게 그런 말도 안 되는 감정들이 한꺼번에 물밀 듯 쏟아져 나올 수 있다는 말인가. 난 그때 '치정(癡情)'이란 단어의 진정한 의미를 알 수 있었다. 치정. 남녀 간에 생길 수 있는 온갖 잡정(雜情).

여러 복잡한 감정 중에서 '그리움'이야말로 진실에 근접하는 길을 암시하고 있지 않을까. 20년 동안 애써 잊고 있었는데, 이메일에 적힌 이름으로 인해 모든 평온이 무너져 순식간에 격정에 휩싸인다는 말은 그동안 주인공이 얼마나 그녀를 그리워하고 있었는지를 거꾸로 강조한다. 온갖 '잡정'이라고 칭한 것 역시 이러한 반어적 의미를 지닌다. 복잡한 감정이 뒤섞여 엉망진창이 되었지만, 이것을 뒤집어 본다면 사랑에 빠진 모든 사람들이 그러한 심적 상태를 경험하는 것이 아니겠는가. 복잡하고, 혼란스럽고, 잡스럽다고 하지만 미치도록 보고 싶다는 것, 잡스러움이 전혀 없는 순수한 사랑의 열정을 표현하기 위한 하나의 방편이 아닌가 싶다.

잊으려야 잊을 수 없는 이름을 떠올리면서 그녀의 웃음소리를 회상하는 소설의 마지막 장면은 사랑의 열정이 얼마나 강력하고 끈질긴 것인지를 거듭 강조한다. 회상 속에서 그녀의 모습은 옛날 모습 그대로다. 회상 속에서 과거의 그녀는 목젖이 보이도록 깔깔대며 웃는다. 끝없이 울려 퍼지는 그 웃음소리에서 치정이라 불러야 할지 순정이라 불러야 할지 모를 복잡하고도 끈질긴 감정의 소용돌이에서 허우적대는 주인공의 모습이 그려진다. 올가미에 걸린 듯, 주문에 걸린 듯 끝내 이름에서 벗어나지 못한 남자의 얼굴에는 울음도 웃음도 아닌 복잡한 표정이 펼쳐져 있는 듯하다.

지속되는 긴장, 그리고 반전의 묘미 — 김민혜 「아내가 잠든 사이에」

김민혜의 단편 「아내가 잠든 사이에」는 주인공이 잠든 아내를 차에 태우고 인적 하나 없는 칠흑의 도로를 질주하는 장면으로 시작한다. 남편인 주인공은 식은땀을 흘리며 무척 긴장하고 있는 상태다. 그는 혹시라도 아내가 깰까 싶어 조심하고, 아내의 사소한 움직임에 놀랐다가 이내 안도하기를 반복한다. 뭔가 심상치 않은 일이 벌어지고 있다는 암시가 가득하다. 스릴러의 한 대목을 연상하게 하는 시작 장면으로도 이 작품이 노리는 바가 극적 긴장감이라는 것을 쉽게 알아차릴 수 있다.

옛집 근처 골목 모퉁이에 주차를 하니 열한시 십 분이었다. 풀숲 향에 섞인 거름냄새가 아릿하게 콧등을 맴돌았다. 골목 속 옛집이 괴괴한 동굴처럼 보였다. 대문을 활짝 열어 젖혔다. 집 안으로 들어가 방문도 활짝 열어두었다. 다시 차량으로 걸어와 조수석 좌석을 조심스럽게 올린 다음 아내를 들쳐 업었다. 아내는 곯아떨어져 있었다. 조심스럽게 한 걸음씩 옮기며 걸어갔다. 대청에 오르자 삐걱거리는 소리가 울려 심장이 콩닥거렸다. 안방에 들어가 아내를 조심스럽게 눕혔다. 얼룩덜룩하고 거뭇한 장판 위에 누워 있는 아내의 모습이 자못 요염했다. 나는 마지막으로 아내의 얼굴에 살며시 입술을 갖다 대었다. 자신이 버린 집에 갇혀 지난 생을 쓸쓸히 반추하며 살아갈 아내에 대한 마지막 예의라고나 할까.

은밀한 범죄의 현장이다. 아내를 감금하거나 살해하려는 상황인 듯하다. 을씨년스러운 옛집을 배경으로 긴장감을 연출하는 소품들이 대거 진열되어 있다. 치밀하게 계획한 듯 신중하게 행동하는 주인공의 모습을 따라가다 보면 사악한 범죄에 공모하는 듯한 묘한 기분마저 느낄 수 있다. 약간의 에로틱함마저 가미하면서 '마지막'이라는 단어로 죽음을 암시하는 이 장면에서 스릴러의 전형적인 분위기를 만끽할 수 있다. 뭐지? 뭐지? 싶으면서도 한 걸음씩 움직이는 주인공의 발걸음을 따라 소설 속에 빠져들게 된다.

> 강지수를 만나고 아내의 옛집까지 다녀온 이후, 아내의 블로그 글은 창작일 뿐이라고 치부했지만, 시간이 날 때마다 블로그 창을 열었다. 아내의 글은 올라와 있었고 묘하게도 그 글은 내 신경을 자극했다. 이렌이 웨딩플래너였고 아이가 없는 유부녀라는 캐릭터가 자꾸 뒷덜미를 잡아챘다. 어쩌면 나를 감쪽같이 속이고 있는 것인지도 모르겠다는 생각에서 놓여나지 못했다. 의구심이 생기면서 아내에 대한 집착이 더 거세어지는 걸 느꼈다. 다른 일을 하다가도 멍하니 아내의 시놉시스 생각이 나기가 일쑤였다.

이 소설은 인터넷 블로그라는 소재를 효과적으로 활용한다. 주인공은 아내가 블로그에 올린 소설의 시놉시스를 읽어보고 아내의 불륜을 의심한다. 소설 속 인물과 실제 작가를 동일시하는 흔한 착각을 소설 속에서 적절히 이용한다. 아내가 숨겨왔던 가정사에 관한 비밀까지 겹쳐지면 주인공의 의심은 점점 더 커지도록 설정되어 있다. 덧붙여 아내의 블로그는 일종의 일기장 같은 것. 아내의 블로그를 읽어보는 주인공은 몰래 훔쳐보는 관음중적 시선의 화신이 된다. 인터넷 블로그는 중폭되는 의혹, 분노로 치닫는 의심을 이끌어내는 데 효율적으로 사용되었다.

일단 의심이 시작되면 괴물처럼 거대하게 증식하는 것이 당연하다. 여기에는 외모 콤플렉스가 하나 더 얹힌다. 주인공은 투박한 외모를 지니고 있는 인물이다. 아내는 그런 자신을 버리고 세련된 외모의 남자에게로 가버릴지 모른다는 불안감이 콤플렉스를 형성한다. "아내는 집에서 보던 아내가 아니었다. 가정부인으로서의 정숙미보다는 육감적 관능미가 팔색조처럼 파닥거리고 있었다." 유능한 웨딩플래너이자 세련된 패션 감각을 갖추고 있는 아내이기에, 언제든 아내가 외도를 할지도 모른다는 생각을 은연중에 키워왔고, 그런 자신의 콤플렉스가 의심과 그로 인한 파국을 일으킨다는 설정이다. 잘 짜인 설정이다.

외도를 의심한 남편의 분노, 버려진 옛집에 잠든 아내를 유기. "불륜의 대가가 어떤 것인지 뼛속 깊이 느끼게 해줄 것이라고 다짐"한 끝에 벌어지는 일련의 사건들이다. 철저히 의심하는 남편의 입장에서 모든 서술이 펼쳐졌다는 점을 유의하자. 몇 개의 단서들을 자의적으로 해석한 결과다. 그럼에도 불구하고 독자들은 이 소설을 읽는 동안 남편의 생각에서 한 발짝도 벗어나지 못한다. 독자는 남편의 시선과 입장을 통해서 소설 속 내용을 읽고, 남편과 함께 아내를 의심한다. 그래서 소설의 마지막 장면에서 반전이 흥미로울 수 있었다. 모든 것은 잘 짜인 각본 끝에 얻게 된 성과라는 점을 특히 강조할 필요가 있다.

이처럼 이 소설의 작가는 치밀한 계산을 통해 독자의 시선을 이끌어 가는 데 성공했다. 긴장감을 고조시키고, 의심을 증폭시키기 위해 곳곳에 함정을 파두고 덫을 놓았다. 길이가 짧은 단편이지만 서사적 굴곡이 잘 드러난 작품이 된 것도 잘 계산된 플롯 덕분이다. 긴장감의 지속과 반전의 묘미가 돋보이는 작품이다.

기억과 소설

어린 소년의 기억―김광휘, 돼지털 공장

　김광휘의 단편 「돼지털 공장」은 해방 직후부터 6.25까지를 배경으로 개인사적 기억과 역사적 기억을 교차하여 직조한 작품이다. 한편으로는 성춘이라는 어린 소년의 시선에 포착된 당시의 풍경을 묘사하고, 다른 한편으로는 현길준이라는 인물의 변화된 모습을 서사 속에 다룸으로써 이념 대립의 비극적 상황을 다룬다. 당시의 일상적 풍경을 재현하고 있다는 점에서 우선적으로 관심이 가고, 현길준을 중심으로 한 이념 문제에 관한 접근에서도 관심이 가는 작품이다.

　어느 날 온 가족이 목척다리 옆에 있는 일본 사람들의 백화점 미쓰코시에 들렀다. 해방 후라 일본 사람들이 쓰다 남은 물건들과 미제 물건이 잔뜩 쌓여 있었다. 아버지는 머지않아 국민학교에 들어갈 성춘이를 위해 란도셀을 샀는데 백화점을 나올 때 키 큰 흑인 병사가 지나가다가 란도셀을 멘 성춘이가 귀여웠던지 번쩍 안아 올렸다. 그 키 큰 흑인 병사는 하얀 치아를 드러내며 환하게 웃었다. 아버지는 울상이 되어 허우적대듯 손을 흔들며 말했다.
　"할로, 할로! 노, 노, 노우, 노우!"
　흑인 병사는 성춘이에게 껌 한 통을 전해주고 가던 길을 재촉하였다. 아버지는 흑인 병사가 자신의 외아들을 훔쳐가는 게 아닌가 해서

식은땀을 닦았다.

초등학교 입학을 앞둔 아이와 그 부모가 백화점에 가서 가방을 사는 평범한 일상적 모습이다. 그러나 소설의 장면 속에 배치된 요소들을 하나씩 뜯어보면 당시 역사적 상황에 대한 많은 힌트가 녹아 있다. 해방 직후 일본 식민 지배의 흔적이 미쓰코시 백화점과 그곳에 진열된 일본인들이 남긴 물건을 통해 나타난다. 그 진열대에는 미군정 통치 이후 영향력이 급속히 확대된 미국의 존재를 제유적으로 드러내는 미제 물건들이 놓여 있다. 일본에서 미국으로 영향력이 교체되는 당시의 역사적 상황이 일상적 풍경 속에 절묘하게 포착된 것이다.

또한 아이들이 미군에게 사탕이나 껌을 얻어내는 모습은 송병수의 단편 「쇼리킴」 같은 작품을 떠올리게도 한다. 다만 이 작품은 대전 출신 작가답게 대전의 당시 풍경을 그려내는 데 주력한다는 점에서 대전판 「쇼리킴」이라 부를 수 있겠다. 대전역 광장에서 미군 병사들이 모여 카드놀이를 하는 모습, 그런 미군들을 신기하게 바라보며 구경하러 달려가는 아이들의 모습이 소설 속에 그려진다. 미군 병사에게 색시를 소개시켜주겠다며 사기를 치는 또바의 일화를 읽으면 대전판 「쇼리킴」의 느낌은 한층 더 강해진다.

성춘이네 아버지가 공장장으로 있던 남선산업, 일명 돼지털 공장의 풍경 역시 소설 속에서 많은 비중을 차지한다. 특히 전무 직책을 맡고 있던 현길준이 보여주는 일련의 행동이나 언사들은 이념적 지향들이 거침없이 끓어오르던 해방공간의 모습을 생생히 보여주는 도구로 활용된다.

한편 이 소설은 기본적으로 어린 소년인 성춘이의 시선에서 사태를 바라고는 방식을 취하기 때문에 현길준과 관련된 남로당 계열의 움직임을 직접적으로 소설 속에 끌어들이지는 못한다. 그 대신 어른들의 소문을 성춘이가 듣는 것과 같은 간접적인 방식으로 해당 내용을 다룬다. 이때 어린 소년의 시선과 입장을 취한 탓에 간접화의 정도는 매우 심해지고, 가치 판단은 무기한 연기될 수밖에 없다. 덧붙여 소설이 전반적으로 기억을 더듬어 회상하는 분위기로 서술되어 있어, 간접적인 특성과 판단의 유보 경향은 더욱 강화된다.

> 사람들은 모두 대전형무소와 뾰죽성당 얘기를 입에 올렸다. 인민군들이 후퇴하면서 대전형무소와 뾰죽성당에 사람들을 제일 많이 가두어 놓았고 제일 많이 죽이고 갔다고 했다. 다녀온 사람들은 몸서리를 쳤다. 대전형무소 우물과 프랑스 신부가 운영하던 목동 꼭대기의 뾰죽성당 우물 속에 팔이 뒤로 묶이고 죽창에 찔린 사람들이 빠져 있었고 마치 젓갈을 담그듯 시체 하나에 돌 더미 하나씩을 포개 놓았다고 했다. 주로 도망가지 못한 경찰들과 그 가족들, 그리고 우익 인사들이었다. 그 현장을 마지막까지 지휘했던 대전시당 인민위원회 부위원장은 일찍이 북으로 넘어갔던 현길준이었다고 생존자들은 증언했다. 그는 얼굴이 희고 목도 희고 한없이 착했던 교토제국대학 출신의 그 사람, 돼지털 공장의 전무였다.

그러나 소문의 활용은 직접 눈으로 목격한 것보다 더 많은 진실과 진상을 다룰 수 있게 한다. 소설의 마지막 대목에서 서술은 '~ 했다고 한다.'라는 식의 간접 인용의 형식이다. 소문이 얼마나 진실에 가까운지는 정확히 판단할 수 없다. 다만 적어도 당시 사람들의 목소리를 생생하게 재구성하는, 그래서 잊고 있던 기억을 다시 되살리는 역할에 있어서 소문의 활용이 상당한 역할을 한다.

판단은 유보되었다. 특히 현길준의 행동을 비판할 것인가 부분적으로 옹호할 것인가에 대해서는 순전히 독자의 몫이다. 공식적인 역사 서술에서는 판단과 평가가 필수적이지만 개인사적 측면 내지 허구적 창작물인 소설에서는 그 외에 다른 요소가 더욱 중요할 수도 있다. 판단이 유보된 자리에 남은 것은 그러한 비극이 실제로 있었노라는 담담한 기억의 환기다. 그 것도 순수하고 순진한 어린 소년의 기억에 의존한 것이기에 거짓이 섞이기 어려울 것 같은 진실성이 일정하게 확보된 기억이다. 이처럼 소년의 기억 을 통한 개인사적 증언으로 이루어진 이 소설의 가치는 이 같은 진실성의 확보에 있을 것이다.

가족사적 기억과 역사적 기억의 결합 – 조동선 「까마귀 떼울음」

　조동선의 단편 「까마귀 떼울음」은 제주 4.3 사건의 '기억'에 관한 작품이다. 4.3 사건은 시간상으로는 제법 오랜 시간이 경과한 과거의 일이지만, 여전히 풀리지 않은 매듭으로 뒤엉킨 채 남아 있는 현재 진행형의 일이라는 것을 이 소설은 웅변한다. 피해자의 기억과 가해자의 기억이 서로 엇갈리고 충돌하기를 계속한다. 이 소설은 4.3 사건이라는 역사적 비극이 주인공의 가족사에도 지속적인 영향을 미쳐 오랫동안 깊은 상처를 안겨왔음을 생생히 증언한다. 애써 잊으려 해도 결코 잊을 수 없는 기억의 속성을 통해 4.3 사건을 독자들에게 다시 한 번 상기시킨다.

　역사적 사건을 가족사와 연결시키기 위해 작가는 여러 겹의 소설적 장치를 사용하였다. 비극적인 가족사의 비밀을 단 한 번에 털어놓는 것이 아니라 여러 방식으로 여러 차례에 나누어 소개한다. 나아가 이 소설에서 가족사적 비밀이란 궁극적으로 소설의 주제로 직결되는 바, 급하게 서두르지 않고 천천히 한 걸음씩 옮겨가면서 비밀을 드러내는 과정은 작품의 주제가 서서히 전개되고 진전되는 과정 그 자체라 할 수 있다.

　　오십 분 남진 비행한 기체가 구름 밑으로 하강하기 시작했다. 기창
　너머로 한라산 기슭이 눈에 들어왔다. 중산간부터 정상 쪽으로 구름

이 잔뜩 끼어 있어서 봉우리는 보이지 않았다. 활주로에 착지한 기체가 서서히 브리지로 다가가 멈췄다.

공항 청사를 나서자 바람에 실려 오기라도 한 듯 까악, 까악, 까마귀 떼의 울음소리가 와락 내 귓속을 파고들었다. 온몸에 오소소 소름이 돋았다. 그 소리는 고향을 등졌던 세월을 뛰어넘어 또렷이 기억되는 소리였다. 나는 걸음을 멈추고 선 채 주위를 휘둘러보았다. 어디에도 까마귀 떼는 보이지 않았다. 나는 그만 진저리를 치고 말았다. 정말이지 내키지 않는 귀향이었다.

우선 이 소설이 귀향의 서사를 채용한다는 점에 주목하자. 중학교 때 제주도를 떠나 뭍으로 떠난 지 40년이 된 주인공이 다시 고향 땅을 밟는 상황이다. 제주도 출신이니까 고향으로 돌아올 때 비행기를 타고 오는 것은 당연하지만, 비행이라는 상황은 분명 독특한 효과를 발휘한다. 구름 위를 날던 기체가 서서히 구름 아래로 하강하고, 눈앞에 고향 제주도의 풍경이 펼쳐진다. 구름을 통과하는 일이란 현재의 일상에서 벗어나 과거로의 여행을 시작하는 첫 단계로 안성맞춤인 셈. 몽유록계 소설을 연상케 하는 이 같은 설정은 일상에서 벗어나 꿈으로 진입하는 것 같은 느낌은 준다.

여기에 까마귀 떼의 울음소리가 얹힌다. 꿈으로의 진입이긴 하되 악몽이다. 고향을 등진 세월을 뛰어넘어 또렷이 기억되는 소리, 진저리를 칠 만큼 싫은 소리. 어쩌면 기억 속 고향의 분위기를 단적으로 보여주는 것이 음울한 까마귀 떼 소리인지 모른다. 그야말로 '내키지 않은 귀향'이다. 과거를 기억하는 일이 그만큼 꺼림칙하고, 피하고 싶은 일이었음을 소설 초반부 까마귀 떼 울음 소리는 선명하게 암시한다. 가족사의 비극적 상처가 얼마나 깊고 아픈 것인지도 충분히 암시된다.

우악스럽게 달려드는 바람에 여닫이 문짝이 심하게 흔들렸다. 한기가 일었다. 이어 몸에서 열꽃이 피어올랐다. 바람이 불어대는 날이면 이따금 가슴이 후끈거리면서 눈이 열에 들뜨는 나만의 오래된 증세였다. 이런 증세가 처음 나타난 것은 제주 4.3 50주년 추모사업 추진 범국민위원회가 주최한 심포지엄을 방청하고 난 후부터였다. 그때까지만 해도 나는 제주 4.3 사건은 무장공비의 폭동이었다는 인식수준에 머물러 있었다. (…) 주제는 「제주 4.3 항쟁과 민중성」으로 제주 4.3은 미군정 및 경찰의 횡포에 저항했던 민중항쟁이며 또한 남한의 단독선거 단독정부수립 반대투쟁이라고 규정지었다. 당시 좌익소탕에 나선 미군정과 경찰, 그리고 우익청년단체를 공격한 무장대의 최초 참여자는 약 1,500명에 불과한데 반해 민간인 희생자가 약 3만 명에 이른다고 했다. 따라서 공산폭동을 진압했다는 이유로 면제됐던 미군정과 군경, 서북청년단의 학살행위에 대한 책임규명이 따라야 한다고 했다. 순간 몸이 불에 덴 듯 확확 거렸고 느닷없이 달려드는 피비린내 때문에 욕지기가 일어 화장실로 달려가 토했다. 그 후로 비 오는 날이면 종종 몸에 소름이 돋고 확확 거리는 열기에 시달렸다.

이 소설은 비극적인 역사적 사건을 한 개인의 병적 증세를 통해 표현한다. 바람이 세차게 불어오는 날마다 주인공이 겪는 신체적인 반응은 급격한 심리적 격동이 겉으로 드러난 일종의 징후로 볼 수 있다. 온몸에 소름이 돋고 확확 거리는 열기에 시달리게 된 것이 제주 4.3 사건의 진상을 새로운 관점에서 바라볼 수 있음을 알게 되었을 때 시작된 것이라는 대목에 이르러 주인공의 반응은 역사적 사건과도 연결된다. 인식의 변화가 육체적 반응으로 이어진 것이다. 즉 주인공이 경험한 병적 증세란 결국 심리적, 인지적 상태의 급격한 변화로 인한 정신적 상처로 연결된다.

그러하기에 이 소설에서 가장 중심이 되는 아버지의 광증 또한 4.3 사건이라는 역사적 비극으로 인한 결과로 해석하는 것이 자연스럽다. 비바람이 세차게 불고 까마귀 떼가 우짖는 날이면 술을 마시고 전혀 다른 사람으로 돌변했던 아버지가 보여준 폭력은 단순한 알코올중독자의 행동이 아니었다. 특히 마을사람들이 그런 아버지의 폭행을 알면서도 모른 체 했다는 것, 그런 아버지의 횡포가 무엇으로 비롯되었는지 다 알고 있든 듯했다는 데 이르면, 4.3 사건의 상처로 인해 심한 고통을 당했으면서도 침묵을 지켜야 했던 제주도민들의 억울함을 간접적으로 전달받을 수 있다.

　　몸에서 기운이 죄다 빠져나간 듯 다리에 힘이 풀려 서 있기가 힘들었다. 나는 바닥에 주저앉았다. 한밤중에 확인하고 시었던 게 바로 이런 것이었다니. 이건 결코 아니었다. 의식적으로 고향을 잊고 대처사람으로 행세했지만 각인되어진 유년의 기억들로부터 자유롭지 못했다. 의지에 거스르는 기억들을 지워버리려고 무던히도 발버둥 쳤다. 자신에게 금기로 하고 싶은 시기가 내게는 유년기였다.

　　주인공의 입장에만 국한하였을 때 이 소설은 그동안 금기시하던 유년시절의 기억을 다시 떠올리는 이야기다. 그 기억은 벗어나고 싶지만 결코 벗어날 수 없다는 특징을 지닌다. 의지와는 상관없는 유년시절의 기억은 피할 수 없는 것이기에 대결이나 대면해야만 하는 성질의 것이다. 이러한 기억을 역사적 사건에 관한 기억으로 확장하였을 때 이 소설은 한층 더 묵직한 주제를 구현한다. 고등학교 역사 교사로 재직 중인 사촌 형규의 발언에서도 이 내용이 잘 정리된다. "역사는 잊고 싶은 기억을 통해 우리를 부르지만 잊고 싶은 기억이 없는 곳엔 역사도 없다고, 역사가 사라지지 않게 하기 위해, 또한 재발을 막기 위해 잊고 싶은 기억을 불러내야 한다."

　　이 소설에서 개인적인 기억과 역사적 기억의 접점이 아주 매끄럽게 처리된 것은 아니다. 아버지가 어머니를 살해했다는 설정은 한편으로는 사태의 심각성과 비극성을 잘 드러내지만 다른 한편으로는 지나친 감이 없지 않다. 소설의 후반부에서 심포지엄 내용이 과도하게 개입된 것 역시 그 앞에서 잘 전개되었던 소설적 분위기를 상당히 저해한다. 그럼에도 불구하고 이 소설은 '기억'을 매개로 개인사(가족사)와 국가의 역사를 엮어냈다는 점은 긍정적으로 평가할 수 있다. 매끈한 해결이라기보다는 '기억'의 책무와 윤리를 확인하는 시작점을 강조하는 데는 성공하였다. 서둘러 제주를 떠나려고 했다가 '숙부와의 화해'를 위해 다시 택시를 잡아타고 명월리로 향하는 소설의 마지막 장면이 그 점을 잘 보여준다.

오래된 사랑의 기억―박경숙 「기억의 나무」

박경숙의 중편 「기억의 나무」는 삶과 죽음, 과거와 현재, 인연과 사랑, 사람과 나무 등 한 두 마디로 정리하기 힘든 무겁고 깊은 주제들로 가득하다. 서사적인 측면에서도 19세기 후반부터 현재에 이르기까지 상당히 긴 시간대를 시간적 배경으로 채택하여 소설의 외관도 제법 웅장하다. 이러한 양적, 질적 풍성함을 한 데 모아 이끌어주는 것이 바로 '기억'이다. 이 소설은 제목에서 암시된 바와 같이, 오래된 은행나무가 들려주는 이야기의 외관을 취한다. 나무가 인간 세상의 일을 지켜보고 있으리라는 상상, 비록 말은 하지 못하지만 그것을 다 기억하고 있으리라는 상상, 삶과 죽음의 경계에 놓여 있는 인간은 나무가 들려주는 이야기를 들을 수 있으리라는 상상이 바탕에 깔려 있다. 어떻게 보면 애니미즘의 분위기도 슬쩍 느껴지는 상상 속에서 기억을 통해 소설의 몸통을 빚어낸다.

이 소설에서는 기억은 비단 은행나무에게만 소용되는 것은 아니다. 노파를 돌보러 온 여인도 기억의 한 자락을 붙잡고 과거를 회상하기는 마찬가지다. 소설의 초반부는 한동안 여인의 기억으로 내용이 채워진다. 여인은 노파의 키가 큰 것을 유심히 바라본다. 노파의 키가 크다는 사실은 오래 전 이 집에 살던 안주인을 떠올리게 하고, 과거 자신의 어린 시절의 기억을 불러일으킨다. 안주인이 내주던 고소한 약과의 향과 맛의 기억이 펼쳐지고, 안주인이 큰 키를 굽혀 미소를 지어주던 기억도 생생히 되살아난다. 여인의 어머니는 비록 허드렛일을 하던 처지였지만 인정 많은 안주인 덕분에 미소를 지었었고, 지금 여인은 수십 년 전의 그 장면을 떠올리며 흐뭇함을 느낀다. 사소한 기억의 한 조각들로 인해 잠시 과거로의 여행을 떠났던 것이다. 이처럼 기억은 과거로의 여행을 위한 필수 요소가 된다.

뒤 툇마루에 걸터앉은 노파에게로 사산한 바람이 불어왔다. 바람결에 담 모퉁이에 선 은행나무 잎사귀가 소리를 냈다. 노파는 잊고 있었던 듯 나무를 올려다봤다. 무성한 잎이 만들어낸 나무 아래 그늘이 멍석만 했다. 노파는 터벅터벅 그 나무 그늘로 걸어 들어갔다. 나이를 얼마나 먹었는지 가늠되지 않는 아름드리나무 둥치에 등을 기대고 서서 잎사귀들을 올려다봤다. 바람에 흔들리는 무성한 잎들 사이로 한창 빛을 뿜는 햇살이 간간이 스며들었다. 노파는 아주 오래전 자신이 그렇게 나무둥치에 기대어 잎사귀 사이의 햇살을 바라보던 적이 있던 걸 떠올렸다. 사금파리를 주워 소꿉장난을 하던 때였나… 문득 올려다본 시야에 흔들리는 바늘처럼 파고들던 햇살에 눈살을 찌푸리던 순간… 뒷짐을 진 아버지가 뒤뜰로 들어서며 빙긋 웃음을 머금었다.

노파가 40년 만에 고향을 찾은 것이야말로 기억을 통한 과거로의 여행에 해당한다. 노파의 이번 한국 방문은 단순히 공간적 이동이 아니다. 40년의 세월을 거슬러 가는 시간적 이동이다. 변하지 않은 채 남겨진 옛집 구석구석 살펴보면서 노파는 자신의 어린 시절을 회상한다. 낡고 물이 바랜 커튼을 보면서 자신의 삶에 대한 회한을 느끼기도 하지만, 툇마루에 걸터앉아 불어오는 사산한 바람을 맞을 때는 아버지의 다정한 웃음을 떠올리기도 한다. 그러면서도 곧이어 "아이는 어느덧 늙은이가 되고 그 아버지는 이제 흙 속에서 흙이 되었다고 노파는 생각했다." 고향으로 돌아온다는 것은 과

거와의 따뜻한 해후이며, 동시에 과거와 현재가 이만큼 달라졌음을 시인할
수밖에 없을 때 밀려드는 회한이다.

노파가 과거의 기억을 더듬을 때 나무가 말을 걸어오는 대목도 무척 인
상적이다. 나무는 자신이 아주 오래전부터 그곳에 있었으며, 나무 그늘 아
래 일어났던 인간의 여러 일들을 온전히 기억하고 있노라 말한다. 삶이 얼
마 남지 않은 고령의 노파와 그보다 몇 배 더 오래 살아온 나무가 나누는
대화는 무척 기이하다. 두 존재의 대화를 인간과 자연이 교감을 나누는 것
으로 바라볼 때는 약간의 푸근함도 느껴지지만, '나는 너무 오래 살았어.'
라는 말을 무심히 던지는 속에 임박한 죽음이 암시될 때는 처량함이 느껴
진다. 생과 사의 경계에서, 젊음과 늙음의 경계에서, 인간과 나무 사이의
경계에서 피어오르는 미묘하고 독특한 느낌이다.

"그러니까⋯"
긴 이야기를 풀어낸 나무는 아직 할 말이 남은 듯했다.
"그러니까! 오래전 이 집에서 벌어진 귀한 아가씨와 한 동학군의 인
연이 질기게도 나에게까지 왔단 말이야? 내 증조할아버지 얘기네. 왜
나에게 말하는 거야? 나무 너는⋯"
"네가 돌아왔잖아. 너는 지금 생과 사의 경계에 있어. 그런 경계에
있는 자들만이 나의 말을 알아듣지. 나는 너무 오래 그것들을 간직했
어. 너에게 이 말을 다해주고 나는 가벼워지고 싶어."
"그럼 나는? 나는⋯ 어떻게 너의 말을 간직해야 해? 나에게 생명이
얼마 남지 않았는데⋯ 또 내가 한 짓은⋯"
"알아. 네가 무슨 짓을 저지르고 여기까지 왔는지. 네 몸에 다 새겨
져 있어. 너는 그를 깨뜨리고 싶었잖아. 그렇지?"
노파는 주름진 손으로 두 귀를 막았다.

기억을 매개로 한 과거로의 여행이 한편으로는 그리움으로 다른 한편으

로는 회한으로 점철된다고 할 때, 나무가 들려주는 질기고 오랜 사랑 이야기 또한 양면적인 속성을 한꺼번에 갖추고 있다. 소설 속 인물들의 사랑은 도덕적인 측면에서는 많은 비난을 초래한다. 불륜, 책임의 방기, 근친 간의 결합, 자살의 원인 제공 등 다양하다. 그러나 다른 한편으로는 그러한 사회적 비난을 감수하고도 사랑을 그만둘 수 없다. 사랑 때문에 자신의 목숨을 잃는다 하더라도 그칠 수 없는 것이 그들이 보여준 사랑의 방식이다.

소설 곳곳에서 반복되는 은행나무 열매 냄새는 그토록 질기고 모진 사랑을 구성하는 요소 중의 하나가 강력한 성적인 이끌림이었음을 보여준다. "자신의 아버지 때문에, 어쩌면 할머니 때문에, 아니 어머니 때문에 스스로 목숨을 끊은 소년의 어머니를 생각"하는 것, 즉 '죄책감' 역시 오래된 사랑의 주요 요소다. 그들의 사랑은 금기의 위반이다. 에로티시즘의 본질이 위반에 있다고 한 바타이유의 지적을 떠올릴 때 온갖 금기와 위반에의 충동으로 얽어진 그들의 사랑이 얼마나 불경스러운 동시에 매혹적인지 쉽게 짐작할 수 있다. 그들의 사랑이 업보나 악연으로 불리는 것도 벗어나려 하지만 결코 벗어날 수 없는 속성 때문이 아닐까 싶다.

하지만 그들의 사랑을 업보라고 불러야 할지, 악연이라고 불러야 할지는 그리 중요치 않다. 중요한 것은 그들이 질긴 인연의 사슬에서 한 발짝도 벗어나지 못했다는 것, 즉 그들의 사랑이 그들에게 주어진 운명의 결과였다는 사실이다. 이것은 앞서 삶과 죽음에 관한 문제와 같은 선상에 놓일 수 있는 주제다. 인간은 결코 죽음의 사슬에서 한 발짝도 벗어나지 못하는 운명을 짊어지고 있는 것이기에 그러하다.

이 소설에서는 분량에 비해 다소 복잡한 인물 관계 설정이 아쉬움으로 지적될 수 있다. 오래전 인연이 다시 후대에 이어져 지독한 사랑이 되었다는 것을 말하기 위해 지나치게 많은 시간과 사건이 요구되었다. 그 결과 나무가 들려주는 이야기 형식으로 된 중반부의 내용에서는 요약적 진술의 비중이 급격히 증가하여 인물의 심리를 차분히 포착하지 못했고, 작위적인 느낌이 드는 부분도 없지 않다. 그러나 수백 수십 년에 걸쳐 일어난 그 모든 일들을 나무가 지켜보고 있었으며, 오랜 세월이 지나 사람에게 자신의 기억을 들려준다는 설정은 그 자체로도 충분히 매력적일뿐더러, 작가의 세밀한 문체에 힘입어 독자를 흠뻑 빠져들게 만든다. 동시에 이 작품은 삶과 죽음, 젊음과 늙음, 인연과 사랑의 의미, 나아가 은행나무로 대표된 자연과의 대화 혹은 교감 등 다양한 주제를 다시금 생각해보게 한다.

누군가의 사연

초판 1쇄 인쇄 2024년 12월 20일
초판 1쇄 발행 2024년 12월 23일
저   자 장두영
발행인 박지연
발행처 도서출판 도화
등 록 2013년 11월 19일 제2013－000124호
주 소 서울시 송파구 중대로34길 9－3
전 화 02) 3012－1030
팩 스 02) 3012－1031
전자우편 dohwa1030@daum.net
인 쇄 유진보라
ISBN 979－11－92828－73－2 *03810

정가 15,000원

도화道化, fool는
고정적인 질서에 대한 익살맞은 비판자,
고정화된 사고의 틀을 해체한다는 뜻입니다.